A ESPIÃ

TESS GERRITSEN

TRADUÇÃO
NATHALIA RONDAN

A ESPIÃ

COPYRIGHT © FARO EDITORIAL, 2024
TEXT COPYRIGHT © 2023 BY TESS GERRITSEN

Todos os direitos reservados.
Nenhuma parte deste livro pode ser reproduzida sob quaisquer meios existentes sem autorização por escrito do editor.

Diretor editorial **PEDRO ALMEIDA**
Coordenação editorial **CARLA SACRATO**
Assistente editorial **LETÍCIA CANEVER**
Tradução **NATHALIA RONDAN**
Preparação **ARIADNE MARTINS**
Revisão **BÁRBARA PARENTE**
Imagens de capa e miolo **@SERGEY, @ELMIDOI-AI | ADOBE STOCK**
Capa e diagramação **VANESSA S. MARINE**

DADOS INTERNACIONAIS DE CATALOGAÇÃO NA PUBLICAÇÃO (CIP)
Jéssica de Oliveira Molinari CRB-8/9852

Gerritsen, Tess
 A espiã / Tess Gerritsen ; tradução de Nathália Rondan. — São Paulo : Faro Editorial, 2024.
 288 p.

 ISBN 978-65-5957-675-3
 Título original: The Spy Coast

 1. Ficção norte-americana 2. Suspense I. Título II. Rondan, Nathália

 24-3759   CDD 813

ÍNDICES PARA CATÁLOGO SISTEMÁTICO:
1. Literatura norte-americana

1ª edição brasileira: 2024
Direitos de edição em língua portuguesa, para o Brasil, adquiridos por **FARO EDITORIAL**
Avenida Andrômeda, 885 - Sala 310
Alphaville — Barueri — SP — Brasil
CEP: 06473-000
www.faroeditorial.com.br

Para Will

1

DIANA

Paris, dez dias atrás

Ela era a favorita. *Quando foi que as coisas mudaram*, pensou enquanto encarava o espelho. Seu cabelo, outrora cheio de reflexos naturais do sol, agora era de um tom que só poderia ser descrito como "cor de rato morto". Era a cor de cabelo mais desinteressante que poderia se encontrar nas prateleiras da grande rede de supermercado francesa onde ela foi fazer compras depois de um vizinho dizer que um homem tinha perguntado por ela. Essa foi a primeira pista de que algo poderia estar errado, alguém estar procurando por ela, ainda que a explicação pudesse não ser nada de mais. Poderia ser um admirador, alguém fazendo uma entrega, mas não queria ser pega despreparada, então cruzou a cidade até um mercado em um bairro onde ninguém a conhecia, comprou tinta de cabelo e óculos escuros. Eram itens que ela costumava sempre ter, mas com o passar dos anos tinha ficado preguiçosa. Descuidada.

Ela se analisou morena e resolveu que a nova cor de cabelo não era o suficiente. Pegou uma tesoura de cabelo e começou a cortá-lo, destruindo o corte de trezentos euros que havia feito anteriormente. Cada tesourada era como um novo fiar para obter o tecido de sua nova vida, uma vida da qual ela tinha feito uma curadoria cuidadosa. Enquanto um chumaço de cabelo após o outro caía sobre o piso de azulejos do banheiro, ela continuava cortando, seu arrependimento logo se transformando em raiva. Tinha planejado, arriscado tudo e foi tudo em vão, mas o mundo era assim. Não importa quão esperto você se ache, sempre vai ter alguém que é mais, e esse tinha sido seu erro: não ter pensado na possibilidade de que alguém poderia acabar passando a perna nela. Por muito tempo *ela* foi a pessoa mais inteligente do grupo, a que sempre estava um passo à frente e poderia deter os estratagemas de qualquer pessoa na equipe. O segredo para o sucesso era não deixar que as regras atrapalhassem, um método que nem sempre todo mundo gostava. Sim, às vezes ela cometia erros. Sim, acontecia de sangue inocente acabar sendo derramado sem necessidade. Ela ganhou muitos inimigos pelo caminho, e alguns dos seus colegas de trabalho agora a odiavam, mas graças a ela a missão sempre era cumprida. Era isso que a tinha tornado a favorita.

Até agora...

Analisou seu reflexo, dessa vez com a cabeça fria e um olhar crítico. Nos dez minutos que levou para cortar seus queridos cachos, passou por todos os estágios do luto pela vida perdida. Negação, raiva, depressão. Agora estava no estágio de aceitação e pronta para seguir em frente, deixar a casca da velha Diana para trás e dar vida a uma nova Diana. Não mais a favorita, e sim uma pessoa moldada pela experiência e transformada em aço temperado. Sobreviveria a isso também.

Varreu todo o cabelo caído para o lixo e jogou a caixa da tinta junto. Não teve tempo para esterilizar o lugar, então deixou muitos rastros de sua presença ali, mas não tinha jeito. Só lhe restava esperar que a polícia de Paris seguisse seus típicos instintos machistas e inferisse que a mulher que morava naquele apartamento e que agora estava desaparecida tinha sido sequestrada. A vítima, não a criminosa.

Colocou os óculos e despenteou o novo cabelo recém-cortado para ficar bagunçado. Era um disfarce bem sutil, mas devia ser o suficiente para despistar quaisquer vizinhos que encontrasse pelo caminho até sair. Amarrou o saco de lixo e levou do banheiro para o quarto, onde pegou a bolsa de viagem que já deixava pronta com itens essenciais. Uma pena ter que abandonar todos os seus lindos vestidos e sapatos, mas não podia levar muita coisa, e também deixar para trás um armário cheio de roupas de grife faria seu sumiço parecer mais involuntário. Assim como deixar toda a arte que ela colecionou ao longo dos anos, quando suas contas bancárias eram gordas: os vasos chineses antigos, a pintura de Chagall, o busto romano de dois mil anos. Sentiria falta de tudo, mas sacrifícios precisavam ser feitos caso quisesse sobreviver.

Carregando a bolsa de viagem e o saco de lixo com as mechas de cabelo, saiu do quarto e foi para a sala. Lá, soltou outro suspiro pesaroso. Manchas repugnantes de sangue cobriam o sofá de couro e subiam pelas paredes até o Chagall pendurado, como se fossem uma extensão de arte abstrata da pintura em si. Amarrotada embaixo do Chagall estava a fonte daquele sangue. O homem tinha sido o primeiro que a atacou depois de passar pela porta, e então foi o primeiro que ela despachou. Era o típico homem viril cujas horas na academia tinham lhe proporcionado bíceps salientes, mas não um cérebro. Não era assim que ele planejava terminar o dia e morreu com uma expressão de surpresa estampada no rosto, bem provável que não esperasse que uma mulher seria páreo para ele.

Deve ter sido mal-informado quanto ao seu alvo.

Ela ouviu uma respiração bem baixinha atrás dela e se virou para olhar para o segundo homem. Estava na ponta do seu precioso tapete persa, o sangue dele se infiltrando pelo desenho complexo de videiras e tulipas. Para sua surpresa, ainda estava vivo.

Caminhou até o homem e balançou o ombro dele com o sapato.

Os olhos dele se estatelaram. Ele a encarou e se esgueirou tentando alcançar sua arma, mas ela já a tinha chutado para longe e só lhe restava bater a mão no chão feito um peixe prestes a morrer afogado em seu próprio sangue.

— *Qui t'a envoyé?* — ela perguntou.

A mão dele se agitou de forma mais frenética. A bala que ela atirou no pescoço deve ter lesionado a coluna e seus movimentos eram espasmódicos, seus braços se remexiam de um jeito robótico. Talvez ele não falasse francês. Ela repetiu a pergunta, dessa vez em russo: *Quem te enviou?*

Não viu qualquer indicação nos olhos dele de que tivesse entendido. Ou estava prestes a apagar e por isso seu cérebro não estava funcionando, ou então não entendeu. Nos dois casos, aquilo era preocupante. Ela sabia bem como lidar com os russos, mas se não foram eles que mandaram esses homens, isso poderia ser um problema.

— Quem está tentando me matar? — ela perguntou, dessa vez em inglês. — Se me disser, deixo você viver.

O braço dele parou de se mover. Ele ficou imóvel, mas ela viu pelos olhos dele que tinha entendido. Ele sabia o que ela tinha perguntado. Também sabia que não importava se dissesse a verdade, de qualquer jeito seria um homem morto.

Ela ouviu vozes do corredor em frente ao seu apartamento. Tinham mandado reforços? Já tinha demorado demais ali, não tinha mais tempo para interrogar esse cara. Apontou o silenciador e atirou duas vezes na cabeça dele. *Boa noite.*

Não levou mais do que alguns segundos para pular pela janela e então alcançar a escada de emergência. O último olhar para o seu apartamento foi agridoce. Lá ela tinha encontrado um pouco de felicidade e aproveitado os frutos merecidos do seu trabalho. Agora o lugar era um abatedouro, o sangue de dois desconhecidos manchando as paredes.

Ela pulou da escada de emergência para a rua. Mesmo às onze da noite as ruas de Paris ainda estavam cheias e ela se misturou com facilidade aos pedestres caminhando pela avenida movimentada. Ouviu sirenes de polícia a distância, e então cada vez mais perto, mas não apertou o passo. Teria sido rápido demais, as sirenes não tinham nada a ver com ela.

Depois de uns cinco quarteirões, jogou o saco de lixo na caçamba de um restaurante e continuou andando, a bolsa de viagem pendurada no ombro. Nela estava tudo de que precisava por ora e ela tinha outros recursos. Tinha mais que o suficiente para começar de novo.

Antes de mais nada, precisava descobrir quem a queria morta. Infelizmente, eram várias as possíveis respostas. Primeiro achou que eram os russos, mas agora não tinha mais certeza. Quando você irrita várias facções, acaba com muitos inimigos, cada um com seu próprio talento para a violência. A questão era: como o nome dela tinha vazado? E por que, depois de dezesseis anos, estavam atrás dela?

Se sabiam o nome dela, então devem saber o dos outros também. Pelo visto o seu passado estava prestes a voltar à tona.

Adeus, aposentadoria tranquila. Era hora de voltar ao trabalho.

2

MAGGIE

Purity, Maine, agora

Alguma coisa morreu aqui.

Fico parada no meu terreno, encarando a evidência de um massacre na neve. O assassino arrastou a vítima pela neve fresca, e ainda que o amontoado silencioso de flocos continue a cair, ainda não cobriu seus rastros ou os sulcos feitos pela carcaça morta enquanto era puxada em direção à floresta. Vejo uma mancha de sangue, penas espalhadas e pedaços de penugem preta trepidando ao vento. É só o que sobrou de uma das minhas araucanas favoritas, que eu adorava pela sua produção confiável de lindos ovos azuis. Ainda que a morte seja apenas um ponto no círculo maior da vida, e eu já a vi muitas vezes, essa perda em particular é um baque para mim e suspiro, minha respiração sai rodopiando pelo frio.

Olho pela cerca para ver o que sobrou do meu bando, do qual agora restam somente três dúzias de galinhas, dois terços dos cinquenta pintinhos que criei na primavera passada. Passaram-se apenas duas horas desde que abri a porta do galinheiro e os soltei para o dia e, nesse breve intervalo de tempo, o predador os atacou. Tenho um último galo, o único que sobreviveu aos vários ataques de águias e depredações de guaxinins, e ele agora se pavoneia pelo recinto, com todas as penas da cauda intactas, parecendo não se importar com a perda de mais uma de seu harém. Que galo inútil.

Muitos deles são.

Quando me levanto, um lampejo chama minha atenção e olho para o bosque que se estende além da cerca do galinheiro. As árvores são, em sua maioria, carvalhos e bordos, com alguns abetos que se debatem à sombra de seus vizinhos dominantes. Quase escondido na vegetação rasteira, há um par de olhos me observando. Por um momento, ficamos nos encarando, dois inimigos se enfrentando em um campo de batalha nevado.

Devagar, me afasto do meu galinheiro móvel. Não faço movimentos bruscos nem emito nenhum som.

Meu inimigo me observa o tempo todo.

Escuto a grama congelada sendo esmagada sob minhas botas enquanto me aproximo do meu carro. Sem fazer barulho, abro a porta e pego minha espingarda escondida atrás dos assentos. Está sempre carregada, então não preciso perder tempo pegando munição e colocando as balas. Viro o cano na direção das árvores e miro.

Meu tiro estala, alto como um trovão. Corvos assustados saem das árvores e voam desesperados para o céu, e minhas galinhas, grasnando, correm em pânico para a segurança do galinheiro. Abaixo a espingarda e olho para as árvores, examinando a vegetação rasteira.

Nada se mexe.

Dirijo o carro pelo campo até a borda da floresta e saio. A vegetação rasteira está repleta de espinheiros, e a neve esconde uma camada de folhas mortas e galhos secos. Cada passo que dou provoca um estalo explosivo. Ainda não vi sangue, mas tenho certeza de que o encontrarei, sempre sabemos — de alguma forma, sentimos em algum lugar dentro de nós — quando a bala atinge o alvo. Finalmente, vejo a prova de que minha mira foi certeira: um leito de folhas salpicado de sangue. A carcaça mutilada da minha galinha araucana está abandonada onde o assassino a deixou.

Adentro a vegetação rasteira, afastando os galhos que se enroscam nas minhas calças e arranham meu rosto. Sei que está aqui em algum lugar, se não estiver morto, está com um ferimento grave. Conseguiu fugir para mais longe do que eu esperava, mas continuo adiante, com o vapor da minha respiração saindo em espiral. Nos velhos tempos, eu poderia correr por essa floresta, mesmo com uma mochila pesada nas costas, mas não sou mais a mesma de antes. Minhas articulações foram desgastadas pelo uso cruel e pela passagem inexorável do tempo, e uma aterrissagem difícil de um salto de paraquedas me deixou com um pino cirúrgico no tornozelo, que dói sempre que a temperatura cai ou o barômetro desce. Meu tornozelo está doendo agora. O envelhecimento é um processo cruel. Enrijeceu meus joelhos, deixou meus cabelos, antes pretos, grisalhos e aprofundou os sulcos em meu rosto. Mas minha visão ainda é aguçada e não perdi a capacidade de analisar a paisagem, de interpretar as pistas na neve. Eu me agacho sobre a marca de uma pata e noto a mancha de sangue nas folhas.

O animal está sofrendo. Isso é culpa minha.

Eu me levanto. Meus joelhos e quadris protestam, ao contrário dos dias em que eu podia pular de um carro esportivo apertado e sair correndo. Passo por arbustos de amora e chego a uma clareira, onde enfim localizo meu inimigo, deitado imóvel na neve. Uma fêmea. Ela parece saudável e bem nutrida, seu pelo grosso é de um avermelhado brilhante. Sua boca está aberta, revelando dentes afiados e mandíbulas poderosas o suficiente para cortar a garganta de uma galinha e quebrar seu pescoço. Minha bala a atingiu em cheio no peito, me surpreende ela ter conseguido chegar até aqui antes de sucumbir. Cutuco o corpo com a bota, só para ter certeza de que está morta. Embora esse problema específico tenha sido resolvido, tirar a vida da raposa não me dá nenhuma satisfação. Quando solto a respiração, meu suspiro é o som do arrependimento.

Aos sessenta anos de idade, já estourei minha cota de arrependimentos.

A pele é valiosa demais para ser deixada aqui na floresta, então pego a raposa pela cauda. Ela vinha se alimentando bem, comendo minhas galinhas, e está tão pesada que tenho que arrastá-la para fora da floresta, com seu corpo abrindo uma vala pelas folhas mortas e pela neve. Eu a levanto e a coloco na caçamba do carro, a carcaça cai com um baque triste. Embora eu não tenha o que fazer com a pele, conheço alguém que ficará encantado com ela.

Subo no carro e dirijo pelo campo até a casa do meu vizinho.

LUTHER YOUNT GOSTA DE CAFÉ QUEIMADO, E POSSO SENTIR O CHEIRO DA entrada da sua garagem quando saio do carro. Daqui, posso ver o campo coberto de neve até minha própria casa, que fica em uma colina em meio a uma colunata cheia de bordos de açúcar. Minha casa não é enorme, mas está inteira, construída em 1830, segundo a corretora de imóveis que a vendeu para mim. Sei que a informação está correta, já que encontrei a escritura original. Só acredito naquilo que eu mesma posso confirmar. Minha casa tem uma vista nítida em todas as direções e, se alguém se aproximar, eu verei, ainda mais em uma manhã clara de inverno, quando a paisagem é crua e branca.

Ouço o mugido de uma vaca e o cacarejo de galinhas. Um conjunto de pegadas de botas pequenas segue pela neve, indo do chalé de Luther em direção ao celeiro. Sua neta de catorze anos, Callie, deve estar lá dentro, cuidando dos animais, como faz todas as manhãs.

Subo os degraus da varanda e bato na porta. Luther abre e sinto o cheiro de café que ficou tempo demais no fogão. Ele ocupa o batente todo, um Papai Noel de barba branca, camisa xadrez vermelha e suspensórios, sua respiração ruidosa por causa da fumaça da floresta e do estado sempre empoeirado do chalé.

— Muito bom dia, senhorita Maggie — ele diz.

— Bom dia. Trouxe um presente para você e Callie.

— Presente de quê?

— De nada. Só achei que poderia ser útil para vocês. Tá no carro.

Ele não se dá ao trabalho de vestir um casaco, em vez disso sai com sua camisa de lã, jeans azul e galochas. Ele me segue e murmura de admiração ao olhar para a raposa morta e então acaricia seu pelo.

— Uma belezinha. Então foi esse o tiro que ouvi essa manhã. Matou ela com uma bala só?

— Ela ainda conseguiu fugir por uns cinquenta metros pela floresta.

— Deve ser a mesma que matou duas galinhas de Callie. Bom trabalho.

— Mesmo assim, é uma pena. A raposa só estava tentando sobreviver.

— E não é isso o que todo mundo está fazendo?

— Achei que pudesse fazer alguma coisa com a pele.

— Tem certeza de que não quer ficar com ela? É bem bonita.

— Não, você sabe exatamente o que fazer com ela.

Ele estica a mão até a caçamba da pequena caminhonete e puxa a carcaça para fora. O esforço deixa sua respiração ainda mais alta.

— Entra — ele diz, embalando o animal morto como se fosse um neto. — Acabei de fazer café.

— Hm, obrigada, fica pra outra hora.

— Então pelo menos leva um pouco de leite fresco.

Isso com toda a certeza é bem-vindo. O leite da vaca de Callie alimentada com capim é diferente de tudo o que eu já havia provado antes de me mudar para o Maine, rico e doce o suficiente para valer o risco de bebê-lo não pasteurizado. Eu o acompanho até sua casa, onde ele deixa a carcaça da raposa em um banco. O chalé com péssimo isolamento térmico é só um pouco mais quente por dentro do que o lado de fora, mesmo com o calor do fogão a lenha, ainda assim tiro meu casaco. Luther parece bem confortável apenas com camisa e calça jeans. Não quero café, no entanto ele coloca duas canecas na mesa da cozinha. Seria grosseria recusar o convite.

Eu me sento.

Luther me entrega uma jarra de creme. Ele sabe como gosto do meu café — ou, pelo menos, a única maneira que consigo tolerar o café dele — e também sabe que não resisto ao creme da vaquinha de Callie. Nos dois anos que se passaram desde que me mudei para a propriedade vizinha, sem dúvida ele obteve vários detalhes a meu respeito. Ele sabe que apago as luzes todas as noites por volta das dez horas, que acordo cedo para dar comida e água às galinhas.

Sabe que sou novata na extração de madeira de bordo, que sou muito reservada e que não dou festas barulhentas. E hoje ele aprendeu que atiro bem. Ainda tem muita coisa que ele não sabe, coisas que nunca lhe contei. Coisas que nunca contarei. Sou grata por ele não ser o tipo de homem que faz muitas perguntas. Valorizo um vizinho discreto.

Já eu, em contrapartida, sei muito a respeito de Luther Yount. Não é difícil captar a essência do homem só de olhar em volta da casa dele. As estantes de livros são feitas à mão, assim como a mesa de cozinha de madeira rústica; feixes de tomilho e orégano secos, ambos cortados de sua horta, estão pendurados na viga do teto. Ele também tem livros — muitos e muitos livros, de uma variedade confusa de tão ampla em assuntos, desde física de partículas até criação de animais. Alguns dos livros didáticos levam seu nome como autor, evidência da encarnação anterior de Luther Yount como professor de engenharia mecânica, antes de pedir demissão do corpo docente do MIT. Antes de deixar para trás os acadêmicos e a cidade de Boston, e talvez alguns demônios pessoais também, para se refazer como esse fazendeiro desarrumado, mas feliz. Sei tudo isso não porque ele tenha me contado, mas porque me informei a fundo do seu histórico, como fiz com todos os meus vizinhos próximos, antes de comprar minha fazenda, Blackberry Farm.

Luther foi aprovado na inspeção. É por isso que fico muito à vontade sentada à mesa da cozinha dele tomando café.

Ouço um bater de botas na varanda e a porta se abre, deixando entrar uma rajada de ar frio junto com Callie, de catorze anos. Luther a está educando em casa e, como resultado, ela tem um certo encanto selvagem de uma forma que a torna mais sábia e mais ingênua do que as outras meninas de sua idade. Como o avô, ela é desgrenhada de um jeito sereno, com seu casaco de celeiro manchado e penas de galinha perdidas presas no cabelo castanho. Ela traz duas cestas com ovos recém-colhidos, que coloca no balcão da cozinha. Seu rosto está tão corado por causa do frio que as bochechas parecem ter sido esbofeteadas.

— Oi, Maggie — ela diz enquanto pendura o casaco.

— Olha só o que ela trouxe pra gente — Luther diz.

Callie olha para a raposa morta deitada no banco e passa a mão sobre o pelo. Ela não demonstra nenhuma hesitação, nenhum receio. Ela passou a maior parte da vida com Luther, desde que a mãe morreu de overdose de heroína em Boston, e a vida na fazenda a ensinou a não se surpreender com a morte.

— Ah... Ainda está quente — ela diz.

— Trouxe direto pra cá — digo. — Achei que você e seu avô pudessem fazer alguma coisa legal com ela.

Seu rosto fica radiante de alegria:

— A pele é tão linda. Obrigada, Maggie! Acha que dá pra fazer um chapéu?

— Acho que sim — diz Luther.

— Sabe fazer um chapéu, vô?

— Vamos pesquisar e descobrir juntos. Não podemos desperdiçar essa belezura, né?

— Quero ver como vai fazer, Luther — eu digo.

— Quer ver como faço para tirar a pele também?

— Não, isso já sei.

— Sabe? — Ele ri. — Você está sempre me surpreendendo, senhorita Maggie.

Callie coloca as cestas de ovos na pia. Com a torneira aberta, ela começa a limpar os ovos com um pano para que eles fiquem impecáveis nas caixas. Na cooperativa local, eles serão vendidos por sete dólares a dúzia, o que é uma pechincha para ovos orgânicos caipiras, tendo em vista todo o trabalho que dá, a alimentação e a luta perpétua com linces, raposas e guaxinins. Não que Luther e Callie dependam da venda de ovos para o sustento, porque Luther tem uma boa quantia investida. Esse é outro pequeno detalhe a respeito dele que consegui descobrir. Essas são as galinhas e os ganhos de Callie, e ela já é uma ótima mulher de negócios. Nunca conheci uma garota de catorze anos que conseguisse abater e estripar com tanta eficiência uma velha galinha poedeira.

— É triste que você tenha que atirar nela, mas eu também já perdi muitas das minhas galinhas — diz Callie.

— Algum outro predador vai acabar vindo pra cá — diz Luther. — É assim que o mundo é.

Callie olha para mim:

— Quantas você perdeu?

— Meia dúzia só na semana passada. A raposa levou uma das minhas araucanas esta manhã.

— Talvez eu devesse comprar algumas araucanas. Os clientes parecem gostar desses ovos azuis. Acho que poderia cobrar mais por eles.

Luther grunhiu:

— Ovos azuis, ovos marrons. Todos têm o mesmo gosto.

— Bem, acho que já vou indo — digo e me levanto.

— Mas já? — diz Callie. — Nem conversamos direito.

É raro uma menina da idade dela querer conversar com uma mulher da minha idade, mas Callie não é uma garota comum. Ela fica tão à vontade na companhia de adultos que às vezes me esqueço de como é jovem.

— Quando seu avô começar a costurar o chapéu de raposa eu volto — digo.

— Vou fazer frango e bolinhos pro jantar.

— Então vou voltar com certeza.

Luther toma o resto do café e se levanta também:

— Espera, vou pegar o leite que prometi. — Ele abre a geladeira, fazendo as garrafas de leite de vidro nas prateleiras internas tilintarem de um jeito quase musical. — Se não fossem essas malditas regulamentações sanitárias, podíamos vender nosso leite na barraca da fazenda. Ia ser um dinheiro fácil.

Dinheiro de que ele não precisa. Algumas pessoas gostam de ostentar sua riqueza, mas Luther parece envergonhado da dele. Ou talvez seja uma tática para se proteger, esconder o que os outros podem querer tirar de você. Ele pega quatro garrafas de vidro de leite, cada uma coberta por uma espessa camada de creme, e as coloca em uma sacola.

— Da próxima vez que alguém passar na sua casa, Maggie, dê um pouquinho disso pra ele. Depois, manda virem aqui comprar mais. Só uma venda particular, é claro. Para o estado do Maine não vir encher nosso saco.

Já estou na porta com meu leite que tanto adoro quando processo o que ele acabou de me dizer. Me viro de volta para ele:

— Como assim, da próxima vez?

— Ninguém foi te visitar ontem?

— Não.

— Humpf. — Ele olha para Callie. — Vai ver você ouviu errado.

— Ouviu o que errado? — pergunto.

— Tinha uma mulher lá no correio — Callie diz. — Fui pegar nossa correspondência quando ouvi o chefe do correio explicando como chegar à Blackberry Farm. Ela disse que era sua amiga.

— Como ela era? Jovem, velha? Que cor era o cabelo dela?

Minhas perguntas rápidas parecem deixar Callie surpresa:

— Hum, ela era jovem, eu acho. E bem bonita. Não vi o cabelo porque ela estava usando um chapéu. E uma jaqueta puffer bonita. Azul.

— Não falou pra ela como chegar, falou?

— Não, mas o Greg no correio falou. Algum problema?

Não sei a resposta. Fico parada na porta aberta, segurando minha sacola com as garrafas de leite, o ar frio passando por mim:

— Eu não estava esperando ninguém. Não gosto de surpresas, só isso — digo e saio da casa deles.

Algum problema?

A pergunta ainda me deixa nervosa quando, mais tarde, dirijo até a cidade para comprar algumas coisas de que preciso. Quem está perguntando como chegar à minha fazenda? Pode ser uma pergunta normal, feita por alguém procurando a antiga proprietária, sem saber que a mulher faleceu há três anos, aos oitenta e oito anos. Ela era, segundo todos os relatos, muito conhecida por sua inteligência e mau humor. O tipo de mulher de quem eu teria gostado. Esse *seria* o motivo mais lógico para um visitante perguntar da fazenda, já que não tem por que alguém vir me procurar aqui. Nos dois anos desde que me mudei para Purity, no Maine, ninguém apareceu aqui.

E prefiro que continue assim.

Na cidade, vou aos lugares de sempre: na loja de ração, correio, supermercado. Todos locais em que sumo na multidão de outras mulheres de cabelos grisalhos, todas agasalhadas com casaco e cachecol. Assim como elas, é raro que eu chame a atenção de alguém. Junto da idade vem o anonimato, o que torna esse o disfarce mais eficaz de todos.

Na mercearia do vilarejo, passo despercebida enquanto levo o carrinho para cima e para baixo pelos corredores estreitos, pegando aveia, farinha, batatas e cebolas. Ovos, pelo menos, eu nunca precisarei comprar. A sessão de bebidas alcoólicas nessa pequena cidade é lamentável, mas tem duas marcas diferentes de uísque puro malte e, mesmo sem gostar muito de nenhuma delas, pego uma garrafa. Estou tentando preservar meu estoque de Longmorn trinta anos e não sei quando vou conseguir comprar mais.

Quando estou na fila esperando para passar as compras, poderia ser confundida com outra agricultora, dona de casa ou professora aposentada. Durante anos, ensinei a mim mesma a não me destacar, a não chamar a atenção, e agora nem preciso me esforçar para isso, o que é triste, mas também um alívio. Às vezes, sinto falta dos dias em que era notada, dos dias em que usava saias curtas e saltos altos e podia sentir os olhares dos homens em meu corpo.

A operadora do caixa me entrega a conta e, em seguida, dá uma outra olhada quando vê a minha conta:

— Vai dar... nossa... Duzentos e dez dólares. — Ela olha para mim, como se esperasse que eu contestasse, mas não faço nada. É por causa do uísque. Nem é meu favorito, mas algumas coisas na vida são necessárias.

Pago e levo as sacolas para fora. Estou as colocando na picape quando vejo Ben Diamond com sua jaqueta de couro preta de sempre. Ele está prestes a entrar no Marigold, um café na rua da frente. Se tem alguém que sempre sabe de tudo é Ben. Ele deve saber quem estava atrás de mim.

Atravesso a rua e sigo Ben até o Marigold.

Logo de cara o vejo sentado com Declan Rose numa mesa de canto. Como de costume, os dois se sentam de frente para a entrada, um hábito do qual não conseguem se livrar, mesmo aposentados. Declan parece o professor de história que costumava ser, com paletó xadrez e sua bela juba de cabelo de leão. Aos sessenta e oito anos, o cabelo, antes preto, está um pouco grisalho, mas ainda continua volumoso como quando o conheci, há quase quatro décadas. Ao contrário do professoral Declan, Ben Diamond parece um pouco perigoso, com a cabeça raspada e jaqueta de couro preta. Só quem tem uma presença de líder inato conseguiria se safar com um visual desse aos setenta e três anos, mas Ben ainda o tem. Quando vou até a mesa deles, ambos erguem o olhar.

— Ah, Maggie! Junte-se a nós — diz Declan.

— Faz tempo que não te vejo. O que tem feito? — pergunta Ben.

Deslizo para a mesa deles:

— Tive um problema com uma raposa para resolver.

— Suponho que a raposa já esteja morta.

— Morreu esta manhã. — Ergo os olhos quando a garçonete passa. — Café, por favor, Janine.

— Cardápio? — ela pergunta.

— Hoje não, obrigada.

Ben está me observando. Ele tem um talento para analisar pessoas, e deve ter percebido que tem um motivo para eu ter me sentado com eles hoje. Espero até que Janine esteja longe o suficiente para não conseguir ouvir e então faço minha pergunta a eles.

— Quem está me procurando?

— Tem alguém te procurando? — pergunta Declan.

— Uma mulher, alguém que acabou de chegar à cidade. Ouvi dizer que ela estava no correio ontem, perguntando como chegar à Blackberry Farm.

Eles se entreolham e depois se voltam para mim:

— Acabei de ficar sabendo disso, Maggie — diz Ben.

Janine traz meu café. É fraco, mas pelo menos não está queimado como o de Luther. Esperamos até que ela se afaste para voltar a falar. É só uma questão de hábito para nós. O motivo pelo qual eles sempre escolhem essa mesa é que ela parece um lugar afastado e seguro, longe de ouvidos curiosos.

— Está preocupada com isso? — pergunta Declan.

— Não sei se deveria estar.

— Ela disse seu nome? Ou só o nome da fazenda?

— Só o da fazenda. Vai ver não é nada. Como ela ia saber que sou eu quem mora lá?

— Se eles quiserem muito, conseguem descobrir qualquer coisa.

Paramos quando dois clientes se levantam da mesa e passam por nós, rumo ao caixa. O silêncio me dá a chance de pensar nas palavras de Declan. *Se eles quiserem muito*. Hoje em dia estou contando com isso, que não vale a pena se dar ao trabalho de me encontrar. Sempre tem peixes maiores para pegar, e eu sou só um peixinho. Quem sabe um peixe de tamanho médio. Por que se dar ao trabalho de procurar uma mulher que não quer ser encontrada? Nos dezesseis anos que se passaram desde a minha aposentadoria, baixei a guarda aos poucos. Agora estou tão acostumada a ser uma criadora de galinhas de cidade pequena que comecei a acreditar que isso é tudo o que sou. Do mesmo jeito que Ben é só um vendedor aposentado de suprimentos para hotéis, e Declan apenas um professor de história aposentado. Sabemos a verdade, mas guardamos os segredos uns dos outros, porque cada um tem os próprios segredos para guardar.

Chantagem mútua leva à segurança.

— Vamos ficar de olho — diz Ben. — Descobrir quem é essa mulher.

— Eu agradeço, obrigada. — Deixo dois dólares na mesa para pagar o café.

Declan diz:

— Vai ao clube de leitura hoje à noite? Faz dois meses que você não vai. Sentimos sua falta.

— Que livro vocês estão discutindo?

— *As viagens de Ibn Battuta*. Foi Ingrid que escolheu — diz Ben.

— Já li esse.

— Então pode nos contar o que achou — diz Declan —, porque Ben e eu não fizemos a lição de casa. O encontro será na casa de Ingrid e Lloyd hoje à noite. Às seis horas. Com alguns martínis em mãos, talvez possamos pular a discussão do livro e irmos direto para as fofocas locais. Podemos contar com sua presença?

— Vou pensar.

— Isso lá é resposta que se dê? — Ben rosna. Ele está tentando me intimidar para eu ir. Sempre me perguntei se esse jeito de gângster dele realmente funcionava quando estava em campo. Ele com certeza nunca me botou medo.

— Tá bem, eu vou — digo.

— E eu vou colocar sua vodca favorita para gelar — diz Declan.

— Belvedere.

Declan ri:

— Poxa, Mags. Achou mesmo que me esqueceria desse detalhe? — É claro que ele conhece minha vodca preferida. Por trás do belo cabelo de Declan tem um cérebro detalhista e um talento para idiomas estrangeiros que o levou a ser fluente em sete línguas. Eu parei em três.

De volta à minha picape, dirijo para casa por estradas secundárias difíceis por causa da geada, por uma paisagem em preto e branco de árvores sem folhas e campos cobertos de neve. Não era ali que eu me via no fim da vida. Cresci num lugar empoeirado e quente, com verões brilhantes e ofuscantes, então meu primeiro inverno no Maine foi um desafio. Aprendi a cortar lenha, dirigir no gelo e descongelar canos congelados, e aprendi que nunca se é velho demais para se adaptar. Quando eu era jovem e imaginava o cenário de uma aposentadoria perfeita, sonhava que seria em um chalé no topo de uma colina em Koh Samui ou em uma casa na árvore na Península de Osa, onde eu viveria ao som de pássaros e macacos bugios. Esses eram lugares que eu conhecia e amava, lugares para os quais, no final, não poderia fugir.

Porque era lá que eles esperariam que eu estivesse. Ser previsível é sempre o primeiro erro.

Uma notificação toca no meu celular.

Olho para a tela e o que vejo me faz pisar no freio. Vou para o acostamento e encaro as imagens. É a transmissão de vídeo do meu sistema de segurança. Alguém acabou de entrar na minha casa.

Poderia chamar a polícia local, mas eles com certeza fariam perguntas que talvez eu não queira responder. O Departamento de Polícia de Purity é composto de apenas seis policiais e, até agora, não tive nenhum motivo para interagir com eles. Quero que continue assim, mesmo que isso signifique que eu tenha que lidar com esse problema sozinha.

Volto para a estrada.

Meus batimentos já estão acelerados quando passo pela fileira de árvores de bordo e paro em frente à casa da minha fazenda. Por um momento, permaneço na picape e olho para a varanda. Tudo parece estar no mesmo lugar. A porta da frente está fechada e minha pá de neve está onde a deixei, encostada na pilha de lenha. O intruso quer me fazer acreditar que está tudo bem.

Então vou entrar no jogo.

Saio da picape e carrego o saco de batatas e a ração das galinhas até a varanda. Eu os coloco lá, deixando que caiam com um baque forte no chão. Quando pego as chaves de casa, sinto cada nervo afinado com primor, ampliando cada sensação. O farfalhar dos galhos das árvores, o gelar do vento frio no rosto.

Percebo que o fio na dobradiça da porta foi rompido.

É uma tática tão primitiva nesta era eletrônica de vigilância doméstica, mas os sistemas digitais podem falhar ou serem hackeados. Nos últimos meses, fiquei descuidada, nem sempre me preocupei em esticar aquele fio, fino como uma teia de aranha, mas o que ouvi na casa de Luther esta manhã me fez retomar essa precaução.

Destranco a porta, empurro e vejo o hall de entrada. Meus sapatos estão enfileirados embaixo do banco, meus casacos estão pendurados nos ganchos. O piso está granulado com areia e sujeira.

Até agora, tudo parece normal. À minha esquerda está a sala de estar. Dou uma olhada pela porta e vejo o sofá, as poltronas, a lenha empilhada na lareira. Nenhum intruso à vista.

Viro à direita e entro na cozinha, evitando a tábua do assoalho que sempre range. Vejo minha xícara de café e a louça do café da manhã na pia, cascas de toranja no balde de compostagem. Grãos de açúcar derramados brilham na mesa. Tudo está como deixei, exceto uma coisa: o cheiro de um xampu desconhecido.

Aquela tábua chata do assoalho range atrás de mim. Eu me viro e encaro a intrusa.

Ela é jovem, esbelta, e se move com a graça de uma atleta. Tem trinta e poucos anos, cabelos pretos lisos e franja rala, olhos escuros, maçãs do rosto protuberantes. Ela parece estranhamente tranquila, apesar do cano da minha pistola, que tenho carregado desde a minha conversa com Callie esta manhã, estar agora apontado para o seu peito.

— Olá, Maggie Bird — ela diz.

— Acho que não nos conhecemos.

— Por que escolheu esse nome?

— Por que não?

— Deixa eu adivinhar. Bird de pássaro? Como ser livre como um pássaro?

— Sonhar não é crime.

Ela puxa uma cadeira. Senta-se em frente à mesa da cozinha e, despreocupada, afasta os grãos de açúcar que derramei no café da manhã, parecendo não se importar com o fato de eu estar com o dedo no gatilho para atirar nela.

— Não tem necessidade disso — ela diz, acenando com a cabeça para minha arma.

— Quem decide isso sou eu. Estou olhando para alguém que entrou na minha casa sem ser convidada. Não tenho ideia de quem você é ou por que está aqui.

— Pode me chamar de Bianca.

— É seu nome mesmo ou é um codinome?

— Faz diferença?

— A polícia vai precisar de um nome para o cadáver.

— Ah, para com isso. Estou aqui porque temos um problema. E precisamos da sua ajuda.

Eu a olho por um momento, observando os ombros relaxados e as pernas magras e compridas, agora cruzadas bem à vontade. Ela não está nem olhando para mim; em vez disso, está cutucando uma unha encravada como quem não quer nada.

Eu me sento em frente a ela e coloco minha arma na mesa.

Ela dá uma olhada na arma:

— Entendo por que precisa disso. Você tem fama de não confiar nas pessoas.

— Tenho fama?

— Foi por isso que me mandaram aqui. Acharam que se sentiria menos ameaçada por uma mulher.

— Já que sabe tanto sobre mim, também deve saber que não estou mais na ativa. Crio galinhas. Gosto de criar galinhas. — Não há sequer um sorriso em seus lábios. Ela não tem senso de humor, movida por profissionalismo, uma mulher com uma missão a cumprir. Pelo visto, o recrutamento da Agência ficou bem mais exigente do que era na época em que trabalhei lá. — Não sei por que te mandaram aqui — digo. — Mas agora que você já me viu, sabe que não estou mais no meu auge e também estou enferrujada. Não estou interessada em fazer mais nenhum trabalho para eles.

— No caso, teria um pagamento envolvido.

— Já tenho dinheiro suficiente.

— Pode ser uma boa quantia.

— Sério? Não sou muito adepta do capitalismo.

— Essa tarefa vai ter um significado especial para você.

— Continuo não interessada. — Me levanto da cadeira, mesmo que levantar tão rápido faça meu joelho doer, sou orgulhosa demais para deixá-la me ouvir gemer ou me ver fazendo uma careta. — Vou te acompanhar até a saída. Diga a eles que da próxima vez que mandarem alguém para falar comigo, que essa pessoa pelo menos bata na porta, como qualquer visitante normal faria.

— Diana Ward sumiu.

Fico imóvel. Eu a encaro por um instante, tento ler suas expressões faciais, mas tudo o que vejo é uma perfeição fria e um rosto totalmente inexpressivo.

— Viva ou morta? — pergunto.

— Não sabemos.

— Onde foi vista pela última vez?

— Fisicamente? Em Bangkok, uma semana atrás. Depois disso sumiu, e o celular dela ficou fora de área.

— Faz anos que ela se aposentou. Deixou a Agência logo depois de mim. Por que estão preocupados em saber onde ela está agora?

— Estamos preocupados com o bem-estar dela. Na verdade, estamos preocupados com todos que estiveram envolvidos na Operação Cyrano.

Não consigo esconder minha reação ao ouvir essas duas palavras. Sinto o choque reverberar pelos ossos, forte como um traumatismo craniano.

— Por que isso está vindo à tona agora?

— Houve uma violação recente dos serviços de informação automatizados da Agência. Esse acesso não autorizado disparou um alerta, mas o único arquivo que o invasor acessou foi o da Operação Cyrano.

— Essa operação aconteceu dezesseis anos atrás.

— E as informações permaneceram confidenciais, para a segurança de todos os envolvidos. Mas agora, temo que seus nomes possam ter vazado, e é por isso que estamos rastreando todos vocês, para verificar se estão bem. Para ver se estão precisando de ajuda. Pra ser sincera, nunca me passou pela cabeça que viessem parar em um lugar como este. — Ela olha em volta, para minha mesa de pinho, para a prateleira pendurada com panelas de ferro fundido. Lá fora começou a nevar, e flocos grossos rodopiam do lado de fora da janela, o tipo de neve que é uma delícia para se andar. Bianca não parece ser uma mulher que se encanta com flocos de neve.

— Como pode ver, estou morando aqui e tenho um novo nome — digo a ela. — Estou perfeitamente segura.

— Mas Diana pode estar com problemas.

— Diana com problemas? — Dou risada. — Pode apostar que está. Mas ela é durona e consegue se cuidar muito bem. Agora, se é só isso que veio perguntar, está na hora de ir embora. — Vou até a porta da frente e a abro com um puxão. Apesar do ar frio que entra, eu a mantenho aberta, esperando minha visita indesejada sair.

Bianca enfim entra na varanda e se vira para me olhar.

— Nos ajude a encontrá-la, Maggie. Deve saber para onde ela foi. Vocês trabalharam juntas.

— Dezesseis anos atrás.

— Mesmo assim, você deve conhecê-la melhor do que ninguém.

— Sim, tem razão. Devo conhecer. É por isso que não dou a mínima para o que acontecer com ela — digo e fecho a porta na cara dela.

3

JO

lguns homens precisam tomar uma boa facada, pensou Jo Thibodeau enquanto observava os paramédicos colocarem a maca de Jimmy Kiely na ambulância. Ele muito provavelmente sobreviveria aos ferimentos, e dependendo do ponto de vista de cada um, isso poderia ser bom ou ruim. Bom, porque assim sua esposa, Megan, não precisaria lidar com uma acusação de assassinato. Ruim, porque isso significava que Jimmy voltaria para deixar a vida deplorável de Megan pior ainda, forçando Jo e seus policiais a intervirem mais uma vez no drama sem fim desse casal. Mesmo numa cidade tão pequena como Purity, sempre tinham esses problemas, às vezes a portas fechadas, onde ninguém mais podia ouvir os soluços ou os punhos batendo na carne. Outras vezes, esses dramas particulares se tornavam públicos e os vizinhos que viam os olhos roxos e as cortinas sempre fechadas acenavam com a cabeça e diziam uns aos outros: *Sabíamos que isso ia acontecer um dia.*

Esta noite, aconteceu mesmo, e uma dúzia desses vizinhos estava no estacionamento do pub Whale Spout, ouvindo Jimmy gritar ameaças da parte de trás da ambulância, alto o suficiente para serem ouvidas por cima da música que estava tocando no bar.

— Pode esperar, vadia! Espera só até eu chegar em casa!

Uma pena a faca não ter atingido os pulmões de Jimmy.

— Vai se arrepender! Você vai ver só!

Com as luzes piscando, a ambulância se afastou e Jo soltou um suspiro, exalando uma nuvem de vapor no ar gelado. A multidão no estacionamento do bar não fez nenhum movimento para se dispersar, porque essa era a coisa mais emocionante que havia acontecido em Purity desde que Fernald Hobbs teve um derrame enquanto dirigia sua picape e saiu capotando pelo estaleiro até o porto. Apesar dos −9° C da noite e estar começando a nevar outra vez, ficaram olhando,

25

como se estivessem hipnotizados pelos faróis dos dois carros de patrulha. Para quem cresceu no Maine, −9° C é uma noite agradável para fevereiro.

— Por favor, vão para casa, pessoal! — Jo exclamou. — Não tem nada para ver aqui.

— Bem feito para ele, Jo! — gritou Dorothy French.

— O júri é que vai decidir isso. Agora, por favor, vão para casa antes que congelem de frio. O pub está fechado por hoje.

Com o único estabelecimento de bebidas da cidade fechado, talvez o resto da noite fosse tranquilo. A não ser que alguém pegasse a estrada em alta velocidade e derrapasse num monte de neve, ou que o filho pequeno de alguém destrancasse uma porta e saísse de casa. Para um policial, o clima frio complicava tudo, desde acidentes até crianças perdidas. Acrescente um caso grave de um casal trancafiado dentro de casa, uma quantidade boa de raiva reprimida, muita bebida, e você tem…

Bem, você viu o que aconteceu aqui esta noite.

Ela entrou no pub e tirou a neve das botas. Depois de sair direto do frio, lá dentro parecia uma estufa, o aquecimento devia estar em pelo menos 25° C. Que desperdício de energia. Jo olhou para o bar, onde havia trabalhado por alguns verões servindo vinho e preparando coquetéis para o bando de turistas que vinham de longe, queimados de sol, que diziam que o pequeno vilarejo à beira-mar era *pitoresco* e perguntavam o que as pessoas faziam aqui no inverno. *Bom, é isso que fazemos aqui*, pensou. *Engordamos, bebemos demais e atormentamos uns aos outros.* Ela inalou o aroma de levedura da cevada e pensou como um copo gelado de cerveja cairia bem agora, mas isso ia ter que esperar. Abriu o zíper da jaqueta, tirou as luvas e o gorro de lã e se concentrou no motivo pelo qual estava aqui: a jovem caída numa mesa no canto, com um policial de guarda ao lado dela.

Megan Kiely com certeza já teve dias melhores. No ensino médio, era uma das garotas mais populares da escola, uma ruiva animada com uma risada que podia ser ouvida do outro lado do campo de corrida de corta-mato. Seu cabelo ainda era ruivo e ela ainda tinha uma silhueta de arrasar, mas, com só trinta e dois anos, qualquer sorriso tinha sido apagado do seu rosto, deixando para trás essa sombra triste da mulher que foi um dia.

— Oi, Megan — disse Jo, alto o suficiente para ser ouvida mesmo com a música agitada.

Megan ergueu o olhar e disse, sem graça:

— Oi, Jo.

Jo disse para o seu policial:

— Mike, posso falar com ela? E desliga essa música horrível, vai.

Ela esperou Mike desligar os alto-falantes. Enfim, um silêncio abençoado. Quando se sentou à mesa em frente a Megan, sentiu algo pegajoso na superfície da mesa, quando olhou para baixo viu que tinha sangue espalhado na palma da mão. Só podia ser o sangue do babaca, porque Megan não parecia ter nenhum corte, apenas um olho direito inchado, que amanhã se transformaria em um grande olho roxo.

— Então, vamos conversar? — perguntou Jo.

— Não.

— Sabe que precisa.

— Sim. — Megan suspirou. — Eu sei.

Jo alcançou o porta-guardanapo e tirou um para limpar o sangue da mão.

— O que aconteceu?

— Ele me bateu.

— Onde?

— No meu rosto.

— Quero dizer, em que lugar isso aconteceu?

— Em casa. Nem lembro o que fez ele surtar. Ah, lembrei, foi porque me atrasei para voltar da casa da minha mãe. Ele me deu um soco e eu saí. Vim pra cá, pensei em esperar até ele se acalmar. Mas ele veio atrás de mim. Entrou voando e me atacou enquanto eu estava sentada no balcão. Acho que eu só acabei... reagindo. Peguei uma faca de carne quando estava me afastando dele. Não me lembro de ter feito isso. Só sei que ele começou a gritar e tinha sangue e, nem sei como, mas eu estava segurando a faca.

Jo olhou para Mike, que disse:

— Colocamos num saco. E temos meia dúzia de testemunhas que viram ela fazer isso. — Ele encolheu os ombros. — Simples e direto.

Só que não era simples. A parte da esposa que esfaqueia o marido pode ser bem clara, mas o que vinha antes disso era uma história triste e complicada de uma mulher que se apaixonou muito jovem, se casou muito nova e ficou presa a essa situação.

— Vou pra cadeia, não vou? — sussurrou Megan.

— Por esta noite, sim. Até seu advogado resolver as coisas pela manhã.

— E depois?

— Existem circunstâncias atenuantes. Eu sei disso, e a maioria das pessoas da cidade também sabe.

Megan concordou com a cabeça e deu uma risada triste:

— Acho que vou até gostar da cadeia. Vai ser como tirar férias, sabe? Vou poder dormir tranquila sem ter que me preocupar com a possibilidade de o Jimmy...

— Megan, não precisa ser assim.

— Mas é. — Ela olhou para Jo. — É assim que as coisas são.

— Então *mude* isso. Manda o Jimmy ir se catar.

A boca de Megan se inclina em um meio-sorriso:

— Sim, é bem isso que você *diria*. A mesma Jo Thibodeau de sempre que não tem medo de nada. Você não mudou nada desde o ensino médio. — Ela balançou a cabeça. — O que ainda está fazendo nesta cidade, por falar nisso? Você poderia ter ido embora. Poderia estar morando em qualquer lugar. Em um lugar quente, como a Flórida.

— Não gosto de calor.

— A questão é que você *poderia* viver em outro lugar.

— Sim, eu poderia. E você também.

— Você não acabou com o homem errado.

— Sempre dá pra mudar isso.

— Fala como se fosse tão fácil. Não entende como é difícil.

— Não. — Jo suspirou. — Acho que não entendo. — Assim como Jo não entendia como Megan havia se deixado levar para os braços de Jimmy Kiely. Por outro lado, homens como Jimmy costumam ficar longe de Jo porque ela era conhecida por não abaixar a cabeça. Todos os rapazes da cidade sabiam que se alguém batesse em Jo Thibodeau, ela revidaria com o dobro da força.

Jo se levantou e ajudou Megan a se levantar.

— Precisa dar uma olhada nesse olho. Mike vai te levar para o hospital primeiro. Depois a gente se preocupa com o resto.

— E então vou poder dormir — disse Megan.

Hoje talvez realmente tivesse uma noite de sono decente, já que seria a única na cadeia. Nesta época do ano, as celas de Purity ficavam quase sempre vazias. Para Jo, esse era o lado bom do inverno. Sem turistas de verão bêbados cruzando o porto em lanchas, nenhum pequeno furto cometido por adolescentes entediados voltando da escola. Quando as noites se tornavam longas e a neve começava a cair, a cidade de Purity parecia hibernar, transformando-se numa versão mais sonolenta e menos problemática de si mesma.

Foi essa versão sonolenta de Purity que ela viu dirigindo pela rua principal mais tarde naquela noite, com as vitrines já escuras às sete horas, as calçadas desertas brilhando com gelo sob os postes de luz. Um vilarejo encantado, adormecido numa noite de inverno. Ainda que parecesse um lugar que parou no tempo, Jo já tinha visto muitas mudanças em seus trinta e dois anos. A velha loja de antiguidades que vendia louças que não combinavam entre si e cartões-postais desbotados de antes agora era uma loja de presentes que vendia geleias com embalagens chiques, compotas e doces. A antiga máquina de refrigerante na qual seu pai costumava tomar vaca-preta virou uma loja de vinho, que por sua vez virou uma franquia de café que vendia tantas versões de café que você precisava de um dicionário de italiano para saber o que estava pedindo. Pelo menos a loja de ferragens ainda existia, mas o proprietário de oitenta e três anos estava ansioso para se aposentar e, um dia, a loja deixaria de vender martelos e chaves de fenda, e em vez disso passaria a vender roupas. Mesmo que esses prédios de tijolos tivessem cento e cinquenta anos, muitas empresas e proprietários iam e vinham, porque a única coisa com que se podia contar na vida, mesmo em uma cidade pequena, era a mudança.

Ela pensou no que Megan lhe disse: *O que ainda está fazendo nesta cidade, por falar nisso? Você poderia ter ido embora.* Era verdade, Jo *poderia* ter saído de Purity, mas ela sabia que nunca sairia porque não *queria*. Foi aqui que ela cresceu, onde seu pai, seu avô e o avô dele haviam crescido, duzentos e cinquenta anos de Thibodeau com suas raízes afundadas no solo pedregoso. Agora era sua responsabilidade proteger essa cidade, os 47,5 quilômetros quadrados que se estendiam da baía de Penobscot até o Monte Cameron, a oeste. Dentro de suas fronteiras, havia o porto e o estaleiro, terras agrícolas e florestas, um lago, várias lagoas com e sem nome e 3 mil residentes durante o ano todo, a maioria dos quais vivia ao longo da costa, a poucos metros do mar.

Só que naquela noite de inverno estava frio demais para sentir o cheiro do oceano, mesmo quando Jo dirigiu até o cais e estacionou nas docas. Ela abriu a janela do carro, procurando por problemas, mas tudo o que ouviu foi o barulho da água contra o quebra-mar. Os dois veleiros da cidade, *Amelie* e *Samuel Day*, estavam cobertos com uma lona branca para o inverno e pareciam navios fantasmas, balançando em seus atraques. No verão, essas escunas partiam todas as tardes, se o tempo permitisse, lotadas da proa à popa de passageiros que pagavam pela viagem. Os moradores locais as chamavam de "peixe do dia" e, ainda que as pessoas da cidade ficassem felizes em receber o dinheiro, os moradores não gostavam do trânsito e do caos que os turistas traziam para a cidade.

Problemas que se esperava que Jo resolvesse.

Ela dirigiu para longe do desembarque, longe do mar, e continuou sua ronda. Primeiro, dirigiu para o oeste, em direção ao lago Cameron, onde os chalés sazonais estavam fechados e propícios a serem arrombados. Virou para o norte, passando pela estrada que contornava o enorme carvalho no qual os garotos Parker bateram o carro há dois anos, deixando seus pais sem filhos e arrasados, depois voltou para o leste em direção à costa, passando pela casa da fazenda na qual George Olsen atirou na esposa e depois em si mesmo. Outras pessoas alugavam aquela casa agora, um jovem casal de Boston experimentando a vida longe da cidade grande. Jo deduziu que sabiam do assassinato/suicídio dos Olsens. Ou não. Talvez Betty Jones, a administradora da propriedade, tivesse dado uma de esperta e deixado essa informação de fora. Era bem o tipo de coisa que Betty faria.

Na estrada costeira que levava de volta ao vilarejo, Jo passou pela curva onde um ciclista caiu e fraturou o crânio no verão passado, depois da enseada onde uma adolescente se afogou. Quando alguém fica a vida inteira numa cidade, acaba conhecendo todos os lugares nos quais ocorreu uma tragédia, porque lembranças ruins são tão perenes quanto as lápides.

Terminada a ronda noturna, voltou para o Departamento de Polícia de Purity e estacionou na vaga identificada como "Chefe de Polícia". Fazia cinco meses que era isso que ela era. A chefe interina, na verdade, até o Conselho da cidade se organizar e decidir quem iria substituir Glen Cooney, que havia morrido aos sessenta e quatro anos em serviço, quando foi atropelado por um carro enquanto registrava uma multa de trânsito. Jo tinha sido a primeira a chegar ao local e ainda tinha pesadelos com a imagem de Glen esparramado na grama da estrada, onde tinha sido jogado, com o quadril direito torcido para trás e o pé apontando na direção errada. Foi ele quem a contratou há dez anos, mas muito relutante, porque duvidava que uma mulher de vinte e dois anos pudesse algemar um bêbado de verão. Então, numa noite, ele a viu fazer isso e, depois disso, ficou tudo bem entre Glen e Jo.

Agora era ela quem tinha de lidar com as escalas de turnos e os dias de licença médica do DP e com o orçamento sempre inferior ao necessário. Será que uma cidade de três mil habitantes realmente precisava de seis policiais em tempo integral? *Bem, Senhora Presidente do Conselho, poderíamos ter menos se todos vocês parassem de sofrer acidentes, brigar e arrombar carros. Ah, e em julho, poderíamos fechar a Rota 1 e interromper a invasão anual de turistas de verão? Tenho certeza de que eles ficariam felizes em levar seus dólares para outra cidade.*

Ela entrou no prédio e foi até a mesa onde Glen Cooney costumava se sentar, mesa que agora era dela. Ainda podia vê-lo sentado aqui, como fazia todas as manhãs, com sua xícara de café preto e seu sanduíche de café da manhã, as costas eretas, os cabelos grisalhos bem penteados partidos de lado. Ele era um homem decente, como a maioria dos homens na vida de Jo, não era brilhante, mas confiável, e no fim era o que contava. Agora que Jo tinha de lidar com as situações complicadas com as quais Glen costumava lidar — o policial com problema de bebida, o organista da igreja cleptomaníaco —, ela se sentava nessa cadeira e se perguntava: *O que Glen faria?*

Jo se sentou, ligou o computador e começou a redigir o relatório do esfaqueamento de Jimmy Kiely. Se a noite ficasse tranquila, ela também poderia elaborar as escalas de turnos do próximo mês e talvez fazer o discurso para o Dia das Profissões na próxima semana em uma escola de ensino médio. Depois, tinha o fim de semana para planejar. A previsão do tempo era de céu limpo no sábado, frio e ensolarado, o que seria um bom dia para arrumar a barraca e ir até Bald Mountain com sua cadela, Lucy. Ela mal podia esperar por uma noite sem telefonemas, sem distrações, somente ela e sua cachorra acampando na neve sob um céu estrelado.

Só o som de estática ressoava do seu rádio.

4

MAGGIE

Quando paro em frente à bela casa colonial branca de Lloyd e Ingrid, vejo que o Subaru preto de Ben Diamond está estacionado do outro lado da rua e o Volvo azul de Declan está perto da esquina, o que me diz que a turma está toda aqui. Ainda inspeciono os veículos na rua, verificando quem já chegou e quem ainda não, sem nem me dar conta. É difícil se livrar de velhos hábitos.

Lloyd abre a porta.

— Ah, a gente estava se perguntando quando é que você ia aparecer — ele diz quando entro na casa com um prato, já que o combinado era cada um levar uma coisa.

— O cheiro está bom — digo, entregando meu prato para ele. — O que está cozinhando?

— Estou tentando fazer porchetta pela primeira vez. Mas primeiro, os martínis! Declan já está com a sua Belvedere no gelo.

Penduro o casaco e entro na sala de estar, onde a lareira — com madeira de verdade, não aquelas a gás — crepita. O aroma de curry e alho flutua da cozinha e, na mesa de centro, Lloyd colocou uma bandeja fantástica de antepastos: salame, mortadela, azeitonas e queijos. Nessa casa, Lloyd é quem cozinha e, a julgar pela barriga, ele também come a maior parte. Os outros estão em volta da lareira com martínis na mão. Por mais que chamemos nossas reuniões noturnas de "clube de leitura", a verdade é que vamos por causa dos martínis.

E pelas fofocas. A fofoca era a moeda de troca da nossa antiga vida, antes de virmos para este canto tranquilo do Maine. Ben Diamond foi o primeiro a fincar a bandeira aqui, nove anos atrás. Depois de se aposentar mais cedo para cuidar da esposa doente, sua busca pela cidade perfeita o trouxe até aqui, ao vilarejo de Purity. Tinha tudo que ele precisava: uma livraria, uma biblioteca municipal decente, uma cafeteria que servia café expresso e nenhum alvo nuclear nas proximidades.

Um ano depois de Ben se mudar para cá, sua esposa morreu, mas ele continuou em Purity. Alguns anos depois, ele recrutou Ingrid e Lloyd, e depois Declan, para se aposentarem aqui também. Não tenho dúvidas de que há outros como nós vivendo uma aposentadoria tranquila em todo o Maine, um estado que há muito tempo é tido pela Agência como um ótimo lugar para esconderijos. Ainda que esses colegas não tenham se revelado para mim, Ben com certeza sabe quem são. Ben sabe de tudo.

Declan coloca um martíni na minha mão. O copo está tão gelado que dói segurá-lo, e é bem assim que eu gosto de tomar.

— Ficamos sabendo que teve uma visita inesperada hoje — diz Ingrid.

Olho para Declan, que foi a única pessoa para quem contei da visita. Ele encolhe os ombros como se estivesse se desculpando.

— Pelo visto não perdeu tempo para espalhar a notícia — digo.

— Achei que eles precisavam saber. Quando uma pessoa de fora aparece na nossa cidadezinha, traz repercussões.

— Nos conte dela — diz Ingrid.

Tomo um gole daquele martíni tão gelado e tão suave.

— Ela disse que seu nome era Bianca.

Agora todos se aproximam para participar da conversa. Estavam esperando esse tempo todo, ouvindo. Estão sempre atentos a qualquer informação útil que possa surgir.

— Bianca. Não soa familiar para mim — diz Ingrid. Os outros também balançam a cabeça.

— Um rosto novo — digo a eles. — Tem uns trinta e poucos. Um metro e setenta e cinco, uns sessenta quilos. Cabelo preto, olhos castanhos.

— Algum sotaque?

— Indecifrável para o meu ouvido. Talvez uma pitada de Inglaterra, sotaque-padrão londrino. Talvez ela tenha morado lá por alguns anos.

Todos estão balançando a cabeça, processando essa informação. Esses quatro não precisam fazer anotações; isso agora está bem gravado na massa cinzenta deles.

— O que ela está fazendo aqui? — pergunta Ingrid, arrumando o cachecol. Numa cidade em que uma camisa limpa e uma calça jeans são considerados trajes elegantes, Ingrid nunca abriu mão de estar sempre bem-arrumada. O cabelo grisalho está elegante, torcido e preso com uma presilha de borboleta de estanho, um lenço de seda amarrado com perfeição na sua garganta. Ela pode até parecer uma matriarca da elite, mas por trás da expressão suave e agradável existe uma gênia em decifrar criptografia.

— Ela veio por causa de um negócio antigo em que me envolvi — digo, me arrependendo de ter contado para Declan. — Nada de muito interessante.

— Ainda assim, foi importante o suficiente para ela vir até aqui para falar com você. Faz quanto tempo esse, hum, *negócio*?

— Faz anos já. — Eu me viro e fuzilo Declan com o olhar. Ele me olha de volta, a expressão inabalável. — História antiga — acrescento.

— Por que estão te perguntando isso agora?

— Ah, sabe como essa nova geração é — diz o marido dela, Lloyd. — Eles não entendem história operacional como deviam. Precisam de nós pra ensinar.

Ingrid não vai deixar o assunto morrer assim. Ao contrário de Lloyd, ela pressente que tem mais coisa por trás da visita de Bianca do que estou contando:

— O que ela queria com você?

Tomo outro gole do martíni enquanto penso nas minhas próximas palavras.

— Tem uma mulher que trabalhou comigo, anos atrás. Ela sumiu de vista e querem minha ajuda pra encontrá-la.

Lloyd bufa:

— Primeiro dizem que estamos velhos demais para o ramo. Depois, aparecem pedindo ajuda quando percebem que não sabem o que estão fazendo. Deixe quebrarem a cabeça, como nós fizemos. — Ele dá um tapinha na cabeça. — Ainda está tudo lá. Cada pequeno detalhe, se eles se dessem ao trabalho de nos perguntar.

Ben parece incomodado com a conversa. Aos setenta e três anos, ele é o mais velho de nós e o líder não oficial do nosso pequeno círculo:

— Não estou gostando nada disso — ele diz.

— De qual parte? — pergunta Lloyd.

— Ela aparece aqui sem avisar e te pede ajuda. Isso está fora de controle. Este vilarejo é nossa zona desmilitarizada, pessoal. É por isso que moramos aqui, pra ter paz.

— Bom, eu é que não *convidei* ela — digo.

— Bianca. Bianca… — Ingrid está procurando o nome em sua memória enorme. — Em que posto ela trabalha?

— Ela não disse. Se tivesse que adivinhar diria… Leste asiático? Só porque a mulher que ela está procurando foi vista pela última vez em Bangkok.

— Um codinome? — sugere Declan.

— Ou é uma recruta tão nova que nunca ouvimos falar dela — diz Ingrid. Penso na mulher que conheci na minha cozinha. Sua confiança inabalável. O cheiro nítido de letalidade. — Ela não é uma novata. Tem experiência em campo.

— Então vou precisar perguntar para os meus amigos da sede. Ver se sabem alguma coisa dela.

— Pergunte para a sede também se estão planejando mandar outros visitantes — acrescenta Ben.

Lloyd voltou para o bar e está preparando outro martíni.

— O que acham de seguirmos a programação? Declan trouxe o famoso curry de cabra dele. E eu passei a manhã toda chamuscando a pele de uma barriga de porco, então espero que vocês tratem a minha porchetta com o devido respeito.

Esta deveria ser uma reunião do clube de leitura, mas ninguém sequer mencionou o título que deveríamos estar discutindo. *Ibn Battuta e suas aventuras no mundo medieval* vai ter que esperar até que nossas barrigas estejam cheias e as fofocas, contadas. Vamos todos para a sala de jantar, onde a mesa logo está posta com o sempre excelente curry de Declan, o arroz persa de Ben, a carne de porco de Lloyd e o meu larb tailandês, receitas que aprendemos em nossos anos de trabalho em lugares longínquos. Morar no exterior muda seu paladar; ficar viciado em pimenta é uma coisa que acontece mesmo.

Olho em volta da mesa para nosso círculo de rostos vividos, para os cabelos já grisalhos, que estão ficando grisalhos, ou — no caso de Ben — que já caíram por completo. Tem mais de um século de experiência acumulada nesses cérebros, mas o tempo passa. Os jovens se mudam para cá e passamos a ser dispensáveis. Por isso, continuamos em nosso pequeno vilarejo tranquilo, conversando sobre livros que lemos, pratos que cozinhamos e sobre onde encontrar o melhor fornecedor on-line de casca de cássia e grãos de pimenta de Sichuan. Suponho que existam casos muito piores.

Meu celular toca.

Não estou esperando nenhuma ligação e é difícil alguém me ligar, poucas pessoas têm meu número. Olho para o aparelho e vejo o nome de Luther Yount no identificador de chamadas. Ele deve estar ligando para me agradecer outra vez pela pele de raposa que dei para ele hoje de manhã.

— Oi, Luther — respondo, ciente de que meus companheiros de jantar pararam de falar e estão ouvindo. É um hábito que parece que não conseguimos abandonar, o de ouvir.

— O que está acontecendo aí? — pergunta Luther.

— Estou jantando na casa de um amigo.

— Tá bem, ótimo. Que bom que você está bem.

— Por que eu não estaria? O que está acontecendo?

— Tem alguma coisa acontecendo na sua casa. Ouvi as sirenes e pensei que talvez houvesse um incêndio ou algo assim. Acabei de sair da varanda e posso ver carros de polícia na entrada da sua casa. Assim que Callie calçar as botas, vamos até lá para dar uma olhada.

— Não, não faça isso. Vocês dois fiquem longe. Estou indo pra casa agora mesmo. — Desligo e olho para os quatro rostos que estão me encarando. — Preciso ir embora. Tem alguma coisa acontecendo na minha casa.

Declan larga o guardanapo:

— Eu vou com você.

— Não, por favor. Fique e termine o jantar. Eu posso lidar com isso.

Mesmo assim, Declan me acompanha até a porta da frente. Ele sempre teve um traço de civilidade do velho mundo. Talvez seja por ser filho de um diplomata ou de ter sido criado em colégios internos suíços, uma infância tão diferente da minha, que foi pobre. Aprendi na infância a nunca precisar da ajuda de um homem; Declan cresceu acreditando que ajudar uma mulher em necessidade era seu dever.

— De verdade, Maggie, não me importo de ir com você — ele diz. — Caso tenha algum problema, não deve enfrentar sozinha.

— Pelo visto não vou, não com carros de polícia na minha porta. Mas obrigada.

Quando vou embora, ele ainda está na varanda da frente, observando. É quase um alívio quando ele enfim some de vista e posso me concentrar no que poderia estar acontecendo em casa. Será que eu deixei o fogão ligado? Alguém tentou arrombar a porta? Seja lá o que for, prefiro lidar com isso sozinha.

Quando viro na minha rua privativa, vejo luzes azuis piscando entre as árvores. Duas viaturas de polícia. Luther não exagerou; só uma coisa muito séria traria os dois carros de patrulha de Purity para a minha casa. Paro atrás de uma das viaturas e saio em direção aos flashes estroboscópicos das luzes vindas do giroflex. Logo de cara minha atenção se volta para o motivo de a polícia estar aqui.

Tem um corpo caído na entrada da minha garagem. O brilho das luzes das viaturas ilumina o rosto da mulher, um rosto que reconheço. Bianca está deitada de costas, com o rosto olhando para o céu, os braços estendidos ao lado do corpo, como se estivesse crucificada. Ela está com as mesmas roupas que usava hoje à tarde, quando estava na minha cozinha: calça preta justa, jaqueta azul bem ajustada ao corpo, bota de trilha. Dois buracos de bala na testa. Um *double tap*. Uma execução.

Três policiais uniformizados me encaram, dois homens e uma mulher. São todos jovens e estão muito mais acostumados a distribuir multas de trânsito ou ajudar turistas perdidos. Assassinatos não eram para acontecer na nossa vila de Purity e, nas raras ocasiões em que ocorrem, a polícia geralmente sabe quem prender. O marido. O namorado. Essa situação os abalou, e eles estão olhando para mim como se eu tivesse todas as respostas.

— A senhora mora aqui? — pergunta a policial. Ela é uma loira robusta, com o cabelo preso num rabo de cavalo. Apesar da juventude, tem um ar de autoridade e fica claro que é a policial sênior desse trio. Autoritária, mas ainda assim educada o suficiente para me chamar de senhora no tom respeitoso que se usa para uma avó.

— Sim. Sou Maggie Bird. Sou a proprietária desta fazenda. E seu nome é?

— Jo Thibodeau, DP de Purity. Como você pode ver...

— Tem uma mulher morta na minha porta.

Ela faz uma pausa, fica óbvio que está surpresa com minha avaliação direta. Talvez esperasse que minha reação seria mais dramática — um grito, um suspiro, algo mais do que o que estou oferecendo —, mas ser dramática não é do meu feitio. Em vez disso, avalio a situação com calma. Olho para as mãos de Bianca, notando que ambas estão machucadas e pretas, seus dedos dobrados e torcidos em ângulos grotescos.

— Onde esteve esta noite? — pergunta Thibodeau.

Volto minha atenção para a policial:

— Estava jantando com amigos na cidade e meu vizinho ligou. Ele mora naquela casa ali. — Apontei para o chalé de Luther. — Ele disse que tinham carros de polícia na minha porta, então vim direto pra casa. — Olho para o corpo outra vez. — Quem a encontrou?

Thibodeau franze a testa. Não estou me comportando como a avó chocada que ela supôs que eu seria.

— Um motorista da FedEx. Ele veio aqui pra entregar um pacote. Era sua última entrega do dia.

Olho para a varanda, mas não tem nenhum pacote lá. Estou esperando por novas lâmpadas de aquecimento para o lote de pintinhos que encomendei para a primavera e agora parece que minha entrega sofreu um atraso inconveniente.

— Sabe quem é essa mulher, senhora? — pergunta a policial.

Senhora de novo. Isso está começando a me irritar.

— Ela me disse que seu nome era Bianca.

— Então você a conhece.

— Na verdade, não.

— Sabe o sobrenome dela?

— Ela não disse. Encontrei ela pela primeira vez esta tarde, quando veio aqui em casa.

— Por que ela veio te ver?

A verdade é complicada demais para uma policial de cidade pequena digerir.

— Ela veio comprar ovos frescos. Foi a única vez que falei com ela.

Silêncio. Talvez eu pudesse ter dado uma resposta melhor, mas um martíni e algumas taças de vinho me deixaram um pouco devagar. Qualquer explicação que se aproximasse mais da verdade só daria abertura para mais perguntas.

Sou rápida em fazer uma pergunta:

— Como o corpo veio parar aqui?

Sem resposta.

Olho para as várias marcas de pneus deixadas pela minha picape, pelo caminhão da FedEx e pelas duas viaturas da polícia. Um emaranhado confuso de marcas de pneus que se cruzam.

— Encontrou algum veículo por perto? — pergunto.

— Não, senhora.

Eu me curvo para dar uma olhada mais de perto no corpo, e ela grita:

— Se afaste! Precisamos deixar ela exatamente como está, para a Polícia Estadual.

Obedeço e dou um passo para trás, mas já vi o suficiente. As evidências são claras: as mãos esmagadas, os dedos deslocados. Antes de ser morta com duas balas na cabeça, Bianca foi torturada. Para obter informações? Como aviso? E por que o assassino escolheu deixar o corpo na minha porta? Se ele ou ela está me deixando uma mensagem, não sei o que significa.

— A que horas saiu de casa esta noite? — pergunta Thibodeau.

— Umas seis horas, e com certeza não tinha nenhum corpo aqui.

— Isso foi há três horas. Alguém pode confirmar onde você esteve nas últimas três horas?

Fico irritada com essas perguntas, mesmo sabendo que é o trabalho dela. Também sei que ela não pode me considerar uma suspeita, porque não pareço alguém que torturaria uma mulher, dispararia duas balas em sua cabeça e deixaria o corpo exposto bem na frente da minha casa. Além de improvável, não faz sentido nenhum.

— Pode falar com Lloyd e Ingrid Slocum — digo a ela. — Eles moram na Chestnut Street, 651. Hoje eles eram os anfitriões do nosso clube de leitura e vão confirmar que eu estava lá.

Thibodeau anota os nomes num caderno e o coloca de volta no bolso. Ingrid e Lloyd, é claro, vão confirmar a verdade enfadonha: que nos reunimos hoje à noite para um jantar onde cada um levou um prato, muito vinho e uma discussão animada sobre *As viagens de Ibn Battuta*. É bem o tipo de programa que se espera de nós, aposentados. Duvido que a polícia pergunte de *qual* profissão nos aposentamos, porque quando você já passou da idade, o que fez da vida antes não interessa para a maioria das pessoas.

— Vi que tem câmeras de segurança na sua propriedade — diz Thibodeau.

Não me surpreende ela as ter procurado; quase não existem bairros nos Estados Unidos que não sejam vigiados por alguma câmera de segurança externa. Mesmo assim, esperava poder analisar os registros antes de precisar entregá-los para a polícia.

— Tenho, sim — admito.

— Precisamos ver a filmagem. E precisamos dar uma olhada na sua casa.

— Dentro? Por quê?

— Tem uma mulher morta na entrada da sua casa e não sabemos quem é ou onde está o assassino. Quero ter certeza de que ele não está escondido dentro da sua casa. — Ela faz uma pausa. — Só estou preocupada com a sua segurança.

É um pedido razoável, que qualquer mulher que mora sozinha normalmente aceitaria de bom grado. Aceno com a cabeça e pego as chaves da minha casa.

Thibodeau e um dos policiais me seguem pelos degraus da varanda até a porta da frente. Ela ainda está bem trancada, nenhum sinal de que tenha sido arrombada. Eles estão logo atrás de mim quando entro e acendo as luzes. Tudo está como deixei há três horas. Não sei o que eles esperam ver quando eu os levo para a cozinha — talvez a arma do crime, convenientemente deixada bem ali, ou alguns respingos de sangue incriminadores, marcando o cômodo onde torturei e atirei em Bianca. Só encontram minha velha cozinha de fazenda, minhas panelas de ferro fundido penduradas na prateleira, alguns pratos sujos na pia.

Eu os acompanho pela sala de estar, que mobiliei no estilo do slogan sensato da Crise de 1929: *Use até estragar para não ficar sem depois.* O sofá estofado em lã cinza foi comprado em uma loja outlet de móveis em Bangor. A mesa de centro de madeira de bétula, as mesas de apoio de pinho e a cadeira de balanço com encosto de madeira vazada foram achados num bazar, levados para casa com a ajuda de Declan, que está sempre pronto para ajudar a carregar minha picape. Não tem nada chamativo aqui, nada que chame a atenção de um policial. *Comum* é o que minha casa diz a todos que a visitam. *Comum* é tranquilo, discreto e seguro.

Eu os guio pelas escadas rangentes até o segundo andar. É uma casa antiga com um sistema de aquecimento antigo, e os quartos estão frios, frio do tipo casaco e meias de lã. Esta noite, vou precisar colocar algumas toras a mais no fogão a lenha para espantar o frio. Por mais que deteste a invasão da minha privacidade, qualquer coisa que não a minha total cooperação vai levar a um mandado de busca e a um mergulho profundo no meu passado, não posso deixar que isso aconteça, então eu os levo para um grande tour. Quartos, banheiros, armários.

Nenhum assassino escondido em lugar algum.

Acabamos em meu quarto. Pela janela, posso ver os dois carros de patrulha estacionados na entrada da garagem. Minha casa agora é uma cena de crime. Não é assim que se vive uma vida discreta.

— Certo, senhora, parece que está tudo certo. A senhora deve ficar bem — disse Thibodeau. Ela acha que me fez um favor, se certificando de que a velhinha está segura. — Agora, se puder nos mostrar as imagens da câmera de segurança.

Não é um pedido, é uma ordem. Por mais que não queira mostrar a gravação para eles antes de ver primeiro, não tenho saída. Descemos as escadas e vamos até o computador na cozinha. É o mesmo computador que uso para administrar meu negócio agrícola: pintinhos encomendados, ovos vendidos, ração comprada. Não tem nada secreto nele, nada que valha a pena esconder, e até a minha senha para acessar chega a ser ridícula de tão fácil: FazendaBlackberry431#. Não faço nenhuma tentativa de esconder deles o que digito.

Na tela inicial, tem uma foto de um dos meus antigos galos premiados, Sir Galahad, que infelizmente faleceu depois de um encontro com uma águia-careca. O símbolo aviário do meu país também é a desgraça do meu rebanho. Meu sistema de segurança me permite acesso imediato de todos os meus dispositivos, e aqui pode ser complicado ter dois policiais atrás de mim enquanto digito outra senha, esta uma série complexa de números e símbolos que dá acesso ao sistema de segurança. Meus dedos se movem tão rápido que tenho certeza de que não conseguirão ver a senha de jeito nenhum.

Minha página inicial de segurança é exibida. Na tela, dezesseis entradas de vídeo diferentes de câmeras montadas em vários pontos da casa, bem como no celeiro.

— Caramba — murmura o policial. — Baita configuração essa sua. — Ele devia esperar uma transmissão de uma única câmera, tudo o que a maioria das pessoas precisa e pode gerenciar. Em vez disso, estão vendo transmissões em alta definição 4K de todos os pontos de entrada.

— Saí de casa por volta das seis horas — digo. — Então, vamos começar por aí.

Volto o vídeo para as 17h50. A essa altura, já está escuro e as câmeras mudaram para a transmissão por infravermelho. Às 17h58, lá estou eu, saindo pela porta da frente. Tranco o ferrolho, desço os degraus da varanda e entro na minha picape.

— E lá vou eu — digo enquanto minha picape se afasta. — Exatamente como eu disse. — Thibodeau apenas acena com a cabeça. Pelo menos agora estou fora da sua lista de suspeitos, se é que já estive nela. O vídeo continua após 18h05. 18h10. Nada acontece. — A que horas o homem da FedEx ligou? — pergunto.

— 19h36.

Dobro a velocidade de transmissão. Não faz sentido ficar sentada aqui por uma hora, assistindo enquanto nada acontece. E nada acontece... até às 19h05.

Um veículo aparece, um suv escuro, e minha transmissão de áudio capta o som do motor. Seus faróis estão apagados e só as luzes do motor brilham na escuridão. O fato de o motorista ter apagado os faróis me diz que ele sabe que minha casa tem câmeras de vigilância. O mesmo se aplica por ele ter ocultado as placas do carro, tanto a dianteira quanto a traseira. O carro para na minha varanda da frente. A porta do motorista se abre, mas a luz do teto com sensor de movimento não acende; ele a desativou.

Sinto os dois policiais se inclinarem bem atrás de mim, a respiração deles nos meus cabelos. Meu coração está batendo forte enquanto vejo um vulto sair do carro. Encapuzado. Mascarado. A roupa toda preta, folgada e sem forma. Minhas câmeras são as melhores do mercado, mas não conseguem ver através do tecido. A figura vai para a traseira do suv, abre o porta-malas e pega o corpo. Não há nenhum som, nem mesmo o menor grunhido, quando ele ou ela arrasta o corpo para fora e o deixa cair no chão. Sei quanta força é necessária para mover um corpo sem vida, mas essa pessoa faz parecer fácil.

Só pode ser um homem.

Agora ele faz algo que não faz muito sentido. Ele se curva e rola o corpo para que não fique de bruços. Por que deixá-lo virado para cima? Para a lembrança que ele deixou para trás ficar ainda mais perturbadora? Deve ter suposto que eu seria a primeira a encontrar o corpo, que voltarei para casa hoje à noite e lá estará ela, com os olhos arregalados olhando para mim. Ele não poderia ter previsto que algum pobre motorista da FedEx apareceria antes.

Não, essa surpresa foi feita de propósito para ser encontrada por mim. E não faço ideia do motivo.

Com o corpo agora posicionado, o assassino volta para o carro e vai embora, para além do alcance das minhas câmeras. Deve estar indo para algum lugar onde pode descobrir as placas, o capô e tirar a máscara. Mais uma vez, será apenas um homem comum dirigindo um suv pela cidade.

— Que diabos foi isso? — Thibodeau olha para mim.

— Não faço ideia — digo. E não faço mesmo. A única coisa que sei é que esse não foi um local aleatório para se desfazer de um corpo. Seja lá quem fez isso, sabia que suas ações seriam capturadas pela câmera, então teve o cuidado de esconder qualquer pista identificável. — Mas isso prova que falei a verdade — digo. — Saí de casa por volta das seis horas, quando disse que tinha saído. Se precisar confirmar, pode falar com Lloyd e Ingrid. Também pode ligar para Ben Diamond e Declan Rose. Eles também estavam no clube do livro hoje. Todos vão dizer que estive com eles esta noite.

— Sim, senhora. Vou falar com eles.

— Agora, suponho que você queira esse arquivo de vídeo?

— A Polícia Estadual com certeza vai querer.

— Então vou fazer cópias para vocês.

Os dois policiais estão prestes a sair da cozinha quando Thibodeau para e olha para mim.

— Você se sente segura aqui?

— Na minha própria casa? Sim.

— Mesmo depois do que aconteceu lá fora?

— Com certeza não tem nada a ver comigo.

Ela me olha por um momento. Na cozinha bem iluminada, consigo enfim ler seu crachá: *Oficial Jo Thibodeau*. Nós duas temos algumas coisas em comum, nas perguntas sem rodeios, no controle da situação. Na idade dela, eu era tão confiante quanto ela, mas a experiência me ensinou os perigos do excesso de confiança.

— Por que acha que ele jogou o corpo aqui? — ela pergunta.

— Não sei.

— Você reconheceu o veículo?

— É um suv escuro. Quase todo mundo nesta cidade dirige um desse.

— Não tem muito tempo que a senhora mora em Purity, não é, sra. Bird?

— Comprei esta fazenda tem dois anos.

— E onde estava morando antes disso?

— A última casa que tive foi em Reston, na Virgínia. Mas já morei em muitos lugares diferentes.

— Por causa do trabalho?

— Sim.

— Que tipo de trabalho?

— Eu era analista de importação. Trabalhei em um despachante aduaneiro, cuidando da logística de exportação para empresas estrangeiras. — Este é o ponto do meu currículo em que a maioria das pessoas fica com uma expressão sonolenta, demonstrando que não quer ouvir mais nada. Mas ela parece ficar mais interessada.

— E o que a trouxe a Purity?

— Está no nome, não é? Eu queria um lugar com água limpa, ar limpo. Um lugar onde eu pudesse dar um passeio na floresta. Por que está perguntando tudo isso?

— Estou me perguntando por que parece tão calma apesar de tudo. Por que o fato de ter um cadáver na entrada de sua garagem parece não ter te abalado. Isso assustaria a maioria das pessoas.

— Na minha idade, policial, nada mais me assusta.

Um lado de sua boca se contrai. Ela tem um detector de mentiras bem calibrado que diz a ela que não estou contando a história toda, mas ela não vai conseguir muito mais de mim esta noite.

— A Polícia Estadual vai falar com você — ela diz.

— Diga a eles para não virem até amanhã de manhã. Já é tarde e estou exausta.

E *estou* exausta mesmo, mas depois que os dois policiais saem da minha casa, não vou para o meu quarto. Pela janela da cozinha, observo a atividade na entrada da minha garagem. Fico imaginando se a policial Thibodeau sabe quantas mentiras contei a ela esta noite.

Com certeza não tem nada a ver comigo.

Essa foi a maior mentira de todas. É claro que isso tem a ver comigo. O que não sei é qual era a mensagem que o corpo na minha garagem queria me mandar. É para me assustar? Ou é um presente, do mesmo jeito que um gato te traz um rato morto? Uma maneira de me dizer: *cuidamos do seu pequeno problema. De nada.* Tenho duas opções para escolher, cada uma delas leva a uma direção muito diferente.

Aciono meu alarme silencioso. Se alguma porta ou janela for aberta por apenas um milímetro, eu saberei. Vou para o escritório, onde meu exemplar de *As viagens de Ibn Battuta* está na escrivaninha. É um relato fascinante das viagens de um jovem nos anos 1300, do Marrocos à Ásia Central e à China. Foi coincidência eu o ter escolhido para uma leitura leve ou foi um presságio? Na mesma noite em que nosso clube de leitura discute esse mesmo relato de viagem medieval, alguém aparece com uma máquina de demolição diante da minha vida até então reconstruída com todo o cuidado, ameaçando derrubá-la até ruir por completo. Vou até a estante, sinto a trava na lateral e a solto. A prateleira inferior inteira se abre para revelar um nicho, um pouco de carpintaria inteligente que devo às novas habilidades de Declan como marceneiro. Afinal de contas, os aposentados precisam de hobbies. Dentro do nicho é onde guardo minha bolsa de viagem. Ao longo dos anos, reduzi o conteúdo ao básico, apenas o suficiente para sair da cidade e me esconder em outro lugar por algumas semanas. Passaportes, cartões de crédito, vários maços de dinheiro em diferentes moedas e algumas ferramentas de trabalho. Ferramentas que eu esperava nunca mais precisar usar.

A vida é cheia de surpresas.

Pego a bolsa e a levo para o quarto. Deixo bem do meu lado. Se eu precisar correr, não quero ter que ficar procurando por ela no escuro.

Mas, esta noite, devo estar segura. Há muitos policiais no caminho, muita atenção voltada para a minha casa. Pela primeira vez, estou feliz por ser aquela que está sendo servida e protegida pela polícia local. Mesmo assim, coloco minha arma em cima da mesa de cabeceira antes de desligar o abajur. As cortinas do quarto não conseguem bloquear as luzes dos carros dos investigadores do lado de fora; mesmo através do tecido grosso, vejo o flash das luzes do giroflex.

Meu celular toca com uma mensagem de texto. É Luther.

Está tudo bem?

Digito uma resposta: **Tem uma mulher morta na entrada da minha garagem.**

Ah, meu Deus!

Acho que vão falar com você.

Não vimos nada.

Que pena.

Meu telefone toca. Não é Luther, é Declan Rose ligando. Atendo:

— Ouvi dizer que você precisa de um álibi — ele diz.

— A polícia já ligou pra você?

— Há cinco minutos. Uma charmosa policial de Purity chamada Jo Thibodeau perguntou se você estava no nosso clube do livro hoje à noite. Eu disse que sim. Suponho que a verdade seja útil?

— Desta vez, sim.

— Está segura aí, Maggie?

— Não sei. — Observo as luzes piscando através das cortinas e penso em como nenhuma situação é perfeitamente clara. Tem sempre alguma coisa que não nos deixa ver tudo, velando a verdade. Penso na mala de viagem ao lado da minha cama e em como seria fácil desistir, sair da cidade, até mesmo sair do país. Mas este é o meu lar agora, e passei dois anos construindo esta vida, adaptando-me a seus ritmos. Estou cansada de me mudar, cansada de procurar um lugar para chamar de meu. É aqui. É aqui que meu itinerário termina.

— Posso ir até aí — diz Declan. — Passar a noite no seu sofá.

— Por quê?

— Para te fazer companhia? Bancar o cão de guarda?

Dou risada:

— Você é mesmo um cavalheiro, Declan, mas tem tantos policiais na minha garagem agora que com certeza não preciso de um cão de guarda.

— Bom, então, me liga se precisar de mim. Para qualquer coisa.

— Pode deixar.

Desligo o telefone e me deito na penumbra, observando as luzes tremeluzirem através das cortinas. Uma mulher morta jaz na entrada da minha garagem, a mulher que me pediu ajuda para encontrar Diana Ward. Já se passaram dezesseis anos desde a última vez que vi Diana, dezesseis anos desde que me afastei da carreira que amava. Esses anos deixaram marcas bem visíveis; percebo isso quando me olho no espelho. Fico imaginando como Diana está agora.

Fecho os olhos e imagino uma Diana mais velha, com os cabelos grisalhos e a pele começando a ficar flácida. De repente, a imagem dela se desintegra, tão evanescente quanto um reflexo na água, e outra imagem floresce em minha mente. É o rosto que vejo todas as noites quando fecho os olhos, o rosto que sempre verei.

O de Danny.

5

Bangkok, vinte e quatro anos atrás

Nosso encontro foi por acaso. Pelo menos parece que foi por acaso, o tipo de encontro amigável do qual em geral eu fugiria porque sou, por natureza, cética em relação aos motivos que parecem ser inocentes das pessoas. Um ceticismo adquirido quando era criança, ao crescer com um pai que quase nunca dizia a verdade, um pai cujas idas à cidade para encontrar um cliente eram, em nove de cada dez vezes, visitas ao bar. Era lá que eu costumava encontrá-lo à noite, depois de seis drinques e criando confusão. Em algumas ocasiões ele *realmente* se encontrava com um cliente, quando dizia a verdade, e essa ocorrência em cada dez era o que sempre me deixava confusa. Se ele mentisse o tempo todo, pelo menos eu teria alguma certeza na vida. É a *possibilidade* de algo melhor que mexe com a sua cabeça, gera esperança, o que acaba levando à decepção. Eu era como uma garimpeira de diamantes que fica batendo nas pedras, procurando uma pedra preciosa numa pilha de entulho. Você sabe que deve ter uma ali em algum lugar e está disposta a passar sua vida toda procurando por ela.

Até que, um dia, você não está mais. Um dia você diz foda-se, faz as malas e vai embora, como minha mãe fez anos antes. Então, sim, eu questiono tudo. É isso que me faz ser boa no meu trabalho.

Esta tarde, estou de férias e com vontade de comer lámen picante. Nas férias, tudo parece diferente. O mundo parece quase benigno, e as pessoas parecem sinceras ao sorrir. Isso não é desculpa, mas explica minha falta de cuidado nesse dia. O céu acabou de desabar com uma chuva forte de monções e todos estão correndo para se proteger sob os toldos que não são lá grande coisa do mercado de rua Wang Lang. Não consigo me espremer sob a borda do toldo, e a parte de trás da minha calça jeans logo fica encharcada, mas é uma chuva quente, um alívio bem-vindo do calor de sempre de Bangkok. Saí do hotel e peguei a balsa para atravessar o rio, só para comer uma tigela da sopa dessa vendedora, que descobri numa missão anterior na Tailândia. Meus colegas já voltaram para casa, mas pretendo ficar mais quatro noites, só para aproveitar Bangkok. Vou dormir o tempo que quiser e comer o que quiser, tudo por conta do governo. E esta tarde quero comer lámen picante com carne.

A vendedora me entrega uma tigela, com seu vapor perfumado com anis-estrelado e canela. Custa só sessenta baht. Dois dólares, o que não vale nem o esforço de pedir reembolso.

Levo a tigela até a única mesa vazia e me acomodo num banco baixo de plástico. Parece que estou sentada numa mesinha de criança, mas estou feliz por ter encontrado qualquer lugar protegido da chuva. Enquanto começo a sorver o lámen, noto em minha visão periférica o homem que estava esperando na fila atrás de mim no carrinho do vendedor. Então, eu o ouço perguntar:

— O que aquela mulher pediu? Pode me dar a mesma coisa?

Ergo os olhos e o vejo apontando para a minha tigela. A mulher tailandesa dona do carrinho não entende o que ele diz. Ele pergunta outra vez, parecendo um pouco desamparado. Um sotaque britânico. Não sou boa com sotaques, mas sei que o dele não é o mesmo dos ingleses de classe alta. Ele é mais jovem do que eu, eu acho, ou talvez seja a impressão que ele dá. Olhos arregalados. Animado. Do tipo que fica encantado com cada nova experiência. Tem cabelos loiros desgrenhados que há meses não chegam nem perto de uma barbearia. Sua mochila azul desbotada tem uma alça consertada com fita adesiva, e tem um mapa dobrado da Tailândia saindo de um bolso.

Ele está com uma bermuda cargo e papetes de trilha, e seu bronzeado me diz que ele está nos trópicos há algum tempo. Sua camiseta tem palavras em tailandês cuja tradução, por alto, é *Turista idiota*. Eu me pergunto se ele sabe disso.

Ele desembolsa seus sessenta baht, pega sua tigela de sopa e examina a área em busca de uma mesa livre, mas não tem nenhuma. Por um momento, ele fica segurando a tigela, parecendo perdido. A chuva bate no toldo e um rio de água corre pela rua inundada, enlameando suas sandálias. Tem um banco vazio na minha mesa. Eu poderia escolher abaixar a cabeça e continuar comendo, fingindo que ele não está lá. Segundos se passam enquanto pondero minha escolha.

— Pode sentar aqui — ofereço.

A chuva está tão forte que ele não me ouve:

— Oi? — chamo.

Ele se vira e me vê gesticulando para o banco vazio. Sorrindo, ele coloca a tigela na mesa e dobra as pernas, que chegam a ser um absurdo de compridas, para se acomodar no banco.

— Não queria comer isso em pé. Obrigado!

— Vejo que pediu a mesma sopa — digo.

— A sua parecia tão boa que pensei em pedir o mesmo. Já que você parece saber o que está fazendo. — Ele se inclina sobre sua tigela, sorve um pouco de caldo e suspira. — Ai, meu Deus.

— Muito boa, né?

Ele se concentra nos sabores:

— Anis-estrelado. Canela. Galanga. Molho de peixe e... — Ele tosse e seu rosto de repente fica vermelho vivo. — Pimenta.

— Pimenta olho-de-pássaro. Não é a mais picante, mas são bem ardidas.

Ele está vermelho e suando por causa da pimenta, mas continua comendo, talvez por orgulho, porque eu o estou observando, ou porque gostou, apesar da pimenta. Eu entendo isso. A dor é um tempero poderoso, a outra face do prazer. Alguns de nós anseiam por ela, só o suficiente para nos lembrar de que estamos vivos.

— Tem mais alguma coisa aqui que não consigo identificar — ele diz, pousando a colher. — Alguma coisa terrosa. Metálica...

— Sangue de boi.

Ele olha para mim, assustado, e vejo que seus olhos são de um verde brilhante. Com aquela juba emaranhada de cabelos loiros, ele me lembra um viking, perdido no século errado, no continente errado.

— Sério?

— Com toda a certeza. — Eu me pergunto se eu o assustei, se ele vai empurrar a tigela com nojo.

Em vez disso, ele ri:

— Sensacional! Isso explica a cor. O quanto é encorpada. — Ele leva a tigela aos lábios e toma o resto da sopa. Estou testemunhando o prazer em sua forma mais primitiva e sem qualquer pudor.

É quando a visão surge na minha cabeça. A imagem de nós dois deitados na cama, nossos membros entrelaçados, nossos corpos escorregadios de suor.

— Sempre tenta desconstruir todas as refeições? — pergunto.

— É irritante, né?

— Só parece um pouco analítico. Você não é químico, é?

— Na verdade, sou médico. Acho que é da minha natureza dissecar as coisas, até mesmo tigelas de lámen.

— Um médico?

Ele deve ter ouvido o ceticismo em minha voz porque riu. Vejo pelas rugas ao redor de seus olhos que ele não é tão jovem quanto eu pensava, na verdade tem quase a minha idade.

— Eu sei, não estou parecendo um agora.

— Acho que foi por causa da mochila velha.

Ele olha para o reparo da fita:

— Esta mochila já passou por muita coisa, não tenho coragem de jogar fora. Ela esteve comigo por cinco anos de trabalho voluntário em meia dúzia de campos de refugiados.

— Onde?

— Estive no Quênia e no Sudão na maior parte. Tratei de tudo, desde ferimentos de bala até malária.

— Então está na Tailândia a trabalho?

— Não, sou só um turista. Tenho que voltar para Londres em algumas semanas e nunca tive a chance de explorar a Ásia. Estou tentando ver o máximo que posso do mundo, enquanto posso, antes de ter que colocar uma gravata.

— Pelo visto a ideia não é muito animadora.

— Não é, mas... — Ele suspira. — Está na hora de eu começar a ganhar a vida.

— Por quê?

— Tá *aí* uma pergunta que as pessoas nunca fazem.

— E tem resposta?

— Minha mãe precisa de ajuda.

Essa resposta eu não esperava:

— Você parece ser um ótimo filho.

— Ela está sozinha agora, com problemas para pagar as contas. Ele encolhe os ombros. — A gente faz o que tem que fazer, mas... — Ele olha para os carrinhos de comida fumegantes, para os vendedores com suas mesas cheias de ervas e pimentas vermelhas chamativas. — Vou sentir falta de viver com minha mochila.

— Por acaso você comprou essa camiseta em Bangkok?

Ele olha para a camiseta:

— Peguei no carrinho de um vendedor.

— Alguém te falou o que está escrito nela?

— A senhora que vendeu para mim disse que significa "turista feliz".

Resolvo não contar a verdade para ele, no fim das contas. Ele *é* um **turista** feliz, ao contrário de alguns estrangeiros de cara fechada que vejo no **terraço** do meu hotel. Aqueles que estão sempre insatisfeitos e sempre irritados com algum pequeno detalhe que não atende a seus padrões.

— Para onde mais vai viajar? — pergunto.

— Não sei. Tenho mais três semanas de liberdade antes de ter que voar de volta. Me diz você, para onde devo ir?

— Não sei se tenho essa resposta.

— Parece alguém que conhece bem o mundo. Os melhores lugares que os outros turistas ainda não encontraram.

A chuva parou, mas a água continua a pingar do toldo, espirrando na calçada bem atrás dele. Penso em todos os lugares secretos que *conheço*, lugares que não posso contar a ele por causa do que acontece lá a serviço da nossa segurança nacional. Lugares com uma beleza dolorosa e uma história terrível.

— Tenta Chiang Mai — digo. — A maioria dos turistas parece adorar.

— Mas e você?

— É bonito. Não é tão quente. E tenho quase certeza de que vai gostar da comida.

— Para onde *você* vai nas férias?

— Gosto de ir para lugares que nunca fui.

— Tipo onde?

Dou um gole na garrafa de água e o fito nos olhos:

— Madagascar.

Ele começa a rir.

— De alguma forma, sabia que diria isso! Todo mundo fala de ir para Madagascar, como se fosse o destino dos seus sonhos, mas não conheço ninguém que tenha ido.

Agora também estou rindo, porque é verdade. Tem sempre alguma coisa no caminho. Outra tarefa, outra crise. É um dos itens na lista de desejos de todo mundo.

— Você é americana? — ele pergunta.

— Nascida e criada.

— Parece que você viaja bastante. A trabalho?

— É uma das vantagens do trabalho.

— O que você faz?

Dou outro gole na água e faço uma pausa para contar minha história.

— Sou analista de importação da Europa Global Logistics.

— O que sua empresa faz?

É bem provável que ele não se importe nem um pouco com isso. Nesse ponto, os olhos da maioria das pessoas se arregalam e suas perguntas param. Para aqueles que são curiosos o suficiente para pesquisar a Europa Global

Logistics on-line, encontrarão um site bonito com detalhes suficientes para os convencer de que se trata de uma empresa de verdade, com funcionários reais. E verão meu nome e minha foto: "Margaret Porter, analista de importação especializada em têxteis e vestuário".

— Gosta do seu trabalho? — ele pergunta.

— Me deu a oportunidade de ver o mundo.

— Mas gosta dele?

— Por que parece estar duvidando?

— É que… — Ele olha para o lado, para as barracas do mercado. Para os vendedores, merceeiros e vendedores de bugigangas. — Essas pessoas ganham a vida vendendo coisas que você pode tocar, comer e cheirar. Parece tão *honesto*.

— E meu trabalho não é?

Ele faz uma careta:

— Desculpa. Nunca consegui me conectar com o mundo corporativo, deve ser por isso que não tem nada na minha conta bancária. E por que minha mãe vive me dizendo para sair do trabalho voluntário.

— Vai sempre poder voltar a fazer isso algum dia. Se tem uma coisa que nunca vai mudar no mundo é que sempre vai haver guerras e campos de refugiados.

— É verdade. Uma droga, mas é verdade.

Não conversamos por um momento. Nossa pequena mesa vira uma ilha de silêncio sombrio em meio ao barulho e à agitação do mercado. O sol está brilhando agora, a chuva quase esquecida, exceto pelo vapor que sobe das poças na calçada quente.

Ele se levanta, gemendo ao se esticar até atingir sua altura máxima. Deve ter sido desconfortável para um homem do seu tamanho ficar sentado por tanto tempo naquele banquinho minúsculo.

— Acho que preciso voltar para o meu hotel e dar mais uma olhada no mapa — ele diz.

— Onde está hospedado?

— Numa pequena pousada de família, algumas ruas acima. É limpa e amigável. Perfeita para um homem com orçamento limitado. — Ele puxa a mochila. O mapa turístico de Bangkok, agora encharcado, cai do bolso externo. — Obrigado pela companhia. E pelos conselhos do próximo lugar aonde ir. Foi um prazer…

— Maggie.

— Maggie. — Ele se abaixa para apertar minha mão. É um gesto tão antiquado, mas naquele instante, vindo desse homem viking esfarrapado, ele fica encantador. — E eu sou Danny Gallagher. Se algum dia estiver em Londres e precisar remover uma farpa ou tirar o apêndice, me procure.

Quando ele se vira para ir embora, fico à beira do dilema "devo ou não devo?". Tenho quatro noites livres em Bangkok antes de voltar para casa. Estou de férias sem obrigações, sem compromissos, e faz muito tempo que não durmo com um homem. Danny já está se afastando e estou prestes a chamá-lo quando ele para de repente. E se vira.

— Quer tomar alguma coisa mais tarde? — ele pergunta. Quando demoro para responder, ele fica vermelho. — Desculpa, foi precipitado da minha parte, não foi? É que gostei muito de conversar com você, e...

— Sim — digo.

— Costuma ir para Londres? — Danny pergunta.

Estávamos deitados no meu quarto de hotel, o suor do sexo desvairado que fizemos esfriando sob o chiado da ventilação do ar-condicionado. Ou íamos para o quarto dele ou para o meu, e eu não queria ficar com ele num hotel barato, então aqui estamos no Oriental, um dos refúgios favoritos para aqueles de nós que recebem dinheiro do governo. É caro demais para o meu bolso, mas não sou eu quem está pagando. Reparei que Danny estava deslumbrado quando entramos no saguão, com a cabeça inclinada para trás para admirar o teto ornamentado. Ele ainda estava boquiaberto quando saímos do elevador e fomos cumprimentados pelo camareiro daquele andar, mas no instante em que entramos no meu quarto, sua atenção estava toda em mim, assim como a minha estava nele. Não dissemos nada, apenas suspiros e arfadas enquanto tirávamos as roupas molhadas de suor um do outro, enquanto nos beijávamos até a cama. Não precisávamos de palavras; nossos corpos sabiam o que fazer e, de qualquer jeito, não teria ouvido nada que ele dissesse, não com som de nossas respirações frenéticas e do sangue que rugia nos meus ouvidos. De alguma forma, ele sabe me tocar em todos os lugares certos e como alimentar a fome que ignorei para focar no trabalho em vez disso. Sempre tem outro relatório que preciso fazer, outro informante para cultivar, uma nova fonte para desenvolver. Quando você jura que nunca vai se envolver com nenhum dos colegas de trabalho (e a maioria deles são antipáticos mesmo), você tem de aproveitar o prazer onde quer que o encontre.

E encontrei o meu em Danny Gallagher, que agora sei que tem trinta e três anos, nasceu em Leicester e estudou em Londres. Ele é mesmo alguns anos mais novo do que eu, mas também me sinto mais velha do que ele em outros aspectos. Ou talvez eu só não seja tão inocente, mais ciente das complicações do mundo, onde a divisão entre o bem e o mal, o amigo e o inimigo, é uma linha bem tênue.

— Às vezes, vou a Londres — digo.

— Da próxima vez que for, você me liga?

— Talvez só daqui a algum tempo. E até lá, pode ser que fique sem graça de ligar pra você.

— Por quê?

— Talvez nem se lembre de mim.

— Com certeza vou me lembrar de você.

— Ou vai estar com outra pessoa. Eu vou aparecer em Londres e você vai pensar: *Por que foi que convidei ela?* É assim que essas coisas são.

— Você sempre foi tão otimista?

Dei risada e virei de lado para olhar para ele:

— Ei, estamos em Bangkok. Estamos em meio à luxúria. Vamos aproveitar.

— O que acontece em Bangkok tem que ficar em Bangkok?

— Danny, você mal me conhece.

— Não é por falta de interesse. — Agora ele rola para o lado e nos deitamos frente a frente na cama. — Então me conte mais. — Ele passa a mão pela minha coxa e seus dedos param na minha cicatriz. — Por exemplo, me conta onde conseguiu isso.

— Não é nada de mais. Na faculdade, eu trabalhava meio período como garçonete num bar. Começou uma briga, garrafas foram quebradas. Fui atingida por um estilhaço de vidro que voou.

— Uma briga de bar? Nunca teria imaginado isso.

Ele também não imaginaria a verdadeira história por trás da minha cicatriz: que fui atingida por estilhaços de explosivos em Karachi.

— Então você trabalhou num bar.

— Não foi o pior emprego que já tive.

— Onde foi isso?

Até agora, evitei contar a ele detalhes específicos — pelo menos, nenhum que não seja uma invenção bem ensaiada. Nunca mais verei esse homem, então não há motivo para começar a contar a verdade agora, mas a intimidade pós-sexo ainda nos envolve, e um pouco da verdade escapa.

— Georgetown. — Onde eu morei mesmo por um tempo, ainda que nunca tenha trabalhado num bar.

— Fica perto de Washington, não fica?

— Fica.

— Sempre quis ver a Casa Branca. Vale a pena a viagem?

— Não.

Ele acaricia meu quadril:

— Ver você outra vez valeria a viagem. Se não for para Londres, a gente pode se encontrar em outro lugar.

— Não sei se é uma boa ideia.

Sua mão fica imóvel. Ele se vira de costas e resmunga:

— Ai, meu deus. Você é casada, né?

Essa seria uma maneira fácil de cortar a linha e jogá-lo de volta ao mar. Um marido fictício é uma desculpa conveniente, que já usei com outros homens, mas que me faria parecer sórdida aos olhos dele. De repente, parece importante que Danny não me veja assim.

Ele se senta na beirada da cama, de costas para mim. O brilho da cidade recai em seus ombros através da janela, deixando sua pele parecendo cobre polido. Quando estendo a mão para tocá-lo, ele não reage.

— Danny? — digo.

— Eu devia voltar para meu hotel.

— Vamos sair para jantar. Conheço um restaurante muito bom onde...

— Por quê?

— Para comer?

— Isso não significou nada para você, né?

Ele acha que dormir com uma estranha no exterior significa alguma coisa. Isso me deixa com pena dele. Pela sua inocência, pelo inevitável e doloroso despertar que está por vir. Também me faz querer mantê-lo aqui, nem que seja só por mais um tempo.

— Não sou casada — digo.

Ele se vira para me olhar, mas seu rosto está iluminado pelo brilho da janela, e não consigo ver sua expressão:

— Isso é verdade?

— Por que mentiria para você?

— Quando você disse que não seria uma boa ideia nos vermos de novo, eu pensei...

— Disse isso porque sei como essas coisas terminam. Quando conhece alguém numa cidade estrangeira, parece novo e emocionante. Depois, quando leva para casa, percebe...

— Leva para casa. Como uma lembrancinha de viagem?

— É o que acontece. — Minhas palavras de sabedoria soam mais como resignação, e acho que são mesmo. Sei como essas coisas são. Sei como isso vai acabar. Isso não significa que eu não possa desfrutar do prazer onde quer que o consiga. — Fica — digo. — Janta comigo. — Acaricio suas costas nuas e sinto sua pele se arrepiar.

— Vamos ter que comer de qualquer jeito, então por que não jantamos juntos?

— Deve ser uma vida solitária — ele diz baixinho.

Minha mão continua nas suas costas. Não era isso que eu esperava desse homem. Eu queria sexo selvagem e algumas risadas, não achei que ele fosse apontar o dedo para como é a minha vida. Mas aconteceu, e não gostei da constatação.

— Pode ser solitário — admito. — É por isso que queria muito que você ficasse.

— Para o jantar.

— E mais que isso. Se você estiver a fim.

Ele balança a cabeça. Solta uma risada cansada:

— Claro. Por que não?

Por que não? Não foi a última vez que dissemos essas duas palavras um para o outro.

Deveria ter sido.

6

JO

Purity, Maine, agora

Jo já tinha conhecido outros homens como o detetive Robert Alfond, da Polícia Estadual do Maine, e ela sabia, quase assim que ele saiu do carro, que não se dariam muito bem. Ele parou na beira da cena do crime, com o rosto iluminado pelas luzes do giroflex, um homem grande que ficou ainda maior com sua jaqueta puffer. Ele não usava chapéu nem cachecol, e Jo se perguntou quanto tempo ele duraria, todo orgulhoso com a cabeça descoberta no frio. Ela estava a apenas alguns passos dele, tinha levantado a mão em sinal de saudação, mas ele passou direto por ela e foi em direção ao seu policial. Tudo bem, então, era assim que as coisas iam ser. Jo Thibodeau, a mulher invisível. Ele a viu, é claro, mas deve ter pensado: *Essa loirinha não é importante* e voltou a atenção para o homem que supôs estar no comando.

Seu agente logo apontou Alfond na direção dela. *Obrigada, Mike.*

— Jo Thibodeau — ela disse, dando um passo à frente para se apresentar. — Assumi o cargo de chefe interina desde que Glen Cooney faleceu.

— Detetive Alfond — ele disse.

— Sim, eu sei. Assisti à sua palestra sobre interrogatório na academia. — Palestra em que ele andou pela sala como o capitão de um navio, com uma postura ereta e arrogante. Ela acenou com a cabeça para a fita da cena do crime estendida ao redor do corpo. — Protegemos a cena do crime, revistamos a casa e fizemos entrevistas preliminares. A proprietária da casa é uma mulher de sessenta anos que mora sozinha. Ela não estava aqui quando o corpo foi desovado.

— É isso que ela diz?

— Sim, senhor.

— E você sabe se isso é verdade?

— Entrevistei testemunhas que corroboram o paradeiro dela esta noite, além de eu mesma ter confirmado.

— Como?

— Se der uma olhada na casa, vai ver que tem câmeras instaladas. Vi a gravação das câmeras de vigilância que mostra o corpo sendo desovado. Um suv preto, um motorista do sexo masculino.

— Oficial Thibodeau — ele disse —, sabe qual é o protocolo para investigações de morte?

— Sim, senhor.

— E entende qual é a sua função?

— Notificamos o gabinete do procurador-geral e o Departamento de Investigação Criminal da Polícia Estadual. Isolamos e protegemos a cena do crime, realizamos uma busca rápida nas instalações e registramos as informações pertinentes das testemunhas. Foi isso que fizemos, de acordo com a Seção 201 do Código Administrativo do Maine, referente a investigações de morte.

Ele a encarou por um momento, como se estivesse vendo um cachorro que de repente começou a falar. Então a loirinha tinha uma boca. Talvez Jo *tivesse* se precipitado ao ver as gravações das câmeras de vigilância antes do DIC da Polícia Estadual. Talvez ela *devesse* só ter colocado sua linda fita da cena do crime e se afastado para esperar os grandões assumirem o controle, mas Jo nunca foi uma mulher paciente. Era algo no qual ela precisava melhorar.

Um novo par de faróis os fez virar quando alguém parou atrás do veículo do detetive Alfond. O médico-legista, dr. Wass, era outro homem grande. O Maine parecia ter homens grandes na mesma escala em que tinha pedregulhos, mas, ao contrário de Alfond, cuja grandeza era proporcional, o dr. Wass era como uma bola de boliche, lutando contra a força da gravidade para não rolar para trás na entrada inclinada da garagem.

— Ora, se não é Jo Thibodeau — Wass a chamou.

— Olá, dr. Wass. — Eles haviam se falado pela última vez durante a investigação do acidente de Glen Cooney, quando ela ainda estava muito abalada pela morte do seu mentor, e ele a havia tratado com uma gentileza paternal. Mesmo agora, com um cadáver nas proximidades e com horas de trabalho pela frente, o dr. Wass foi atencioso a ponto de cumprimentá-la primeiro.

— Então você está fazendo o trabalho de Glen agora?

— Estou tentando. — Ela suspirou. — Sinto falta dele. Ele era um bom homem.

— Ele era mesmo. Como tem sido até agora? Estar no lugar de Glen?

— Está sendo… desafiador. — *Como lidar com idiotas como o detetive Alfond*, pensou. — Mas estou pegando o jeito.

— Não tenho dúvida de que vai se sair muito bem, Jo. — Wass se virou para Alfond. — Então, Bob, o que temos?

Enquanto os homens caminhavam em direção ao corpo, Jo queria se juntar a eles, mas o olhar de Alfond deixou claro que ela não era bem-vinda ao grupo. Seria porque ela havia citado o Código Administrativo do Maine para ele, ou seria porque ela era pelo menos uma década mais jovem do que ele e mulher? Ela o ouviu repetir ao dr. Wass o que ela tinha descoberto, como se *ele* é que tivesse interrogado Maggie Bird, visto a gravação das câmeras de vigilância e telefonado para Declan Rose e os Slocum para confirmar o paradeiro de Maggie. Como se *ele* é que tivesse percorrido cômodo por cômodo da casa da fazenda, pronto para se deparar com um assassino. Dr. Wass assentiu, ouvindo as informações, sem saber que tudo aquilo era fruto do trabalho *dela*.

O que Glen teria feito no lugar dela?

Ah, ela sabia muito bem o que Glen Cooney faria. Ele encolheria os ombros, da mesma forma que se encolhe os ombros a uma mancha de lama, daria às costas e iria embora, porque, de acordo com o código do estado do Maine, essa investigação agora era o show de Alfond, e não fazia sentido ficar chateado com coisas que não estavam sob seu controle. Ele lhe diria que ela havia feito seu trabalho e que agora era hora de seguir em frente. Sim, era isso que Glen faria.

Assim, ela deixou Alfond e o dr. Wass e se dirigiu ao carro, onde parou e olhou para trás, para a casa da fazenda. As janelas do quarto estavam escuras e as cortinas fechadas, mas Jo não se surprenderia se a mulher os estivesse observando naquele momento, porque, a julgar por todas as câmeras de segurança, Maggie Bird era uma mulher atenta. Uma mulher estranha, que Jo não conseguia entender. Ela pensou em como parecia tranquila em relação ao corpo na entrada de sua garagem e se perguntou se aquilo foi ocasionado pelo choque do momento, ou seja, a ficha ainda não tinha caído. Talvez o trauma a atingisse amanhã, e então ela sentiria o terror que a maioria das pessoas sentiria quando surgisse uma vítima de assassinato em suas instalações.

Ou talvez a mulher fosse realmente tão imperturbável quanto parecia.

Ela olhou para Alfond e o dr. Wass, que ainda estavam agachados sobre o corpo, conferindo os ferimentos. *Deixa eles se concentrarem na mulher morta*, pensou Jo. Ela iria se concentrar naquela que estava bem viva.

Uma garota e uma vaca caminhavam pelo campo coberto de neve. Ao apertar os olhos para filtrar um pouco da luz da manhã, Jo pôde ver que não era uma vaca grande, tinha uma aparência dócil, mas a menina era pequena e o animal pesava pelo menos uns setecentos quilos a mais que ela, e a visão das duas tão próximas deixou Jo nervosa. Ela não tinha medo de cachorros, cobras ou de corridas de esqui estridentes de tão rápidas, mas quando tinha dez anos de idade, um touro tinha corrido atrás dela, e isso a fazia manter uma boa distância de animais de grande porte. Jo observou com cautela enquanto a menina e a vaca se dirigiam para o celeiro, nenhuma delas liderando a outra, apenas caminhavam juntas como companheiras num passeio. Quando a moça parou para acenar para Jo, a vaca também parou, seguindo-a feito um cão bem treinado.

Jo acenou de volta. Ela tinha ouvido falar que a neta de Luther Yount estudava em casa, o que explicava por que a menina estava lá fora com a vaca naquela manhã, e não sentada numa sala de aula. Também explicava por que a garota nunca havia chamado a atenção de Jo. Ao contrário dos garotos da escola secundária local, que sempre se metiam em encrenca, um companheiro bovino tinha muito menos probabilidade de levar uma garota a uma vida de crimes. Jo observou os dois até que eles desaparecessem no celeiro, depois se virou para o chalé de Luther Yount e subiu os degraus da varanda.

Antes que ela pudesse bater, Yount abriu a porta. Jo não era uma mulher pequena, mas, ficar cara a cara com aquele homem selvagem e barbudo de repente foi um susto.

— Sr. Yount? — ela disse. — Sou Jo Thibodeau, polícia de Purity.

— É sobre o que aconteceu na casa ao lado?

— É sim.

— Falei com um detetive ontem à noite. Robert alguma coisa.

— O detetive Alfond, da Polícia Estadual do Maine. Eles é que estão à frente da investigação.

— Eu disse a ele que não sabia que havia algo errado até ver todas as suas luzes piscando na casa ao lado.

— Tenho algumas perguntas sobre a sua vizinha. Posso entrar?

Houve uma pausa.

— Acho que sim — ele disse por fim.

Até onde ela sabia, Yount nunca teve qualquer problema com a polícia, por isso não entendeu a relutância dele em permitir que ela entrasse no chalé. Lá dentro, ela não viu nada suspeito. A maior parte dos móveis parecia ter sido feita por ele mesmo, e as pilhas de caixas de papelão cheias de ovos lhe diziam que deviam ter uma quantidade boa de galinhas no celeiro. No canto, havia um velho fogão a lenha que ela reconheceu de cara como sendo um modelo no qual a água fervia numa panela de ferro fundido, liberando preciosas gotas de umidade no ar seco. Uma teia de aranha pendia do teto, e Jo olhou para cima para ver a aranha residente dependurada num fio. A julgar pela poeira e bagunça do chalé, Jo inferiu que Luther Yount não se importava muito com as aranhas. O único detalhe que a surpreendeu foi o que ela viu nas estantes de livros dele, abarrotadas de livros científicos e agrícolas. Esse homem desarrumado de macacão era mais do que aparentava.

Eles se sentaram à mesa, onde ela viu uma xícara de café preto meio vazia. Uma boa xícara de café teria sido bem-vinda, mas ele não ofereceu.

— Sua vizinha, Maggie Bird — ela prosseguiu —, faz quanto tempo que conhece ela?

— Desde que ela se mudou para a casa ao lado, tem uns dois anos. Comprou a fazenda da velha Lillian. A Lillian às vezes era bem rabugenta, ainda mais quando as cabras de Callie entravam no jardim dela, mas Maggie é uma ótima vizinha.

— Como assim?

— Amigável. Tranquila. Cuida da própria vida. — *Ao contrário de você*, o olhar dele parecia dizer. Se houvesse algo de criminoso em Maggie Bird, Jo tinha a sensação de que esse homem não lhe diria uma palavra sequer, por questões de princípio. — Por que está perguntando da Maggie?

— Um corpo foi encontrado na entrada da garagem dela ontem à noite.

— Sim, eu sei. Podia ter sido jogado na entrada da garagem de qualquer pessoa.

— Mas foi deixado na dela. E a reação dela, bem, não foi bem o esperado.

— O que você esperava?

— Ela ficou calma até demais.

— Ela é uma mulher calma. Nunca a vi se irritar com nada. Maggie é assim mesmo.

A porta se fechou quando a neta de Yount entrou no chalé.

— O que tem Maggie? — a garota perguntou.

— Callie, esta é a policial Thibodeau — Yount disse.

— Chefe interina Thibodeau — Jo o corrigiu.

— Ela está perguntando da Maggie.

— Por quê? — disse Callie.

— São só algumas perguntas de rotina — disse Jo, mas ela sabia que Yount não acreditava nisso, a garota tinha percebido e agora franzia a testa para ela. Callie estava usando uma jaqueta parka manchada, as botas de borracha estavam sujas de terra e havia pedaços de palha em seu cabelo. Jo se perguntou se deveria chamar o Conselho Tutelar, porque uma garota tão jovem deveria estar na escola, e não trabalhando como empregada de uma fazenda.

— Maggie está com problemas? — perguntou Callie.

— Não, querida, não está, não — disse Luther.

Que eu saiba não, pensou Jo.

— É por causa da raposa? — perguntou Callie.

— Que raposa?

— Ela matou uma raposa e nos deu a carcaça — disse Luther. — Estava matando as galinhas dela. E as de Callie também. Uma matança perfeitamente legal.

— Não estou aqui por causa de uma raposa, sr. Yount. Só estou tentando conhecer melhor a sua vizinha. Você parece gostar dela.

— Se precisarmos de algo, ela está sempre aqui, pronta para ajudar. Um dia, as cabras de Callie fugiram do curral e lá estava Maggie, correndo pelo campo, nos ajudando a ir atrás delas. Tinha que ver. Foi um show e tanto.

— E ela me dá livros — disse Callie. — Coisas que segundo ela vão expandir minha mente. — Ela foi até as estantes, retirou um volume e o colocou na mesa em frente a Jo. Era um atlas mundial. — Ela diz que isso vai me ajudar a decidir para onde vou viajar um dia. Disse a ela que queria conhecer Paris, e ela disse que é uma ótima escolha.

— Certo, então ela é uma boa vizinha — disse Jo. — O que mais sabe dela?

Houve um silêncio. Yount e a neta se entreolharam, como se o outro pudesse ter as respostas.

— Ela é uma boa atiradora — disse Yount. — Abateu aquela raposa com um único tiro.

Esse detalhe chamou a atenção de Jo. Uma mulher de sessenta anos que soubesse manejar uma arma não era uma raridade na zona rural do Maine, mas Maggie Bird tinha chegado há pouco tempo no estado, então sua habilidade com armas veio de outro lugar.

— O senhor também não é daqui, né, sr. Yount? — disse Jo.

Com a súbita mudança de assunto, Yount parou de demonstrar qualquer expressão.

— Pois é — ele disse.

— Meu avô construiu esse chalé sozinho — disse Callie.

— Onde morava antes de vir para cá?

— Boston — respondeu Callie, seu tom animado. — Ele era professor do MIT.

— Conhecia Maggie Bird antes de se mudar para cá? — perguntou Jo.

— Não — disse Yount. — Conheci ela quando se mudou para cá, e é a melhor vizinha que poderia ter. Não sei o motivo de todas essas perguntas, mas não tenho nada de ruim a dizer dela.

— Eu também não — disse Callie.

Jo olhou de um para o outro, para o homem e para a neta, e soube que não adiantaria insistir. Se soubessem de algo que pudesse incriminar a vizinha, não contariam à polícia.

De volta à entrada da garagem, Jo parou ao lado do veículo e olhou para a fazenda. A vista estava em parte obscurecida pela fileira de bordos na estrada particular que levava até a residência de Maggie Bird, mas dali ela podia ver a casa da fazenda e um SUV branco estacionado no final da estrada. Os investigadores da Polícia Estadual haviam passado a manhã toda na propriedade, e uma faixa amarela chamativa de fita policial que sobrou tremulava na neve, mas os veículos oficiais já tinham ido embora. De quem era aquele carro branco?

Ela se afastou da residência de Luther Yount e entrou na estrada que levava à Blackberry Farm. Parou ao lado do carro por tempo suficiente para notar que ele tinha placas do Maine e estava estranhamente limpo para aquela época do ano, quando a maioria dos veículos estava coberta de areia e poeira, já que jogam areia para aumentar a fricção nas estradas escorregadias pela neve. Duas pessoas estavam paradas na entrada e acenaram quando Jo saiu do carro de patrulha e foi até elas. Um casal mais velho, ambos com casacos fofos que os faziam parecer bonecos de neve gigantescos.

— Chefe Joanna Thibodeau, suponho? — disse a mulher. — Falamos com você ontem à noite, pelo telefone. Ingrid e Lloyd Slocum. Recebemos Maggie em nossa casa para jantar.

— Sabe que esta é uma cena de crime?

— Claro que sim. É por isso que estamos aqui.

— Como assim?

— Tiraram a fita de cena do crime, então achamos que poderíamos ver. Maggie mandou as gravações da câmera de vigilância para nós e queríamos confirmar alguns detalhes.

— Como a relativa falta de sangue — disse Lloyd, apontando para a única mancha vermelha na neve.

— Essas marcas de pneus — disse Ingrid, apontando para a neve. — Acho que são de pneus Goodyear. Vou ter que ver na internet para confirmar o modelo específico do pneu.

— Ela foi morta em outro lugar, não foi? — disse Lloyd. — E o corpo foi jogado aqui depois. Qual era o estado de rigor mortis dela?

— Meu deus — disse Jo. — Vocês são policiais aposentados ou algo assim?

— Ah, não — disse Ingrid. — Somos só amadores. Entusiastas de mistérios.

— Estão mais para vampiros.

— Parecemos vampiros?

— Acham que cenas de crime são brincadeira?

— De jeito nenhum. Levamos isso muito a sério. Maggie é nossa amiga e não está nem um pouco feliz com o fato de sua garagem ter sido usada como depósito de corpos.

— Preciso falar com ela.

— Ah, ela não está aqui. Ela e Declan estão no Harbourtown Inn, conversando com o gerente.

— Como eles descobriram...

— Onde Bianca estava hospedada? Elementar. Só três hotéis na região estão abertos nessa época do ano. Acontece que Lloyd conhece o cozinheiro do Harbourtown e ele disse que a mulher estava hospedada lá.

— Por falar nisso, agora eles servem um café da manhã decente — disse Lloyd. — Depois que dei minha receita de ovo de forno para eles.

Jo respirou fundo para se acalmar.

— O que eles estão fazendo na pousada?

— Tentando descobrir quando e onde Bianca foi sequestrada. O carro alugado dela ainda não foi localizado, então...

— Como sabe disso?

— A Polícia Estadual esteve em todo o estacionamento da pousada esta manhã, mas não rebocou nenhum veículo. Eles já o encontraram?

A boca de Jo se apertou.

— Não sei. A Polícia Estadual assumiu o controle do caso.

— Ah. — Ingrid balançou a cabeça com simpatia. — Essa deve ter doído.

O que realmente dói, pensou Jo, *são essas pessoas, esses civis, parecerem saber tanto quanto eu. Isso não está certo.*

Mas o que não estava certo *mesmo* era ela, a chefe interina da Polícia de Purity, ter sido afastada da investigação de um assassinato que havia acontecido na própria cidade natal.

— Quero vocês fora desta propriedade — disse Jo.

O queixo de Ingrid se ergueu e, apesar de não ser mais alta do que Jo, e do cabelo grisalho, era óbvio pelo olhar da mulher que ela não era alguém para se querer como inimiga:

— Maggie nos deu permissão para estar aqui.

— É uma cena de crime. Podem a estar contaminando.

— Não faríamos isso.

Lloyd colocou uma mão tranquilizadora no ombro da esposa.

— Ingrid, querida, já terminamos aqui mesmo.

Um momento se passou enquanto as duas mulheres se entreolhavam, se analisando. Então, Ingrid fez um aceno brusco com a cabeça.

— Vamos embora. Se precisar da nossa ajuda um dia, você tem nosso número de telefone.

Se eu precisar da ajuda deles? Quem eles pensam que são?

Jo esperou que eles saíssem, depois entrou em seu veículo e ficou sentada olhando para a fazenda. *Você e seus amigos são um enigma, Maggie Bird*, pensou. Não que ela suspeitasse que a mulher era responsável pelo cadáver na porta da sua casa, mas a situação toda era, na falta de uma palavra melhor, *estranha*. Ainda que a cidade de Purity tivesse sua cota de pequenos crimes, assassinato era um evento raro aqui, e geralmente envolvia pessoas com motivos óbvios, pessoas cujos nomes ela conhecia, às vezes pessoas que ela conhecia desde pequena. Essa era a vantagem de ser policial na própria cidade natal; saber de quais casas poderia esperar problemas. Mas, nesses últimos anos, novas pessoas começaram a se mudar para a cidade, pessoas de outros lugares que deviam achar que o vilarejo de Purity, Maine, seria seu refúgio dos preços altos, trânsito e crime das cidades grandes. Jo ainda não conhecia todos esses recém-chegados, nem eles a ela, e, até que isso acontecesse, haveria mais conversas como essa, cheias de dúvidas e desconfiança pairando no ar.

Com todos esses recém-chegados, a cidade estava mudando rápido demais. Jo não tinha certeza se gostava das mudanças, mas não podia impedi-las, e também sabia que, sem sangue novo, os vilarejos sumiam do mapa. Só lhe restava fazer o que sempre fez: manter os olhos abertos e os ouvidos atentos.

Alguém sabia por que um corpo tinha ido parar naquela estrada, e cedo ou tarde, esse alguém iria abrir a boca.

7

DIANA

Bangkok, agora

O rosto cadavérico que a encarava do computador do cybercafé não tinha nada a ver com o homem que ela conheceu quase duas décadas atrás, e ela não conseguiu disfarçar a surpresa com a mudança drástica na aparência dele.

— Gavin? — ela disse no microfone do fone de ouvido.

O morto-vivo na tela respondeu com um suspiro resignado:

— Como pode ver, o passar dos anos não me fizeram muito bem.

— Não fizeram bem a nenhum de nós.

— Nem precisa me consolar, Diana. Ficou muito na cara.

Para o seu azar, ele a conhecia bem demais. Pelo visto o carma não era só um conceito abstrato. Ela olhou ao redor para o cybercafé lotado. Mesmo à meia-noite, estava cheio de turistas digitando em teclados, a ponto de todos precisarem ficar grudados uns nos outros. O ar-condicionado não conseguia dar conta de todos aqueles corpos quentes, e a sala cheirava a suor e óleo de coco. Os outros clientes estavam todos concentrados nas próprias telas; ninguém estava prestando atenção na conversa dela.

— Estou com uma… situação — ela disse em voz baixa.

— O que quer que eu faça?

— Preciso de um esconderijo. Só por algumas semanas, até descobrir o que está acontecendo.

— O que está acontecendo?

— Dois homens vieram atrás de mim em Paris. Apareceram no meu apartamento, mas matei eles. Pode ser uma retaliação por Malta. Se for, não sou a única que precisa ficar esperta.

Na tela, o rosto de Gavin continuou impassível. Ele vinha aperfeiçoando aquela expressão blasé faz tempo; talvez já não conseguisse se livrar da máscara inexpressiva. Ou era a doença que mantinha seu rosto tão imóvel? Ela via um tanque de oxigênio verde atrás dele, mas deduziu pelo painel decorativo entalhado na parede logo atrás que não estava num quarto de hospital.

— A Agência está fazendo perguntas sobre Malta — ele disse.

— O quê? Quando isso?

— Entraram em contato comigo semana passada. Parece que estão analisando a Operação Cyrano de novo. Estão revisando o que aconteceu em Malta e me perguntaram o que eu lembrava.

— Depois desse tempo todo? Por quê?

— Suponho que ficaram sabendo de alguma informação nova. Devem falar com você também.

Só se conseguirem me achar.

— Falou com a Maggie? — ela perguntou.

— Acho que devia. Não contei a história toda para ela, Diana. Talvez eu devesse. Talvez seja hora de ela saber de tudo.

— Agora? Para quê?

— Se estão indo atrás de você por causa de Malta, então estamos todos com problemas. Maggie mais ainda. Sabe quem mandou aqueles homens atrás de você?

— Presumi que tenha sido Moscou.

— Bem, talvez deva considerar outras possibilidades.

Ela franziu a testa:

— O que quer dizer com isso? O que foi que ouviu?

— Hardwicke.

Ela o encarou:

— Impossível.

— A Agência não acha.

Ela soltou um suspiro de choque. Olhou em volta para a sala de turistas batendo nos teclados, olhando para as telas. Baixou o tom de voz:

— Preciso de tempo para resolver isso, Gavin. Se você pudesse me dar um lugar para me esconder até…

— Não posso.

— Não pode? Ou não quer?

— Acredite no que quiser, Diana.

A rejeição fria dele não era o que ela esperava, mas também não foi nenhuma surpresa. Depois de Malta, cada um foi para um lado enquanto a relação deles não estava das melhores, e ela nunca foi de inspirar lealdade em seus colegas. Sempre achou desnecessário, também.

Até agora.

— Não precisa da minha ajuda — ele disse. — Você sempre se vira. É seu ponto forte.

— Você também poderia estar na lista de alvos.

— Sei me cuidar, obrigado. E a Maggie também, tenho certeza.

Embora seus olhos estivessem na tela, um arrepio na nuca a fez se virar e olhar para os outros clientes. Foi quando ela avistou o homem: cabelos castanhos, camiseta surrada, calça cargo marrom. Parecia um turista ocidental qualquer em Bangkok, exceto pela sua reação ao olhar dela. Ele desviou o olhar na mesma hora e voltou a se concentrar em seu computador. Será que ele a estava observando porque via uma possibilidade interessante para um caso de uma noite, ou o interesse tinha outro motivo?

Ela olhou para Gavin:

— Me faz pelo menos um favor. Descubra *por que* a Agência está perguntando sobre Malta.

— Pergunta você. É só pegar o telefone.

— Não sei se seria seguro.

O primeiro indício de emoção cintilou em seus olhos. Medo.

— Você não acha que a *Agência* está por trás disso, acha?

— Depois de Paris, não confio em mais ninguém. Alguém quer me matar e, se isso tiver a ver com a Operação Cyrano, quer dizer que nossos nomes vazaram. O seu. O meu. O da Maggie.

Ela olhou para o lado e viu o homem de calça cargo a observando outra vez. Ia precisar cuidar desse detalhe agora.

— Tenho que ir — ela disse e se desconectou.

Ela saiu do cybercafé e não ficou surpresa quando, alguns segundos depois, o homem de calça cargo a seguiu. Ela caminhou num ritmo tranquilo, fingindo ser só mais uma turista, mas de vez em quando parava para olhar a vitrine de uma loja e observar o reflexo da rua ao seu redor. Pelo canto do olho, ela via o homem parar sempre que ela parava, mantendo a distância, mas ficou claro que a estava seguindo.

Estava na hora de acabar com esse joguinho chato.

Apesar de estar tarde, ainda tinham muitas testemunhas nessa rua principal, então ela virou a esquina em uma rua lateral mais tranquila.

E ele também.

Aqui tinha menos pessoas, e ele não podia mais esconder que estava atrás dela. Ele continuou, descarado agora, deixando bem claro, com sua atenção claramente voltada para ela. De uma duas: ou ele era novato ou achava que ela seria uma presa tão fácil que podia se dar ao luxo de ser descuidado. Ela avistou um beco à sua direita. Estreito, escuro, cheio de caixotes.

Ela virou no beco e se abaixou em frente a uma porta. Na escuridão, ela esperou que os passos dele a seguissem e se aproximassem. Agora tão perto que ela podia ouvir o farfalhar das pernas da calça de poliéster dele.

Ele nem desconfiou do ataque dela.

De repente ela estava atrás dele, puxando o seu cabelo e com a faca pressionada na sua carótida:

— Quem é você? — ela disse.

— Eu só… queria…

— *Quem é você?*

— Dave. Dave Barrett. — Ele inspirou um arquejo de pânico. — Por favor, eu só estava tentando…

— Quem mandou você?

— Ninguém!

— A Agência? Moscou?

— O quê? Não, eu…

— Me diz ou vou desfigurar seu rosto.

Em pânico, ele agarrou o cabo da faca e tentou se afastar. Foi uma péssima escolha que não o levou a lugar algum, mas que conseguiu deixá-la bem irritada e sem escolha. Seus instintos falaram mais alto, e o que aconteceu em seguida foi eficiente e brutal. Ela deslizou a faca pelo peito dele e enfiou a ponta da lâmina abaixo do esterno, bem no coração. O corpo inteiro dele estremeceu de surpresa. Apesar da lâmina ter paralisado seu coração, restaram alguns segundos de consciência. Ele sabia que estava morrendo. Sabia que aquele beco escuro era a última coisa que veria.

— Quem mandou você? — ela perguntou uma última vez.

— Ninguém — ele sussurrou.

Sua cabeça se inclinou devagar para trás e ela deixou seu corpo mole cair no chão.

Uma rápida olhada ao redor lhe disse que não havia nenhuma testemunha por perto, ninguém mais no beco. Ela ligou a lanterna e fez uma busca rápida pelo corpo dele. Nos bolsos da calça cargo, encontrou um passaporte, uma carteira, alguns trocados, mas nenhuma arma. Nem mesmo um canivete. Ela abriu o passaporte e viu que o nome dele era mesmo David Barrett, vinte e três anos, de Saint Louis, Missouri.

Ela tinha acabado de matar um turista.

Quando você mata um inocente, ganha dez novos inimigos, disse um de seus instrutores na base secreta de treinamento que chamavam de The Farm, mas os anos no campo lhe ensinaram que, às vezes, acontecia e não tinha o que fazer. E esse homem não era bem inocente. Era óbvio que ele a estava perseguindo, pensando em roubo ou sexo. Um agressor comum e cotidiano.

— Me enganei — ela murmurou.

Ela limpou a lâmina na camisa dele, juntou tudo o que havia tocado, tudo o que poderia ter as impressões digitais dela. Jogaria tudo no rio. Quanto ao corpo dele, deixaria que a polícia tirasse as próprias conclusões, sem dúvida erradas.

Foi só quando ela estava de volta à rua principal, passando por carrinhos de comida que ainda restavam tarde da noite e bares barulhentos que a respiração se estabilizou e o pulso voltou ao normal. Por mais desnecessário que tenha sido o incidente no beco, pelo menos uma informação útil saiu dele: seja lá quem estivesse atrás dela não sabia onde ela estava. Qualquer pessoa que pretendesse matá-la poderia ter feito isso naquele beco, enquanto ela estava distraída com Dave, o turista.

Por enquanto, ela estava segura.

Ela também ficou sabendo de outra coisa esta noite, algo que já suspeitava e que Gavin havia confirmado agora. A Agência havia reaberto o arquivo da Operação Cyrano. Estavam fazendo perguntas, procurando mais informações daqueles que estavam mais envolvidos. Sabia que o arquivo ainda não tinha deixado de ser secreto, afinal, já que era uma das principais agentes da operação, ela teria sido notificada de tal mudança. Alguém na Agência havia vazado seus nomes? Que outros detalhes haviam sido divulgados? Ou Gavin não sabia as respostas, ou não tinha aberto o jogo com ela.

Os problemas poderiam estar só começando, detalhes operacionais que nunca deveriam vazar poderiam ter sido divulgados. Detalhes que ninguém mais sabia. *Quando você mata um inocente, ganha dez novos inimigos*. Ela já tinha inimigos o suficiente; não precisava de mais.

Enfim, chegou ao rio e, na água escura, jogou o passaporte e a carteira de Dave, o turista. *É nisso que dá perseguir a mulher errada*, pensou. Subestimar Diana foi seu erro fatal.

Ele não foi o primeiro homem a fazer isso, e não seria o último.

8

JO

Purity, Maine

Jo havia assistido a apenas uma autópsia em toda a carreira, e isso foi anos atrás, quando estava treinando para ser policial na Academia de Polícia do Maine. Como era a mais baixa da turma, precisou ficar na ponta dos pés para olhar por trás de um colega. Então, o dr. Wass abriu o abdômen, o cheiro de vísceras inundou o cômodo, e um dos estudantes que atrapalhavam a visão de Jo desmaiou de repente.

Depois disso, Jo teve uma bela visão da faca do patologista.

Enquanto todos os outros colegas da classe se concentravam nos detalhes anatômicos da dissecação — de quantos lobos o pulmão era composto e onde o baço ficava em relação ao fígado —, Jo se viu pensando no próprio falecido e em como tinham sido seus últimos momentos. Era um senhor de idade, bem velho, com o rosto e os braços cheios de manchas da idade, como líquen marrom num respeitável tronco de árvore. Foi encontrado morto na cama do asilo, o que chocou sua família, já que na noite anterior ele estava alerta e animado. Quatro outros residentes do prédio também faleceram no último mês, todos de repente, e a família insistia que tinha alguma coisa errada no lugar.

Quem sabe um anjo da morte, disfarçado de enfermeiro, estivesse fazendo a ronda, armado com uma seringa de insulina. Assassinatos como esse aconteciam, não é mesmo?

Enquanto olhava para o homem, Jo pensou em como teriam sido seus últimos dias, abandonado numa casa de repouso no final da vida, olhando para as mesmas quatro paredes dia após dia. Será que ele ansiava por sentir a neve caindo no seu rosto e ouvir o craquelar das folhas sob seus pés, sabendo que nunca mais experimentaria essas coisas? E então, certa noite, aparece um enfermeiro com uma seringa para pôr fim ao seu suplício. Foi um ato de misericórdia ou um assassinato? Jo não sabia. Só sabia que o necrotério era um péssimo lugar no qual terminar, sendo estripado sob luzes brilhantes com uma dúzia de estudantes olhando para suas partes mais íntimas. Um olhar de pena deve ter cruzado seu rosto porque o dr. Wass perguntou:

— Tudo bem aí?

Jo demorou alguns segundos para se dar conta de que ele estava falando com ela. Ao encontrar o olhar dele do outro lado da mesa, percebeu que seus colegas de classe estavam observando a interação. Ele lhe perguntou isso por ela ser a única mulher ali, um jeito de nomeá-la como mais fraca? Nesse caso, ela deveria cortar essa ideia pela raiz com um encolher de ombros ou até mesmo uma risada.

Em vez disso, ela disse:

— Ele teve uma vida difícil. É triste pensar que ele morreu desse jeito.

— Por que acha que ele teve uma vida difícil?

Ela apontou para o corpo:

— Ele não tem a ponta do dedo indicador. E está vendo todas as cicatrizes nas suas mãos? Trabalhava com ferramentas afiadas. Talvez numa serraria ou num frigorífico.

Ainda que dr. Wass não tenha respondido aos comentários dela, ele a analisou por um momento, como se quisesse se lembrar do rosto dela. Como se soubesse que essa não seria a última vez que eles se falariam.

Anos mais tarde, quando se encontraram outra vez por causa do corpo do pobre Glen Cooney, caído na beira da estrada, ele se lembrou do nome dela. E ontem, quando ela perguntou se poderia assistir a autópsia da mulher na entrada da casa de Maggie Bird, mesmo não sendo oficialmente parte da equipe de investigação, ele disse que sim na mesma hora.

Agora sabiam o nome da mulher: Bianca Miskova. Pelo menos foi esse o nome que ela usou quando fez o check-in e, quando a proprietária da pousada examinou a carteira de motorista da mulher no Colorado, não viu nada que a fizesse duvidar da autenticidade. O Mastercard funcionou, aprovando a cobrança de 195 dólares, que Jo achou um absurdo de caro, já que era baixa temporada, mas os visitantes de Purity não tinham muita escolha em acomodações de inverno. Quando a mulher fez o check-out, por volta do meio-dia do dia de sua morte, deixou o quarto em perfeito estado. O local para onde ela foi em seguida e com quem se encontrou continuava um mistério, assim como a localização de seu veículo. A porta do necrotério se abriu e o detetive Alfond entrou, amarrando uma bata protetora por cima das roupas. Ele parou a poucos passos da sala e franziu o cenho para Jo, como se tivesse acabado de entrar por engano num banheiro feminino.

— Pedi para a chefe Thibodeau se juntar a nós — disse o dr. Wass a ele. — É sempre bom ter um par de olhos a mais.

Alfond não disse nem uma palavra enquanto ia até o pé da mesa. E nem precisava; Jo era só uma policial de cidade pequena, seu trabalho era multar, cuidar de pequenos furtos e interceder em brigas entre cônjuges. Naquela sala, ela era só uma turista, estava lá para observar o trabalho dos maiorais e manter a boca fechada.

Foi o que ela fez quando o dr. Wass retirou o pano, revelando o corpo da mulher. Ela era um excelente espécime físico em todos os aspectos, com quadris esbeltos e coxas musculosas de uma ginasta. Jo já havia visto o corpo na cena do crime, onde notou os dedos grotescamente deformados, as mãos fraturadas e os ferimentos a bala no crânio, mas o brilho das luzes do necrotério fazia esses horrores parecerem de plástico e sem sangue. Artificiais. Observou os olhos entreabertos de Bianca e, como havia feito com o idoso do asilo, ficou imaginando os últimos momentos dessa mulher. Com toda a certeza foram de pura agonia, e as balas fatais teriam sido um alívio depois que seus dedos foram quebrados, as juntas fissuradas. Deve ter acontecido em algum lugar afastado, onde os gritos não seriam ouvidos. Não seria difícil para o assassino encontrar um local assim, tendo em vista os vários quilômetros de estradas rurais e florestas densas de Purity. Dr. Wass partiu e separou as costelas, então levantou o esterno. Enquanto ele enfiava a mão no peito e retirava o coração e os pulmões cintilantes, Jo continuava olhando para as mãos lesionadas da mulher. Teria sido um castigo ou um interrogatório?

O que ele queria? O que ele estava tentando arrancar dela?

O zumbido do interfone a fez erguer os olhos.

— Sim? — dr. Wass exclamou.

A secretária disse pelo alto-falante:

— Estou com o Gabinete do governador na linha.

— Eu ligo mais tarde. Estou no meio de uma autópsia.

— É por isso que estão ligando. Precisa interromper o procedimento.

— O quê? — Dr. Wass tirou as luvas e foi pegar o telefone da parede. — Por quê?

Agora Jo só conseguia ouvir o lado de dr. Wass da conversa:

Estou prestes a abrir o crânio… isso não faz sentido… disseram por quê?

Jo olhou para Alfond. Ele parecia tão perplexo quanto ela.

Wass desligou e se virou para eles:

— Bom, isso é fora de série. Querem que eu embale o corpo e o deixe pronto para ser transferido.

— Transferido? Para onde? — Alfond esbravejou.

— Boston. Outra agência vai cuidar dos restos mortais. É como se não confiassem num patologista do interior do Maine para fazer o trabalho.

— Que diabos está acontecendo?

Dr. Wass olhou para o corpo, que agora estava oco, a maioria de seus órgãos já removidos. O que restava era pouco mais do que uma casca de ossos e músculos:

— Não faço a menor ideia.

9

MAGGIE

— O vovô disse que precisamos cuidar de você agora — diz Callie enquanto estamos na cozinha, limpando as doze dúzias de ovos que coletamos do bando de nós duas esta tarde. Eles são uma bela mistura de marrom, branco e azul-claro, os azuis são das minhas araucanas. Hoje juntamos nossos ovos e amanhã Luther vai levar as caixas para a cooperativa. É uma tarefa gostosa, quase zen, molhar o pano de prato, esfregar as partes com sujeira e esterco, arrumar os ovos na caixa com um equilíbrio artístico de cores. É exatamente o que eu precisava, depois dos acontecimentos perturbadores da noite passada. Hoje, a situação não parece mais clara. Só sabemos que Bianca deu entrada como hóspede na Harbourtown Inn e foi vista pela última vez pelo recepcionista ao meio-dia de ontem, quando foi embora. Quando a Polícia Estadual revistou o quarto dela hoje de manhã, a faxineira já o havia limpado, então duvido que tenham encontrado alguma pista.

A situação me deixou abalada, fora de prumo, por isso estou feliz por estar na cozinha de Luther, limpando ovos sem pensar.

— Vovô disse que você pode ficar com a gente, se quiser — disse Callie. — Pode dormir no meu quarto.

— Onde você dormiria, então?

— Lá em cima, no sótão.

Olho para o sótão coberto de teias de aranha, que mal tem espaço para alguém ficar lá senão se arrastando de bruços, e dou risada.

— Ah, Callie! De jeito nenhum que eu te expulsaria do seu próprio quarto e te faria dormir lá em cima.

— Não é tão ruim assim. Eu durmo no palheiro sempre que as cabras estão prestes a ter seus bebês. — Ela coloca um ovo azul com cuidado na caixa. — Eu meio que ia gostar se você *ficasse* com a gente.

— Por quê?

— Ia ser divertido. Como ter uma mãe.

Eu a observo pegar outro ovo e virá-lo, procurando por qualquer mancha. Às vezes, Callie parece mais velha do que sua idade, mas neste momento ela parece não só muito mais nova como mais vulnerável também. Ela me lembra outra garota que conheci e que não era muito mais velha do que Callie. Uma garota tão vulnerável quanto e mais carente ainda. Uma garota cujo destino ainda pesa em minha consciência.

— Você se lembra da sua mãe? — pergunto.

— Só um pouco. Meu avô diz que eu só tinha três anos quando ela morreu. Ele diz que a cidade não é lugar para uma garotinha, então nos mudamos pra cá.

— Seu avô é um homem sábio.

— Por que você se mudou pra cá?

É uma pergunta que eu não esperava e não quero responder. Não com sinceridade, pelo menos.

— Estava na hora de me aposentar. Vim para o Maine para visitar alguns amigos e descobri que a Blackberry Farm estava à venda. E ela veio com ótimos vizinhos. — Dou um puxão brincalhão em seu rabo de cavalo, e ela dá uma risadinha.

— O vovô não gostava muito da velha Lillian porque ela gritava com ele o tempo todo. Ele está feliz por você ter se mudado pra cá.

— Eu também.

Ficamos em silêncio por um momento e nos concentramos em limpar os ovos e encher as caixas.

— O vovô não está saindo com ninguém — ela diz. — Quer dizer, nenhuma mulher. Caso esteja se perguntando.

Me seguro para não rir. Essa garota não tem vergonha de nada, e adoro esse lado dela.

— Ele está ocupado cuidando de você, querida. Com certeza não tem tempo para pensar em mais nada.

A porta se abre e Luther entra na casa carregando duas sacolas cheias de compras. Enquanto guarda cenouras, batatas e carne moída, ele diz:

— Encontrei a Bonnie da cooperativa. Ela disse que os ovos acabaram e perguntou quando vou trazer mais.

— Estou fazendo isso agora, vô. — Callie fecha uma caixa e a adiciona à pilha na grade de plástico. — Acho que pelo menos doze dúzias. Vai dar oitenta e quatro dólares.

— Vão acabar num dia. Ainda mais com os azuis da Maggie lá dentro. — Ele olha para mim. — Suas galinhas precisam botar mais rápido.

— Vou falar com as meninas — digo com um sorriso e fecho a última caixa. — Obrigada por levá-los para a cooperativa, Luther.

— Vocês duas anotaram tudo para dividir o dinheiro?

— Eu anotei — diz Callie. É claro que ela anotou. Enquanto eu estava distraída com o assassinato, a garota estava prestando atenção nos negócios. Não vai dar muito dinheiro, só uns vinte dólares em ovos das minhas galinhas, mas não vou ferir o orgulho de Callie dizendo que ela pode ficar com a minha parte dos lucros. Ela não é do tipo que aceita as coisas dos outros de bom grado.

— É melhor eu ir pra casa — digo e tiro meu casaco do gancho na parede.

— Não vai ficar para o jantar? — pergunta Callie.

Penso no comentário triste que ela fez, a respeito de como seria ter uma mãe, e lamento não poder desempenhar esse papel para ela esta noite. Talvez outra noite.

— Alguns amigos vão lá em casa, então tenho que começar a cozinhar. Mas não esqueci o frango e os bolinhos que você me prometeu.

Callie sorri:

— É só dizer. Vou matar um dos galos, só pra você.

— A AGÊNCIA NÃO QUER ADMITIR QUE BIANCA ERA UMA DAS NOSSAS, E isso não é nada bom — diz Ben.

Ele e Declan estão sentados na minha cozinha, com os últimos restos do nosso jantar ainda espalhados pela mesa. Fiz cordeiro ensopado, um prato que sempre me traz boas lembranças. É uma das razões pelas quais não conseguiria ser vegetariana, ia morrer de saudade desse ensopado. Nós três já bebemos a primeira garrafa de cabernet e estamos na segunda. Encho todas as taças. Sempre me orgulhei disso, de não ficar atrás dos homens no quesito bebida.

— Já se passaram vinte e quatro horas — digo. — Afinal, o que *sabemos*?

— A Polícia Estadual ainda não confirmou a identidade dela — diz Declan.

E as fontes de Declan são confiáveis. Ele é cheio de contatos, só nos seis anos desde que se mudou para Purity, já fez amigos na Polícia Estadual, no corpo de bombeiros local e no escritório do médico-legista. É o que nós todos fomos treinados a fazer, cultivar informantes da mesma forma que se cultiva um jardim, nutrindo e regando até a hora da colheita. Declan sabe fazer isso muito bem. Talvez seja graças aos seus belos traços irlandeses ou por ter passado a infância em vários internatos, onde fazer amigos rápido era uma questão de sobrevivência.

Eu me viro para Ben:

— O que as suas fontes na Agência *disseram*?

Ele toma um gole de vinho e coloca a taça no chão:

— Não consegui arrancar nada deles.

— O quê?

— Isso, por si só, já diz muita coisa. É possível que não tenham acesso às respostas, ou sabem, mas não podem me dizer a verdade. Se a sua misteriosa Bianca *era* uma das nossas, ninguém está admitindo isso.

Fico quieta, pensando no que sabemos sobre Bianca, uma mulher que carregava uma identidade falsa no bolso e cujas impressões digitais não aparecem em nenhum banco de dados. Uma mulher que esteve nesta cozinha um dia e meio atrás e me disse que Diana Ward tinha sumido. Eu não estava nem aí para a Diana naquela época, continuo sem dar a mínima agora, e qualquer coisa ruim que possa ter acontecido com ela não é culpa de ninguém senão dela própria.

Mas Bianca está morta, eu acabei metida numa investigação de assassinato e, de alguma forma, a confusão tem relação com Diana. Sempre parece ter.

— E quanto à identidade de Bianca? — pergunto.

— Ela tinha uma carteira de motorista do Colorado, expedida para Bianca Miskova — diz Declan. — Trinta e três anos. Cabelos pretos, olhos castanhos, um metro e setenta, cinquenta e oito quilos. A descrição está certa?

— Está.

— Mas é tudo falso.

— Mas uma falsificação bem-feita?

— Tão bem-feita quanto as que nosso pessoal consegue fazer.

— Então, ela poderia ter sido uma das nossas.

— Ou vai ver ela jogava em outro time. O que é bem provável que seja o SVR — Serviço de Inteligência Exterior russo. Eles com toda a certeza não são amadores no quesito de inserir agentes infiltrados e fornecer documentos falsos de ótima qualidade.

— Então quem a matou? — pergunto. — Foram eles? Ou nós?

Minha pergunta é respondida com silêncio. Nem Ben nem Declan têm uma resposta. Eu também não tenho, pelo menos nada que faça sentido.

Declan diz:

— Maggie, precisamos saber mais sobre o motivo que fez Bianca te procurar. Você disse que ela estava procurando uma ex-colega de trabalho.

— E eu não sabia de nada que pudesse ajudá-la. Faz anos que não vejo essa colega e não tenho ideia de onde ela está agora.

— Quantos anos?

— Dezesseis.

— Não foi quando você deixou a Agência?

Aceno com a cabeça:

— E ela é um dos motivos por que pedi demissão.

— Um dos motivos?

— O principal motivo.

— Quem era essa colega? — pergunta Ben. — Você não disse o nome dela.

Não respondo logo em seguida. Em vez disso, pego as tigelas de ensopado vazias e levo para a pia. Ali, fico de costas para eles, olhando meu reflexo na janela da cozinha. Está escuro lá fora e, exceto pelo brilho fraco do chalé de Luther, está tudo escuro. O isolamento e a privacidade dessa propriedade foram os motivos que me fizeram escolhê-la, mas esse é o lado ruim. Estou completamente sozinha aqui, só uma mulher e suas galinhas.

Eu me viro para os homens:

— O nome dela é Diana Ward.

Ou nunca ouviram o nome dela antes ou são muito habilidosos em esconder as reações. O mais provável é que não a conheçam. Afinal de contas, somos da velha guarda e Diana ainda estava no ensino médio quando recebemos nossas primeiras tarefas em campo. Além disso, eles trabalhavam em frentes diferentes das minhas, Declan na Europa Oriental, Ben no Oriente Médio. É bem provável que nunca tenham nem visto Diana.

— E agora ela está desaparecida? — pergunta Ben.

— Bianca queria minha ajuda para localizá-la. Eu disse que não faço ideia de onde ela está.

— Isso é verdade?

Olho de um para o outro:

— Não acreditam em mim?

Ben ri:

— Faz quanto tempo que a gente se conhece, Maggie?

— Uns trinta e oito anos. Desde a época do The Farm.

— É mais tempo do que conheço a minha esposa, e quando a Evelyn morreu, *ainda* tinha muita coisa que ela não sabia sobre mim. Coisas que nunca contei para ela. Coisas que menti.

— Não estou mentindo agora.

— Mas também não está contando a história toda.

— A gente não foi treinado pra ficar contando as coisas, né?

— Mas isso aqui não é uma missão. Somos seus amigos. Não tem como a gente te ajudar se ficar escondendo as coisas.

Volto para a mesa e me sento. Nós três nos conhecemos faz muito tempo. Trinta e oito anos atrás, eu era a mais nova desse trio, recrutada assim que terminei a faculdade, mas já era cheia de confiança. Até demais. Cresci consertando tratores velhos e cuidando de ovelhas enquanto vivia com um pai alcoólatra numa fazenda com parcelas do financiamento absurdas de caras. Consegui sair do Novo México depois de mentir numa entrevista para a faculdade e acabei conseguindo uma bolsa de estudos integral na Universidade de Georgetown, onde todos ao meu redor pareciam geniais. Notas altas e pontuações estratosféricas na prova para entrar na faculdade não eram suficientes para me destacar na multidão, mas eu acreditava que tinha uma centelha de algo especial. Um talento especial para a sobrevivência, para conseguir sair de qualquer situação.

O campo de treinamento da CIA tirou essa crença da minha cabeça. Talvez eu tenha conseguido preencher todos os requisitos de recrutamento, mas depois do The Farm, não tinha mais a ilusão de que era especial, porque meus colegas recrutas eram tão especiais quanto, se não fossem, não estariam lá.

— A verdade é que eu *não* sei mesmo onde a Diana está — digo. — E, para ser bem sincera, não estou nem aí se ela está viva ou morta.

— Impressão minha ou tem uma pontada de amargura aí? — diz Declan.

— Tem mesmo.

— O que ela fez pra você?

Faço uma pausa, procurando palavras para descrever como Diana acendeu o pavio que destruiu minha carreira. Minha vida.

— Ela me fez parecer uma traidora — digo.

A verdade é muito mais complicada, mas quando se vive em um mundo de espelhos, a verdade é sempre distorcida. Com muita frequência, é o que *escolhemos* ver, ignorando todas as partes inconvenientes, os detalhes incômodos que distorcem nossa visão. Ansiamos por clareza e, por isso, mentimos para nós mesmos.

E o que tenho dito a mim mesma nesses últimos dezesseis anos é que Diana Ward me destruiu, quando, na verdade, fiz isso comigo mesma.

10

Vinte e quatro anos atrás

Por que não? Foi isso que me levou a procurar passagens baratas para Londres, seis meses depois de conhecer Danny Gallagher. *Por que não?* Foi o que pensei enquanto arrumava a mala e no táxi indo do meu apartamento em Reston para o aeroporto. Não vejo Danny Gallagher desde Bangkok, uma noite sem compromisso que acabou durando quatro dias inteiros das minhas férias lá. Juntos fomos para templos, nos empanturramos de comida de rua, flutuamos pelos khlongs nos típicos barcos long tail. E fizemos sexo, é claro, aquele tipo de selvageria sem ressalvas que só é possível quando se acha que nunca mais vai ver aquela pessoa de novo.

E, ainda assim, aqui estou, num voo noturno para Londres, porque nesses seis meses desde Bangkok, não parei de pensar nele. Graças a todos os cartões-postais que ele me enviou, não consegui esquecê-lo. O cartão do elefante de Chiang Mai, o cartão do nascer do sol no templo de Siem Reap, o cartão da caverna cheia de macacos de Kuala Lumpur, cada um com uma mensagem curta contando das novas comidas que ele tinha provado, as novas maravilhas que tinha visto. Eles me deixaram com saudades dos dias em que eu via o mundo como um alegre parque de diversões, não como uma zona de guerra. Depois, seus cartões-postais começaram a vir de Londres, com imagens turísticas da Torre, das joias da Coroa e da Ponte de Londres. Apesar de estarmos na era do e-mail, ele continuou mandando esses cartões-postais porque virou um ritual bobo entre nós e, a cada poucas semanas, encontrava mais um na minha caixa de correio.

Então, um mês se passou e não chegou nada. Foi assim que me dei conta de que tinha me apegado a esse ritual. Eu me pegava verificando seguidas vezes o espaço vazio da caixa de correspondência, me perguntando se isso significava que estava tudo acabado entre nós, se ele tinha conhecido outra pessoa ou se tinha se cansado de nossa correspondência unilateral. Ou se, Deus me livre, algo tivesse acontecido com ele.

Foi quando enfim usei o endereço de e-mail que ele tinha me dado no dia em que nos separamos. Eu não tinha feito nenhum esforço para entrar em contato com ele, mas depois de oito semanas de silêncio, minha determinação ruiu.

**Estou indo para Londres em algumas semanas, a negócios.
Quer jantar comigo?**

Cliquei em enviar. Fiquei imaginando ele vendo os e-mails. Ele veria o meu e se perguntaria por que, depois de todos esses meses, eu por fim estava entrando em contato. Será que Danny vai abrir o e-mail ou passar direto por ele?

Estava prestes a fechar o laptop quando ouvi a notificação do e-mail dele chegar na minha caixa de entrada.

Três semanas depois, estou voando pelo Atlântico. Nunca tive problemas em dormir em aviões, por maior que seja a turbulência, mas nesse voo, estou bem acordada, me perguntando se isso é um erro. E se eu olhar para Danny e ele estiver diferente, em vez daquele homem emoldurado pelo ardor das minhas lembranças, ver um Danny com dentes ruins e começando a ficar calvo? Não tirei nenhuma foto dele em Bangkok, nem ele tirou uma minha. Nós dois podemos acabar decepcionados.

Agora tudo parece prestes a ir por água abaixo. Dou entrada no meu hotel em Londres, tomo um banho e caio na cama, mas ainda assim não consigo dormir, fico pensando na noite que está por vir. Vou encontrá-lo num restaurante às oito horas. Um lugar imparcial. Foi no que eu insisti para o nosso reencontro. Não quero que ele apareça no meu hotel, nem quero bater na porta do apartamento dele, porque essas duas opções impossibilitariam uma saída à francesa. Tento sempre ter uma rota de fuga planejada, seja de um tiroteio ou de uma noite romântica, e um restaurante é um local seguro para um encontro. Já ensaiei a minha desculpa: *me desculpa não poder ver você de novo, é que vou ficar aqui só por algumas noites.*

Ele reservou uma mesa para nós num lugar chamado Ballade, em Mayfair. Não conheço o restaurante, mas já faz um ano e meio que não venho para Londres, onde novos restaurantes brotam feito erva daninha em cada esquina. Uma olhada on-line no cardápio — e nos preços — me diz que esse não é um lugar para ir de calça jeans e jaqueta. É um lugar para ir de vestido e salto alto, que por acaso eu trouxe, porque "esteja sempre preparada" não é um lema só dos escoteiros.

Às seis e meia da noite, saio da cama, me visto e subo o zíper da minha armadura de batalha noturna de seda azul. Meus sapatos são esculturais e elegantes, mesmo que os saltos sejam de apenas cinco centímetros, uma altura adequada para caminhar — ou correr — em ruas de paralelepípedos. Apesar da maquiagem que passei, ainda vejo uma mancha escura abaixo dos meus olhos e a exaustão no meu rosto, mas quanto a isso, não posso fazer nada. Estando ou não horrível, aqui vou eu.

Pego o metrô, me juntando a outros foliões para uma noite na cidade. Parecem tão jovens, os passageiros, ainda mais quando vejo meu próprio reflexo na janela. Só tenho trinta e seis anos, mas tenho uma somatória equivalente a uma vida inteira de histórias infelizes. Eu me pergunto se esta noite vou acrescentar mais uma ao meu acervo. *Voou para Londres para encontrar um príncipe que acabou virando um sapo.* Em Green Park, desço do metrô e me junto ao fluxo de passageiros que vai rumo à linha Jubilee. Na plataforma, vejo moças de minissaia, rapazes com jaquetas com símbolos de times de futebol, todos sedentos pela próxima bebida. Estou bem sóbria. Jamais bebo antes de uma operação, e é assim que me sinto. Operação Danny.

É só um jantar e talvez sexo. E depois disso?

Sei bem como desaparecer. É a minha especialidade.

Não demoro muito na linha Jubilee para chegar à Bond Street, e saio da estação em meio ao que parece ser um carnaval de barulho e luz. É só uma noite normal de sábado em Londres, mas no meu estado de privação de sono, tudo é muito barulhento, muito agitado. Demais até.

O letreiro do Ballade é discreto e quase passo direto pelo restaurante. Não tem janelas, nada que indique que tipo de negócio está por trás da parede de madeira clara. A porta é enorme e enfeitada com níquel polido, digna de uma fortaleza. Quando a abro, me sinto como se estivesse invadindo um castelo.

Da rua movimentada, entro num refúgio de elegância tranquila. Uma recepcionista de pele perfeita, com um corte de cabelo de cuia, aparece num passe de mágica para me receber. Atrás de mim, vejo uma sala de jantar com toalhas de mesa brancas, taças brilhantes e pessoas bonitas. Nenhum jeans azul à vista.

— Reserva para Danny Gallagher — digo à recepcionista.

Ela nem sequer olha na lista de reservas; num restaurante tão exclusivo, ela sabe quais mesas estão reservadas e por quem.

— Receio que o dr. Gallagher ainda não tenha chegado. Ele ligou para avisar que chegaria atrasado. Permita-me levá-la à sua mesa.

Eu a sigo da recepção para o restaurante até uma mesa de dois lugares perto da cozinha. Não é a melhor mesa do lugar, mas me dá uma boa visão para os outros clientes, e é um lugar que por instinto eu escolheria de qualquer jeito. Uma taça de champanhe é entregue à minha mesa, sem que eu a peça. É esse tipo de estabelecimento, onde homens mais velhos jantam com mulheres duas décadas mais jovens, em que ninguém levanta a voz, nem ousa dar uma olhada nos preços do cardápio. Tomo um gole de champanhe e olho para o relógio.

Danny está dez minutos atrasado.

Minha mente vai direto para o pior que pode acontecer. Ele sofreu um acidente. Foi assaltado. Amarelou e eu vou ter que pagar a conta. Uma carreira de antecipação do pior me deixou pessimista e, apesar da sensação agradável proporcionada pelo champanhe e eu estar sentada num restaurante requintado, estou apreensiva.

Até que Danny aparece.

Esse não é o Danny desengonçado de que me lembro daquele mercado de rua lotado de Bangkok, onde nos sentamos numa mesa de plástico e nos empanturramos de lámen com carne. Esse Danny tem cabelos bem aparados, está com uma camisa social elegante, um paletó e, em vez de uma mochila bem gasta, usa uma bolsa de couro de médico pendurada no ombro. Ele se inclina, me dá um beijo tímido e sem jeito na bochecha, então se senta na cadeira à minha frente. Apesar das quatro noites quentes em Bangkok, ainda somos estranhos. Preciso reajustar minha imagem mental dele para acompanhar essa versão atualizada, mas todas as mudanças são só superficiais. Agora ele usa terno e gravata, mas o sorriso dele é o mesmo de que me lembro.

Eu me aproximo e murmuro:

— Meu deus, Danny. Este restaurante é muito chique. Acho que o jantar vai custar...

— Um rim e o salário de um mês. Eu sei. Mas você está aqui e quero comemorar. — Ele dá uma olhada ao redor. — É a primeira vez que venho aqui. Ouvi dizer que é impossível reservar uma mesa.

— Como conseguiu?

— Um dos lavadores de louça é meu paciente e me colocou na lista. — Sua voz cai para um sussurro. — Agora vamos fingir que estamos acostumados com esse tipo de lugar.

Impossível não rir disso, porque parece um baile de máscaras, dois reles mortais fantasiados de pessoas importantes. Danny me faz sentir como uma versão mais jovem e livre de mim mesma, antes de ser forçada a crescer. Antes dos meus olhos se abrirem para todos os lugares escuros do mundo.

— Você está de terno. Nunca imaginei isso — digo.

— Estava com medo de que você nunca tivesse me imaginado de qualquer jeito, depois de Bangkok.

— Como não iria imaginar? Todos aqueles cartões-postais.

Ele esboça uma careta:

— Foi demais?

— Não, foi bem fofo. Ninguém mais manda cartões-postais. Depois, fiquei meses sem ter notícias suas e percebi quanto sentia falta deles.

— Achei que talvez estivesse cansada de ouvir falar de mim. — Seu olhar encontra o meu e seus olhos verdes refletem o brilho da vela acesa na mesa. — Não é como se tivéssemos planejado nos ver outra vez. Quando você me mandou e-mail, fiquei surpreso.

— Eu também — admito.

O garçom traz os cardápios e outra taça de champanhe. Danny toma um gole e o champanhe deixa um respingo brilhante em seu lábio. De repente sou tomada por uma lembrança nítida daqueles lábios no meu peito, dos dentes no meu mamilo e das suas mãos largas agarrando meus quadris enquanto me penetrava. Abalada pela enxurrada de imagens, abro o cardápio. Não há preços, e eu lanço um olhar preocupado para Danny do outro lado da mesa.

— O seu tem preço? — sussurro.

— Você está preocupada mesmo que não vou conseguir pagar, né?

— Para de ser bobo. Vamos dividir a conta?

— Relaxa. Tenho um emprego estável agora. Posso pagar parcelado.

Rindo, me recosto na cadeira. Consigo beber muito mais que a maioria dos homens, mas esta noite a mudança de fuso horário e o estômago vazio fizeram a taça de champanhe fazer mais efeito, e o álcool borbulha na minha corrente sanguínea. Tudo parece fora de foco, os sussurros das mesas ao redor, as toalhas de mesa de linho. Até Danny. Não o Danny queimado de sol e desgrenhado em Bangkok, mas a versão de cabelo bem cortado e tão tentadora quanto. Bebo meu champanhe, colocando mais lenha na fogueira, apesar de tentar fazer a minha parte na conversa.

— Me conta do emprego novo — digo.

— Estou me adaptando.

— Não está parecendo muito animado.

Ele encolhe os ombros:

— É medicina de rotina. Mas agora tenho horários fixos e um salário decente.

— E nenhum ferimento de bala ou malária para tratar. Sente falta disso?

— Sinto falta do desafio. De me virar num momento crítico só com o mínimo. Mas minha mãe está feliz que eu voltei. Não tinha percebido como tem sido difícil para ela desde que meu pai morreu. Precisava voltar pra casa. — Ele sorri para mim. — Ela quer muito te conhecer.

Paro a taça antes de chegar aos meus lábios. *A mãe dele.* Não foi esse o nosso combinado.

— Falou de mim pra ela?

— Não devia?

— Não estamos nem perto do estágio de conhecer sua mãe.

— Ela não é assustadora nem nada, eu prometo. Bem, talvez ela seja, um pouco. — Ele faz uma pausa. — Mas não de um jeito assassino em série.

Agora ele me faz rir outra vez, de um jeito que não ria há meses. Estou tão concentrada em Danny que nem reparo no alvoroço do outro lado do restaurante até uma taça de vinho se estilhaçar no chão e uma mulher começar a gritar. Nós dois viramos para olhar.

Um homem caiu para a frente na cadeira e está apertando a garganta com as duas mãos. Mesmo do outro lado do restaurante, consigo ver o pavor no seu rosto enquanto ele se esforça desesperado para respirar.

Num instante, Danny se levanta da cadeira e sai correndo pelo restaurante. Enquanto todos ficam boquiabertos, Danny se posiciona atrás do homem aflito e envolve os braços em torno de sua cintura. Sem hesitação, sem uma procura desengonçada pela posição certa; Danny vai direto ao trabalho, empurrando os punhos contra o abdômen do homem. Três vezes. Cinco vezes. Ele puxa com tanta força que a cadeira é arrastada pelo chão até cair de uma vez.

O homem está ficando mole.

Danny golpeia as costas do homem, batendo nele feito um tambor, depois o agarra pela cintura e repete os golpes abdominais. De novo e de novo.

A cabeça do homem tomba para a frente.

Danny arrasta o homem, agora inconsciente, da cadeira e o coloca no chão.

— Maggie! — ele grita. — Preciso da minha maleta!

Pego a maleta de couro do encosto da cadeira e corro pelo restaurante, passando por uma plateia de pessoas congeladas em suas cadeiras. Enquanto Danny vasculha a bolsa em busca de seus instrumentos médicos, não consigo tirar os olhos do rosto do homem inconsciente. Ele está na casa dos sessenta anos, tem cabelos grisalhos e um pescoço curto e inchado, um homem que sem dúvida desfrutou de uma vida inteira de refeições requintadas, até que essa o matou. O paletó bem cortado me diz que ele tem condições de pagar um restaurante como o Ballade, mas sua riqueza não pode salvá-lo agora. Seu sangue está com falta de oxigênio, seu peito imóvel. Eu me ajoelho para sentir o pulso na artéria carótida. Ainda está lá, mas irregular.

Uma mulher atrás de mim ofega:

— O que está *fazendo*?

Danny tirou um bisturi da sua maleta médica.

Sei o que ele está prestes a fazer. Ele não tem escolha, porque uma ambulância não vai chegar aqui a tempo de salvar esse homem. Pego guardanapos de linho da mesa e me inclino sobre o pescoço do homem, pronta para absorver qualquer sangue. Nas mãos certas, a cricotireotomia é um procedimento simples, mas, nas mãos erradas, pode ser um desastre. Só a vi sendo feita uma vez, num campo lamacento, num homem cuja garganta havia sido esmagada por estilhaços. Foi uma última tentativa de salvar a vida dele, feita por um colega assustado que nunca tinha feito isso antes, cujo bisturi trêmulo cortou uma carótida e uma torrente de sangue jorrou como resultado.

Mas Danny sabe o que está fazendo. Ele encontra seus pontos de referência rápido, pressiona o bisturi no pescoço e corta a membrana cricotireoidea.

A mulher atrás de mim grita:

— Você cortou a garganta dele!

Pressiono um guardanapo enrolado no pescoço, absorvendo o sangue que escorre do corte. A traqueia agora está aberta e o ar sibila para fora da incisão, mas o homem tem um pescoço tão grosso que, quando ele inspira, os tecidos moles caem sobre a ferida, vedando-a. Precisamos manter a ferida aberta.

Um garçom está por perto, observando com os olhos arregalados. Eu me levanto e pego a caneta esferográfica do seu bolso. Em segundos, eu a desenrosco e entrego a ponta oca para Danny.

Ele olha para mim com surpresa e, em seguida, enfia a caneta na ferida, abrindo a incisão. O ar logo entra e sai, e os lábios azulados do homem começam a ficar rosados devagar. Só então ouvimos a sirene da ambulância que se aproxima.

Quando os paramédicos levam o homem numa maca para fora do restaurante, ele está mexendo os braços, começa a olhar em volta confuso e está bem vivo. Abalados, Danny e eu voltamos para a nossa mesa. Noto que a camisa dele está manchada de sangue e, quando olho para mim, percebo que meu vestido de seda também. Apesar de ter feito tudo com calma e eficiência, ele agora parece perplexo, como se só agora tivesse se dado conta de como tudo poderia ter dado errado. O bisturi poderia ter escorregado e o restaurante poderia estar agora banhado em sangue. Não dizemos nem uma palavra, apenas ficamos sentados num silêncio atônito. O restaurante inteiro também ficou em silêncio e a mesa onde o homem caiu está vazia, os convidados foram embora e as refeições foram deixadas para trás.

Danny me pergunta, em voz baixa:

— Como você sabia?

— Sabia o quê?

— O que fazer, do que eu precisaria. Os guardanapos. A caneta como cânula. — Ele franze a testa para mim. — É como se já tivesse feito isso antes.

Penso naquele dia em que me ajoelhei num campo lamacento enquanto tentávamos salvar a vida do nosso colega. Eu me lembro do primeiro corte no pescoço, dos fortes jatos de sangue arterial e de como seus olhos ficaram vidrados ao morrer.

— Já vi sendo feito uma vez — digo.

— Onde?

— Na televisão. Numa série médica.

— Televisão?

— Sim.

Ele me encara, como se não conseguisse decidir se acredita nisso ou não. Se ele não acredita em mim agora, que outras dúvidas ele terá a meu respeito? Quantas dúvidas ele terá antes de perceber que a mulher sentada à sua frente é só uma ilusão?

— Dr. Gallagher?

Nós dois erguemos os olhos e vemos um garçom parado na frente da nossa mesa. A primeira coisa que passa pela minha cabeça é que ele está prestes a nos expulsar do restaurante por causa das nossas roupas manchadas de sangue. Em vez disso, ele coloca um cartão de visita virado para baixo na frente de Danny.

— Um dos outros clientes vai pagar sua refeição hoje. Ele disse para ficar à vontade para pedir o que quiser, inclusive da nossa carta de vinhos.

— Sério? — Danny olha para mim com um olhar de surpresa. — Em que mesa ele está sentado?

— Ele prefere falar com você em particular, se você ligar para esse número amanhã. Por favor, tenha uma ótima refeição. E obrigado. — Ele acena para mim também. — Vocês dois.

Olho ao redor da sala de jantar, imaginando qual patrono foi generoso a ponto de nos presentear com essa refeição, mas ninguém está olhando em nossa direção. Quem quer que seja, optou por permanecer anônimo por enquanto.

— O que tem no cartão de visita? — pergunto.

Danny franze a testa para o cartão e depois o entrega para mim.

Na frente está escrito *Galen Medical Concierge* e um número de telefone. Eu o viro e vejo que alguém escreveu uma mensagem curta.

Estamos contratando. Vamos conversar.

— Vai ligar? — pergunto, devolvendo o cartão.

— Talvez. Vou pensar. — Ele coloca o cartão no bolso. — Mas esta noite, prefiro pensar em nós, e...

— E?

Ele se concentra em mim.

— E no que vai acontecer depois.

11

Agora

Declan se levanta da mesa da cozinha e abre o armário no qual guardo meu tesouro. Não é o uísque comum de malte simples que compro no supermercado local, e sim o que vale uma nota. Ele já veio na minha casa vezes o suficiente para saber onde o guardo, e agora está lá fora, minha garrafa de Longmorn trinta anos. Ele empurra para o lado as garrafas vazias de vinho na mesa e coloca o uísque com um *baque*, um sinal de que a conversa está prestes a ficar séria. Seus lábios estão apertados com determinação enquanto serve o uísque em três copos e empurra um para mim. Não pego o meu logo em seguida, em vez disso, fico apenas observando enquanto Ben e Declan levantam seus copos e tomam os primeiros goles. O gosto por um bom uísque é algo que adquiri tarde na vida, e fico irritada ao ver tanto do meu estoque indo garganta abaixo dos outros, mesmo que sejam meus amigos mais próximos.

— Então, ele aceitou aquele emprego no concierge hospitalar? — pergunta Ben.

— Era uma oferta boa demais pra não aceitar. O salário, as vantagens, um apartamento da empresa, na melhor parte de Londres. Mas a parte mais importante é que a mãe dele estava desesperada para pagar a hipoteca e, com esse emprego, ele poderia deixar os últimos anos dela mais confortáveis. Então, sim, ele aceitou o emprego. Com relutância.

— Por que com relutância?

— Por causa do que a clínica Galen representava para ele. O serviço de concierge hospitalar é para poucos privilegiados. Para pessoas que são ricas o suficiente para não precisarem do sistema que todos os outros têm de usar. Eles estalam os dedos e um médico aparece num passe de mágica, com os comprimidos de que precisam.

— Eu pagaria pra ter isso — diz Ben.

— Não pelos preços que a Galen cobrava. — Enfim pego meu copo e tomo um gole. Com a picada em minha língua, vêm as lembranças de Londres. Da primeira vez que provei o Longmorn, com Danny.

— Então ele foi trabalhar na Galen — diz Declan. — O que isso tem a ver com Diana Ward?

— Foi isso que trouxe Diana para nossas vidas. Foi por isso que Danny chamou a atenção dela. A clínica Galen levou à Diana. O que levou a todas as coisas que deram errado depois disso.

— Então nos conte da Diana Ward. Como e onde ela entrou em cena?

Coloco o copo na mesa, minha língua ainda formigando por causa do uísque:

— Istambul. Tudo começou em Istambul.

12

Istambul, dezoito anos atrás

Tem alguém me observando. Tem sempre alguém me observando, sejam as crianças curiosas na rua, os insistentes vendedores de tapetes ou talvez os agentes da *Millî İstihbarat Teşkilatı*, também conhecida como MIT, a Agência Nacional de Inteligência da Turquia, ainda que não tenham motivo para me considerarem uma suspeita. Sou apenas mais uma empresária americana que se desloca a pé para o meu escritório perto da praça Taksim. Ainda assim, preciso supor que estão me observando, por isso, todas as manhãs, quando acordo no meu apartamento em Istambul, me preparo mentalmente para mais um dia de brincadeira de esconde-esconde. Não acho que meu apartamento esteja grampeado ou que meu telefone fixo esteja sob escuta, mas ajo como se estivessem. A senhora idosa que varre a cafeteria do outro lado do beco parece ficar de olho nas minhas idas e vindas, mas isso pode ser só porque ela é a vizinha intrometida do bairro. Ou será que ela está sendo paga pelo MIT para me vigiar? A inteligência turca gosta de ficar de olho em todos os estrangeiros residentes, e quando saio do meu apartamento e caminho pela movimentada praça Taksim, tem uma boa chance de alguém estar me seguindo, então faço o possível para parecer tranquila, entediada até.

Nesta manhã, bocejo enquanto caminho, mas é um bocejo de verdade, resultado de mais uma noite na cidade, indo de bar em bar e fazendo novos amigos. À noite, sou bastante extrovertida. Durante o dia, só faço o meu trabalho, a mesma coisa que faço sempre cinco dias por semana. Chego ao antigo prédio de quatro andares onde fica a Europa Global Logistics e subo dois lances de escadas de madeira que rangem até nossos escritórios. A placa na porta é discreta, feita com o intuito de não chamar a atenção. A mensagem que passa ao público é: *não queremos mesmo fazer negócios com você,* e se isso não bastar, para passar pela porta é preciso digitar um código de segurança.

Digito meu código de seis dígitos e entro.

A recepção é mobiliada com duas mesas e parece ser o que se propõe a ser: o reduto de uma empresa internacional especializada em logística de importação e exportação. Uma das mesas está coberta de pastas de arquivo com formulários da alfândega dos Estados Unidos, documentos do ISF, faturas de caminhões, envios por navios e livros com normas de conformidade de países de todo o mundo. A segunda mesa, com a minha placa de identificação, "Margaret Porter", está repleta de amostras de tecido em um arco-íris de cores: sedas brilhantes da Tailândia, brocados da Bélgica, tecidos cheios de detalhes da Turquia. Atrás da minha mesa tem um cabideiro cheio de amostras de vestidos de estilistas de Istambul, com destino a Nova York. Meu foco é moda e têxteis e, se eu for colocada numa sala com empresários de verdade de importação/exportação, sei o suficiente do assunto para não passar vergonha.

Atravesso o escritório da frente até a porta interna, digito outro código de segurança e entro na sala onde são realizados os negócios reais da Europa Global Logistics. Ligo a cafeteira e me sento para ler as últimas mensagens da sede, enviadas a nós por meio de um link seguro do Consulado dos Estados Unidos. Não aconteceu nada de mais no local nas últimas vinte e quatro horas, mas meu colega Gavin e eu temos várias tarefas no forno, seja um informante que estamos tentando desenvolver ou uma nova fonte que eu gostaria de abordar, aguardando a aprovação da sede. Faço um relatório listando os motivos pelos quais estou propondo essa fonte e peço informações adicionais antes de dar o primeiro passo.

Ouço Gavin, cuja mesa fica no escritório ao lado, chegar. Ele me cumprimenta do mesmo jeito de sempre, batendo dois dedos na testa como se fosse uma continência informal, e vai direto para a cafeteira. Cada um de nós está fazendo a sua parte, como sempre, sentados em mesas separadas, digitando relatórios e mensagens individuais. Gavin gerencia as vendas globais de "equipamentos agrícolas", por isso de vez em quando precisa fazer alguma viagem para o interior do país, visitando áreas rurais pela fronteira entre a Turquia e a Síria. Às vezes, viajo com ele, supostamente para visitar fábricas de tecidos e tapetes. Gavin é quinze anos mais velho do que eu e, depois de trinta anos em campo, não vê a hora de se aposentar. Ele se aposentaria, se não tivesse uma hipoteca pesada para pagar em casa e dois filhos em universidades particulares — é bem provável que continue trabalhando até não conseguir mais. Trabalhamos juntos em

Istambul há três anos e meio, não tivemos nenhuma crise grave e em geral não nos irritamos um com o outro.

No nosso ramo de trabalho, isso pode ser chamado de uma parceria dos sonhos.

Verifico os últimos detalhes do desfile de moda de hoje à noite, no qual estilistas promissores de Istambul vão marcar presença. Vai ser um evento com jornalistas, exportadores, compradores e muitas das mulheres mais glamourosas da cidade. Eu também estarei lá. É onde se espera que alguém na minha falsa linha de trabalho apareça.

Em seguida, confirmo minhas reservas de voo para as curtas férias que pretendo tirar em três dias. Sempre que posso, viajo para Londres para visitar Danny, e só de pensar em vê-lo outra vez, meu humor melhora. Não nos vemos com a frequência que gostaríamos e o resultado é que, seis anos depois, ainda não nos cansamos um do outro. Dizem que quanto mais longe, mais apaixonados ficamos, e é verdade. Também faz as coisas entre quatro paredes ficarem mais quentes. É um esquema que funciona para nós — ou para mim, pelo menos. A convivência no dia a dia exigiria muita sinceridade entre nós, e não estou pronta para um compromisso como *esse*. O que posso dar a ele é um encontro ocasional em Londres, Paris ou Lisboa, e depois nós dois voltamos para nossas vidas separadas, que já são bastante atribuladas.

— Tudo pronto pra hoje à noite?

Olho para Gavin, que está em frente à minha mesa, tomando café. Ele parece cansado esta manhã, com os cabelos castanhos eriçados feito um dente-de-leão, as bolsas sob os olhos mais pronunciadas do que o normal. Seus problemas financeiros o preocupam, e sinto pena dele. Sinto muito por ele ainda estar aqui lutando nas trincheiras, quando na verdade gostaria de estar aposentado na Tailândia, tomando uma cerveja à beira do rio.

— Ouvi dizer que a casa vai estar cheia hoje à noite — digo. — Oito estilistas, uma banda ao vivo, coquetéis depois. Deve ser um show e tanto.

— E o outro show? — Ele não precisa dizer mais nada; nós dois sabemos do que está falando.

Aceno com a cabeça:

— Tudo certo para ele também.

Nunca fui muito fã de jazz, mas os turcos pelo visto adoram, a julgar pelos aplausos entusiasmados que dão à banda. Esta noite, a casa está mesmo cheia, com todos os assentos do teatro ocupados e mais dezenas de pessoas em pé no fundo. Fico feliz com a multidão, não que eu tenha alguma participação no sucesso da noite, mas porque essa mesma multidão logo sairá pelas portas e se espalhará pela rua, uma onda de pessoas na qual um rosto específico pode se perder fácil. Espero até que todos estejam de pé e se dirijam para os corredores em um êxodo barulhento em direção à saída; em seguida, sigo em outra direção, rumo às escadas dos bastidores. Já conheço a planta do prédio e vou por essas escadas até o corredor do primeiro andar, passo pela sala verde onde as modelos estão tirando as roupas e a maquiagem. Tem um banheiro para os artistas que se apresentaram no final do corredor. Entro, visto uma calça jeans, uma jaqueta escura e coloco um lenço sobre a cabeça. Depois, saio pela porta do palco e entro no beco.

Posso ouvir as vozes do público que está se dispersando ecoando da rua em frente ao teatro. Desço o beco na direção oposta, viro a esquina e saio numa rua paralela. Com o lenço escondendo meu cabelo, eu poderia ser apenas mais uma mulher turca indo para casa depois de sair com os amigos. É só um leve disfarce, mas deve ser suficiente para despistar qualquer um que tente me seguir. Não vou muito longe, apenas um zigue-zague pelas ruas secundárias até chegar ao meu destino: o discreto sedã Toyota preto, estacionado bem onde me disseram que estaria.

Sento-me atrás do volante, dou uma olhada ao redor para confirmar que não tem ninguém por perto e saio dirigindo. A não ser que o MIT previsse minha ação e estivesse pronto para me seguir em outro veículo, está tudo limpo, mas não deixo de tomar as precauções habituais. Viro à direita, verifico se tem faróis atrás de mim. Viro à direita outra vez. Confiro de novo. Faço um zigue-zague até o ponto de encontro desta noite e, quando chego lá, paro só o tempo suficiente para deixar o homem, que agora está esperando à sombra de uma porta, se sentar no banco do passageiro.

Então, me afasto do meio-fio e saio dirigindo:

— Algum problema? — pergunto a Doku.

— Não.

— Tem certeza de que o MIT não te seguiu?

— Não vi ninguém.

— Quanto tempo temos?

— Pelo tempo que precisar de mim. Não tenho outros compromissos esta noite, exceto talvez uma garrafa de vodca. — Que é a companhia preferida de Doku.

Eu me permito relaxar um pouco, porque sinto que é assim que ele está. Ou será que isso é excesso de confiança? Sinto o cheiro de álcool em seu hálito e, de repente, volto a ficar nervosa. Ele já começou a bebedeira da noite. Isso não é bom.

— Alguma coisa urgente pra me contar? — pergunto. Meu olhar se volta mais uma vez para o espelho retrovisor. Não vejo nada que me preocupe.

— A liderança ficou dividida — ele diz. — Murat está de saco cheio do emirado. Ele acha que eles são inúteis e quer voltar para casa, para a luta. Está trazendo um carregamento de armas.

— Sabe os detalhes? Quando, qual rota para a Chechênia?

— Vai ser dia 14. A rota de sempre pela Geórgia, nas montanhas.

— Onde ele conseguiu essas armas?

— Faz duas semanas que elas chegaram, a bordo de um navio vindo da Tunísia.

— Quem pagou por elas?

— Ouvi rumores. Dizem que foi financiado por uma fonte de Londres, mas vai saber de onde vem? O dinheiro não é como a água. Em vez disso, ele sobe a colina. Ele flui de pessoas que têm muito dele para pessoas que têm ainda mais. — Ele solta uma risada amarga. — Nunca vai para pessoas como eu.

E Doku precisa urgente de dinheiro, não só para bancar seus próprios prazeres tristes, mas também para sustentar sua irmã viúva e a filha dela de seis anos, que fugiram há pouco tempo para Istambul. Como Doku tem amigos perigosos, sua irmã e sua sobrinha moram num bairro diferente, para a própria segurança delas. Como muitos outros refugiados na cidade, eles vivem em condições sub-humanas, amontoados num prédio de apartamentos caindo aos pedaços com outros igualmente desesperados.

— Que tipo de armas tem no carregamento? — pergunto.

— Não é o lixo de costume com peças faltando. Não, são MANPADS. Stingers FIM-92, Iglas russos. Bombas de dispersão e fósforo branco. Vale coisa de milhões de dólares.

Com o fim da Guerra Fria, uma quantidade enorme de armas de segunda mão acabou no mercado clandestino. É isso que está prestes a ir para a Chechênia com Murat. O destino final dessas armas pouco importa para os traficantes que as comercializam; desde que ganhem dinheiro, são capazes de vender tanto leite quanto bazucas para bebês.

— Não sou o único que sabe disso — diz Doku. — Com certeza, os russos também sabem, e eles não bancam os bonzinhos, não. Vão nos jogar contra o emirado, para enfraquecer a resistência. — Ele suspira, e é um som de resignação. — Não acho que Murat vai chegar vivo à Chechênia. E suas armas vão acabar em outro lugar, a um novo preço. Talvez na América do Sul.

A tristeza na sua voz deixa transparecer como todos esses conflitos diferentes são desesperadores, assim como seu mundo se tornou. Doku não quer que Murat morra, mas aqui está ele o traindo, porque sabe que, no todo, nada disso importa. Murat já era de qualquer jeito, então por que Doku não pode levar alguma vantagem com o destino inevitável de Murat?

Encosto no meio-fio e estaciono. É um bairro tranquilo, e tenho uma visão desobstruída em todas as direções. Sob o brilho do poste de luz, observo o rosto de Doku. Ele parece mais descomedido a cada vez que nos encontramos, seu rosto e os olhos mais inchados. Sei que ele ama Istambul; ele já me falou isso várias vezes e, por mais que odeie os russos, odeie o que eles estão fazendo em sua Chechênia natal, não os odeia o suficiente para largar a sua vida aqui, nem sua bebida, para voltar às montanhas e lutar.

Então ele precisa de dinheiro o suficiente para sustentar a irmã e a sobrinha, para ficar nessa cidade onde todos os tipos de prazeres estão ao seu alcance, e está disposto a deixar escapar alguns segredos para isso. Até agora, não nos revelou nada de importante, nada que já não suspeitássemos. Sei bem da divisão entre os combatentes do Emirado da Chechênia, alguns dos quais atravessaram a fronteira para lutar ao lado do grupo extremista Estado Islâmico na Síria, enquanto outros escolheram continuar sua luta contra a Rússia. O que Doku nos fornece é apenas uma confirmação, e eu ainda não o pressionei para obter algo mais valioso. Ele precisa de incentivo para cavar mais fundo e descobrir mais detalhes. É um trabalho perigoso, e nenhum de nós tem a ilusão de que esse é um jogo de homens gentis. Ele anda com pessoas perigosas, e seus inimigos são mais perigosos ainda.

Entrego a ele o que veio buscar, uma pilha de dólares americanos, e observo enquanto ele os conta. Por mais que me sinta como se estivesse fechando negócios com uma prostituta, a verdade é que comecei a gostar de Doku. Acho que o verdadeiro motivo pelo qual ele fugiu da guerra na Chechênia é que, no fundo, ele não é um guerreiro, e sim uma alma ferida. Ele tem os olhos de um cachorro espancado e, sempre que nossos olhares se cruzam, ele não mantém contato visual, sempre desvia o olhar, como se eu fosse pegar um pau e começar a bater nele se me encarasse por muito tempo. Ele é digno de pena e cético, mas não é perigoso. Não a menos que não tenha saída.

— Descubra as datas — digo a Doku. — A rota exata que ele vai fazer pelas montanhas. E quero saber de onde está vindo esse dinheiro. Você falou que foi canalizado de Londres.

— Temos simpatizantes lá, você sabe.

— Sim, eu sei. — Pessoas indignadas com o que está acontecendo com os muçulmanos na Chechênia. Ou vai ver só estejam interessadas em manter o conflito vivo para seu próprio benefício. Existem oportunidades na guerra.

Ele termina de contar o dinheiro. Satisfeito com o que combinamos, o coloca no bolso.

— Tem mais uma coisa que quero te pedir.

Então, agora o dinheiro não é suficiente. Em geral é assim nesse tipo de interação. Os informantes começam a ficar insatisfeitos, suas famílias querem mais, ou começam a ter a sensação de que o destino está prestes a bater na sua porta.

— Se alguma coisa acontecer comigo — ele diz baixinho —, quero que cuide da minha irmã, Asma, e da minha sobrinha.

Um calafrio percorre minha espinha e eu olho para Doku. Será que ele teve um pressentimento? Tem alguma coisa que não me contou? Ele está olhando para a frente, não consigo ver sua expressão na escuridão do carro.

— Por que está me pedindo isso?

— Vai cuidar delas? Me prometa.

— Sim, claro que vou, mas nada vai acontecer com você. Não se você for cuidadoso.

Ele solta uma risada baixinha:

— Nem você acredita mesmo nisso.

Dou uma olhada para a rua e não vejo mais ninguém. É seguro deixá-lo aqui.

— Vai pra casa, Doku. Amanhã é outro dia.

— Aqui não. Me deixa no clube.

— Não posso te deixar lá. Vai ter olhos demais.

— Então me deixa a uns quarteirões do clube. Ninguém vai ver a gente.

— Tá tarde. Devia ir dormir.

— Eu devia. — Ele dá um tapinha no bolso em que colocou o dinheiro. — Mas alguém precisa muito de um drinque.

Não gosto disso, mas não consigo convencê-lo a desistir. Ele insiste que eu o leve ao seu clube, um bar popular de frente para o estreito de Bósforo e um ponto de encontro para os milhares de chechenos que agora vivem em Istambul. Parece que vai lá uma noite sim e outra não, é bem provável que vá beber metade do dinheiro até o amanhecer.

A alguns quarteirões do clube, paro no acostamento.

— Isso é o mais perto que dá pra chegar.

— Tenho que andar o resto do caminho?

— A noite está bem gostosa. Uma caminhada vai te fazer bem.

Ele desce com um suspiro. Doku nem olha para mim enquanto caminha em direção ao Bósforo. Mais uma vez, somos estranhos, unidos apenas por envelopes de dinheiro e um vale-presente da Starbucks, com o qual ele compra café para sinalizar que quer me encontrar. Pego um caderno de anotações. Antes que me esqueça, anoto rápido os detalhes que ele acabou de me contar de Murat, dos Stingers e Iglas. É meia-noite, estou cansada e ainda preciso escrever um resumo e mandar as informações para a agência, mas fico sentada no carro por um tempo, refletindo a respeito do que Doku me disse. Mais armas estão indo para a Chechênia, o que significa mais viúvas e órfãos no mundo. Já existem viúvas e órfãos suficientes, de todos os lados, para todas as causas.

Dou partida no carro e dirijo em direção ao Bósforo, na mesma direção que Doku caminhou há alguns minutos. Assim que chego ao cruzamento em frente ao mar, escuto o rugir do motor de um BMW preto que passa por mim. Está indo na direção da boate que Doku foi. Naquele instante, sei que alguma coisa vai acontecer. Algo com Doku.

Uma voz grita ao longe. De uma mulher.

Fico paralisada, dividida entre o desejo de correr para ajudar Doku e à necessidade de me afastar, de não ser vista. Dirijo até a esquina. Dois quarteirões adiante, uma multidão se aglomerou na rua em frente à boate. Mais pessoas estão gritando. Dirijo devagar em direção à boate, procurando pela multidão. Sou só uma curiosa que quer ver o que aconteceu. Não vejo o BMW que passou a toda velocidade por mim. O serviço foi rápido e foram embora em seguida. Dois homens gritam ao celular, com gestos nervosos enquanto tentam pedir ajuda. Algumas pessoas se viram e olham para o meu carro quando passo, talvez preocupadas que eu esteja aqui para derramar ainda mais sangue, mas tudo o que veem ao volante é uma mulher com um lenço preto na cabeça, e desviam o olhar em seguida. Eu não devia estar fazendo isso. Não devia estar me expondo a todos esses olhares, mas preciso saber se Doku está vivo.

Ele não está.

Está deitado de costas na calçada, com as pernas abertas, um rio escuro de sangue escorrendo pela calçada. Não consigo ver seu rosto por causa da multidão, mas sei que é ele porque vejo o Rolex falso no seu pulso. Ele adorava exibir aquele relógio, mesmo sabendo que era, como tantas outras coisas na vida, falso. Todos nós fingimos ser algo que não somos, e alguns de nós são melhores nisso do que outros.

Não preciso comprovar a morte; a quantidade de sangue na calçada me diz que os ferimentos de Doku são fatais. Continuo dirigindo, é o que deveria ter feito para começo de conversa. Passar reto, continuar dirigindo.

Se alguma coisa acontecer comigo, quero que cuide da minha irmã, Asma, e da minha sobrinha.

A irmã dele.

Se Doku era o alvo, então sua irmã pode ser a próxima. Não porque ela sabe de alguma coisa, mas porque a morte dela seria um aviso poderoso para todo e qualquer informante em potencial de que não é o único que vai pagar.

O apartamento de Asma fica em Gazi Mahallesi, um dos bairros mais pobres de Istambul e a trinta minutos de carro. Não a conheci e ela não sabe nada a meu respeito — pelo menos foi o que Doku disse. Agora, enquanto atravesso o trânsito sempre engarrafado de Istambul, repasso o que dizer e o quanto revelar. Me encontrar com ela cara a cara é um erro, sei que é, mas não dá tempo para fazer outros arranjos. Vou levar Asma e sua filha para fora do prédio, para fora da cidade, e depois penso no que fazer em seguida. Gavin vai querer me matar, e talvez nossa nave-mãe também queira puxar minha orelha, mas ainda posso ouvir a voz de Doku na minha cabeça. *Me prometa.*

Ele sabia. De alguma forma, ele sabia que ia morrer.

Tire elas de lá. Tire elas de lá.

Não sei se o inglês dela é bom, nem o turco. Será que vou conseguir explicar que o irmão dela está morto, que ela precisa fugir? Penso em ligar para a polícia e fazer uma denúncia anônima de que uma mulher está em perigo, mas isso vai levar a perguntas que não posso responder. De qualquer jeito, é provável que me ignorem.

Preciso fazer isso eu mesma. Prometi a ele.

Ainda estou a três quarteirões de distância quando vejo o brilho avermelhado de fogo. *Não, não pode ser. Por favor, que não seja aquele prédio.*

Então, viro na esquina da rua dela e piso com tudo no freio. O prédio de apartamentos dela está tomado por chamas que parecem se esgueirar para tentar alcançar o céu. Doku me disse que Asma mora no sexto andar, num prédio com um elevador que nunca funciona e por isso ela precisa subir seis andares com as compras. Olho para cima, contando os andares, e me dou conta de que ninguém no sexto andar poderia sobreviver àquelas chamas.

Se é que estavam vivas quando o incêndio começou.

Um policial grita para que eu saia. Exclamo em turco:

— O que aconteceu? E as pessoas, foram resgatadas?

Ele balança a cabeça e gesticula para eu ir embora. Ouço as sirenes gritando, os caminhões de bombeiros chegando tarde demais para fazer alguma coisa. Assim como eu cheguei tarde demais.

O policial me manda sair dali. Não tenho escolha, então sigo em frente e passo por ele. Mais uma vez, preciso deixar os mortos para trás.

13

— É como você suspeitava. — Gavin me entrega o relatório de balística. Já se passaram dois dias desde o assassinato de Doku, e só agora esse relatório vazou da inteligência turca. Eu me concentro nos detalhes das duas balas que foram encontradas no corpo de Doku. As duas parecem ser balas-padrão de AK-47 e, segundo o relatório do médico-legista, qualquer uma das balas teria sido fatal. Nenhuma cápsula foi encontrada no local, porque nenhuma foi ejetada, não dessa arma. Sei o que isso significa.

— Não ouviu nenhum tiro? — pergunta Gavin.

— Não.

— Tem certeza?

— Vi o carro passar a toda velocidade e depois ouvi gritos, mas não teve tiros. Se tivessem sido disparados de uma AK-47 comum, teriam sido altos o suficiente para todos ouvirem. — Olho para cima e vejo o relatório. — Usaram uma Groza. O que significa que o assassino devia estar muito perto dele.

— Merda. — Gavin se inclina para trás em sua cadeira e esfrega os olhos. Estou de pé em frente à sua mesa. Lá fora, o trânsito de Istambul está caótico como sempre, mas dentro deste escritório estamos numa bolha particular, só nós dois, lidando com uma crise com toda a tranquilidade do mundo. A Groza não é uma arma disponível no mercado para qualquer um. Desenvolvida pelo Departamento de Projetos Especiais da Fábrica de Armas de Tula, é uma pistola do tipo derringer de cano duplo com câmara para um cartucho $7,62 \times 39$ e seu tiro é silencioso e sem clarão. Ela mata sem alarde, o que faz com que seja perfeita como arma de assassinato, e foi desenvolvida para as forças especiais russas. Não é a primeira vez que vemos os resultados letais de uma Groza; só no ano passado, dois chechenos foram assassinados em Istambul, os dois, ao que tudo indicava, pelos russos.

— Eles não nos seguiram até lá — eu disse.

— Tem certeza de que não tinha ninguém no ponto de encontro? Que seguiu vocês de lá?

— Não, Gavin. O assassino já devia estar na boate, esperando por ele. A bebida, esse era o ponto fraco dele. E aquela boate. Ele não conseguia ficar longe daquela maldita boate. Mais cedo ou mais tarde, ele iria se deparar com uma das balas deles.

— E o carro que você viu?

— Deve ter sido o veículo de fuga do assassino. Ele devia estar do lado de fora da boate, esperando Doku aparecer. Quando o viu, avançou para atirar nele e sinalizou para o motorista ir buscá-lo. Quando alguém na multidão percebeu que Doku estava no chão e sangrando, os assassinos já estavam a quarteirões de distância.

— Alguém viu você lá, na cena do crime?

— De jeito nenhum. Passei de carro e continuei dirigindo — digo, mesmo enquanto vasculho minha memória daquela noite, porque *de jeito nenhum* é uma expressão perigosa. Ela não deixa espaço para dúvidas ou para quaisquer verdades que preferimos não ver. Penso na rua onde peguei Doku. Será que tinha alguém observando enquanto ele entrava no carro? Seria possível que outro carro estivesse por perto para nos seguir quando íamos embora, um carro que não nos perdeu de vista ao mesmo tempo que conseguiu não ser visto, enquanto eu percorria o labirinto de ruas secundárias?

Não, não sou tão descuidada a ponto de deixar isso acontecer. Tenho certeza de que esse não foi meu erro. Mas, de alguma forma, me *sinto* responsável porque isso aconteceu na noite em que nos encontramos, e ele foi morto a apenas alguns quarteirões de distância de onde o deixei. Aconteceu porque não insisti o suficiente para ele não ir para a boate. Eu devia ter dito não. Devia tê-lo deixado em outro lugar, mas ficar pensando nisso não muda o fato de que Doku só fazia o que queria, e não tinha nada que eu pudesse ter feito para convencê-lo a não ir. Nossa situação era delicada, nós dois precisávamos de uma coisa um do outro. Não foi a amizade, e sim o oportunismo mútuo que nos uniu.

Mesmo assim, lamento de verdade pela morte dele, porque ele não era um homem ruim, só um homem fraco. Agora não temos nenhum bom informante dentro da ala turca da resistência chechena, e os que sobraram estão sendo eliminados, um a um, pelos russos.

— Vou mandar a informação antes de ir pra Londres — disse a Gavin.

— A nave-mãe não vai gostar da notícia e não tem um jeito melhor de colocar as coisas. Vai dar a entender que você fez merda, Maggie.

O que ele quer dizer é que eu *fiz* merda mesmo, e a culpa é minha, toda minha. Mesmo sendo o agente sênior em Istambul, ele está se eximindo de toda a responsabilidade, e não tenho como culpá-lo por querer pular fora dessa. Ele tem contas a pagar, filhos na faculdade, e não pode deixar que nada diminua sua aposentadoria.

Volto para a minha mesa com a sensação de que acabei de ser jogada para fora do barco. Tudo bem, então. Pelo menos ele está me deixando mandar a informação, assim posso escrever da melhor maneira possível. A possibilidade de assassinato paira sobre todos os combatentes chechenos que vivem em Istambul. Os russos mataram Doku; isso era só entre eles e ele.

Só que Doku também era nosso informante, e lamento tê-lo perdido. Também lamento a perda de Asma e de sua filha. Elas eram as verdadeiras inocentes no meio de tudo isso, só perdas secundárias, perdidas pelas reviravoltas do conflito perpétuo.

Penso em Asma e na sua filhinha na manhã seguinte, quando estou voando para Londres. A foto dos corpos carbonizados no necrotério de Istambul ficou gravada na minha memória, como muitas outras imagens que sempre me assombrarão, de outras vítimas, de outras crianças. Para combater o inimigo, é preciso conhecer o trabalho do inimigo, e esse conhecimento me desgastou, corrompeu minha visão do mundo. Olho em volta da minha cabine da Turkish Airlines e, em vez de ver outros passageiros bebendo vinho, penso nos corpos destroçados de Lockerbie. Quando pego o táxi para o apartamento de Danny, olho para as ruas de Londres e imagino as crateras de bombas de Grozny.

Já fui capaz de esquecer de tudo isso, mas os pesadelos estão começando a me assombrar.

Danny ainda está trabalhando na clínica quando chego ao prédio dele, então digito a senha e entro. Ele acabou de se mudar para esse apartamento e fico maravilhada com a cozinha novinha em folha com bancadas de granito. As janelas da sala de estar dão para o jardim privativo do prédio e o lugar ainda cheira a tinta fresca. O espaço não tem um ar *Danny*; com certeza não parece em nada com seu primeiro apartamento, numa rua animada com bares e restaurantes de fast-food, tão diferente desse refúgio exclusivo. Passo pela sala de estar, onde algumas fotos emolduradas estão expostas. Uma delas é de Danny e eu em Barcelona, só um casal de turistas felizes e apaixonados. A outra é da sua falecida mãe, que morreu depois de um derrame há três anos. Eu não conhecia Julia Gallagher muito bem, mas durante nossa breve convivência, ela decidiu que eu era a mulher certa para o filho:

— Você é a única pessoa de quem ele sempre fala — ela me disse —, a única, eu acho, que vai fazer ele feliz. — Foi assim que ela deu a bênção à nossa união, mas não sabia que era baseada em mentiras.

Detesto pensar no que ela diria se soubesse que quase nada do que contei a meu respeito era verdade.

Em um banheiro de mármore, desempacoto meus produtos de higiene pessoal e tiro a roupa para tomar um banho. Ao me ver no espelho fico incomodada com a minha aparência de cansada e acabada após o voo. Não tem como conter a passagem do tempo, e vejo isso nos pés de galinha cada vez mais profundos, no vinco entre minhas sobrancelhas e nos fios grisalhos em minhas têmporas. Quando eu tinha vinte e cinco anos, pensei que nunca teria que olhar para essa versão do meu rosto. Eu tinha noções românticas de morrer em ação antes que as rugas se instalassem, mas aqui estou eu, deixando transparecer todos os meus quarenta e dois anos de idade. Viver no limite nem sempre significa morrer cedo; às vezes, quer dizer apenas que toda a intensidade desses anos acaba estampada no seu rosto.

Talvez este seja o momento certo para uma mudança. Eu poderia me demitir da Agência e entrar no mundo de Danny. O assassinato de Doku me abalou mais do que quero admitir, porque é provável que eu tenha sido a última pessoa com quem ele falou, e penso nele morrendo a poucos passos de sua boate favorita. Posso estar envolvida apenas perifericamente nessa guerra, mas ainda sou uma de suas combatentes.

— Maggie? É você? — É o Danny.

Não me dou ao trabalho de vestir nem mesmo uma toalha e, em vez disso, saio nua do banheiro. Rindo, ele me puxa contra si e me levanta com alegria. Já se passaram quatro meses desde a última vez em que estivemos nos braços um do outro, mas parece que não passou tempo nenhum de tão bem que nossos corpos se encaixam, como duas peças de quebra-cabeça se reencontrando. Nunca prometemos ser fiéis um ao outro, mas nos anos desde que nos conhecemos, não fui tentada por mais ninguém. Depois de quatro meses de fome, estou pronta para devorá-lo.

— Sentiu minha falta? — ele sussurra.

— Não faz ideia do quanto.

— Ah, faço sim.

Ele tira suas próprias roupas enquanto nos beijamos em seu quarto. Em meio a uma névoa de luxúria, vejo sua camisa cair no chão, vejo-o chutar a calça enquanto tropeçamos em direção à cama. Seu cabelo agora tem fios grisalhos, mas ele ainda é o mesmo Danny que conheci em Bangkok, o mesmo homem que nunca perdeu a fome pela vida e por mim. Quando caímos na cama, eu já estava tão excitada que suas primeiras estocadas já me fizeram chegar ao clímax.

Com um grito, caio de volta à terra. Sinto meu coração desacelerar e minha respiração se aprofundar. *Querido Danny, como senti sua falta.*

Nós nos enroscamos um no outro e observamos as sombras crescerem enquanto ouvimos o barulho distante do tráfego noturno. Conto quantos dias e noites temos juntos antes de ter que voltar para Istambul, e minha alegria diminui. Todo reencontro é uma gangorra entre o prazer e a tristeza, porque é sempre temporário. Desta vez, a tristeza é muito mais profunda. Desta vez, não quero ir embora.

— E eu que planejava te levar pra jantar primeiro — ele diz. — Te levar pra cama do jeito mais romântico possível. Então você aparece toda irresistível e estraga todos os meus planos. Safada sem-vergonha.

— Ia odiar ser chamada de previsível.

— Nem em um milhão de anos. — Ele faz uma pausa. Depois, diz com a voz mais suave: — Senti sua falta, Maggie. Quando vamos parar de fazer isso?

— Fazer amor?

— Não. Essa bobagem de ir e vir. Eu aqui, você em Istambul, ou onde quer que você vá trabalhar em seguida. Por que estar com você sempre tem que envolver uma viagem pelo aeroporto?

— Meu trabalho...

— Tem empregos em Londres.

— Cheios de burocracia para aceitarem americanos.

— Isso não vai ser problema se formos casados.

Fico quieta. Nunca tínhamos falado em casamento. Nos últimos seis anos, fizemos malabarismos com nossas vidas sem pensar em algo permanente, sem pensar além das nossas próximas férias, a próxima aventura que teríamos juntos.

— Danny Gallagher, está me pedindo em casamento?

Ele ri:

— Do meu jeito inigualável e desajeitado, sim, estou. Sei que não é isso que você queria ouvir de mim, mas é o que eu tinha a dizer.

— Por quê?

— Porque odeio quando você vai embora. Odeio quando não acordo ao seu lado pela manhã. E odeio pensar que vai ser assim pelo resto de nossas vidas.

Fico tão pasma que não consigo dizer nada. Depois de um silêncio dolorosamente longo, ele se senta na beirada da cama, de costas para mim, como se quisesse se proteger de todas as formas que o magoei, formas de que nunca me dei conta. Estendo a mão para tocá-lo, e seus músculos ficam tensos com meu contato.

— Sinto muito — sussurro. — Não sabia que estava sendo tão difícil pra você.

— Mas pra você não? — Ele olha para mim. — Não te incomoda ficarmos meses sem nos ver? Não termos o que outros casais têm? Um lar juntos, um lar *de verdade*, com um gato. Talvez até um filho.

— Ah, Danny.

— Não, está tudo bem. Sei que não é o que você quer.

— Eu não disse isso.

— Não precisa dizer. Eu entendo. — Ele se levanta e começa a se vestir. Na escuridão crescente, sua camisa branca tremula feito um fantasma. — Você adora seu trabalho. Adora não ter uma âncora que te prenda no lugar. Mas, Maggie, eu *quero* uma âncora. Quero amarrar minha vida à de outra pessoa, como minha mãe e meu pai fizeram. Queria que tivesse visto eles juntos, assim saberia do que estou falando. Eles nunca foram ricos, sempre tiveram dívidas, mas tinham um ao outro. — Ele termina de abotoar a camisa e se senta na cama, a derrota pesando em seus ombros. — Não dá pra continuar assim para mim, Maggie. Do jeito que as coisas estão agora.

O som de risadas ecoa da rua, um som que destoa a ponto de parecer obsceno no silêncio doloroso.

— Tem certeza de que eu sou a pessoa certa, Danny? — pergunto.

— Sim.

— Mas você mal me conhece. A gente se vê só algumas vezes por ano.

— Então vamos morar juntos pra gente *se* conhecer. Pode se mudar pra cá. Ou eu posso me mudar pra Istambul.

— Você largaria seu emprego na Galen?

— Posso ser médico em qualquer lugar. Corpos são corpos.

— Vai desistir de tudo isso por mim? Do salário alto, deste apartamento?

— Maggie, eu morava numa tenda cuidando de refugiados e pra mim estava ótimo. Além disso, este apartamento não é meu. É da Galen. Eu não vou sentir falta dele e, com toda a certeza, não vou sentir falta dos idiotas pomposos que esperam que eu morra de susto cada vez que eles espirram. Largo esse trabalho sem pensar duas vezes se for preciso pra gente ficar junto.

Amargura transparece em seu tom de voz. Ele está cansado do trabalho, assim como eu do meu. Que belo par nós somos, ambos ansiando por escapar das caixas em que nos fechamos. Penso em como seria me instalar neste apartamento como sua esposa, abrir mão de todas as decepções, grandes e pequenas, com as quais tive de conviver e, de uma vez por todas, ser mesmo quem eu digo ser: a esposa de Danny Gallagher. Eu me imagino passeando pelo Museu Britânico à vontade, ou passeando pelo Tâmisa sem me preocupar com quem está me seguindo.

Ele suspira:

— Foi uma ideia maluca. Não devia ter te colocado na...

— Sim — digo.

Ele se vira e me encara:

— O quê?

— Vou me mudar pra Londres, então a gente faz isso. Vamos nos casar.

E então, sem mais nem menos, ficou combinado. Parece uma decisão tomada por impulso, mas não é, não ao todo. É o resultado de várias coisas. O assassinato de Doku. Aquele vislumbre do meu próprio rosto cansado no espelho. A triste constatação de que, num panorama mundial, meu trabalho faz pouca diferença. Guerras ainda serão travadas, impérios ainda cairão, e tudo que obtenho dos meus informantes, todas as informações que mando, vão acabar parando numa máquina do governo que os mastiga e os transforma em adubo, como o corpo de Doku. Mas, ao contrário das falsas amizades que fui treinada para cultivar, Danny é verdadeiro. O que nós temos é verdadeiro.

— Está falando sério? — ele pergunta. — De verdade?

— Sim. Sim, sim, sim!

Ele me envolve num abraço demorado e apertado. Sinto suas lágrimas na minha bochecha, e agora também estou chorando, de felicidade. Uma coisa que eu não fazia há muito, muito tempo. Aqui é o meu lugar. Com Danny.

Quando embarco no voo de volta para Istambul, uma semana depois, minha carta de demissão já está pronta na minha cabeça. Pedir demissão não é um simples envio de uma carta para a sede. Vou precisar passar por interrogatórios e entregar todos os ativos que produzi em Istambul nos últimos três anos. Mês passado, comemorei meu vigésimo primeiro aniversário na Agência, então vou ter direito a uma aposentadoria quando completar cinquenta e cinco anos. É um bom momento para pedir demissão, um momento em que muitos funcionários públicos decidem se afastar e começar a próxima fase da vida. Minha nova fase será em Londres, como esposa de um médico.

Na minha cabeça já estou me despedindo de Istambul enquanto pego o táxi do aeroporto para o meu apartamento em Taksim. Já me despedi de outras cidades antes, de outros postos, mas essa despedida tem tanto uma tristeza maior quanto uma pitada de alegria porque amo Istambul: a energia, a história, as pessoas e a bondade delas. Mas estou partindo para algo melhor, para Danny, e é aí que entra a parte da alegria. Prometo a mim mesma que o trarei aqui nas férias. Vou levá-lo no meu restaurante favorito de kofta, perto da avenida İstiklal, encher ele com copos de raki doce e observar seu rosto enquanto ele prova a delícia do *iskander* e *pide* e os espetinhos macios de cordeiro.

É quase meia-noite quando o táxi me deixa em frente ao meu prédio. O café do outro lado da rua está escuro e a vizinha intrometida não está à vista. Minha semana fora da cidade também abalou a agenda dela e, pela primeira vez, posso entrar no prédio sem ter a sensação de estar sendo observada pela velha senhora. A escada está escura e aciono o interruptor do primeiro andar, que ilumina as escadas só o tempo suficiente para eu subir até o segundo andar. Assim que estou prestes a colocar a chave na porta, o temporizador apaga a luz e fico no breu. Que se dane essa porcaria de economia de eletricidade; no fundo, sou uma americana gastadora de energia. Empurro minha mala de rodinhas para dentro do apartamento, procuro o interruptor pela parede e fico paralisada.

Tem alguma coisa errada.

Está tão escuro que não consigo distinguir nem o contorno dos móveis, mas, de alguma maneira, apesar da completa escuridão, sinto que não estou sozinha. Sinto o cheiro de um xampu desconhecido, ouço o leve assobio de uma respiração exalada. Tem mais alguém em meu apartamento. Examino a escuridão em desespero, mas não consigo ver ninguém. Só posso sentir seu cheiro. E ouvi-lo.

— Não precisa se preocupar, Maggie — diz uma voz familiar. — Somos só nós.

— *Gavin*? O que tá fazendo aqui?

— Não podemos ser vistos conversando com você.

Podemos? Finalmente, encontro o interruptor na parede, acendo a luz e vejo Gavin sentado na minha poltrona. Ele parece tenso e desconfortável, ao contrário da mulher loira que está em pé ao lado da estante de livros. Ela é jovem, tem uns vinte e poucos anos, seu cabelo platinado parece quase prateado em contraste com a gola alta preta que usa. Nunca vi essa mulher antes e, mesmo sendo a primeira vez que a vejo, já não gosto dela porque está no meu apartamento sem ter sido convidada. Não gosto do jeito que ela me olha, como se eu fosse só um espécime para ser cortado e dissecado.

Eu me viro para Gavin:

— Quem é *essa* aí?

— Maggie, sei que não estava esperando isso. Sinto muito que tenha sido revelado dessa forma, mas não sabemos se você está sendo vigiada.

— Você invadiu meu apartamento. Me deu um baita susto.

— Foi necessário — disse a mulher. — Ninguém pode saber que estou aqui.

Ela se aproxima de mim com toda a calma do mundo. Tem pelo menos uma década a menos do que eu, mas anda com a confiança tranquila de alguém que está no controle da situação, e isso me incomoda. É sinal de que não sou eu quem está no controle.

— Vou perguntar mais uma vez. Quem é você? — digo.

— Diana Ward.

— Nome verdadeiro? Ou é um disfarce?

— Não faz diferença. O problema não é comigo. É com você.

Olho para Gavin:

— Sabe do que ela está falando?

Ele suspira:

— Infelizmente, sim.

— Me fale de Danny Gallagher — disse Diana.

Ela muda de assunto tão de repente que eu me viro para ela:

— O quê?

— Danny Gallagher. O homem que você visita com frequência em Londres. O homem com quem você se encontrou várias vezes nos últimos seis anos. Barcelona, Roma, Paris, entre outros lugares.

— A sede sabe tudo de Danny. Eu os informei quando comecei a sair com ele. — É o que se espera que façamos quando começamos um relacionamento amoroso. Sedução em campo não é uma prática incomum, e se apaixonar pela pessoa errada pode colocar informantes e operações em risco. — Eles não tinham nenhuma objeção em relação a eu me relacionar com ele. E eu também fiz minha própria pesquisa dos antecedentes dele. Ele é quem diz ser.

— Sim, nascido em Leicester, filho único de Frank Gallagher, dono de um bar, e sua esposa, Julia, ambos já falecidos. Trabalhou por cinco anos como médico na Crisis International e agora atende em Londres. À primeira vista, ele parece completamente inocente, e é por isso que a princípio o dr. Gallagher não gerou quaisquer suspeitas na sede.

— Então, por que está perguntando dele agora?

— Porque seu informante Doku está morto, muito provavelmente assassinado por um russo.

— Sim, foi o que eu supus também.

— Você era a responsável pelo caso de Doku. Estava a cem metros dele quando ele foi morto. Isso nos fez pensar que talvez o elo mais fraco era *você*. Por isso, a sede me pediu para te investigar mais de perto e saber com quem você se relaciona.

— Espera. Está me acusando de trabalhar para os russos?

— Não você, necessariamente. Mas talvez alguém próximo a você.

— *Danny*? — Dou risada. — Ah, pelo visto perdeu a cabeça lá na Sibéria. Não faz ideia de quem Danny é.

Ela me olha bem nos olhos:

— E você faz?

14

Por um momento — apenas um momento —, essas duas palavras me abalam. Então, penso no homem que passei a amar, o homem com quem planejo passar o resto da minha vida, e o chão sob meus pés mais uma vez se torna firme como uma rocha.

— Você disse que confirmou que o nome dele é Danny Gallagher, que ele nasceu em Leicester, e que os pais dele são quem ele disse que eram. O que é que eu não sei, então?

— Qual é o trabalho dele.

— Ele é médico. Eu também confirmei isso. Já o vi em ação, tratando um paciente. Salvando a vida dele, aliás.

— Sim, vamos falar dos pacientes dele.

Percebo o tom sinistro de sua voz. É aqui que tudo vai por água abaixo. É aqui que a verdade está se escondendo, quase na minha cara.

Ela coloca um laptop na minha mesa de centro e o gira para me mostrar a fotografia na tela. É uma imagem de Danny de smoking e em pé com um grupo de pessoas tão bem-vestidas quanto ele. Ao lado dele está uma beldade de olhos escuros usando um vestido vermelho cintilante com um decote cavado. Ela está com um sorriso radiante para Danny. Do outro lado, estão dois homens na faixa dos cinquenta anos, ambos segurando taças de champanhe. Ninguém está olhando para a câmera, o que me diz que se trata de uma foto espontânea, pois as pessoas não sabiam que estavam sendo fotografadas.

— Essa foto foi tirada há sete meses — diz Diana. — Em uma recepção particular em Lausanne. Este *é* o dr. Gallagher, não é?

— Sim — murmuro, minha garganta está tão seca que nem consigo engolir.
— Quem são essas pessoas? — pergunto, mas o que eu realmente quero saber é: *quem é aquela mulher?*

— O homem mais alto à direita é Phillip Hardwicke, cinquenta e dois anos, inglês. A mulher de cabelos escuros é sua amante, Silvia Moretti, vinte e seis anos. Italiana.

Então ela está com outro homem, não com Danny. Graças a Deus, ela não estava lá com Danny. Fico tão aliviada com essa informação que demoro para sentir o impacto do que Diana diz a seguir.

— E o homem grandalhão é Simon Potoyev. Acho que você conhece esse nome.

Olho para Diana.

— Potoyev?

— Dono de um patrimônio de cerca de dois bilhões de dólares, embora ele tenha guardado tanto dinheiro em contas bancárias no exterior que não temos uma ideia exata de quanto ele tem.

Tudo está começando a fazer muito sentido, o porquê de ela estar me contando isso. Os russos mataram Doku e, sete meses atrás, lá estava Danny, tomando champanhe com um oligarca russo. Tenho certeza de que não tem relação alguma, mas sei o que *parece*.

— O que o dr. Gallagher sabe do seu trabalho aqui em Istambul?

— Eu disse a ele que trabalho como analista de importação.

— Ele conhece a verdadeira natureza de seu trabalho?

— Não.

— Você chegou a falar do seu informante? Mencionou o nome de Doku?

— *Não*. Não sou nenhuma idiota.

— E ainda assim, aqui está seu namorado, saindo com um oligarca russo. Por acaso ele te contou *isso*?

— Ele disse que tinha ido à Suíça a trabalho. Às vezes, pedem a ele que acompanhe seus pacientes quando viajam.

— O que ele te contou sobre os pacientes dele?

— Nada. Ele é discreto. A clínica em que ele trabalha preza muito pela confidencialidade dos pacientes.

— O grupo Galen Medical Concierge, no caso.

— Sim. Se você tiver dinheiro, pode comprar acesso vinte e quatro horas por dia ao melhor atendimento médico de Londres. Por um pequeno acréscimo, fornecem médicos para te acompanhar no exterior, em qualquer lugar do mundo.

— Parece um ótimo trabalho.

— Seus clientes exigem o melhor e pagam por isso.

— Nesse caso, é pelo *médico* mesmo que esses clientes estão pagando?

Olho para Gavin e depois de volta para Diana:

— O que está insinuando?

— Vai ver seu encontro com o dr. Gallagher em Bangkok não foi por acaso, e sim uma tentativa de fisgar você, e você caiu. Vai ver o prêmio é *você*.

Até aqui, eu conseguia ouvir de pé. Agora minhas pernas estão bambas, como duas velas derretendo embaixo de mim, e afundo no sofá. Se eu fui mesmo enganada por Danny, o que isso diz do meu discernimento? Quais outros erros cometi? Em meio ao desespero, tento me lembrar daquele dia quente em Bangkok em que nos conhecemos. O mercado de comida Wang Lang, os banquinhos de plástico em que nos sentamos. Avanço rápido para os anos que se passaram desde que nos conhecemos, para nossos encontros famintos em Londres, Espanha, Portugal. Até minha visita mais recente com ele. Será que falei alguma coisa que pudesse ser útil para o inimigo? Dei alguma dica a respeito dos informantes com os quais eu estava lidando, as operações em que estava envolvida?

Não, não sou tão descuidada. E eu *conheço* Danny; eu o conheço de coração e alma.

Eu a encaro de frente:

— Danny Gallagher é exatamente quem parece ser. Não é um informante russo. Ele é um médico, um ótimo médico. Por que os russos o recrutariam?

— Por causa de quem ele pode atrair.

— Ou seja, eu.

— É uma possibilidade que tivemos que considerar.

— E o que você decidiu? Sou uma ameaça?

Ela fica me analisando por um momento e depois encolhe os ombros:

— Pelo que sabemos, seu disfarce ainda está intacto e não há nada que indique que a empresa Europa tenha sido exposta. Se soubessem que você é uma das nossas, já a teriam matado. Ou teriam tentado fazer você mudar de lado.

— Não fizeram nada disso.

Diana me encara, tentando decidir se estou mentindo. Talvez eu já tenha mudado de lado. Vai ver eu já seja uma traidora. Eu a encaro de volta, na esperança de que ela possa enxergar a verdade em meus olhos.

— Se achasse mesmo que eu estava trabalhando para Moscou, não estaria aqui — digo. — Não estaria me contando nada disso.

Ela olha para Gavin, que faz um aceno de cabeça quase imperceptível. Quando ela volta a olhar para mim, tem um leve sorriso em seus lábios. É um sinal de que o verdadeiro propósito dessa visita está prestes a ser revelado.

— Seu relacionamento com Danny Gallagher — ela diz — abre uma oportunidade valiosa para nós. O fato de ele ser médico o coloca muito próximo das pessoas das quais precisamos de informações. Começando por esse homem. — Ela aponta para a foto no laptop.

— Potoyev?

— Não. Phillip Hardwicke.

Franzo a testa:

— Você disse que ele é inglês.

— Ele também é o melhor amigo de todos os oligarcas russos. Eles precisam transferir dinheiro para fora da Rússia, centenas de milhões de libras todos os anos. Hardwicke os ajuda a transformar esses fundos em bens no Reino Unido. Restaurantes, hotéis, arranha-céus. Eles são de propriedade de consórcios ou empresas offshore com nomes britânicos que parecem respeitáveis, mas na verdade pertencem a russos, são controlados por eles. E as pessoas que lubrificam a máquina, como Hardwicke, recebem uma boa parte e enchem os próprios bolsos.

— O especialista em lavagem de dinheiro em Londres.

Ela acena com a cabeça:

— A corrupção vai até os níveis mais altos, e é por isso que não conseguimos chegar neles. Tem muito dinheiro e muitos nomes poderosos envolvidos. As autoridades britânicas não podem ou não querem acabar com isso, e aqueles que tentaram derrubar Hardwicke... — Ela balança a cabeça. — Digamos que não acabaram bem.

— O que aconteceu com eles?

Diana digita em seu laptop e uma nova foto aparece, esta de um homem de meia-idade com um rosto quase agradável e um terno sob medida. Parecia um banqueiro, e por fim, acabou que era mesmo.

— Frederick Westfield, Banco de Londres — diz Gavin. — Diana acabou de me informar desses casos. Cinco meses atrás, o corpo de Westfield foi encontrado num Jaguar incendiado em Saint Albans. Os ossos das mãos e dos pés foram pulverizados antes da morte e tinha fumaça em seus pulmões. A autópsia deixou claro que ele foi torturado, mas ainda estava vivo quando o carro foi incendiado. As autoridades consideraram a morte acidental. Surpresa, surpresa.

Diana clica na próxima foto, de outro homem que parece ser importante num terno.

— Colin Chapman, HSBC — diz Gavin. — Caiu do décimo andar do escritório, foi considerado suicídio. — Outro toque no teclado, outra foto, esta de uma mulher sorridente na casa dos quarenta anos com um lenço de seda amarrado de um jeito elaborado. — Angela McFaul, uma contadora que trabalhava para a Organização Hardwicke. Ela foi encontrada morta em casa com duas balas na cabeça. A polícia disse que foi um roubo que acabou em assassinato, mas nada foi roubado. Essas três pessoas tinham uma coisa em comum: sabiam dos detalhes financeiros de Phillip Hardwicke. E estavam compartilhando esses detalhes com a inteligência britânica.

Diana clica no teclado e uma última imagem aparece. É o próprio Hardwicke, dessa vez encarando a câmera com um olhar penetrante. Uma foto posada. Embora seja apenas uma foto, sinto como se ele pudesse me ver da tela do laptop.

— Este é o homem com quem estamos lidando. O próprio Hardwicke encomendou cada um desses assassinatos e, a julgar por nossa avaliação de sua personalidade, para ele foi só uma questão de negócios.

— Me conte mais dessa avaliação.

— Você vai receber o relatório completo. Digamos apenas que ele tem pontuação máxima em agressividade e narcisismo. Somados a uma inteligência elevada, o tornam bastante perigoso. Seus registros escolares revelam uma crueldade que assustava até mesmo os professores. Este é um homem que precisa estar no controle, que sempre consegue o que quer, sem se importar com as consequências para os outros.

Não consigo parar de olhar para a foto de Hardwicke. Até agora, ouvi falar de três pessoas que foram assassinadas a mando dele. Quantas outras podem haver de que não sabemos?

— E o que nós temos a ver com isso? — pergunto. — Se os britânicos não estão dispostos a lidar com isso, por que nós deveríamos?

— Porque esses rublos lavados estão comprando mais do que restaurantes e imóveis. O dinheiro também está indo para o negócio mais lucrativo de todos.

— Armas — digo.

Diana acena com a cabeça. Sabemos que a guerra é um negócio como qualquer outro e, como qualquer negócio, exige uma cadeia de suprimentos viável e contínua.

— O que isso tem a ver com o Danny? Ele não é do tipo que se importa com dinheiro. Ele é só um médico.

— E é aí que vemos a oportunidade. Sabemos que Phillip Hardwicke sofre de um distúrbio convulsivo, algo que ele tem desde jovem. As convulsões não são bem controladas, e é por isso que ele leva um médico sempre que sai de Londres. Sabemos que o dr. Gallagher esteve com ele em várias dessas viagens, então ele tem um acesso incomum e íntimo a Hardwicke. E *você* tem acesso íntimo ao dr. Gallagher. É a melhor situação que poderíamos querer.

— Quer que eu use o Danny para conseguir acesso a esse cara? — Balanço a cabeça. — Está pedindo demais.

— O que estava planejando fazer se eu não tivesse te contado isso?

— Eu *estava* planejando me casar com ele.

— Não estamos pedindo que você mude esses planos. Só estamos pedindo que fique com os olhos abertos e ouvidos atentos. Nos mande qualquer informação que fique sabendo de Phillip Hardwicke e de qualquer oligarca no seu círculo. Não estamos pedindo nada de mais. Não é uma traição. Vai só fazer sua parte como uma boa cidadã americana.

— E quando eu der o que você quer? O que vai acontecer depois?

— Então pode viver feliz para sempre com seu marido. Ele nunca vai saber de nada se você não contar. Mas graças a *você* o mundo será um lugar mais seguro.

— E é só isso?

— Só isso. Descubra quem são os comparsas de Hardwicke, de onde vem o dinheiro dele. E, se puder, investigue os outros pacientes de Galen. Deve ter alguns oligarcas russos entre eles. Nos diga seus nomes, as condições de saúde, qualquer coisa que possa nos indicar os calcanhares de aquiles que podemos explorar no futuro.

— Vou precisar da ajuda de Danny para entrar no banco de dados da clínica.

— Não. Ele não pode saber disso. *Ninguém* pode saber. Isso fica só entre nós.

Olho para Gavin e ele acena com a cabeça:

— Tem que ser assim.

— E quanto à sede? Estão sabendo desse plano, né?

— Só algumas poucas pessoas.

Franzo a testa:

— Você não confia na nave-mãe?

Diana e Gavin trocam olhares:

— Talvez seja melhor não confiar — diz Diana —, porque vão querer envolver a inteligência britânica. Não podemos arriscar que isso aconteça.

— Você não confia nos britânicos.

— Pensa um pouco, Maggie. Dois banqueiros e uma contadora estão mortos. Não sabemos se foi alguém da inteligência britânica que os expôs. Precisamos ser discretos. — Ela faz uma pausa. — Sua vida pode depender disso.

15

Agora

O Longmorn já acabou. Ben, Declan e eu acabamos bebendo toda a garrafa e não faço ideia se vou conseguir comprar mais. Pego meu copo e saboreio as poucas e preciosas gotas que restaram. Elas têm um sabor melhor ainda porque são as últimas.

— Nossa, Maggie — diz Ben. — Por que não contou tudo isso pra gente antes?

— Ainda é confidencial. Eu *não podia* falar sobre isso. — Coloco o copo vazio na mesa, e o baque faz Ben e Declan estremecerem. — Eu não *queria* falar nisso — acrescento baixinho. Apesar de todo o uísque que bebemos, estamos nervosos porque sabemos que algo mudou em nosso pequeno vilarejo. Algo maligno da minha antiga vida me seguiu até aqui, algo que ameaça estragar nosso santuário.

— Diana me convenceu a participar da operação questionando minha lealdade. Ela me fez questionar se o encontro com Danny em Bangkok *poderia* não ter sido por acaso. Talvez os russos o tivessem usado para me atrair, esperando que fossem conseguir me fazer mudar de lado mais tarde. Aos olhos de Diana, eu *poderia* estar trabalhando para o outro lado, e eu não seria a primeira pessoa a cair nesse tipo de armadilha, a que usam alguém pra te seduzir.

Observo o rosto de Declan e o de Ben para ver se acreditam em mim. Décadas atrás, nós três criamos laços quando éramos estagiários na The Farm, e ainda considero esses homens meus amigos mais próximos, embora às vezes ficássemos meses, até anos, sem nos ver. Quando nos encontrávamos, em geral em algum bar ou restaurante numa capital estrangeira, falávamos dos velhos tempos, os dias em que ainda acreditávamos que poderíamos mudar o mundo. O que não falávamos, não podíamos falar, eram os detalhes de nossas várias operações. Tem sempre um canto secreto de sua vida que você não pode compartilhar com ninguém. Uma traição sem dúvida seria um desses segredos.

Ben bufa:

— Isso é um absurdo, achar que você mudaria de lado. — Ele olha para Declan e depois de volta para mim. — Se não podemos confiar um no outro, em quem podemos confiar?

— Em teoria soa muito bonito, Ben, mas você sabe que não é assim que as coisas funcionam. Todos nós sabemos. Não deveríamos confiar uns nos outros. Não podemos nos dar a esse luxo, não no nosso ramo, e eu não confio nem em mim mesma. E se eu tivesse caído numa armadilha em que me deixei seduzir pelo inimigo, o que isso diria do meu discernimento? Que outros erros eu poderia ter cometido, que outras vidas seriam perdidas porque eu estava tão cega que não conseguia reconhecer o inimigo? — Eu me levanto de repente da cadeira e levo o copo de uísque vazio para a pia. Fico lá, observando a escuridão. Parece que estou sempre examinando a escuridão, à procura de um inimigo que, às vezes, está perto demais. — Ela me fez questionar meus próprios sentimentos. É por isso que não dou a mínima se a Diana Ward está viva ou morta. Tudo o que deu errado começou com ela.

Declan diz, seu tom calmo:

— Acho que ela só estava fazendo o trabalho dela, Maggie. Te avisando a respeito do homem com quem você estava envolvida.

— Por quem eu estava *apaixonada* — digo.

— Apaixonada?

— Sim. — Eu me viro para olhar os dois homens sentados na minha mesa. Nunca tinha contado isso para eles. Eles só sabem que deixei a Agência dezesseis anos atrás e que, até Declan me procurar e me convidar para vir com eles para o Maine, passei anos vagando pelo deserto, procurando um lugar para criar raízes. Que eu, assim como eles, tenho lembranças que gostaria de poder apagar, lembranças que nunca contei para ninguém. — Eu amava Danny Gallagher. E lá estava Diana, no meu apartamento em Istambul, me dizendo que ele não era só o homem que eu amava; ele também era uma oportunidade. Dizendo que eu tinha que fazer uma escolha. Eu escolhi meu país ou um homem que poderia estar trabalhando para o inimigo? O trabalho exigia que eu o usasse, que traísse sua confiança. Ela disse que qualquer americano leal saberia o que fazer. Então eu fiz minha escolha. Por mais doloroso que tenha sido, fiz o que tinha de fazer.

— Você largou ele? — Declan pergunta.

— Não. Eu me casei com ele.

Os homens me encaram, ambos em silêncio. Acho que não consigo olhar para eles, então me viro para a janela, mas posso sentir seus olhares penetrando em minhas costas, como pontos de laser quentes. São dois dos meus amigos mais antigos e nem eles sabiam que eu era casada ou que o homem cuja cama eu já dividi ainda me assombra. Ele é a razão por eu não ter homem nenhum na minha vida, ou mesmo algo casual, porque, na minha cabeça, Danny ainda é meu marido e sempre será.

— E então o que aconteceu? — pergunta Declan.

Não respondo. Continuo olhando para a escuridão além da janela da minha cozinha.

— Maggie? — Declan se moveu para trás de mim tão silenciosamente que não ouvi sua aproximação e colocou a mão em meu ombro. Ele não é do tipo que faz demonstrações físicas de afeto, e seu toque me assusta. Apesar de nossa longa amizade, esse talvez seja o contato mais íntimo que Declan e eu tivemos, e isso me traz de volta a lembrança do toque de Danny, do abraço de Danny.

Estremeço, não por querer que Declan fique longe, mas porque as lembranças são muito dolorosas:

— Estou cansada. Se não se importam, gostaria de ir pra cama agora.

— É claro — diz Ben, e se levanta. — Vamos voltar para ver como você está pela manhã. Vem, Declan. Vamos embora.

Assim que eles saem pela porta, aperto os ferrolhos e aciono o sistema de segurança. Fico um tempo no saguão, ouvindo o som do carro deles indo embora. Ouço os ruídos familiares da minha casa: o zumbido da geladeira na cozinha, o tique-taque do relógio na minha sala de estar. *A fortaleza está segura*, eu acho.

Sozinha, como sempre, subo as escadas até meu quarto.

Mas não estou bem sozinha. Danny está comigo. Ele sempre está comigo.

Tiro minha camisa xadrez e a penduro no armário, onde ela faz companhia a todas as minhas outras camisas básicas. Só tem dois vestidos pendurados ali, não uso nenhum dos dois tem meses já. Toco em um deles, uma bainha de linho bordada com pequenas rosas. Ele me faz pensar em outro vestido que usei uma vez, um vestido que acabei perdendo em minhas muitas mudanças ao redor do mundo. O vestido que usei no dia em que me tornei a sra. Danny Gallagher.

16

Londres, dezessete anos atrás

Danny e eu nos casamos num dia frio e fresco de novembro. Estou com uma coroa de flores e um vestido na altura da panturrilha estampado com pequenos botões de rosa, e carrego um buquê de rosas vermelhas para combinar com a estampa do meu vestido. Nós dois queríamos um casamento pequeno porque ele fica desconfortável com eventos pomposos cheios de cerimônia, e eu quero chamar o mínimo possível de atenção, por isso escolhemos como local o jardim dos fundos de uma pequena pousada rural em Essex. O padrinho de casamento de Danny é seu colega de faculdade, Georgie, um sujeito bobo e positivamente comum que cuida da logística de uma instituição de caridade que perfura poços em vilarejos africanos. Ele é um idealista cheio de empatia, e é bem provável que ficaria horrorizado se soubesse que eu trabalho para a CIA. Minha dama de honra é Josie, minha suposta amiga de faculdade de Georgetown. Na verdade, ela trabalha para a Agência sob um disfarce não oficial e veio de avião só para desempenhar esse papel. Ela foi informada da minha infância real, minha família e meus anos de faculdade e, se alguém se desse ao trabalho de investigar seu passado, descobriria que Josie realmente se formou em Georgetown.

Eu disse ao Danny que a maioria dos meus amigos está espalhada pelo mundo e não puderam vir, portanto, os outros convidados são dele. Muitos deles são colegas do Galen Medical Concierge, e suas habilidades em idiomas estrangeiros refletem a clientela internacional do Galen. Entre as enfermeiras, uma é fluente em russo e ucraniano (Natalia), outra em árabe (Amina) e uma em francês (Hélène). Também estão presentes os drs. Leeds e Chand, bem como a gerente do escritório, Lottie Mason, que — sem fazer a menor ideia agora — vai sofrer um infeliz acidente em algumas semanas. Não vai ser fatal, Diana me prometeu, mas grave o suficiente para tirar a pobre Lottie do trabalho por um mês, deixando uma vaga repentina na equipe do escritório que precisará ser preenchida.

Eu, é claro, vou me oferecer para assumir o cargo.

Conheço todos aqui e eles me conhecem, ou acham que me conhecem. Sou Maggie, a mulher que Danny conheceu em Bangkok, a mulher por quem ele está apaixonado há anos. A mulher que estava ao seu lado quando ele cortou a garganta de um homem engasgado no restaurante Ballade e que foi rápida o suficiente para lhe entregar parte de uma caneta esferográfica como cânula.

Sim, todos eles ficaram maravilhados com a história.

Ainda que não estejam na festa de casamento, Diana e Gavin estão por perto, fingindo ser turistas americanos hospedados na pousada. Estão quase irreconhecíveis enquanto jantam em uma das mesas, Diana com uma peruca marrom e Gavin com uma bela barba. São só dois ianques curiosos que estão curtindo o espetáculo de um casamento no jardim dos fundos da pousada. Esperam conseguir dar uma olhada em Phillip Hardwicke, mas ele não aparece na cerimônia. Em vez disso, o próprio Hardwicke será o anfitrião e pagará nosso jantar de casamento, que vai ser num dos restaurantes de propriedade da Hardwicke Organization. É um presente bem extravagante que Danny queria recusar, mas eu disse que precisávamos aceitar, que recusar um presente de Hardwicke seria interpretado com um insulto.

E isso vai me dar a chance de finalmente conhecer o homem.

O restaurante é o La Mer, em Knightsbridge. Esta noite, ele está fechado ao público e reservado apenas para nossa festa de casamento. Às 19h35, Danny e eu — agora sra. Gallagher — entramos no La Mer e somos recebidos com aplausos e taças de champanhe erguidas. Essa boda parece uma peça de teatro Kabuki que quase todos aqui acreditam ser real — todos, exceto eu e minha dama de honra de mentira, Josie, que habilmente entretém os outros convidados com histórias inventadas dos nossos anos de faculdade. Nem Danny, nem seus amigos e colegas fazem ideia de quem eles permitiram que entrasse em seu círculo. Bebo champanhe, abro meu sorriso falso e fico de olho na porta aguardando a chegada de Phillip Hardwicke.

Às 7h55, a porta se abre e entra o astro do espetáculo. Li o dossiê de Hardwicke e vi dezenas de fotos dele, mas elas não me prepararam para o magnetismo absoluto do homem. Ele é alto e forte como uma pantera e, aos cinquenta e dois anos, ainda tem uma cabeça cheia de cabelos cor de trigo, mas são seus olhos que capturam minha atenção. Eles têm um tom de azul frio, como o gelo do mar, e mesmo quando ele pega minha mão e sorri para mim, não vejo calor algum naqueles olhos.

— É um prazer finalmente te conhecer, Maggie. Danny é um rapaz de sorte.

— O prazer é todo meu, sr. Hardwicke — digo. — Obrigada por este jantar incrível e maravilhoso. — Olho ao redor do salão, para as mesas com toalhas impecáveis e copos brilhantes. — É muita generosidade de sua parte.

— O melhor merece o melhor. — Ele sorri para Danny, mas é um sorriso frio e profissional. Para Hardwicke, esse jantar é só uma transação comercial. Ele é bem como o dossiê o descreveu, um homem que não faz nada sem esperar algo em troca, e o que espera é o melhor atendimento médico que puder comprar.

Desvio o olhar de Hardwicke para me concentrar na mulher deslumbrante que entrou com ele. Eu a reconheço da foto tirada em Lausanne. Essa é a amante de Hardwicke, Silvia Moretti, e pessoalmente é ainda mais impressionante, morena com traços mediterrâneos e cabelos brilhantes como seda preta. Cada curva de sua silhueta é enfatizada por um vestido justo. A mão de Hardwicke repousa casualmente em seu quadril, indicando que ela é sua propriedade. Embora seus lábios formem um sorriso, os olhos estão fixos e neutros; é impossível ler satisfação ou insatisfação nesse belo rosto.

Hardwicke lança um olhar irritado para os dois grandalhões que o acompanharam até o restaurante. São seus seguranças, e um deles fica olhando para a porta, como se estivesse esperando alguém entrar.

E enfim ela entra.

A filha de Hardwicke, Bella, é só uma adolescente, mas, aos quinze anos, ela já sabe como deixar seu enfado estampado na testa. A constatação de ela não querer estar aqui fica evidente na expressão carrancuda e no fato de que ela fica pendurada do lado de fora da porta, como se estivesse esperando uma desculpa para fugir. Ao contrário de Silvia, Bella não é uma beldade e fez pouco esforço para melhorar as características que tem a seu favor. O cabelo ruivo cai ao redor do rosto como a franja de um poodle, e a postura desleixada enfatiza os ombros redondos e molengas. O vestido rodado cor-de-rosa é claramente de grife, mas abraça suas curvas abundantes de todas as maneiras erradas. Enquanto o pai chama a atenção, Bella se esconde no fundo, puxando a alça do sutiã.

— Bella — diz Hardwicke. — Venha cumprimentar a nova esposa do dr. Gallagher.

Ela se aproxima de mim e estende uma mão mole. Seus olhos são de um verde pálido e quase sem cílios, como uma criatura aquática que me observa pelo vidro do aquário. Para ela, sou apenas mais uma conhecida de negócios que o pai a arrastou para conhecer. Sei, ao ler o dossiê de Hardwicke, que ela é a única filha do casamento dele com lady Camilla Lindsey, uma união que terminou em divórcio há oito anos. Camilla, que agora vive na Argentina com o segundo marido, Antonio, louco por polo, foi descrita como uma "grande beldade da sociedade". É uma pena que ela não tenha passado esses genes para a filha, que sem dúvida deve saber que sofre ao ser comparada com a mãe glamourosa. De acordo com o dossiê, Bella frequenta um internato feminino exclusivo, onde, a julgar por seu comportamento, ela preferiria estar, em vez de passar o fim de semana com o pai.

Ouço o baque seco de um ferrolho sendo fechado. Os homens de Hardwicke acabaram de trancar a porta do restaurante, para que ninguém conseguisse entrar, e se posicionam na entrada para que ninguém possa sair sem a permissão deles. Vamos passar a noite trancados aqui, presos pela necessidade obsessiva de controle de Hardwicke. Não é de admirar que Bella pareça infeliz esta noite; quando está com o pai, ela deve se sentir como uma prisioneira.

Eu com toda a certeza me sinto.

Este deveria ser o meu jantar de casamento, mas quando me sento ao lado de Danny em uma mesa posta com porcelana fina e uma infinidade de taças de vinho, sinto como se tudo nesta noite estivesse fora do meu controle. Hardwicke encomendou os vinhos, é claro. Se é ele quem vai pagar, então é ele quem vai escolher. Garçons uniformizados saem da cozinha com garrafas de chardonnay Domaine Chanson e circulam de forma eficiente pela mesa, enchendo as taças. Quando um garçom chega à taça de Bella, ele faz uma pausa e lança um olhar questionador para Hardwicke.

— Vamos, papai — diz Bella. — A mamãe deixa.

— Sua mãe não está aqui agora.

— Não é como se eu não bebesse vinho quando estou com *ela*.

Hardwicke faz uma careta.

— Tudo bem, meia taça. E só.

O garçom serve e depois vai para a mesa de dois lugares onde a equipe de segurança está sentada.

— Para eles não — esbraveja Hardwicke. — Estão trabalhando.

Coitados dos seguranças.

Hardwicke levanta a taça:

— Um brinde aos noivos! — Ele se senta bem na minha frente, com Silvia à sua esquerda e Bella à sua direita, e eu não consigo evitar seu olhar. Li seu dossiê e sei o que ele fez. Sei o que ele é. Meu destino depende de ele *não* descobrir quem eu sou.

Nossos convidados também erguem as taças no ar, e Danny dá uma apertadinha carinhosa no meu joelho. Sorrio e tomo um gole de vinho. Tenho certeza de que deve ser uma safra envelhecida excelente, mas quase não sinto o gosto porque minha garganta parece estar se fechando. Vejo Josie, minha falsa dama de honra, rindo na outra ponta da mesa, desempenhando seu papel. Ouço o dr. Leeds elogiando o belo chardonnay. Já eu me sinto presa nesse quadro, uma figura numa pintura da qual não consigo sair.

— Ouvi dizer que vocês dois se conheceram em Bangkok — diz Hardwicke. Ele está olhando para mim com tanta intensidade que mal percebo o garçom colocando o aperitivo no meu prato. Lagosta ao vinho num pequeno bolo de milho.

— Maggie é bem viajada, sabia exatamente em qual carrinho de comida ir — diz Danny, sorrindo para mim. — Lá estava eu, andando sem rumo e sem saber o que fazer no mercado de rua. Vi o que ela estava comendo, pedi a mesma coisa e me sentei na sua mesa. Foi amor à primeira vista.

— Que acaso feliz — diz Hardwicke. — Estava no lugar certo, na hora certa. Como conhece Bangkok tão bem, Maggie?

Sinto meu pulso acelerar:

— Ia pra lá a trabalho algumas vezes.

— Ouvi dizer que você trabalhava com importação de moda. Com sede em Istambul.

O que mais ele sabe de mim? Olho para a mesa e vejo a Josie de mentirinha. De repente, ela parece atenta. Se Hardwicke sabe quem eu realmente sou, ele também deve saber que ela não é quem diz ser, o que colocaria nós duas em perigo.

— Você trabalha com moda? — pergunta Bella. Pela primeira vez, ela parece interessada de verdade em mim. — Você é estilista?

— Não, mas trabalhei com muitos estilistas. Eu os ajudei a exportar suas roupas para o mundo todo e lidei com alguns dos vestidos mais bonitos já feitos. Ah, e os tecidos!

— Meu Deus, eu adoraria ter um emprego como esse.

— O vestido que você está usando, Bella, é italiano?

Os olhos dela se arregalam:

— Sabe só de olhar?

Na verdade, foi um palpite baseado nos meus conhecimentos de moda, auxiliado pelo fato de a amante do pai dela ser italiana. E é realmente um vestido bonito, ainda que seja o vestido errado para seu tipo de corpo. Fica óbvio que Hardwicke acha o assunto de moda enfadonho, e ele acena para o garçom, apontando para sua taça agora vazia. Bella entrou na conversa bem a tempo de desviá-la de uma direção que poderia ser perigosa, e fico grata por isso.

As entradas chegam, suflês de pequenos cogumelos bem inchados, que são uma prova de que a cozinha está à altura do desafio assustador de servir suflês quentes para um grupo de vinte e oito pessoas. Agora aparece o próximo vinho, um pinot noir do Domaine Leroy. O garçom derrama um pouco na taça de Hardwicke. Ele gira, cheira e toma um gole.

— Bom — é tudo o que ele diz, e o garçom passa pela nossa mesa, enchendo as taças.

Mais uma vez, o garçom faz uma pausa diante da taça de Bella.

— Ela já bebeu o bastante — diz Hardwicke.

— Papai!

— Você já tomou meia taça.

— *Nem* meia taça. Mamãe acha…

— Não quero saber o que sua mãe acha.

— Não, e você nunca quis saber. — Bella olha para Silvia, que continua fria e impassível. — Não sei como *ela* aguenta também.

— O nome *dela* é Silvia.

Bella se levanta.

— Fala sério, *como* você consegue se lembrar do nome de todas? — Ela sai correndo para o banheiro.

Um longo silêncio se segue. Silvia bebe o vinho com calma e diz:

— A menina sente falta da mãe. Devia deixar ela voltar para a Argentina.

— Acha que a Camilla a quer de volta? — Ele bufa e, para meu desconforto, volta a se concentrar em mim. — Peço desculpas pela cena. Com uma garota de quinze anos por perto, é inevitável. Gostaria de saber mais de você, Maggie. A americana que abandonou a carreira glamourosa e itinerante para ser a sra. Gallagher.

Danny passa o braço ao meu redor:

— É amor verdadeiro, é claro.

Hardwicke ergue uma sobrancelha. Acho que ele não acredita em amor verdadeiro, ou em qualquer coisa que não seja uma troca comercial:

— E o que você vai fazer, agora que está em Londres? Ficar ociosa?

Danny ri da ideia:

— Eu nunca vi uma mulher ociosa.

— Vai procurar um novo emprego, então? Quais são suas habilidades? — Impossível não achar que essa pergunta pode ser uma armadilha. Ele está me sondando, esperando que eu cometa um deslize.

— Para começar, ela daria uma excelente assistente médica — diz Danny. — Já a vi atuar sob pressão.

— Ah, sim, ouvi falar do homem que se engasgou no Ballade e da caneta esferográfica. Muito inteligente. Então ver sangue não te incomoda?

— Cresci numa fazenda de criação de ovelhas no Novo México — conto a ele. — Nossas ovelhas volta e meia eram atacadas por predadores. — Olho para o meu marido. — E adoraria trabalhar com Danny na clínica, nem que fosse só pra preencher planilhas.

— É mesmo? Ia gostar de preencher planilhas? — O olhar de Hardwicke parece mandar tentáculos para o meu cérebro, se infiltrando por cavidades secretas. Sinto como se estivesse presa na minha cadeira enquanto ele me disseca.

Os garçons voltam com o prato principal. A hora perfeita para eu fugir da mesa.

— Com licença — digo e me levanto da cadeira.

Vou para o banheiro feminino e me fecho em um dos dois banheiros. Não preciso fazer xixi; só preciso de um momento para recuperar o equilíbrio. Já olhei nos olhos de terroristas antes, testemunhei os resultados sangrentos de seu trabalho, mas nunca me senti tão ameaçada e num nível pessoal como me senti com Hardwicke do outro lado da mesa. Penso no banqueiro queimado vivo no Jaguar. Penso na contadora de Hardwicke, morta a tiros. Eles foram assassinados porque alguém os traiu. Alguém com a informação privilegiada de que eles eram informantes.

Diana tinha razão. Não podemos contar nada para os britânicos. Se eu quiser continuar viva, temos que manter isso só entre nós.

É hora de voltar para a mesa e enfrentá-lo.

Abro a porta da baia. Assim que saio, alguma coisa cai no chão e escuto um:

— Ah, droga — quando um comprimido azul rola por baixo da porta da outra baia.

Pego o comprimido. Ele é redondo, com o símbolo de uma borboleta estampado em um dos lados. A baia se abre e Bella sai correndo. Seu olhar vai direto para o comprimido na minha mão.

— Não é nada — ela diz. — É só um remédio para me acalmar.

Olho para o saquinho plástico que ela está segurando. Tem mais meia dúzia de comprimidos azuis nele e, de jeito nenhum aquilo é um frasco de uma prescrição médica. Ela se aproxima para pegar o comprimido perdido, mas eu não o dou a ela.

— Está sujo — digo.

— Não tem problema.

— Caiu no chão do banheiro. Não vai querer...

— *Por favor.*

Por fim, entrego-o a ela, e ela o coloca no saquinho com os outros comprimidos azuis, pelo visto sem se preocupar com os micróbios que se escondem num cômodo onde as pessoas urinam e cagam.

— Não vou falar nada pra ninguém — digo a ela.

Ela não acredita em mim. Posso ver isso na forma como aperta os lábios, no olhar rápido e nervoso para a porta:

— Meu pai…

— É controlador demais.

— Você reparou?

— Difícil não reparar. O cardápio predeterminado. Os seguranças trancando todos nós no restaurante.

— Ah, *eles*. — Ela bufa. — É só o Keith e o Victor. Eles são uns bocós. Saio de casa escondida o tempo todo, e eles nem fazem ideia.

Adolescentes. Fazem todos nós de bobos.

— Olha, Bella, não quero que tenha problemas, mas precisa tomar cuidado com isso aí. — Aponto para as pílulas com o rosto. — Isso aí é ecstasy.

— Como você sabe?

— Sabendo. Tem uns efeitos colaterais bem ruins.

— Mas me deixam feliz. Me fazem achar que está tudo bem, mesmo quando não está.

Estendo o braço para tocar o dela. Seu corpo está quente, quase febril, como se a infelicidade dela ardesse feito uma caldeira no seu interior.

— Bella, também tive um pai horrível, então te entendo. Mas você vai crescer e então vai embora, como eu fui.

Isso faz um sorriso breve se desenhar em seu rosto. Ela enfia o saquinho de comprimidos em sua bolsa e fecha o zíper:

— Não vai mesmo contar pra ninguém?

— Ninguém.

— Nem para o dr. Gallagher? Porque se ele descobrir, vai achar que precisa contar para o meu pai.

— Não vou contar nem para o Danny. — Ergo a mão. — Palavra de escoteiro.

Ela parece confusa, mas entende o que eu quis dizer: que vou guardar seu segredo.

— O dr. Gallagher é um bom homem. Fico feliz que tenha se casado com ele — ela diz e sai do banheiro feminino.

Demoro um pouco para lavar e secar as mãos. Não quero que fique muito óbvio que Bella e eu conversamos, que criamos um vínculo. Mas foi isso que aconteceu. Agora eu sei um pouco mais de Phillip Hardwicke e sua família. Sei que a filha não gosta dele. Sei que ele não tem tanto controle quanto acha que tem.

Isso pode ser útil.

17

Estou dormindo com o inimigo. Se eu quiser sobreviver, é assim que devo ver meu novo marido.

Mas Danny não parece ser o inimigo enquanto estamos deitados juntos na cama em nosso pequeno hotel à beira-mar na costa turca. Enquanto outros recém-casados vão para a Espanha ou Itália, estamos passando a semana na bela vila costeira de Gümüşlük. Poucos turistas estrangeiros vêm para cá, e foi por isso que a escolhi para nossa lua de mel. Aqui podemos passear entre ruínas antigas desertas, nadar em águas azul-turquesa e jantar douradas grelhadas, regadas a um bom vinho turco. Aqui podemos ficar sozinhos.

Ou o mais sozinhos possível.

Eu me viro de lado e fico olhando o meu marido dormindo. A luz da manhã entra pelas cortinas da janela, tingindo seu peito nu em lâminas douradas. Não é um hotel caro, é do tipo que casais turcos que precisam economizar escolheriam. Os lençóis são de algodão áspero e alguns dos azulejos do piso estão lascados, mas é limpo, o proprietário é simpático e nossa janela tem vista para o mar. Em vez disso, poderíamos ter ficado no Pera Palace Hotel ou em um dos resorts de luxo em Bodrum, com pisos de mármore, funcionários uniformizados e massagistas vinte e quatro horas por dia, mas essa é a Turquia que quero que Danny veja. É o que uma noiva faria, trazer o novo marido para um vilarejo romântico ao Egeu para beber vinho, fazer amor e fingir que o que compartilhamos é real.

Esta manhã, enquanto admiro seus ombros bronzeados e as novas sardas que apareceram ali, como uma pitada de noz-moscada, *parece* real, mas o risco paira pela minha cabeça de que, se eu deixar escapar alguns dos meus segredos, podem chegar a Hardwicke. Mesmo em nossos momentos mais íntimos, fico na defensiva, e tenho de presumir que até as paredes têm ouvidos.

Os olhos de Danny se abrem e ele sorri para mim:

— Há quanto tempo está acordada?

— Ah, tem um bom tempo. Gosto de ficar te olhando.

— Eu ronquei de novo?

— Sim, mas é um ronco bonitinho. Parece um gato ronronando. — Passo a mão por seu peito, sua barriga. Ele está quase tão magro quanto no dia em que nos conhecemos, mas depois de sete anos, não há como negar que o tempo deixou marcas em nós. Têm fios grisalhos na minha cabeça e na dele e linhas mais profundas marcadas no rosto de ambos. Até que a morte nos separe, prometemos, mas será que vamos mesmo envelhecer juntos? Teremos essa chance?

— Está com fome? — pergunto.

— Sempre. — Ele passa o braço por cima de mim e me deita de costas. — Mas o café da manhã pode esperar.

O garçom nos acomodou no canto do terraço, numa mesa mais próxima do mar. Os turcos são românticos irremediáveis, e o garçom sabe que somos recém-casados, então ele se preocupa conosco como um tio gentil. Ele traz mel para o nosso iogurte e acrescenta mais azeitonas e triângulos de queijo feta à nossa bandeja de café da manhã, porque reparou que Danny come bem. Acordamos tarde esta manhã e o terraço está quase vazio. Mesmo que não tenha ninguém sentado nas mesas ao lado da nossa, automaticamente olho em volta para ver se tem alguém que possa estar ouvindo, se tem algum rosto que eu já tenha visto nos últimos cinco dias. Preciso supor que Danny e eu não estamos sozinhos, mesmo em nossa lua de mel. Tanto o pessoal de Hardwicke quanto o meu pessoal podem estar monitorando nossos passos, talvez até mesmo monitorando nossas conversas, e todas as manhãs, enquanto Danny toma banho, faço uma busca rápida no quarto do hotel, procurando por dispositivos de escuta. Até agora, não encontrei nenhum, mas isso não significa que eles não estejam lá.

Ao examinar o terraço, vejo o casal britânico mais velho que chegou há dois dias, uma família turca com três filhos e um casal holandês em lua de mel. Casais de verdade em lua de mel. Sinto uma pontada de inveja quando os vejo de mãos dadas e se inclinando na mesa para se beijar. Casamentos sem intenções ocultas, uma união real. O que eu esperava que Danny e eu tivéssemos, até a visita de Diana mudar tudo.

Volto a me concentrar em meu marido e fico inquieta ao vê-lo me observando atento. É o jeito que a luz do sol bate neles ou seus olhos sempre foram tão verdes?

— No que está pensando, querido? — pergunto.

— Que devíamos ter reservado mais uma semana aqui. Ou um mês. Ou por que não o ano inteiro? Eu ficaria muito bem por aqui.

— Não ficaria entediado?

— No paraíso? — Ele olha para o mar. — Às vezes, fico pensando se a gente não devia largar tudo, Mags. Pegar nossas mochilas e deixar tudo pra trás. Só você e eu, cidadãos do mundo. Encontrar trabalho onde for possível, onde formos necessários. Poderíamos fazer algo realmente bom para a humanidade, como o Georgie faz, cavando poços em pequenos vilarejos.

— Voltar a fazer trabalhos voluntários?

— Por que não? Dessa vez, poderíamos fazer isso juntos. — Ele me olha com um desejo tão sincero que acredito nele, acredito que ele quer mesmo fugir do trabalho em que se sente preso e quer que eu vá junto. Então, com a mesma rapidez, a razão parece reassumir o controle, e o impulso passa. Ele suspira e balança a cabeça. — Mas essa é a fantasia de todo mundo, né? Fugir.

— *Do que* está fugindo, Danny?

— De nada. Só pensando alto.

— Não, falando sério agora. Me fala o que está te incomodando.

Ele olha para os barcos de pesca balançando em suas amarras.

— Não é o que eu me imaginava fazendo, trabalhando para uma empresa como a Galen. Em vez de estar nas trincheiras salvando vidas, estou só receitando remédios para os privilegiados. Comprimidos para acordar, comprimidos para dormir, comprimidos pra deixá-los felizes.

— Seus pacientes são mesmo tão difíceis de lidar?

— Alguns deles são. A maioria deles é. Acho que isso vem no pacote junto com as contas bancárias infladas.

— Como Phillip Hardwicke?

Ao mencionar o nome de Hardwicke, seus olhos se voltam para mim:

— Você não gostou dele, né?

— Não gostei do jeito que ele falava com a filha. Se ele está tomando pílulas da felicidade, não estão funcionando.

— No caso dele, ele precisa *mesmo* dos remédios que receito.

— Remédios para o quê?

— Epilepsia. É uma consequência de uma antiga lesão na cabeça que ele sofreu quando jovem. A qualquer hora do dia ou da noite, ele pode entrar em colapso com um ataque epiléptico. Tenho trabalhado com um neurologista para ajustar os vários medicamentos, mas ele ainda tem episódios ocasionais. É por isso que ele me leva junto quando viaja, pra ter certeza de que tem alguém pra ajudar se a convulsão não parar.

— Então é por isso que ele vai te levar para o Chipre no mês que vem.

— Se eu pudesse, não iria.

— E não voar no jato particular dele e ficar em um bom hotel?

— Ainda é trabalho, Maggie. Prefiro ficar em casa com você. Por favor, não vamos falar dele. — Ele larga o guardanapo. — Vamos dar uma volta de carro e encontrar uma praia bonita.

Pegamos as máscaras de mergulho, o que vamos almoçar e seguimos para a costa. Uma estrada de terra nos leva por uma ponta de uma península até uma pequena enseada onde não tem mais ninguém à vista. É um lugar onde seria bem fácil alguém desaparecer, me dou conta disso, enquanto caminhamos por entre arbustos e espinhos em direção à água. Um lugar onde um homem poderia se desfazer da nova esposa sem que ninguém soubesse. Como o mundo parece distorcido agora, a ponto de tal pensamento me ocorrer. Que o homem que amo é também o homem com o qual devo ter cuidado.

Colocamos as bolsas de praia e as toalhas no chão e ficamos só de roupas de banho. A areia aqui é grossa, mais parecida com cascalho, e saio pulando com dificuldade até a beira da água. Lá, faço uma pausa para colocar minha máscara e as nadadeiras. Danny é o primeiro a mergulhar, e eu o observo nadando na água cristalina.

Mergulho e o sigo, nadando em direção ao local onde vejo suas nadadeiras batendo na água. Assim que o alcanço, ele aparece, flutuando em pé. — Maggie, dê uma olhada lá embaixo!

— O que tem lá embaixo?

— Vem. Você vai ver. — Ele coloca o snorkel de volta na boca e mergulha. Mergulho também.

A água tem somente uns dois metros de profundidade aqui, tão rasa que dá para chegar ao fundo do mar com só algumas pernadas. Ele aponta para o recife de coral descolorido, morto há muito tempo e com certeza muito antigo, a julgar pelo que está incrustrado nele: uma ânfora. Imagino-a caindo de um barco há milhares de anos. Talvez tenha sido jogada fora ou deixaram cair em um momento de descuido, aterrissando no fundo do mar. Com o passar dos séculos, à medida que as cidades em terra se erguiam e por fim desmoronavam, debaixo d'água, o coral continuava a crescer pacientemente, engolindo esse pedaço de entulho desgastado pelo tempo.

Danny toca meu ombro e eu encontro seu olhar por trás da minha máscara. Ele está sorrindo, animado com a descoberta. Nós nadamos para ir à superfície, onde nos sacudimos, retirando o excesso de água, e ele tira o snorkel da boca.

— Isso foi incrível! — digo.

— Maggie...

— O que mais vamos encontrar lá embaixo?

— Eu amo você.

Dou risada:

— Não foi por isso que se casou comigo?

— Só quero que a gente se lembre disso. Nunca se esqueça deste momento. Vamos prometer um ao outro.

Estamos sozinhos aqui, onde ninguém mais pode nos ouvir. O único som é o respingo da água batendo em nós e, se alguma vez terei um momento para dizer a verdade, é agora. Cada segundo que não respondo só aumenta meu sentimento de culpa pelos segredos que estou escondendo dele. Quero ser sincera, mas não consigo, porque não é da minha natureza confiar em ninguém. Minha infância me ensinou que isso traz consequências.

Ele olha para a praia. Outro casal acabou de chegar à enseada e agora estão estendendo uma canga na areia. Não estamos mais sozinhos. O momento de contar a verdade já passou.

— Vamos almoçar — digo. E saio nadando, de volta para a praia.

18

Agora

Estou pensando naquela semana de lua de mel à beira-mar enquanto dirijo pelo campo, com baldes de água balançando na caçamba. Faz −10° C esta manhã e, em algumas horas, haverá uma camada de gelo cobrindo o interior da caçamba do carro, onde caiu água. Parece que faz uma eternidade que não uso roupa de banho e chinelos, desde a última vez em que tomei sol numa praia. Em vez de roupa de banho, agora estou usando um suéter de lã, um casaco puffer comprido e botas impermeáveis. Estaciono do lado de fora do galinheiro e desligo a corrente da cerca elétrica movida a energia solar. Deixo as galinhas presas enquanto levo a ração e o primeiro balde de água para lá. O trabalho na fazenda é pesado, no geral, mas seu ritmo diário me acalma: o barulho da água enchendo os baldes e da ração saindo dos sacos. Quando estou ocupada, tenho pouco tempo para ficar pensando no que eu preferia esquecer, mas, esta manhã, parece que não consigo me desligar das lembranças. Coloco água no bebedouro, e o respingo me faz pensar em nadar no mar Egeu. Despejo a ração e ela me faz pensar na areia grossa daquela praia turca e, num instante, estou lá de novo, com Danny.

Abro a porta do galinheiro e solto as galinhas. Meu galo é o primeiro a aparecer, balançando a cabeça como um dançarino de discoteca enquanto desce a rampa.

— Bom dia, senhoritas — digo enquanto seu harém o segue, cacarejando e correndo em direção aos comedouros. Estou feliz por não encontrar nenhuma galinha morta esta manhã. Não perdi nenhuma desde o dia em que matei a raposa, mas é só uma questão de tempo até outro predador aparecer para tomar seu lugar. É sempre assim.

Enquanto as galinhas estão distraídas com comida e água fresca, passo rapidamente roubando os ovos de suas caixas-ninho. Elas não me deixaram muitos nesta manhã de inverno, só algumas dúzias, mal vale a pena levar para o mercado. Ainda assim, fica uma linda cesta de ovos com uma mistura de azul-claro, marrom e branco. Coloco a cesta no carro e pego o segundo balde de água para encher o bebedouro. À tarde, o bebedouro já terá congelado e vou precisar voltar para enchê-lo de novo.

Pego a alça do segundo balde. Quando o retiro do carro, duas coisas acontecem quase ao mesmo tempo. Sinto o balde sacudir e um estalo alto ecoa pelo campo. A água respinga na perna da minha calça e nas minhas botas. Dois riachos constantes estão saindo de buracos em lados opostos do balde. Tudo parece ficar em câmera lenta enquanto meu cérebro processa todos esses detalhes ao mesmo tempo. E então percebo o que eles significam.

Eu me jogo no chão e minha bochecha bate na neve assim que ouço outro estalo de rifle. Eu me enfio embaixo da caçamba, onde fico deitada, com o coração batendo forte. Enquanto a neve derretida se infiltra na minha jaqueta, mais dois disparos enviam balas que assoviam até acertarem o carro. Mas de que inferno estão vindo os tiros? Examino o campo em desespero e percebo que o atirador deve estar na floresta, à minha esquerda.

Rolo em direção ao lado do passageiro, colocando o veículo entre mim e o atirador. O para-brisa se estilhaça e o vidro se espalha pela neve. Agora é óbvio que não se trata de balas perdidas disparadas por algum caçador que não sabe no que está atirando. O atirador está mirando em mim.

Meu rifle ainda está dentro do carro.

Fico de cócoras e abro a porta do passageiro sem dificuldade.

As balas atingem um dos pneus. O ar sai num silvo ao ser expelido e o pneu desaba.

Subo na cabine, pego o rifle embaixo do banco e saio outra vez. Faço uma varredura pelas árvores com a minha mira, vislumbro um movimento. Uma figura humana, vestida com roupa camuflada.

Aperto o gatilho… só um tiro, porque meu rifle tem apenas mais três balas. Quem quer que esteja atirando em mim sem dúvida me deixou em desvantagem, mas agora sabe que também estou armada e não vou deixar barato.

Examino a linha das árvores, mas o homem de camuflagem desapareceu na floresta. Será que ele ainda está lá, à espreita na vegetação rasteira, esperando que eu saia da cobertura? Se eu entrar no carro, vou ficar exposta. De qualquer jeito, não dá para dirigir com o pneu furado. Faço a varredura de um lado para o outro com a mira do rifle, vasculhando a floresta. *Cadê você? Cadê você?* O vento açoita o campo e minhas calças encharcadas estão começando a congelar. Não posso ficar agachada aqui para sempre, mas não me atrevo a correr pelo campo aberto coberto de neve.

Ouço o ronco fraco de um motor se aproximando. Me viro e vejo outro carro vindo na minha direção. É Luther. Mesmo quando ele para ao meu lado, ainda estou com meu rifle apontado para a linha das árvores e tenho medo de me levantar.

Ele sai do carro, ofegante com o ar frio:

— O que está acontecendo aqui, Maggie? Quem está fazendo esses disparos?

— Eu não sei! Se abaixe!

— Callie está no telefone com a polícia. Já devem estar...

— Se *abaixe*!

— O quê, com esses joelhos? Se eu me abaixar, nunca mais consigo me levantar. — Ele faz uma pausa, olhando para o meu carro marcado por balas. — Puta merda. Não foi só um caçador idiota.

— Não. Quem quer que seja, não está caçando cervos.

Luther ainda está totalmente exposto enquanto olha para as árvores, um alvo do tamanho de um elefante desafiando qualquer bala a derrubá-lo.

— Que filho da puta está tentando te matar, Maggie?

— Eu não sei — digo.

Mas acho que sei por quê.

É UMA PENA CALLIE TER CHAMADO A POLÍCIA, PORQUE AGORA PRECISO lidar mais uma vez com a chefe interina Thibodeau, que está sentada na mesa da minha cozinha, fazendo uma série de perguntas incômodas. Seu cabelo loiro está preso de novo num rabo de cavalo apertado, enfatizando os ângulos bem marcados do seu rosto, e a luz da manhã revela novos detalhes que eu não havia notado antes: as sardas espalhadas por suas bochechas, a cicatriz fininha no lábio superior. Mesmo em fevereiro, ela tem um bronzeado bonito, o que me diz que é uma garota que gosta de estar ao ar livre. Sinto como se estivesse lidando com uma versão mais jovem de mim mesma, o que a torna uma adversária problemática. Quando eu tinha a idade dela, sabia muito bem quando alguém estava tentando me enganar, e ela também sabe.

— Alguém tentou te matar — ela diz. — E você não faz mesmo ideia de quem pode ter sido?

— Eu não vi o rosto. Eu só vi...

— Alguém usando roupa camuflada.

— Sim.

— Homem ou mulher? Pode me dizer isso?

— Um homem.

— Como você sabe?

— Pelo porte físico. E o jeito de andar.

— E esse homem caminhou pela floresta só para atirar em você.

— Também tem cervos na minha propriedade.

— Notei que seu terreno está sinalizado.

— Nem todo mundo obedece a uma placa de "proibido caçar".

— Acha mesmo que era só um caçador de cervos?

— Que não enxergava muito bem.

Ela aperta os lábios. Jo Thibodeau não gosta de brincadeiras:

— Falei com seu vizinho, o sr. Yount. Ele disse que tem vários buracos de bala no seu carro e que o para-brisa foi estilhaçado. Ele e a neta ouviram pelo menos dez disparos, talvez mais. E ele encontrou você encolhida atrás do seu veículo.

— Eu não estava encolhida. Só me protegi e estava tentando localizar de onde vinham os tiros.

— Isso foi muito sensato da sua parte, senhora.

— Prefiro ver por esse ângulo também.

— Já esteve numa situação como essa antes?

A pergunta me pega de surpresa. Não é algo que eu queira responder.

— Cresci num rancho de criação de ovelhas — digo enfim. — Estou acostumada com armas. Também sei quando devo manter minha cabeça baixa.

— O que esse ataque tem a ver com a mulher morta na porta da sua casa?

— Não sei.

— Quem quer *você* morta?

— Não sei.

— Pelo visto tem muita coisa que você não sabe.

— Muita gente não sabe de muita coisa.

— Não posso te ajudar se você também não me ajudar. Agora preciso de algumas respostas, sra. Bird. Está se escondendo de alguém? Fugindo de alguma coisa?

Todos estamos fugindo de alguma coisa. É isso que passa pela minha cabeça, mas ela não vai gostar de receber outra resposta engraçadinha, então só balanço a cabeça.

Ela olha em volta da minha cozinha. Ainda não lavei a louça de hoje cedo, e ela pode ver a bagunça que sobrou do meu café da manhã: a frigideira gordurosa no fogão, a xícara de café, o prato com migalhas de torrada e manchas amarelas de ovos mexidos.

— Da última vez que estive aqui, vi seu sistema de segurança — ela diz. — Todas aquelas câmeras de vigilância, sensores de movimento. Esta é uma cidade muito pequena. Ninguém mais por aqui tem um sistema como o seu.

— Me traz uma sensação de segurança.

— Por que não se sentiria segura aqui? — Ela olha bem para mim, e sei que essa mulher nunca vai desistir. Jo Thibodeau vai continuar procurando e revirando e, mesmo que nunca descubra a verdade a meu respeito, vai ser uma eterna pedra no meu sapato.

A batida na minha porta da frente é uma interrupção bem-vinda. Ouço Declan dizer:

— Olá, Mags? — E ele entra na cozinha. — Você está bem?

— Estamos no meio de um interrogatório — diz Thibodeau.

— Sim, soube do tiroteio pelo rádio da polícia.

— Sr. Rose, se não se importar...

— Quem foi? Temos uma descrição? Um veículo?

— Eu gostaria de terminar este interrogatório.

Declan olha para mim:

— Onde foi que aconteceu?

— No campo. Perto do meu galinheiro.

Declan se vira e volta para a porta. Thibodeau grita:

— *Sr. Rose!* — Mas ele a ignora e vai para fora.

Lá, ele é acompanhado por Ben Diamond, que acaba de chegar no carro dele. Da janela da minha cozinha, vejo os homens conversando enquanto olham para o campo. Juntos, começam a caminhar pela neve.

— Ai, meu Deus — resmunga Thibodeau. — Eles vão contaminar a cena do crime. — Ela se levanta e tira seu casaco do gancho na parede. — Quem é que eles pensam que são?

Essa é uma informação com a qual você nem sonha. Pego meu casaco também e a sigo até a porta.

Declan e Ben já estão atravessando o campo, bem à nossa frente. Eles tomam cuidado para não deixar novos rastros na neve e seguem as mesmas marcas de pneus deixadas pelo carro de Luther quando ele me levou de volta para casa.

— Com licença! — grita Thibodeau, seguindo a trilha deixada pelas marcas das botas deles. — *Senhores*!

Os homens só continuam andando.

— Eles são surdos? — ela murmura.

— Eles estão numa missão — digo. — Veja, eles não são bobos. Não vão contaminar sua cena.

— Eles não sabem o que estão fazendo!

— Sabem mais do que você pensa.

— Quem diabos eles *são*?

— Devia perguntar a eles.

Quando chegamos ao meu pobre carro, Ben e Declan estão agachados perto do balde de água caído e olhando para os buracos de bala.

Declan olha para nós:

— Rifle 308.

— E como você sabe disso? — pergunta Thibodeau.

— Balística é um hobby meu. — Ele se levanta. — Teria feito um buraco bem grande se tivesse te acertado, Maggie. Ainda bem que não acertou.

— Pura sorte — digo. — Ele atirou bem quando eu me virei.

— Veio daquela direção? — pergunta Ben, olhando para as árvores.

— Sim. Eu o vi pela mira do meu rifle. Perto daquelas faias.

Ben e Declan começam a se dirigir para as árvores. Thibodeau desistiu de tentar impedi-los. Suspirando, ela os segue.

Não demora muito para localizar as marcas de sapato deixadas pelo atirador.

— Parece um tamanho 39 ou 40. Sola de borracha à prova d'água da Vibram — diz Thibodeau.

Ela pega o celular para tirar fotos. O atirador deixou várias pegadas, mas essa foi a que ficou mais nítida, não foi borrada por galhos e ficou protegida do vento. Deixamos que ela faça seu trabalho de policial e ficamos de lado, observando enquanto ela recolhe as cápsulas deflagradas. Não posso deixar de dar uma olhada nas pegadas das botas de Ben e Declan. Ambas são maiores do que as do atirador, o tamanho deles é pelo menos um 42. Por mais que conheça e confie nesses homens, não consigo me livrar de alguns hábitos, e um deles é questionar a lealdade de todos na sua vida, até daqueles que você ama.

Principalmente aqueles que você ama.

— Dá para ter uma visão clara do seu galinheiro daqui — diz Ben, olhando entre as árvores em direção ao campo. — O atirador com certeza sabia no que estava mirando.

— E o alvo não era um cervo — disse Thibodeau, olhando para mim. — Era você. — Ela está esperando para ver minha reação. Deve ficar decepcionada quando não digo nada, fico só encarando meu galinheiro. Eu já sabia que era o alvo, e minha mente está pensando no que preciso fazer agora. Lanço um olhar triste para minhas galinhas, que estão ciscando na neve. Penso em todas as melhorias que estava planejando fazer na fazenda: aquecedores solares de água para o cocho. Um segundo galinheiro móvel. Mais lâmpadas de aquecimento para o novo lote de pintinhos que encomendei. Aqui na fazenda, encontrei um pouco de paz, felicidade até.

Agora tudo isso está sendo arrancado de mim.

Embora estejamos fora do vento, entre as árvores, parece mais frio. Mais úmido. Vejo minha respiração se dissipar numa nuvem branca e sinto o frio se infiltrar pelas minhas galochas. Ben, que normalmente é imune ao frio, tira um gorro de malha do bolso e o coloca na sua cabeça raspada. O chapéu tem o logotipo de Harvard, o que me parece um toque bem irônico, porque ele não estudou em Harvard e não tem nada de bom a dizer de quem estudou lá.

— Vamos descobrir como ele chegou aqui — diz Ben. Ele segue mais para o interior da floresta.

Nós o seguimos enquanto ele rastreia as pegadas das botas do atirador em retirada. A trilha segue o mesmo caminho tanto na ida quanto na volta; o atirador saiu por onde veio. Ninguém diz uma palavra, mas, mesmo assim, é uma caminhada barulhenta, o ranger de nossas botas na neve, as explosões agudas de galhos quebrando e folhas mortas. Declan, Ben e eu estamos em boa forma para nossa idade, mas respirar o ar gelado faz meu peito apertar e a fratura antiga no tornozelo está doendo. Eu me pergunto se Ben e Declan também estão sentindo ferimentos antigos voltarem à tona; mesmo se estivessem, jamais admitiriam. Somos três velhos soldados que se recusam a admitir que nossas engrenagens estão começando a enferrujar.

Por fim, saímos da mata para a estrada de terra que divide minha propriedade da de um vizinho. Thibodeau se agacha para examinar as marcas de pneus, onde um veículo estava estacionado. Ela tira fotos, mas duvido que ajudem a identificar o veículo, porque essas marcas de pneus podem ser as mesmas de uma dúzia de outros utilitários esportivos que passam pelo vilarejo de Purity todos os dias. Aqui fora, na estrada de terra, não tem câmeras de vigilância, nem testemunhas das idas e vindas do veículo. Sempre me senti segura na floresta, mas o ataque de hoje abalou minha crença de que ainda existem lugares seguros no mundo.

Thibodeau se levanta com uma facilidade que me faz invejar a agilidade da juventude:

— Vou começar a trabalhar logo nisso — ela diz.

— Não tem muito que fazer.

— Ajudaria se me desse mais informações, sra. Bird.

— Já contei tudo o que eu sei.

Ela não acredita, mas por enquanto desistiu de tentar arrancar toda a verdade de mim. Seu rádio emite um som agudo e ela o tira do cinto. Então se vira para responder.

— Maggie — diz Declan em voz baixa. — Isso muda tudo.

Suspiro:

— Eu sei.

— Está na hora de você sair pela tangente.

— E é isso que eu vou fazer. — Eu me viro em direção à floresta. Volto em direção à casa que vou precisar abandonar. — Mas, primeiro, tem mais uma coisa que preciso fazer.

— Eu trouxe o seu galinheiro para perto do nosso celeiro — disse Luther enquanto me servia uma xícara de café. — Assim é mais fácil para Callie cuidar das suas aves. Mas não sei se vamos conseguir manter os bandos separados.

— É melhor juntar os bandos — digo e olho para Callie. — Já que você vai ficar com eles.

— Posso marcar o seu com tinta spray ou alguma coisa assim — ela sugere.

— Não precisa. São seus agora, Callie.

Ela franze a testa:

— Não quer mais ter galinhas?

— Quero. Amo minhas garotas. Mas preciso sair da cidade e quero que elas tenham um bom lar. — Sorrio para ela. — O seu é o melhor.

— Não me importo de cuidar delas até você voltar. Então, decidimos quais são as suas.

— O problema é que não sei quando vou voltar. — Enquanto seguro a xícara do café amargo de Luther, vou até a janela da cozinha e vejo Declan sentado em seu Volvo, estacionado logo atrás da minha picape. Ele se recusa a me deixar desprotegida e está de olho em mim. Quando me vê pela janela dá um aceno de cabeça tranquilizador. Sempre que precisar, sei que posso contar com Declan. Olho para a minha propriedade, para a casa da fazenda, além da colunata de árvores de bordo. Quando tranquei a porta da frente há apenas meia hora, sabia que seria a última vez que veria minha casa. Agora fico enrolando na cozinha de Luther, relutante em deixar para trás minha fazenda, em abandonar a vida que construí nos últimos dois anos. Uma vida que agora está ameaçada por fantasmas do meu passado.

— E a Blackberry Farm? — pergunta Luther. — O que você precisa que a gente faça? Se vai ficar fora por um tempo, posso drenar os canos e desligar a água.

— Eu já fiz isso. Esqueçam a fazenda. — Olho para Callie, que está sentada na mesa da cozinha, me observando com aqueles olhos sábios demais para a sua idade. Ela sabe que algo está muito errado e, mesmo que eu não tenha contado a ela o motivo da minha partida repentina, ela entende a gravidade do que está acontecendo. De repente, penso em outra adolescente que confiava em mim, que acreditava em mim. Falhei com aquela garota, e o que aconteceu com ela vai me assombrar para sempre. Não vou deixar que isso aconteça com Callie.

— Quero que fique longe da minha casa, está bem? — digo para ela. — Não entre nela nem chegue perto.

— Mas e a sua babosa enorme? Alguém precisa regar ela.

— Deixe ela pra lá.

— O vovô pode trazer ela pra cá.

— Não, ela é muito pesada.

— Mas ela vai morrer.

— Tudo bem.

Ela fica chocada com minha resposta. Olha para o avô e depois de volta para mim, perplexa com os adultos em seu mundo.

— Querida — digo, me sentando de frente para ela à mesa. — Posso comprar uma planta nova quando voltar.

— Você *vai* voltar, não vai?

— É o que eu mais quero no mundo, Callie. Mas, neste momento, preciso que me prometa que vai ficar longe da minha casa, para evitar que... — Paro, sem saber como terminar a frase. Evitar o quê? Que ela caia em uma armadilha? Caso alguém coloque uma bomba ou coloque fogo na casa? Não consigo nem pensar em Callie presa lá dentro. Não tenho filhos, mas ela é o mais próximo disso que vou ter na vida. Como qualquer mãe, vou fazer o que for preciso para que ela fique segura.

— Posso te ligar? — ela pergunta.

— Talvez eu não possa atender meu celular.

— Para onde você está indo? Não pode me *dizer*?

— Queria poder. Mas não sei. Ainda não sei.

Callie olha para o avô e depois para mim, sedenta por respostas. Fico surpresa quando ela de repente se aproxima para me abraçar. Seu cabelo tem cheiro de feno doce e fumaça de lenha e, enquanto a abraço, sinto as lágrimas brotarem em meus olhos. Não era isso que eu queria estar sentindo; foi o que evitei todos esses anos, e agora aqui está essa garota boba, se agarrando em mim feito uma lapa.

É hora de ir embora. Agora.

Eu a tiro de cima de mim, mas ela está se segurando com tanta força que parece que estou arrancando minha própria pele.

— Faça sua lição de casa, Callie — é tudo o que eu digo. É tudo o que consigo dizer, senão vou começar a chorar. Saio pela porta.

Luther me segue até a varanda, sai e fecha a porta:

— Não sou de fazer perguntas, Maggie, porque acho que não é da minha conta. Mas talvez ajudasse se você me dissesse do que está fugindo.

— É isso que preciso descobrir.

— É da polícia? Você fez alguma coisa?

— Não, não é a polícia.

— Tá bem. — Se ele está aliviado com essa resposta, ele não demonstra. Talvez porque ele saiba que há possibilidades muito mais assustadoras do que a polícia estar atrás de você. — Então quem?

— Anos atrás, eu me envolvi com um homem — digo.

— Envolvida no sentido de estar num relacionamento com ele?

— Sim. Depois descobri o tipo de pessoas com quem ele estava metido.

— Criminosos?

— Por aí.

— Então é dele que você está fugindo? Desse homem?

Seria uma boa explicação. E, de certa forma, é verdade; estou fugindo de Danny. Ou da lembrança dele.

— Bem — diz Luther. — Pelo menos agora eu sei com o que estamos lidando.

— *Vocês* não estão lidando com nada, Luther. É um problema meu, e eu vou lidar com ele.

— Como?

— Com a ajuda de alguns amigos. — Desço os degraus até minha picape.

Vejo Declan, sempre meu guardião, observando do seu carro.

Luther me chama:

— *Nós* não somos seus amigos? Callie e eu?

Paro ao lado da minha picape e olho para ele.

— Sim, vocês são. É por isso que quero que você e Callie fiquem longe de mim. Não quero que corram perigo.

— Ele é tão perigoso assim? Esse homem de quem você está fugindo?

Penso em Danny sorrindo para mim do outro lado da pequena mesa de plástico em Bangkok. Rindo comigo enquanto estávamos deitados lado a lado numa praia turca. Cantando no fogão enquanto ele faz um misto-quente para mim com todo o carinho.

— É — digo baixinho. — Ele é, sim.

19

Londres, dezesseis anos atrás

Eu me sento no banco da sala 17 do Museu Britânico, onde costumo vir para ver a tumba de Arbinas, o rei lício. Houve um tempo em que esta tumba ficava na cidade-estado de Xanto, onde devia ser de tirar o fôlego junto de seus frisos esculpidos, suas vinte colunas e suas estátuas de ninfas nereidas, que representam tudo de bom e generoso proveniente do mar. Ao longo de dois séculos e meio, foi aos poucos virando ruína até ser embalada e enviada para Londres por um arqueólogo inglês. Agora está na sala 17, mais um exemplo dos espólios do império e um lembrete de que nenhum reino dura para sempre. Estou com saudades da Turquia. Esse monumento de mármore me traz de volta à costa da Lícia, às praias quentes, ao sol deslumbrante e às frutas que amadurecem nas árvores com uma doçura perfeita. Aqui em Londres, é uma tarde chuvosa e, apesar de estarmos quase em junho, a umidade do clima se infiltrou tão fundo nos meus ossos que não consigo me aquecer. Olho para o friso do pódio, para as figuras esculpidas de homens lutando em batalhas. Pouco mudou na humanidade desde a época do rei Arbinas. Ainda estamos num ciclo interminável de conflitos e guerras, e agora temos armas poderosas o suficiente para acabar com todos nós.

Não vejo Diana entrar na sala, mas percebo quando ela chega. Minhas antenas captam uma vibração no ar, uma mudança térmica, e lá está ela, sentada ao meu lado no banco de pedra. Por um momento, não falamos nada, nem sequer olhamos uma para a outra. Minha atenção está focada nas nereidas.

— Lugar de encontro interessante — ela diz enfim.

Deslizo um jornal dobrado pelo banco até ela. Tem um pen drive escondido nele com o histórico médico de Hardwicke, que baixei do computador da clínica Galen há alguns dias. Quando ela desliza o jornal de volta para mim, o pen drive não está mais lá. Ela já tinha colocado no bolso.

— E então? — ela diz.

— Além da hipertensão essencial, ele tem epilepsia por causa de um traumatismo craniano grave que sofreu quando tinha vinte e seis anos. Ele teve um hematoma subdural que precisou de cirurgia.

— Como ele se machucou?

— Bateu com o Lamborghini dos pais num muro de pedra.

— Ah, os suplícios dos ricos.

— Ele tem um neurologista que está sempre fazendo ajustes nos seus remédios, mas ainda tem convulsões esporádicas.

— Com que frequência?

— A última faz três meses, enquanto estava em seu escritório na Hardwicke Tower. Durou apenas um ou dois minutos, mas sempre existe o risco de status epilepticus, quando a convulsão não para. Nesse caso, ele precisa de intervenção médica urgente. É por isso que sempre tem um médico o acompanhando sempre que sai de Londres. Só para garantir. Ele também está começando a ter problemas com sua memória de curto prazo. Isso pode ter relação com essa mesma lesão na cabeça de todos esses anos atrás.

— Quão ruim é a memória dele?

— Ele tem dificuldade para lembrar nomes e números. Ficou preocupado o suficiente para contar isso para o Danny.

Diana fica em silêncio quando um bando de crianças barulhentas entra na sala 17 com o professor, com suas vozes agudas e ampliadas por todas as superfícies de mármore. Enquanto o caos invade a sala, Diana e eu olhamos para a tumba de Arbinas, como se estivéssemos contemplando os significados ocultos gravados nos frisos.

— Olha, é um templo grego!

— Aqueles deuses estão lutando lá em cima, sra. Cummings?

— A gente pode ver a próxima sala?

— Estou com fome!

As crianças não se impressionam com estátuas de ninfas ou monumentos para um rei morto. Não, elas querem ver algo mais interessante. Onde estão as múmias egípcias, sra. Cummings? Não está na hora do almoço?

A sra. Cummings, que está sendo atormentada, acaba levando seus alunos para fora da sala, mas ainda ouvimos os ecos de suas vozes até entrarem na galeria ao lado.

— Quando Hardwicke vai precisar dos serviços do seu marido de novo? — pergunta Diana.

— Em três semanas. Hardwicke vai receber alguns convidados para um fim de semana na Manning House, sua casa de campo. Danny vai estar lá também, caso Hardwicke ou algum dos convidados precise de cuidados médicos.

— Sabe quem são esses convidados?

— Até onde sei, são parceiros de negócios de Hardwicke e suas esposas. Ele organiza esses retiros a cada poucos meses. É tipo um evento da nobreza inglesa, cavalgadas, tiros em pombos de barro. Deve ter bastante bebedeira também.

— Talvez muitas línguas soltas.

— Se tivermos sorte.

— Você também vai?

— Fui convidada. Não sei bem por quê.

Diana pensa nisso por um momento, depois pega um pedaço de papel no bolso. Ela o desliza pelo banco até mim:

— Fique de olho nisso.

Dou uma olhada no que está escrito no papel. *Arginato de heme.*

— O que é isso? — pergunto.

— Um remédio. Descubra se algum paciente da Galen recebeu infusões dele recentemente.

— Esse remédio é pra quê?

— Porfiria aguda intermitente. É uma doença metabólica rara que causa ataques ocasionais de dor abdominal intensa. Os ataques podem ser evitados com doses profiláticas regulares de arginato de heme. O remédio é guardado em frascos. Veja se a clínica tem em estoque.

Aceno com a cabeça e coloco o papel no bolso. Para conseguir essas informações, vou precisar do computador da clínica, o que não vai ser muito difícil. A equipe já me conhece. Sou a esposa do dr. Gallagher, que às vezes leva bolo para o chá deles. Que às vezes ajuda com os arquivos e que agora sabe as senhas do sistema.

— Por que você precisa dessas informações? — pergunto. — Quem está tentando encontrar?

— Cyrano.

Eu me viro e a encaro. Conheço bem o nome, Cyrano é o codinome de um agente secreto russo que a Agência vem procurando há anos. A CIA não sabe qual nome ele usa agora, mas descobrimos que ele nasceu em Rostov, foi recrutado e treinado pelo Diretório S da Rússia e enviado ao exterior para assumir uma identidade diferente no Ocidente. A primeira pista de que ele existia veio de uma comunicação interceptada há oito anos, quando ouvimos o codinome *Cyrano* pela primeira vez. Não sabemos como ele é, nem qual seria sua ocupação; só sabemos que o nome *Cyrano* aparece várias vezes em comunicações do Diretório Russo, comunicações que também mencionaram dois membros atuais do Parlamento. Assim como outros agentes estrangeiros, ele sem dúvida tem a tarefa de se infiltrar e influenciar os que estão no poder, tudo em benefício da Rússia.

— Tem informações novas dele? — pergunto.

— Uma mensagem interceptada do *kurator* dele. Falava de uma companheira. Uma mulher que precisa de infusões regulares dessa droga.

— E você acha que ela é uma paciente da Galen?

— Não sabemos. Só estamos procurando qualquer pessoa que precise do remédio. Com sua clientela internacional, a Galen pode atrair exatamente esse tipo de cliente.

Nossa conversa é interrompida mais uma vez por visitantes da sala 17, dessa vez um casal na casa dos trinta anos. Americanos, a julgar pelos jeans com tênis de correr. As nereidas parecem não ser muito interessantes para eles também e, um momento depois, eles seguem em frente.

— O evento de fim de semana na Manning House — diz Diana. — Descubra mais sobre os convidados.

— Pode deixar.

— Vamos monitorar as estradas e ver quem aparece no fim de semana. E vamos tentar colocar outro par de ouvidos na lista de convidados.

— Outro par? — Franzo a testa para ela. — O quê? Quem?

— É mais seguro se você não souber. Pra vocês dois.

— Você já tem um informante no círculo de Hardwicke?

Diana não responde, em vez disso, mantém seu olhar na estátua. Deixei de lado toda uma vida que queria ter por ela, mas ela não quer me contar essa informação crucial. O fato de ela não confiar em mim me faz questionar quanto posso confiar *nela*.

Eu me levanto de repente do banco.

— Se já tem mais alguém lá dentro, então não precisa de mim.

— Precisamos de todos. Precisamos de camadas e mais camadas, porque podemos perder um de vocês a qualquer momento. Você sabe com que tipo de pessoas estamos lidando. Sabe do que são capazes. Ou já esqueceu?

— Se eu esqueci? — Eu me viro para encará-la. Não tem mais ninguém na sala, ninguém para me ouvir enquanto respondo num sussurro furioso. — Você não estava lá quando Doku sangrou até a morte em Istambul. Não estava lá quando ataram fogo na irmã e na sobrinha dele como tochas humanas. Ah, eu sei *muito bem* com que tipo de pessoas estamos lidando.

— Então você entende por que não posso revelar nosso informante. É para a segurança dele. E a sua.

Cada um na sua para eliminar a possibilidade de trairmos uns aos outros. Estamos isolados uns dos outros, cada um de nós é obrigado a trabalhar sozinho. Isso faz todo o sentido, mas também me faz sentir isolada. Diana disse "dele" quando se referiu ao informante, então sei que é um homem. O que ele sabe de mim? O suficiente para me colocar em perigo, caso seja forçado a falar? Essa é a desvantagem de conhecer o aliado que está trabalhando com você em território inimigo. A traição é sempre uma possibilidade.

Quando saio do museu, me sinto tão exposta que chega a doer, apesar de todos os turistas que passam ao meu redor. Aqui sempre têm turistas, americanos com seus tênis e pochetes, japoneses com seus paus de selfie. Nessa multidão, posso passar despercebida, mas não me sinto segura.

Meu telefone toca. Não aparece o número na tela, mas quando atendo, reconheço a voz:

— O sr. Hardwicke gostaria de ver você. — É Keith, da equipe de segurança de Hardwicke.

Paro no final da escada e lanço um olhar desesperado pela multidão. Será que fui seguida? Será que sabem que vim me encontrar com Diana?

— Ele disse por quê? — pergunto, tentando manter minha voz firme.

— Ele só quer falar com você.

— Quando ele quer me ver?

— Agora. Venha no escritório dele na Hardwicke Tower. Vigésimo oitavo andar.

Tento pensar em todos os motivos possíveis para essa reunião. Será que ele descobriu para quem eu trabalho? Será que é uma armadilha?

— Desculpa, mas gostaria mesmo de saber do que se trata — digo.

— O sr. Hardwicke vai explicar quando você chegar.

A Hardwicke Tower, no bairro Southwark, em Londres, tem trinta andares e vista para o rio Tâmisa. Desde que me mudei para Londres, jantei no seu restaurante uma vez com Danny e passei por ela várias vezes nos meus passeios à beira-rio, mas nunca tive motivo para visitar a sede da Organização Hardwicke, no vigésimo oitavo andar. O acesso é feito através de elevadores privativos e, para chegar a eles, preciso primeiro me registrar no balcão de segurança, deixar o guarda revistar minha bolsa e, em seguida, passar por um detector de metais. Não é só uma chatice para complicar a vida; Hardwicke está preocupado de verdade com sua segurança, algo que para mim ficou óbvio em meu jantar de casamento, quando seus homens, Keith e Victor, nos trancaram no restaurante.

Subo no elevador sozinha e, enquanto ele me leva em silêncio até o vigésimo oitavo andar, fico encarando meu reflexo na superfície polida da porta. Vejo a tensão em meu rosto e posso sentir meu coração batendo no peito. *Controle-se. Fique calma.* Não posso deixar que ele perceba meu medo. Sou só a esposa americana de Danny, aqui para conversar sobre... o quê? Eu deveria só estar me perguntando o motivo de estar aqui. Estar curiosa. É isso que a inocente Maggie Gallagher sentiria agora, e é isso que ele deveria ver no meu rosto.

Um barulho sinaliza que cheguei.

Respiro fundo, saio e encontro Keith em pé na sua mesa. Está claro que estava me esperando.

— Sua bolsa — ele diz. — Preciso revistar. — Ele está eloquente como sempre.

— O guarda lá embaixo já a revistou.

— Regras do sr. Hardwicke.

Coloco a bolsa na mesa e o vejo vasculhar o conteúdo.

— Tem que deixar seu telefone aqui — ele diz.

— Como assim?

— Vou te devolver. — Ele me estende uma caixa. — É de praxe.

Para uma prisão de segurança máxima, talvez. Desligo meu telefone e, relutante, eu o coloco na caixa. Só então ele aperta o botão do interfone.

— Ela está aqui — ele anuncia.

Um momento depois, a porta se abre e Hardwicke está em pé diante dela, olhando para mim:

— Entre, Maggie.

Entro na sua sala e o ouço fechar e trancar a porta. A cada segundo que passa sinto cada vez mais que cometi um erro terrível, mas não posso deixar que ele perceba que estou nervosa. Em vez disso, fico olhando para a janela com uma vista panorâmica impressionante do Tâmisa.

— Ah, meu Deus. Você trabalha com essa vista todos os dias? — digo.

— E nunca me canso dela. — Ele aponta para a cadeira em frente à sua mesa de jacarandá. — Sente-se.

Quando ele se acomoda em sua cadeira, a janela o ilumina por trás. É uma desvantagem para mim, pois não consigo ler as microexpressões em seu rosto, já ele consegue ver cada detalhe do meu:

— Pesquisei um pouco sobre você — ele diz.

— Sobre mim? — Dou risada. — Teria algum motivo para isso? — Meu pulso se acelera sob seu escrutínio. Eu me dou conta de que só Hardwicke e seus homens sabem que estou aqui no seu escritório. Penso na porta trancada. Penso em como é fácil para uma pessoa desaparecer sem deixar rastros, mesmo em Londres.

— Gosto de saber sobre as pessoas ao meu redor. Gosto de saber quem são e como entraram em meu círculo.

— Bem, isso é fácil. Eu me casei com o Danny.

— Sim, um encontro casual em Bangkok. Na época, você estava trabalhando em um despachante aduaneiro. — Ele olha para uma pilha de documentos em sua mesa. — Uma empresa chamada Europa.

Ele fez um levantamento a meu respeito. Quão fundo foi?

— Eu era analista de importação, especializada em moda. Tecidos exóticos.

— Parece um trabalho glamouroso.

— Nenhum trabalho parece glamouroso de perto. — *Nem mesmo a espionagem.* — Mas eu viajava bastante.

— E desistiu de sua carreira para se casar. — Ele olha para mim com uma sobrancelha erguida. — Sério?

Estamos nos aproximando de um terreno perigoso, mas consigo dar uma risada:

— Sabe como é. Amor verdadeiro.

— Não, eu não sei.

— Não acredita em amor?

— Sou divorciado. O que você acha?

— Acho que a Silvia é uma mulher linda.

Agora é a vez de Hardwicke encolher os ombros:

— Sim, suponho que seja.

Ele não pode negar o que é óbvio para todos que já viram Silvia, mas seu tom desdenhoso mostra quão pouco isso importa para ele. Silvia não é sua primeira amante, e é provável que não seja a última.

— Foi *mesmo* por amor? — ele pergunta.

— Por que outro motivo eu me casaria com ele?

— Esse é o único motivo?

Outro sinal de alerta acende. Outra armadilha na qual eu poderia cair se não tomar cuidado. Meus batimentos cardíacos aumentam mais um pouco. Ele me analisa pelo que parece ser uma eternidade, e sinto meu futuro se equilibrando sobre o fio da navalha.

— Amo meu marido de verdade, sr. Hardwicke. E gosto de morar aqui em Londres.

— Não sente falta de Istambul? Do seu emprego?

— Sinto falta do salário, é claro. Admito que é um pouco frustrante não ter minha própria fonte de renda e me sentir dependente de outra pessoa. Quando você cresce pobre, como eu cresci, o dinheiro é importante. Muito.

Vejo um brilho de compreensão em seus olhos. O dinheiro é algo que ele entende e valoriza. O saguão dourado deste edifício, os detalhes em ouro e as colunas de mármore, todos clamam por atenção e respeito. Ele quer que as pessoas saibam que ele tem dinheiro, muito dinheiro. Ah, sim, nós nos entendemos, ou pelo menos é o que ele pensa.

— Posso saber do que se trata tudo isso? Está começando a parecer uma entrevista de emprego — digo.

— Faz parte da minha natureza fazer perguntas.

— Está se perguntando se o seu médico cometeu um erro e se casou com a mulher errada?

— Não. É com minha filha que estou preocupado.

— Bella? — Franzo a testa.

— Ela é uma garota impressionável. Fácil de influenciar e ingênua demais para saber em quem confiar. — Ele se inclina para trás em sua cadeira, me analisando, como se eu fosse uma caixa de quebra-cabeça que ele está tentando abrir. — Quero saber se você é uma boa influência para ela.

— Espero que sim.

— Tem que ser, se quiser ficar perto da minha filha. Um dia, ela vai controlar as chaves do reino e, antes que isso aconteça, ela precisa que alguém lhe ensine um pouco de bom senso. Eu faria isso, mas sou só o pai dela. Já você, por outro lado... ela ficou encantada com você. Vive me perguntando quando vamos convidar você e seu marido para jantar outra vez. Ela quer que você vá no evento de fim de semana.

— Não faço ideia do motivo. — Mas eu sei. É aquele saquinho de pílulas azuis com borboleta. Não contei o seu segredo e, aos olhos de uma adolescente, isso faz de mim uma aliada. Danny e eu fomos convidados duas vezes para coquetéis na Hardwicke Tower e, nas duas vezes, Bella ficou a noite inteira do meu lado. — Talvez seja porque eu trabalhei com moda. Ela parece bastante interessada no assunto.

— Não faço ideia. Eu só pago as contas dela.

— Posso dar algumas dicas de moda pra ela. Ou posso levá-la pra fazer compras.

— Olha, se você puder, mantenha ela entretida e longe de problemas. Silvia e eu estaremos ocupados demais para cuidar dela, e não posso permitir que ela fique de mau humor ou nos envergonhe na frente dos nossos convidados.

— Quando quer que eu faça isso?

— No evento na Manning House em três semanas. Seu marido vai estar lá no fim de semana mesmo. Agradeceria se você fosse também.

— Você quer dizer, pra servir como acompanhante de Bella?

— Ah. — Ele acha que agora está entendendo. — Quer ser paga, né?

— Não, só quero saber exatamente o que você quer que eu faça.

— Mantenha minha filha entretida. Garanta que ela se comporte bem.

— Ela é uma adolescente.

— Esse é o problema. Acha que dá conta?

Finjo que estou pensando na sua proposta. Não posso aceitar rápido demais, afinal quem aceitaria lidar com uma adolescente sem pensar duas vezes?

— Acho que sim, vou tentar.

Ele pega um talão de cheques:

— Quanto você quer?

— Não precisa me pagar.

— Se vai trabalhar para mim, vai receber por isso.

— Não para fazer isso. Gosto da Bella. Me recuso a ser paga só pra ser amiga dela.

Ele me olha de cima a baixo, como se estivesse procurando algum defeito que não reparou antes. Para ele, isso não faz sentido, e eu me pergunto se deveria ter aceitado seu dinheiro. Por fim, ele encolhe os ombros e coloca o talão de cheques de volta na mesa.

— Você que sabe. Eu ofereci.

SÃO QUASE OITO HORAS QUANDO DANNY CHEGA EM CASA NAQUELA NOITE. Eu já tinha jantado e guardado um prato de salmão e batata-bolinha para ele esquentar. Estou sentada no sofá, tomando meu copo de uísque da noite, quando ouço a porta abrir e fechar. Ele entra na sala de estar, trazendo consigo o cheiro de sabão, desinfetante e cansaço, e cai ao meu lado.

— E aí, bonitão? — digo.

— Meu Deus, que tarde. Está tendo um surto de norovírus, e todos os nossos clientes estão vomitando. Precisei fazer quatro visitas domiciliares, o que significa que devo ser o próximo a pegar o vírus.

Eu me levanto e coloco uísque num copo:

— Quer um drinque?

— Sim. E umas férias também.

Entrego o uísque para ele:

— Coitadinho. Vou esquentar o jantar pra você. E depois reservo as passagens pra qualquer lugar do mundo que você quiser.

— Qualquer lugar. Desde que seja com você. — Ele me puxa para o sofá ao seu lado. — E onde você foi hoje?

— Dei uma volta na cidade.

— Tentei ligar pra você.

— Quando?

— Lá pelo meio-dia. Queria te dizer para não me esperar para o jantar, mas acho que seu telefone estava desligado.

Isso porque ao meio-dia eu estava sentada na sala 17 do Museu Britânico, conversando com Diana. Algo que ele não pode saber. Procuro uma explicação diferente e escolho uma que possa ser confirmada:

— Eu me encontrei com Phillip Hardwicke.

Sinto os músculos do seu braço encostado no meu ombro ficarem tensos:

— O quê? Como assim?

— Ele me pediu pra ir ao escritório dele.

— Por quê?

— Só pra conversar.

— Sobre o quê?

— A filha dele, Bella. Parece que ela está causando problemas típicos de adolescente, e ele quer que eu a ajude a controlá-la. Ele me pediu para mantê-la entretida enquanto estivermos na Manning House.

Danny toma um gole de uísque:

— Esse é o único motivo pelo qual ele quis falar com você?

— É.

— E vai fazer isso?

— É só pra fazer companhia à garota. Ele até se ofereceu pra me pagar, mas eu recusei.

— Tem certeza de que quer fazer parte disso, Maggie? — ele diz baixinho.

— Pelo menos vou ficar com você. Um fim de semana numa casa de campo parece divertido. E eu sei lidar com Bella.

Ele suspira e passa a mão pelo cabelo:

— Sabe, essas pessoas não são fáceis de lidar. Os convidados dele são de um universo diferente. Para eles, somos só os empregados domésticos.

— Acha que eu não vou gostar?

— Para nós, não vai ser uma festa. Estou lá pra cuidar de suas fungadas e de seus tornozelos torcidos.

— E eu serei a babá.

— Sim, é o que parece. A garota é bem chata, só pra você saber.

— Ela tem quinze anos. Todos são nessa idade. Eu também já fui.

Ele ri:

— Não tenho como questionar isso.

Eu me levanto e vou buscar a garrafa de uísque para encher os copos outra vez. Quando volto para o sofá, ele está olhando para o nada. Eu me acomodo ao seu lado:

— Estive pensando no dia em que nos conhecemos — ele diz. — Lembrando como foi ótimo, nós dois vagando de país em país.

— Éramos mais jovens. Mais pobres.

— Sim, mas livres.

— Eu *tinha* um emprego.

— Um trabalho que você adorava. Eu me lembro de ter pensado: aqui está uma mulher que se sente em casa em qualquer lugar no mundo. Agora, aqui está você, presa no meu apartamento, enchendo meu copo com uísque.

— Estou com você, querido. É aqui que eu quero estar.

— É mesmo? — Sua pergunta sai tão baixinho que mais parece um pensamento. Como se ele não quisesse ter dito isso, mas não conseguiu se controlar e acabou deixando escapar.

— Por que a pergunta? O que está te incomodando?

— Queria que pudéssemos ser como éramos antes. Antes de eu concordar em trabalhar na Galen. Antes do dinheiro ter sugado minha alma. — Ele respira fundo. — E se a gente largasse tudo? — Ele larga o uísque e olha para mim. — E se a gente pegasse um avião para a América do Sul? Ou para a Índia? Ou para onde quer que a gente tenha vontade de ir?

Ele está falando sério, para valer dessa vez, e eu não entendo o porquê. Só sei que estou sendo arrastada para o devaneio dele, essa visão sedutora de nós dois juntos viajando pelo mundo, onde poderíamos esquecer Diana, Hardwicke e homens sinistros com suas balas e bombas. Mas esses homens sinistros são a razão pela qual não posso fugir. Preciso ficar e lutar.

— Pobrezinho, você só está cansado — digo. — Depois de uma boa noite de sono vai ficar novinho em folha.

Ele não responde, mas vejo o entusiasmo se esvair de seus olhos. Sinto como se tivesse matado algo esperançoso, destruído qualquer chance que pudesse haver para nós, mas tenho que fazer isso. É o meu dever. Vítimas inocentes precisam de mim.

— Só tome cuidado, está bem? — ele diz. — Tome cuidado quando estiver perto de Hardwicke. Perto do pessoal dele.

— Por quê?

— Não confio neles. — Ele fixa os olhos nos meus. — E você também não deveria.

153

20

Já estudei fotos e imagens de satélite da casa de campo de Hardwicke, então sei o que esperar, mas ainda estou impressionada com o primeiro vislumbre que tive da Manning House. Danny e eu precisamos primeiro parar no portão de pedra, onde um guarda verifica nossos nomes em sua lista antes de nos deixar passar, numa estrada ladeada por plátanos magníficos. Lá, ao longe, está a casa, erguendo-se atrás de um lago ornamental. As fotos não fizeram jus ao brilho magistral da luz do sol na fachada de tijolos vermelhos ou a extensão do gramado que a circunda, como uma saia verde-esmeralda. À medida que nos aproximamos, vejo estábulos, uma cocheira, um labirinto de sebes e, ao longe, uma construção ornamental fantástica. Li que a mansão no estilo jacobino, com suas sete sacadas e seu parapeito balaustrado, foi construída para um conde. Eu me pergunto o que esse conde diria ao saber que, séculos depois, sua casa de campo seria ocupada por um homem que ganha dinheiro negociando com os inimigos da Inglaterra.

— Meu Deus, Danny — murmuro. — É um castelo.

— Também é frio e cheio de correntes de ar no inverno. As janelas fazem barulho e os chuveiros demoram uma eternidade para esquentar.

— Pelo visto está mesmo animado pra esse fim de semana, né?

— Não importa a hospedagem, ainda estamos aqui a trabalho, Maggie.

Ele para na porta da frente e nós saímos, os dois doloridos depois da longa viagem de Londres. Enquanto Danny pega nossas malas no porta-malas, olho para a casa e vejo um rosto nos encarando pela janela. Silvia.

A porta da frente se abre e o segurança de Hardwicke surge para nos cumprimentar.

— Dr. Gallagher. Sra. Gallagher.

— Keith — diz Danny.

— Vão ficar no quarto malva. Fica dois andares acima, na extremidade leste do...

— Eu sei onde fica.

Danny não costuma falar de forma tão brusca com ninguém. É um sinal do quanto ele está odiando estar aqui. Ele pega as malas, nos leva para dentro da casa e sobe uma grande escadaria. Passamos por retratos de damas da nobreza em vestidos de época e cavalheiros montados em cavalos, mas esses não são os ancestrais de Hardwicke; a fortuna de sua família tem apenas duas gerações, acumulada pelos investimentos astutos de seu avô na indústria armamentista durante a Segunda Guerra Mundial.

A guerra tem sido um bom negócio para a família Hardwicke.

Chegamos ao segundo andar, e Danny me conduz pelo corredor acarpetado, passando por quartos cada um de uma cor diferente, com seus nomes gravados em placas de bronze. Quarto âmbar. Quarto safira. Quarto rosa. Nada prosaico como um simples quarto vermelho ou azul. Caminhamos até o final do corredor, até uma porta que leva a uma ala da casa que fica óbvio ser onde ficam os empregados. Aqui tem uma segunda escada, bem mais estreita, só para a criadagem. Ao subirmos, passamos por uma empregada uniformizada que desce as escadas com uma pilha de roupas de cama limpas. O próximo lance de escadas nos leva ao terceiro andar, ao quarto onde dormiremos.

O quarto malva é mesmo malva: as cortinas, a colcha, o papel de parede. Eu esperava um espaço apertado, mas esse quarto com certeza é confortável o suficiente para o médico da família. Procuro câmeras de vigilância no quarto no automático, mas não vejo nenhuma. Não somos importantes o suficiente para sermos monitorados.

Nossa janela tem vista para a horta, em direção ao parque circundante da propriedade. Um caminho de cascalho passa por estátuas de pedra e sebes de buxo e entra em um bosque misto, onde há várias trilhas para passear.

E lugares para se esconder.

Danny desfaz a mala e tira o paletó, a gravata e os sapatos sociais. Enquanto ele pendura o paletó no guarda-roupa, chego por trás dele e envolvo meus braços na sua cintura.

— Pelo menos estamos juntos no fim de semana — murmuro.

— Vai ver como não tenho nada de importante pra fazer aqui.

— Você salva vidas, Danny. Isso é importante.

— A única maneira de eu salvar uma vida neste fim de semana é se alguém errar o pombo de argila e atirar em outro convidado.

— *Isso* seria emocionante.

Ele se vira e me abraça:

— Não é tão emocionante quanto ficar em casa com você. Em vez disso, aqui estamos nós, presos a pessoas com muito dinheiro, fingindo que são da nobreza inglesa. Eles atiram em pombos de barro, comem e bebem demais, e depois exigem que eu trate da ressaca e da indigestão deles.

— É por isso que estão todos aqui? Para se divertirem e ficarem bêbados?

— Ah, eles e suas esposas vão se divertir, mas esses fins de semana são pra tratar de negócios. Acordos, contatos.

— Que tipo de negócios?

— Prefiro não saber, então tento não prestar atenção. — Ele fecha o guarda-roupa. — Devia fazer o mesmo.

De acordo com a cozinheira tagarela, esperam receber trinta e quatro pessoas para o jantar de hoje. Assim como os médicos, a equipe da cozinha sempre sabe detalhes íntimos da casa de um cliente, portanto, um dos primeiros lugares que visito é a cozinha. Digo ao cozinheiro que já trabalhei num restaurante e que estou curiosa para saber o cardápio desta noite. Fico sabendo que a lista de convidados inclui três vegetarianos, um com alergia a mariscos e dois que seguem uma dieta sem glúten. Fico sabendo que cozinhar para uma casa cheia neste fim de semana significou receber entregas de várias caixas de vinho, rodas de queijo, bifes, vários presuntos e bandejas de galinha-d'angola e codorna. A equipe da cozinha começará a trabalhar antes do amanhecer para assar o pão e os doces e continuará trabalhando até a meia-noite, quando a última panela será lavada.

Na manhã seguinte, tudo começa de novo.

Como ela também cozinha para a casa de Hardwicke em Londres, ela pode me dizer que Hardwicke é um homem que gosta do tradicional carne e batatas, que Silvia, apesar de ser italiana, evita comer massa e que há pouco tempo Bella declarou que comer carne é uma crueldade intolerável, "mas aposto que essa garota idiota vai acabar mudando de ideia. Na semana que vem, ela só vai querer carne assada". O cozinheiro sabe a que horas a família toma o café da manhã, que Phillip Hardwicke costuma comer torradas com anchovas à noite e que ele odeia tomate. Essas informações não parecem muito úteis, mas *são* informações.

Sempre converse com o cozinheiro.

Depois de minha visita à cozinha, vou para os jardins e percorro um caminho de cascalho que passa por lavanda, alecrim e sebes de buxo. Eu me acomodo num banco de pedra, de onde posso observar os carros parando e deixando novos hóspedes. De uma limusine preta sai um homem obeso. Ele parece estar prestes a ter um ataque cardíaco; pelo visto as habilidades de salvar vidas de Danny podem ser necessárias, afinal. Enquanto observo o homem caminhar em direção à porta da frente, uma voz atrás de mim me chama:

— Sei por que está aqui, Maggie.

Eu me viro para ver Bella se aproximando pelo caminho do jardim. Mais uma vez, ela está de rosa, um tom gritante que parece quase neon em contraste com os tons suaves de cinza e violeta do jardim de ervas. Ela está corada por causa do calor da tarde, com as bochechas úmidas e rosadas e, quando se senta ao meu lado no banco, vejo o suor brilhando nos pelos macios do seu lábio superior.

— Ouvi eles falando de você — ela diz.

— Quem está falando de mim?

— Meu pai e aquele idiota do Victor. Eu sei o seu segredo. — Ela diz isso como se não estivesse dizendo nada de mais, como se estivesse me informando que amanhã vai chover.

Outra limusine para em frente a casa e um casal de meia-idade sai. Mais uma vez, Keith sai pela porta da frente para cumprimentá-los. Keith e Victor, os executores. Penso nas pessoas ao redor de Hardwicke que tiveram um fim infeliz. Queimadas vivas num Jaguar. Jogadas de uma janela. Assassinadas com um tiro na cabeça. Quando você entra no caminho de Phillip Hardwicke, você paga o preço.

Fique calma, eu acho. *Continue tranquila.*

— Por que diabos eles estavam falando de mim? — pergunto.

— Victor queria saber mais de você. Ele perguntou se ter você por perto é um risco.

— Um risco? — Dou risada. — Isso é loucura.

— Victor *é* louco. Silvia odeia ele. Ela diz que ele fica olhando para os peitos dela.

— Não é de admirar. Silvia tem seios muito bonitos.

O casal recém-chegado desapareceu dentro da casa, e o motorista se afastou para estacionar a limusine com os outros carros no pátio do estábulo. Uma dúzia de veículos chegou até agora, e todos eles devem ter sido capturados pelas câmeras que agora monitoram as estradas que levam à Manning House. Eu me pergunto se o informante de Diana também está agora na propriedade. Quem será que ele é e será que posso pedir ajuda a ele se precisar fugir daqui?

— Então, qual é esse grande segredo que você acha que tenho? — pergunto a Bella.

— Você está aqui por minha causa.

— Estou?

— Meu pai está te pagando para ser minha babá.

Assim que ela diz isso sinto a tensão se liquefazendo de uma só vez. Não tem nada a ver comigo; tem a ver com Bella. É claro que sim. Adolescentes sempre acham que o mundo gira em torno deles.

— Eu não pedi pra ser paga — digo a ela.

— Mas você *é* minha babá. Não é?

Eu a olho nos olhos:

— Ele me pediu para ficar de olho em você, mas isso não significa que eu concordei.

— Com o que você concordou?

— Estou aqui pra passar o fim de semana com meu marido. Não estou sendo paga, e com toda certeza não estou aqui pra te dizer o que você pode ou não fazer. — Faço uma pausa e olho para seu vestido nada lisonjeiro, que enfatiza todos os lugares errados. — Mas vou te dar um conselho de amiga. Pare de usar rosa, Bella. Sério, com seu cabelo ruivo, devia banir essa cor do seu armário.

Ela olha para o vestido e depois faz uma careta para mim:

— Ninguém nunca me disse isso antes.

Suspiro:

— Agora eu te irritei, né?

— Pelo menos você me disse a verdade.

— Tento dizer sempre. — *Quando não sou obrigada a mentir.*

— Ah, droga. — Ela se levanta do banco.

— Onde você está indo?

— Arrancar essa coisa idiota e jogar no lixo.

— Parece ser um vestido caro. Devia ir para um bazar beneficente, não acha? Usar ele pra uma boa causa.

— Tá bem. — Ela começa a ir em direção a casa, mas depois de alguns passos ela se vira e volta. — Você pode, hum, ir para o meu quarto comigo?

— Claro. Por quê?

— Você é a única pessoa que já me disse para não usar rosa. Quem sabe pode dar uma olhada no meu guarda-roupa. Me dizer o que devo manter e o que devo doar. Se você não se importar, quero dizer.

Olho para aqueles olhos sem cílios e penso em como deve ser para ela, presa nessa casa grande com um pai desinteressado e sua amante, uma mulher cuja beleza glamourosa só enfatiza o oposto em Bella. Penso no que ela deve ter que aguentar em seu internato, convivendo com meninas que também são ricas, mas que são abençoadas com cabelos perfeitos e quadris esbeltos.

— Vou adorar ver seu guarda-roupa.

Enquanto caminhamos juntas até a casa, ela diz:

— Você não contou para o meu pai daquelas pílulas, contou?

— Claro que não.

— Todo mundo conta tudo que eu faço para ele e odeio isso. Keith e Victor. Silvia. Até as empregadas.

— Eu nunca faria isso com você.

— Bom, obrigada.

Ficamos nos olhando por um momento, duas cúmplices que criaram um vínculo porque entendemos o valor do silêncio.

— Eu sei guardar segredo, Bella — digo.

Ela abre um sorriso malicioso:

— Eu também.

O luxuoso quarto de Bella é pintado de verde-esmeralda, a moldura da coroa e as pilastras são douradas e cortinas de veludo estão penduradas acima de sua cama com dossel. É um quarto digno da realeza, que é o que Hardwicke claramente almeja, mas a garota em frente ao seu armário, rosada e suada, não se parece em nada com uma princesa.

— É tudo uma porcaria, não é? — ela diz. Tira mais dois vestidos dos cabides e os joga na cama, num monte cada vez maior de roupas descartadas. — O que eu estava pensando?

— Ah, mas não são porcarias, não, Bella. — Pego um dos vestidos que ela acabou de descartar. É de um estilista italiano, de seda, com detalhes requintados. Com certeza caro, feito para ficar justo. — Você só precisa encontrar um estilo que combine com você.

— Você quer dizer, que me *esconda*.

— De jeito nenhum vai querer se esconder. Você deve ser vista.

— Não é isso que a mamãe diz. — Ela joga um vestido com listras psicodélicas rosa e laranja na pilha. Já foi tarde, esse aí. — Acho que ela tem vergonha de mim.

— Ah, Bella. Tenho certeza de que isso não é verdade.

— Você não a conhece. A mamãe é perfeita. Ela *sempre* foi perfeita.

Ela está de costas para mim, de modo que não consigo ver seu rosto, mas ouvi a voz embargada, e agora vejo seus ombros caírem enquanto ela encara um armário cheio de roupas que parecem ter sido criadas pela indústria cruel da moda para humilhar meninas como ela. Quero estender a mão para ela, abraçar Bella, mas sei que se fizer isso vou me apegar à garota de um jeito que não terá volta. Preciso me lembrar de que não estou aqui para ser amiga dela. Estou aqui para usá-la, para tirar vantagem dela e depois ir embora. Não posso me dar ao luxo de deixar nosso vínculo se aprofundar ainda mais.

Olho pela janela, que tem vista para a entrada da garagem, com seus imponentes plátanos, e vejo um Range Rover parar na porta da frente. Keith sai da casa para cumprimentar os recém-chegados, um jovem casal que trouxe uma quantidade impressionante de malas.

Bella se aproxima e fica ao meu lado na janela:

— Odeio esses finais de semana — ela diz, olhando para os convidados. — Todas essas pessoas bajulando o papai. Fingindo que gostam de mim.

— Por que eles não gostariam de você? Eu gosto.

— Só vai ser suportável por *sua* causa. Se não fosse você, eu preferia passar o fim de semana na escola.

— Você disse isso ao seu pai?

— Ele diz que eu preciso estar aqui pra conhecer essas pessoas. Aprender seus nomes e descobrir o que elas fazem.

— Porque ele espera que você fique à frente dos negócios um dia.

— Como se eu fosse querer isso. — Ela olha para mim. — Eu preferiria fazer o que você fazia. Trabalhar com moda.

Sorrio:

— Você pode fazer o que quiser. A vida não é dele, Bella. É sua.

— Não, não é. — Ela olha pela janela. — Ele diz que sou a única pessoa em quem ele pode confiar pra assumir o controle. O que é que eu vou responder?

— Você pode dizer não.

Ela bufa:

— Você não sabe como meu pai é.

Na verdade, eu sei, sim. Sei coisas dele que ela não sabe, coisas que a deixariam horrorizada. Coisas que me fazem querer falar para ela: "Corra, Bella. Corra rápido, corra para longe, antes que o veneno dele infecte você também". Mas não posso dizer essas coisas. Não posso salvá-la. Tudo o que posso fazer é me afastar e observar, como o entomologista de olhos frios que observa a aranha prendendo sua presa.

Não consigo olhar para ela, essa garota que todos fazem de peão de xadrez. Em vez disso, vou até o armário dela, examino as roupas penduradas e pego um vestido de festa preto. É de seda, com um corpete decotado e uma saia rodada.

— Este aqui — digo, me virando para ela. — Use esse hoje à noite.

— Mamãe comprou esse pra mim.

— Então sua mãe tem muito bom gosto.

Ela pega o vestido e franze a testa:

— É preto.

— Vai ficar bem em você. — Sorrio. — Confia em mim.

Naquela noite, Bella passeia pelo terraço dos fundos usando um vestido de festa preto, uma cor que cai bem em qualquer tipo de corpo. Estou nos arredores da festa, tomando uma taça de vinho rosé gelado, quando a vejo sair pelas portas de correr para se juntar à reunião. Antes que alguém possa impedi-la, ela pega uma taça de vinho branco de uma bandeja e passeia em volta da multidão, sem nunca se juntar a ela, como se fosse magneticamente repelida. Ela examina a mesa do bufê, onde uma refeição suntuosa está servida, e adiciona, sem muito entusiasmo, palitos de cenoura e aspargos ao seu prato antes de ir para onde estou. Ao chegar às carnes, ela lança um olhar para a costela assada, suculenta e reluzente sob a lâmpada de aquecimento.

— Isso aí parece metade de uma vaca bebê — ela diz.

— É carne Aberdeen Angus, senhorita — diz o garçom. — A melhor de todas. Gostaria de uma fatia?

— Credo, não! Sou vegetariana. — Com o nariz franzido, ela continua andando e para ao meu lado na beira do terraço.

— Esse vestido fica muito bem em você — digo.

— Como alguém pode comer uma carne tão sangrenta?

— Quando virou vegetariana?

— Tipo, faz tempo já.

Eu me lembro dela devorando com vontade o bife Wellington no jantar do meu casamento no ano passado. Lá se vai a confiabilidade do testemunho de uma adolescente.

— Onde está o dr. Gallagher? — ela pergunta, olhando ao redor da multidão.

— Ele está em algum lugar lá em cima. Uma das convidadas foi picada por uma abelha no jardim e ficou um pouco histérica com isso. Ainda bem que está aqui agora, porque não conheço ninguém nesta festa.

Bella arrasta um palito de cenoura em uma poça de molho de queijo azul.

— Ah, é o mesmo pessoal de sempre. Papai já trouxe eles aqui antes.

— Sabe quem são?

— A maioria deles. Papai fica repetindo os nomes deles, dizendo que preciso me lembrar disso. — Ela mastiga o palito de cenoura e usa o resto para apontar para dois homens que estão conversando. — Aquele homem é Damien Cawley. Ele é um agente de empréstimos do Deutsche Bank. E o outro homem é Oleg, de Belarus. Ele é dono de hotéis em todo o mundo e teve a gentileza de organizar minha festa de aniversário no Battenberg no ano passado. O hotel é dele, em Londres.

— Qual é o sobrenome de Oleg?

— Ah, não lembro. Alguma coisa eslava. Ele é muito legal. Até me deixou beber champanhe no meu aniversário.

Que é a única coisa que importa para uma adolescente.

Observo enquanto Oleg e Damien inclinam a cabeça numa conversa silenciosa. Dinheiro, aqui está a lavanderia. Fico impressionada com Bella saber tanto dos sócios de seu pai. É óbvio que Hardwicke a tem treinado. Ela pode até dizer que não se interessa pelos assuntos dele, mas está claro que prestou atenção.

Do outro lado do terraço, uma mulher ri alto e bêbada.

— E quem é ela? — pergunto.

— Ah, ela. — Bella bufa. — A última vez que esteve aqui vomitou no gramado na frente da festa toda. Foi muito nojento. Não sei por que ele continua casado com ela.

— Quem é o marido dela?

— Sandy Shoreham. É um parlamentar. — Ela aponta para o homem de óculos que está dando tapinhas no braço da mulher, tentando acalmá-la. Conheço esse nome. Shoreham é o tipo de homem que parece tão insípido que poderia facilmente passar despercebido, apesar de sua posição proeminente como um parlamentar promissor do Partido Conservador.

Silvia passa por nós, com os cabelos pretos soltos e brilhantes, seu vestido justo abraçando cada curva de suas nádegas. Vários homens se viram para observá-la enquanto ela passa, mas ela parece estar à deriva num torpor anestesiado, alheia aos olhares deles. Ainda não a vi comer nada esta noite; um corpo tão esbelto como o dela exige disciplina.

— Ah, droga. Pegue meu copo. Rápido!

— O quê?

— É o papai. — Ela empurra a taça de vinho para mim, e eu a pego bem quando Hardwicke olha em nossa direção. Ele franze a testa ao ver nós duas juntas, e Bella abre um sorriso inocente para ele. Sim, a babá está aqui, fazendo seu trabalho. Ele acena com a cabeça e depois se afasta para se juntar a um círculo de convidados.

Bella pega sua taça de volta e vira o resto do vinho.

A esposa de Sandy Shoreham está rindo mais alto, com a cabeça jogada para trás com as pernas trêmulas nos saltos altos. Toda festa tem uma dessa, a convidada que faz todos balançarem a cabeça, a que vai acordar na manhã seguinte com uma baita ressaca moral. Quase sinto pena dela, sendo arrastada para noites chatas para que o marido possa forjar alianças com banqueiros e oligarcas, mas é assim que os negócios são conduzidos, legais e ilegais. Hardwicke reúne todas as peças do jogo.

Eu o vejo circular entre seus convidados, batendo palmas, inclinando-se para ouvir, com um sorriso atencioso para as esposas. Por perto está Victor, sempre a poucos passos, o homem de quem Bella não gosta. O homem que olha descaradamente para os peitos de Silvia. Victor olha na minha direção. Sei que ele andou perguntando a meu respeito, e seu olhar me deixa desconfortável, então me viro.

Só então reparo no homem que estava atrás de mim. Ele tem cabelos escuros, óculos redondos e um paletó que sobra em seus ombros, como se tivesse perdido peso há pouco tempo. Por um momento, nossos olhares se cruzam; depois, ele se afasta. Eu o observo enquanto ele desce os degraus do terraço até o gramado.

— Quem é aquele homem? — pergunto a Bella. — O que está andando na grama.

Ela encolhe os ombros:

— É só um dos homens do dinheiro do papai. Só o vi aqui algumas vezes.

— Sabe o nome dele?

— Stephen qualquer coisa. Não consigo me lembrar de *todas* as pessoas que o papai me apresenta. Ah, olhe, trouxeram a sobremesa.

Bella volta para a mesa do bufê, mas eu fico de olho no homem enquanto ele atravessa o gramado. Ele mantém a cabeça baixa, com as mãos nos bolsos, como se estivesse tentando ficar invisível. Quando ele desaparece no canto da casa, Victor e Hardwicke também descem os degraus do terraço e o seguem.

Tem alguma coisa estranha acontecendo.

Deixo meu drinque de lado e dou a volta ao redor da multidão, de olho em Hardwicke e Victor. Nos degraus, faço uma pausa e olho em volta para ver se alguém está me observando, mas ninguém está. Ninguém se importa com o que a esposa do médico está fazendo.

Entro no gramado e meus saltos altos afundam na grama. Victor e Hardwicke não parecem estar com pressa, mas estão caminhando rumo à ala leste da casa, fica claro que têm um destino em mente. Sigo bem atrás deles, só uma convidada passeando pelo terreno. Chego à ponta da ala leste e paro à sombra de um arbusto de lilases.

Hardwicke e Victor estão caminhando pelo pátio, em direção aos estábulos.

— Maggie?

Eu me viro para ver Danny. O arbusto de lilases nos deixa na penumbra, de modo que não consigo ler seu rosto, e ele não consegue ler o meu. Somos duas silhuetas sem rosto, nos encontrando nas sombras. Talvez sempre tenhamos sido assim.

— O que está fazendo aqui fora? — ele pergunta.

— Eu, hm, preciso pegar uma coisa no carro. — Aceno com a cabeça em direção ao pátio do estábulo, onde todos os veículos estão estacionados.

— Posso pegar pra você. Do que precisa?

— Meu livro. Acho que deixei no banco de trás.

— Vou dar uma olhada. Como está sendo a festa?

— Ótima.

— Bella está se comportando bem?

— Fora tomar uma taça de vinho escondida, sim. Como está a paciente que foi picada por uma abelha?

Ele suspira e olha para as janelas do quarto:

— Do jeito que ela está agindo, parece até que vai precisar amputar o braço. Vou pegar seu livro pra você. Te encontro no terraço.

Ele caminha em direção ao nosso carro estacionado, mas não vai encontrar um livro no banco detrás porque não tem livro nenhum lá. Essa é mais uma mentira que contei ao meu marido.

E muitas outras estão por vir.

PASSAVA DAS TRÊS DA MANHÃ QUANDO ME VESTI SEM FAZER BARULHO NO escuro e saí do nosso quarto, deixando Danny dormindo na cama. Fiquei acordada por horas, esperando a casa se acalmar, o último barulho de pratos, o último sopro de água nos canos. Agora estou descendo a escada dos empregados, que é pouco iluminada. Em algumas horas, a equipe da cozinha estará de volta ao trabalho, preparando o café da manhã, mas essas são as horas espectrais entre a escuridão e o amanhecer, quando o sono paira mais pesado sobre a casa, e não encontro ninguém na escada.

As luzes da cozinha estão apagadas, as superfícies de aço inoxidável são apenas um brilho fraco na escuridão. Apalpo os objetos para encontrar o caminho pelas sombras, passando pela geladeira, pelas pias e balcões de preparação, e saio do lado de fora, na horta.

É hora de dar uma olhada nos estábulos.

Foi lá que Hardwicke, Victor e o homem de óculos desapareceram na noite passada. Hardwicke e Victor não voltaram para a festa por quase uma hora, e quero saber o motivo.

Sigo o caminho do jardim, minha passagem despertando os aromas de lavanda e alecrim, e chego à frente da casa. As janelas do andar de cima estão escuras, os convidados estão dormindo. Vários baldes de vinho e uísque foram esvaziados esta noite, e pela manhã haverá ressacas e pedidos desesperados de suco de tomate e aspirina, mas agora tudo está em silêncio.

Entro e saio das sombras enquanto sigo o perímetro do pátio. Indo por trás da cobertura dos carros estacionados, chego aos estábulos. Lá dentro, as luzes estão apagadas e, quando entro pela porta, não consigo ver os cavalos, mas sinto o cheiro deles. E eu os ouço: o bater de um casco. O suave bufo de uma saudação.

Ligo a lanterna e o feixe de luz capta o reflexo de um olho brilhante olhando para mim de uma baia. O que eles estavam fazendo aqui ontem à noite? Duvido que tenham vindo apenas para admirar os cavalos. Minha lanterna varre para a frente e para trás o chão cheio de palha. Não sei o que estou procurando, mas vou saber quando encontrar. Um pedaço de um documento. Uma ponta de cigarro com um bônus de DNA. Procuro uma pista, qualquer pista, dos negócios que estavam sendo realizados aqui.

Primeiro, entro no escritório do gerente do estábulo, onde vejo uma mesa e duas cadeiras. Fotos de belos cavalos estão penduradas nas paredes. Vasculho a escrivaninha e folheio o livro de registro em uma das gavetas, mas só encontro coisas sobre cavalos. Há contas de veterinário, contas de ferrador, registros de entregas de ração. Um pensamento maluco passa num momento breve pela minha cabeça de que talvez *isso* seja parte da lavagem de dinheiro de Londres, que o dinheiro russo está indo para a carne de cavalo, mas isso não faria muito sentido. A menos que seja usado para abatimento de impostos, a propriedade de cavalos é um investimento ruim, um poço sem fundo no qual você despeja dinheiro que nunca mais verá.

Aponto a lanterna para as cadeiras e vejo poeira cobrindo os assentos. Tem um bom tempo que ninguém se senta nelas. Eles não vieram para esse escritório.

Volto para as baias e desço devagar pela fileira, passando pelos olhares atentos de meia dúzia de cavalos. Estão inquietos com minha intrusão noturna, e ouço passos agitados, um relinchar nervoso. O que estavam fazendo aqui por tanto tempo? O que os trouxe a este prédio?

Então vejo, na extremidade mais distante dos estábulos, as marcas de arranhões deixadas por algo que foi arrastado pelo chão coberto de palha. As marcas levam à última baia.

Abro a porta da baia vazia e aponto minha lanterna lá dentro. Algo reflete a luz no meu rosto: um par de óculos, deitado numa forração. Mas não são os óculos que me fazem engolir um ofegar. É o que está ao lado desses óculos: uma mão, com os dedos congelados no formato de garra.

Meu feixe segue a mão até o braço, até o ombro. Até o rosto. Estou atordoada demais para me mover, para respirar, enquanto olho para o homem morto dentro da baia, um homem cujo rosto vi mais cedo naquela noite. O homem que estava usando aqueles óculos, que caíram ou foram chutados para longe durante a luta fatal. Olho para sua língua protuberante, noto as hemorragias pontuais em seus olhos e sei como ele morreu. Eu me agacho ao lado dele e ilumino seu pescoço com a luz. No hematoma deixado pela ligadura que havia sido enrolada em sua garganta. Esse foi o trabalho de um profissional.

Quem é você? Por que Hardwicke queria que você morresse?

Ouço vozes de homens do lado de fora, se aproximando.

Eu me levanto, saio da baia do homem morto e a fecho outra vez. Olho em volta, desesperada, procurando um lugar para me esconder.

As vozes ficam mais altas. Os homens estão prestes a entrar no estábulo, vindo pela única porta de entrada ou saída.

Abro a porta da baia ao lado, entro e fecho a porta outra vez. Não estou sozinha aqui, tem um cavalo parado bem ao meu lado, um cavalo que se assustou com minha invasão. Ele dá um coice na baia e relincha com o susto.

As luzes do estábulo se acendem.

Não posso sair da baia agora. Estou presa aqui dentro com um cavalo agitado que agora está dando coices e bufando. Me agacho no canto, ficando o menor possível.

Os homens estão se aproximando, e reconheço as vozes de Keith e Victor.

— O que deixou esse aí tão assustado? — diz Victor.

— O que mais poderia ser? Deve estar sentindo o cheiro dele.

Agora uma terceira voz fala, uma voz que me faz encolher ainda mais em meu canto:

— Tirem ele logo daqui — ordena Hardwicke.

Ouço o ranger de rodas. Trouxeram um carrinho para levar o corpo. Assim como eu, esperaram até que a casa estivesse silenciosa e não houvesse testemunhas, ninguém para ver o que eles estavam prestes a fazer.

O cavalo relincha outra vez e chuta a parede com uma violência que me faz encolher no canto, tentando evitar ser atingida por um desses cascos. Ouço o rangido da porta se abrindo para a última baia. Eles estão tão perto que posso ouvir Victor e Keith grunhindo enquanto levantam o corpo e o colocam no carrinho.

— Óculos — diz Hardwicke. — Pegue os óculos dele.

Respiração pesada. O som de sapatos arrastando na palha.

O cavalo dá outro coice. Seu relincho é tão alto que parece um grito.

— O que você tem, hein? — diz Victor. Olho para cima quando um braço passa por cima da porta da baia para acariciar o cavalo. Um único olhar para baixo e ele vai me ver.

— Esses dentes podem morder até deixar seus ossos expostos — diz Hardwicke. — Fique longe dele.

O braço de Victor desaparece:

— Por que não se livra dele?

— Ele não *me* morde. — Hardwicke ri. — Sabe o que aconteceria se mordesse.

Enquanto o carrinho se afasta, fico encolhida no canto da baia. Ouço o som de dois carros dando a partida do lado de fora, depois o barulho dos pneus no cascalho e o ronco dos motores cada vez mais longe até sumirem. Agora é a hora de sair, mas as luzes do estábulo ainda estão acesas. Será que esqueceram de desligá-las ou vão voltar?

Começo a me levantar. Então congelo no lugar.

Alguém está assobiando uma música. É Hardwicke. Por que ele ficou aqui? Por que não saiu do prédio? *Ele deve saber. De alguma forma, ele sabe que tem alguma coisa errada.*

O assobio vem em minha direção. A melodia é "Scotland the Brave", tão suave, tão alegre. Tão aterrorizante. Ele se aproxima cada vez mais, enquanto meus músculos ficam tensos, minhas pernas se preparam para lutar pela minha vida, eu contra Hardwicke. Meu ataque precisa ser rápido. Um soco na garganta, um golpe na sua órbita ocular. Minha mão já está se fechando em punho.

O assobio para.

Ouço o bater de sua mão no corpo do cavalo e um relincho de resposta:

— Boa garota — ele diz. Ele parou em uma das baias para acariciar sua égua. Ele é um mestre tão bonzinho, distribuindo afeto na mesma medida em que distribui morte.

O assobio recomeça, mas dessa vez é em retirada. Quando "Scotland the Brave" se afasta, solto um suspiro trêmulo. As luzes do estábulo se apagam. Os passos rangem no cascalho.

Na escuridão, espero até dar tempo de Hardwicke estar bem longe do estábulo, tempo suficiente para que ele volte para a casa. Mesmo assim, não tenho certeza se é seguro sair, mas não posso ficar aqui a noite toda. Logo o pessoal da cozinha estará acordado e preparando o café da manhã; preciso estar de volta ao meu quarto antes que alguém saiba que saí da casa.

Meu coração está batendo acelerado quando saio da baia e entro nos estábulos. Do lado de fora, vejo lugares vazios no pátio onde os dois carros estavam estacionados, um deles sem dúvida é do homem morto. Pela manhã, seu desaparecimento vai ser fácil de explicar para os empregados da casa. *Ele recebeu uma ligação e precisou ir embora no meio da noite. Um convidado a menos para o jantar.*

Volto para a cobertura das árvores. A noite ficou fria, mas estou suando, tremendo. Em algum lugar, um carro com um cadáver está sendo descartado, enquanto, no andar de cima, Phillip Hardwicke está dormindo tranquilamente em sua cama. Em algumas horas, o amanhecer iluminará o céu e a Manning House despertará. O café da manhã será servido, e os hóspedes sairão para caminhar pelos jardins ou atirar em pombos de barro. Vou me juntar a eles, porque é isso que todos esperam que eu faça. Vai ser um dia adorável.

Um dia perfeitamente adorável.

21

— Ele era um dos nossos — diz Diana.

Não podemos mais correr o risco de sermos vistas juntas em público, por isso estamos num esconderijo, reservado para reuniões como esta, realizadas fora da vista e impossíveis de serem monitoradas pelo inimigo. Só para chegar aqui, precisei fazer várias manobras evasivas: voltar duas vezes no metrô e depois ziguezaguear a pé por um labirinto de ruas, passando por lojas que vendem utensílios de cozinha, eletrônicos e cigarros, para ter certeza de que não estava sendo seguida. Não teremos mais conversas no Museu Britânico.

Fico na janela, olhando para a rua movimentada lá embaixo. Parece um dia de semana normal ao meio-dia, com pessoas fora de casa, fazendo compras ou procurando um lugar para almoçar. Mas de nossa sala à prova de som, o que vejo são pessoas que não sabem de nada, inconscientes das correntes obscuras e perigosas que fluem ao seu redor.

— Quem era ele? — pergunto.

— O nome dele era Stephen Moss. Ele era um diretor de *compliance* no banco UGB. Há um ano, ele vinha sinalizando transações suspeitas que entravam e saíam das contas de Hardwicke, mas seus superiores não faziam nada com as informações. Ele estava frustrado com a vista grossa deles e, quando o abordamos, ele concordou em trabalhar conosco.

— Em troca de um pagamento?

— Não. Não foi esse o motivo.

Ou seja, ele era um informante com princípios. Eles são os melhores, os mais confiáveis. E quando os perdemos, também são as perdas mais tristes.

Eu me viro para olhar a foto de Stephen Moss, que está agora na tela do laptop de Diana. O homem que vi no fim de semana na Manning House estava mais magro, mas este é com toda a certeza o mesmo homem. Foi uma doença que o fez perder todo aquele peso, ou foi o estresse de estar se equilibrando numa corda muito fina, sabendo que a qualquer momento poderia cair?

— O carro da Saab dele foi encontrado abandonado esta manhã, no estacionamento do aeroporto em Leeds — ela diz.

— E o sr. Moss?

— Seu corpo ainda não foi localizado. Não preciso te dizer que essa é uma grande perda. Ele nos fornecia informações financeiras muito valiosas da Hardwicke e nos ajudava a rastrear de quais contas o dinheiro vinha e para onde estava indo. Agora não temos mais como saber isso.

Sinto os pelos de meus braços se arrepiarem. O formigamento do medo. Ainda sou assombrada pelos ecos de "Scotland the Brave", assobiado em meus pesadelos.

— Se eles o torturaram, ele pode ter contado de mim.

— Não poderia, porque ele não sabia de você. É por isso que não contamos para nenhum dos dois.

— Eles sabiam *dele*.

— Mas eles não sabem de você.

— Como você sabe?

— Porque você ainda está viva.

— Quem o expôs?

Diana balança a cabeça:

— Pode ter sido alguém da UGB. Alguém que sabia que Moss estava investigando as contas de Hardwicke.

— Será que eles têm um informante na *National Crime Agency*, a divisão de investigação de crimes inglesa? Ou em uma de suas outras agências?

— Isso seria um problema — ela admite. — Tem muito dinheiro circulando em Londres e é possível que alguém, em uma das agências de fiscalização, tenha sido comprado. Se isso não acontecesse, você e eu não teríamos que nos envolver nessa confusão.

Eu me sento diante da mesa. Abaixo, a rua está abarrotada de tráfego, mas não ouvimos nada porque as janelas e as paredes têm isolamento acústico, não deixam nada passar. Ficamos de frente uma para a outra em silêncio, numa mesa com um bule e xícaras de chá. Meses morando em Londres me fizeram aderir a esse ritual do chá da tarde, por mais que o que eu queira agora seja café, forte e preto.

— Quero sair dessa missão — digo.

— O quê? — Seu queixo se ergue. — Por quê?

— Porque você já perdeu um informante e nem sabe como ele foi exposto.

— Maggie, eu entendo seu lado. Sei que você está assustada, mas…

— Sim, estou com medo… de que alguma coisa aconteça com Danny. Ele não sabe nada disso. Se eles vierem atrás de mim, vão acabar indo atrás dele também. Eu quis entrar nisso, mas ele não, e não quero que ele se machuque. Além disso, tem sido muito difícil viver uma mentira. Dormir com um homem que não faz ideia de quem eu realmente sou.

— Faz parte do seu trabalho. Você sabe disso.

— E eu estou cansada. Já consegui o que você queria.

— Ainda não. Nem tudo.

— Você tem os registros médicos de Hardwicke. Sabe sobre cada torcida de pé, cada verruga em seu corpo. Foi isso que você me pediu.

— Mas agora perdemos Stephen Moss. Não temos olhos ou ouvidos para as finanças de Hardwicke.

— Não sou gerente da conta dele no banco. Não tenho como saber isso.

— Você é próxima da filha dele.

— Ela tem quinze anos. Não sabe de nada.

— Ela gosta de você. Ela vai te ajudar a ficar mais perto da família.

— Já disse, ela só tem *quinze* anos.

— O que facilita ganhar sua confiança.

Penso em Bella nas suas roupas cor-de-rosa horrorosas, desajeitada e carente de atenção. Penso nas adolescentes carentes e em como são fáceis de se manipular, usar. E como é errado estar fazendo isso. Tanta coisa parece errada.

— Você não precisa mais de mim — digo. — Se quiser pegar o Hardwicke, acho que já consegue fazer isso agora. Avise a polícia sobre o assassinato de Moss, e eles investigarão. Deve ter alguma evidência forense nos estábulos.

— Não sabemos onde está o corpo. Então não temos como provar que o assassinato aconteceu.

— Se o corpo dele aparecer...

— Mesmo que apareça, você é a única testemunha que pode dizer onde e quando ele foi morto. Está disposta a se expor, a estragar seu disfarce?

Penso em Stephen Moss e em como ele deve ter se agarrado com toda a sua força ao garrote enrolado em seu pescoço. Penso no que Hardwicke faria comigo se descobrisse para quem eu trabalho. Solto um suspiro:

— Não.

— Foi o que pensei. De qualquer jeito, não é Hardwicke que estamos procurando agora. Ele é só uma engrenagem numa máquina financeira muito maior. Precisamos saber quem está realmente manipulando essa máquina em nome de Moscou. Queremos Cyrano.

O ardiloso agente secreto russo. A identidade do homem ainda é um mistério e, mesmo depois de oito anos, temos só algumas informações sobre ele, a maioria obtida por meio de mensagens interceptadas de seu *kurator*, ou facilitador. Agora sabemos que ele tem uma companheira que sofre de porfiria aguda intermitente e precisa de infusões regulares do medicamento arginato de heme. No meu último encontro com Diana no Museu Britânico, ela perguntou se uma paciente assim estava sendo tratada por médicos da Galen, mas não encontrei nenhum registro.

— Eu te dei a lista de convidados do fim de semana na Manning House. Vai ver Cyrano é um deles. Comece por aí — sugiro.

— Ele não é. A SIGINT detectou uma comunicação recente de Moscou — ela diz. — Sabemos que Cyrano está fora do país no momento.

— Então te desejo sorte para encontrá-lo. — Eu me levanto para sair. — Agora preciso ir escrever minha carta de demissão.

— Ainda não, Maggie. Ainda precisamos de você.

— Já te dei o que podia.

— Tem mais uma coisa que você pode entregar. A última interceptação da SIGINT mencionou Malta.

Eu me viro para ela:

— Malta?

— Vai ter uma reunião. Uma negociação.

Então entendo o porquê não posso me demitir, não ainda.

— Hardwicke vai para Malta na próxima semana — digo.

— É por isso que precisamos de você. Seu marido vai com ele?

— Sim, mas essa viagem pra Malta não é nada. Hardwicke só está indo lá pra pegar a Bella e trazer ela de volta para Londres.

— O que Bella está fazendo em Malta?

— A mãe dela, Camilla, está de férias lá. Bella foi até lá pra passar um tempo com ela.

— Então quero *você* em Malta também. Dê um jeito de entrar no jatinho de Hardwicke e descubra se tem outro motivo pra ele ir pra lá.

— Pra encontrar Cyrano, você quer dizer.

Ela acena com a cabeça:

— Os dois homens, na mesma ilha, ao mesmo tempo. Não podemos descartar a possibilidade.

Olho para o laptop dela. A tela escureceu, mas a imagem do rosto de Stephen Moss foi gravada de forma tão indelével em minha memória que ainda posso vê-la ali, assim como ainda posso vê-lo morto naquela baia de cavalo, com a língua protuberante e os olhos salpicados de hemorragias pontuais. Quando se entra no caminho de Phillip Hardwicke, é isso que acontece com você.

— Não vou fazer isso. Encontre outra maneira.

— Esta é a nossa melhor chance. Talvez nossa única chance.

— É só você monitorar Hardwicke em Malta. Não precisa de mim pra isso.

— Ninguém mais consegue chegar tão perto dele quanto Danny. Ele é a nossa arma secreta.

— Ele é meu marido.

— Sério, Maggie? — Diana ri. — Vai priorizar seu coração em vez de o seu dever? Sempre foi tão mole assim?

Nós nos entreolhamos. Por mais de duas décadas, servi ao meu país. Contei inúmeras mentiras, arranquei as raízes que tinha criado diversas vezes e até arrisquei minha vida. Agora, depois de recusar essa missão, é como se todos esses anos de serviço não contassem para nada.

— Depois de Malta, estou fora — digo enfim. — Para sempre. — Ela concorda com a cabeça.

— É claro. Se é isso mesmo que você quer.

— Vou te falar o que eu quero. Quero uma vida normal com meu marido. Quero que a gente *seja* um casal como qualquer outro. Ter um gato, cuidar de um jardim. Dar um passeio juntos na rua sem se preocupar se estamos sendo seguidos.

— Vai poder ter tudo isso, Maggie — ela diz, e então fecha o laptop. — Só não vai ser agora.

DANNY ME OBSERVA PELO VIDRO FOSCO ENQUANTO ESTOU DEBAIXO DO chuveiro, enxaguando o xampu do cabelo. Eu costumava gostar de ser o foco luxurioso de sua atenção, mas, hoje à noite, a luxúria é só uma distração. Tenho decisões difíceis a tomar, um futuro a planejar.

Nosso futuro. Não me lembro de quando *eu* me tornei *nós*, quando o *meu* se tornou *nosso*. A fusão de nossas vidas foi um processo tão gradual que não notei quando os pronomes mudaram, quando comecei a ter a certeza de que ele sempre estaria ao meu lado.

Quando saio do chuveiro, ele está me esperando com uma toalha.

— Nunca me canso da vista — ele diz, me envolvendo com a toalha. Ele me encosta na parede do banheiro e beija meus lábios. Mesmo quando minha mente está em outro lugar, ponderando minhas escolhas e listando as possíveis consequências, meu corpo responde por instinto a ele. Nosso relacionamento não era para ser tão complicado. Ele era só um caso de férias, um corpo quente numa noite quente de Bangkok, não alguém por quem eu deveria ter me apaixonado. Não era alguém com quem eu deveria ter me casado.

Agora não consigo nem pensar em perdê-lo. Isso quer dizer que nunca vou poder contar a ele a verdade de para quem trabalho e como nosso casamento fazia parte de um plano maior. Nunca vou poder revelar as mentiras que contei, todas as vezes que o enganei: minha falsa dama de honra, contratada para o papel. Meus encontros furtivos com Diana. Os registros médicos da Galen que copiei, violando a confiança de seus pacientes e também a dele. Quanto mais tempo ficar nessa vida dupla, maior será a probabilidade de a verdade vir à tona e, quando isso acontecer, ele vai duvidar que nosso casamento seja para valer, vai achar que foi só uma fachada conveniente que não teve nada a ver com amor. *Se você soubesse a verdade, ainda ficaria comigo?*

Tenho medo de descobrir.

Naquela noite, deitada ao lado dele no escuro, finalmente me conformo com minha decisão. Sei o que tenho de fazer, porque nada é tão importante para mim quanto Danny. Nem essa missão, nem minha carreira, nem o resto do mundo turbulento, só Danny e eu. Ele se vira de lado e passa o braço ao meu redor. Eu me acostumei tanto com o cheiro dele que agora é como se fosse o meu próprio, como se eu tivesse absorvido a essência dele através da minha pele.

Acaricio seu braço e o cutuco para acordá-lo:

— Danny?

— Hmmm.

— Lembra quando você falou em largar tudo? Sair de Londres e fazer outra coisa, uma loucura?

Devagar, ele abre os olhos:

— Por que está falando nisso?

— Estive pensando no futuro.

— Ai, meu Deus. Isso parece sério.

— Estou falando sério. Danny, acho que devemos fazer isso.

Ele está bem acordado agora e está olhando para mim:

— Você não estava muito animada com a ideia antes.

— Pensei no que realmente importa. Você aceitou o emprego na Galen só porque sua mãe estava com dificuldades pra pagar as dívidas e você queria ajudar. Mas agora ela já faleceu e não precisamos do dinheiro. — Faço uma pausa. — Sei que você não está feliz.

— O que *você* quer, Maggie?

— Não quero que você fique preso a um trabalho que odeia, cuidando de pacientes dos quais nem gosta.

— Gosto de alguns deles.

— A Galen pode te pagar bem, mas é uma armadilha de veludo. Os pacientes são praticamente seus donos. É o que eles pensam de pessoas como nós. Em um tabuleiro de xadrez, somos só os peões.

Ele fica em silêncio, mas posso sentir seu corpo zumbindo de animação.

— Se eu me demitir, vamos ter que abrir mão deste apartamento.

— Ele nunca foi nosso mesmo.

— Isso significa mudar pra um muito menor. Nem de longe tão bom.

— Por mim, poderíamos morar numa barraca.

— E vamos precisar trabalhar duro pra pagar as contas.

— Eu tenho minhas economias. E posso encontrar um emprego. De qualquer forma, ser uma "dona de casa" não é muito a minha cara.

Ele ri. Uma risada feliz de verdade:

— Talvez eu possa ser um "dono de casa".

— Você pode voltar a ser médico em instituições beneficentes. Você era feliz fazendo isso.

— Eu era mesmo. A gente pode voltar a viajar. Voltar pra Tailândia.

— Ou para a América do Sul.

— Ou Madagascar!

Agora nós dois estamos rindo da nossa velha piada, assim como rimos dela quando nos conhecemos. A noite parece animada e promissora. Fugir é o que nós dois queremos, e agora vamos fazer isso juntos.

— Preciso cumprir o aviso prévio — ele diz. — Meu Deus, isso não vai ser nada agradável. Vão ter que redistribuir meus pacientes, mudar os horários.

— Não deve ser a primeira vez que um médico se demite da Galen. Eles só precisam contratar outra pessoa, como em qualquer outro negócio.

— Já me agendaram pra voar pra Malta, com Phillip Hardwicke. Está muito em cima pra desmarcar essa viagem.

— Não desmarque… faça dela sua última tarefa. Ele pode querer ajuda pra lidar com Bella, então eu poderia ir também. E quando voltarmos pra casa, a gente começa a fazer as malas. Pegamos um avião e vamos pra algum lugar. Talvez desta vez a gente consiga chegar a Madagascar.

— Não ligo pra onde vamos, Maggie. Desde que a gente esteja junto. — Ele respira fundo. — Agora, tenho que escrever uma carta de demissão.

Eu também. Por duas décadas, servi fielmente ao meu país. Contei inúmeras mentiras, pulei de aviões e levei estilhaços pelos Estados Unidos. Agora eu digo: que se dane tudo isso. Que se danem Hardwicke e Cyrano e o estado eternamente sangrento do mundo.

Danny e eu estamos fugindo.

22

JO

Purity, Maine, agora

Durante seu trabalho como policial, volta e meia Jo se deparou com caçadores idiotas, homens (quase todos eram homens) que tropeçaram e deram um tiro no próprio pé, ou pensaram que estavam mirando num cervo e, em vez disso, mataram a vaca de alguém. Ela precisou lidar com caçadores que estavam perambulando onde não deveriam, numa propriedade privada ou a menos de noventa metros de uma residência. Certa vez, ela chegou a prender um homem que havia assassinado o próprio pai durante uma caçada, mas não conseguiu *provar* que o tiro tinha sido intencional. Glen Cooney era o chefe na época e a aconselhou que uma acusação de homicídio culposo era o melhor que se poderia esperar. Até hoje ela acreditava que um assassino tinha ficado impune. Todos os anos, quando a temporada de caça aos cervos era aberta, ela se preparava para as calamidades que costumavam acontecer quando homens armados entravam na floresta, ávidos para atirar em qualquer coisa que tivesse uma cauda branca.

O homem que tentou atirar em Maggie Bird não estava caçando cervos.

Isso era óbvio para Jo enquanto ela estava entre as árvores de onde o atirador havia disparado. Ela já tinha coletado todas as cápsulas de balas que encontrou, rastreado as pegadas das botas até a estrada de terra onde ele havia deixado o veículo e enviou ao laboratório de perícia do estado as imagens dessas pegadas, bem como as marcas do pneu. Talvez não fosse tão empolgante quanto um caso de homicídio, mas, para Jo, era intrigante mesmo assim estar conduzindo uma investigação sem alguém como o detetive Alfond puxando as rédeas. Como ninguém tinha se machucado e os únicos danos foram causados ao carro, esse incidente era insignificante demais para um detetive do alto e poderoso estado do Maine. Esse caso era de Jo, e ela estava muito feliz por estar no comando.

Ela voltou pela floresta e subiu em seu veículo, estacionado na mesma estrada de terra onde estava o veículo do atirador. *Para que lado você foi depois?*, ela se perguntou.

Vamos ver se voltou para a cidade.

Jo seguiu pela estrada que levava ao leste em direção à vila, passando por campos cobertos de neve e árvores desfolhadas, então por uma casa de fazenda com uma dúzia de carros enferrujados em vários estágios de deterioração. O primeiro negócio que ela encontrou foi a loja de ração. Muito mais do que só um lugar para comprar comida para animais, era também o lugar para comprar sal em bloco para cavalos, peças para o cortador de grama e, na primavera, até mesmo uma caixa de patinhos, que poderiam ou não sobreviver para voar livres um dia. Ela parou no estacionamento e olhou para a entrada. *Aí está você. Vamos torcer para que não esteja aí de propósito para me desviar da pista certa.*

— Oi, Jo — disse Vern, o dono da loja de ração, quando ela entrou pela porta. — Veio comprar mais petiscos pra cachorro?

— Não. Lucy está de dieta. Não posso mais dar guloseimas pra ela.

— Eu achei ela magra quando vi.

— Isso porque você não precisa colocar ela em cima de uma caminhonete. Estou aqui num assunto oficial.

— Aquela mulher morta?

— Não, a Polícia Estadual assumiu o caso. É um incidente na Blackberry Farm esta manhã. Sua câmera de segurança está funcionando? A da frente? Preciso das imagens desta manhã. Por volta das oito ou nove da manhã.

Para sua surpresa, Vern riu:

— Acho que vou começar a cobrar, já que tem tanta gente interessada.

— O quê?

— Você é a segunda pessoa que pede esse vídeo. — Ele foi até o computador da loja. — Vou te mandar o arquivo por e-mail agora mesmo…

— Quem mais pediu o vídeo?

— Aquela senhora simpática do conselho da biblioteca. Ela disse que a biblioteca está pensando em instalar uma câmera de segurança e queria ver a nitidez da minha filmagem. Caso resolvam comprar do mesmo modelo.

— E você mostrou a ela a filmagem?

— Fiz uma cópia pra ela, para a diretoria da biblioteca avaliar a qualidade. — Ele fez uma pausa quando ela fechou a cara. — Não tem nada de mais. Não é como se algo emocionante tivesse acontecido lá fora.

— Qual era o nome dessa mulher?

Vern fez uma pausa, franzindo os lábios. Pelo visto estava ficando velho:

— Você sabe, é aquela mulher bonita com os lenços chiques. Ela e o marido compraram aquela casa na Chestnut Street.

Jo suspirou:

— Os Slocum.

Ele se deu um tapa na cabeça:

— Isso. É *isso* mesmo.

Eles de novo. Por que eles sempre apareciam onde não deviam? Jo estava acostumada a lidar com moradores intrometidos, mas os Slocum estavam passando dos limites.

Seu celular tocou.

— Oi, Mike — respondeu enquanto caminhava para o veículo.

— O laboratório de perícia estadual ligou. Identificaram as marcas do veículo do atirador.

— Pode falar.

— Os pneus são Goodyear Wranglers, para todas as estações. TrailRunner AT, 235/75R15. Podem ser instalados em qualquer número de SUVs, então não ajuda muito a identificar o veículo.

Goodyear. De repente, ela se lembrou da última vez que deu de cara com os Slocum, na entrada da casa de Maggie Bird. Lembrou que estavam estudando outras marcas de pneus na neve, e Ingrid Slocum tinha dito: "Acho que são pneus Goodyear".

— Ligue para o laboratório de perícia — ela disse a Mike. — Quero a análise das marcas de pneus da entrada da garagem de Maggie Bird de duas noites atrás.

— Você quer dizer do homicídio? Mas esse caso não é...

— Eu *sei* que o caso não é nosso. Só me dê o relatório.

Enquanto esperava no carro, ela observava a rua em frente à loja de ração, contando quantos carros passavam. Embora essa fosse uma das estradas que levava direto ao vilarejo, o tráfego era leve, com um ou dois minutos de intervalo entre os veículos. No verão, quando os turistas chegavam à cidade, havia muito mais tráfego nessa estrada, pessoas saindo de seus chalés no lago para jantar lagosta na cidade ou para embarcar num dos barcos a vela para um cruzeiro ao pôr do sol. Mas nesse dia de inverno, a estrada estava quase vazia.

Seu celular tocou. Era Mike de novo.

— Consegui aqui — ele disse. — Os outros pneus eram Goodyear Wranglers, TrailRunner AT, dois três... — Ele fez uma pausa. — Ei, é o mesmo veículo.

— Pode não ser — disse Jo. — Só o mesmo tipo de pneu. Devem ter outros suvs por aqui com Goodyear TrailRunners.

— Mas é muita coincidência.

Ela não tinha como responder isso. Essa era uma pergunta para o mecânico do posto de gasolina, que poderia dar uma estimativa melhor de quantos Goodyear TrailRunners estavam rodando pela cidade. Ela devia *de fato* avisar o detetive Alfond, porque o tiroteio poderia estar relacionado ao assassinato de Bianca. Só que, antes disso, queria ver até onde poderia ir. Glen Cooney disse uma vez que, se ela insistisse em ficar em Purity, nunca conseguiria se aprimorar como policial. Essa era a sua chance de fazer isso, e era ótimo poder trabalhar em seu próprio caso e ver para onde as pistas apontavam.

No momento, todas as pistas apontavam para a mesma direção: para a misteriosa Maggie Bird.

23

MAGGIE

Declan mora numa casa antiga feita para capitães de navios e, embora eu a tenha visitado várias vezes, nunca estive no andar de cima. Como eu, ele é uma pessoa reservada que compartimentou sua vida em caixas separadas. No andar de baixo está sua "caixa pública", onde nosso grupo mensal de leitura às vezes se reúne. Tomamos martínis e trocamos fofocas na sua sala de estar, que tem vista para a baía de Penobscot e, no verão, nos revezamos para olhar pelo telescópio as escunas voltando de seus cruzeiros ao pôr do sol. Já jantei em sua sala de jantar, lavei pratos em sua cozinha e vez ou outra visitei seu lavabo, mas nunca estive no andar de cima, que ele reserva para si mesmo. Nós dois temos o cuidado de não misturar essas caixas: andar de cima/andar de baixo. Privado/público. Antes/depois.

Só que o ataque do atirador que tentou me acertar hoje acabou com nossas vidas meticulosas — isso é, acabou com a minha vida, pelo menos. Agora, vou ficar por enquanto no seu quarto de hóspedes no andar de cima, um quarto que não é nada do que imaginava que seria. Esperava que fosse como o próprio Declan, frio e discreto, com linhas simples e um mínimo de adornos. Em vez disso, encontro cortinas de renda, uma colcha acolchoada e fotos antigas em preto e branco na cômoda, tudo exala sentimentalismo. Esse é um lado sensível dele do qual eu não suspeitava.

Uma das fotos mostra uma mulher sorridente com uma criança de cabelos escuros no colo. Viro a moldura e vejo o ano escrito no verso. Deve ser Declan e sua mãe, que morreu após uma ruptura do apêndice quando ele tinha cinco anos. Ele quase não fala dela, mas posso imaginar como foi sua infância, crescendo sem mãe. Sei que ele foi mandado para um colégio interno quando tinha doze anos, porque seu pai, um diplomata, estava ocupado demais com assuntos mundiais para ser um pai presente, e penso na minha própria adolescência difícil graças a um pai alcoólatra do qual eu não via a hora de fugir. Era outra variação de ser órfão de mãe, e nenhuma das versões era feliz.

Ouço Declan me chamar do final da escada:

— Maggie, Ben está aqui! E o jantar está pronto!

Deixo minha mala que ainda não terminei de desfazer no quarto e desço as escadas, passando por fotos emolduradas de lugares onde Declan morou e trabalhou. Budapeste. Praga. Varsóvia. Paro em frente a uma imagem dele em pé no que parece ser um campus universitário, cercado por um grupo de estudantes, e vejo palavras em polonês num dos prédios. É a Universidade Jagiellonian, em Cracóvia. Seu cabelo ainda está preto e muito mais desgrenhado do que agora, mas com seu paletó xadrez ele parece o acadêmico que deveria ser. Como ele parece jovem. Como os anos voaram para nós dois. Na cozinha, vejo que Ben e Declan já se serviram de uísque. No fogão, um goulash está fervendo, alguma coisa que Declan tirou do freezer e fez a partir de uma receita que deve ter aprendido na época em que estava em Budapeste.

— Uísque, Mags? — pergunta Declan, abrindo a garrafa.

— Vamos direto para os assuntos sérios, pelo visto.

— Este é um acontecimento sério.

Pego o copo de uísque. Esta noite, estou precisando mesmo:

— Obrigada, Declan. Por me deixar ficar aqui também.

— Não pode voltar pra casa, e você sabe disso — diz Ben. — Não até descobrirmos quem está tentando te matar e por quê.

— Agradeço *você* também, Ben, por resumir a minha situação de um jeito tão animador.

— Infelizmente, é um resumo preciso — diz Declan. Ele coloca goulash em três tigelas e as leva para a mesa da cozinha. Eu nunca o vi usando um avental antes. O que ele vestiu é preto e bordado com o logotipo imponente de uma empresa britânica de navios, o que parece cair como uma luva num filho de um diplomata. Declan é o único homem que conheço que consegue fazer um avental parecer elegante. Sentamos com nosso uísque e nossas tigelas fumegantes de goulash, perfumado com o aroma de páprica.

— Precisamos pensar juntos e resolver isso, já que não podemos contar com a polícia local — diz Ben. — Se bem que a oficial Thibodeau parece ser uma garota bastante inteligente.

— Inteligente até demais — eu digo. — Não gosto do tom das perguntas dela, como se eu é que fosse a suspeita. Ela pode acabar gerando problemas.

A campainha toca. Eu me endireito em minha cadeira e olho para a sala de estar.

— Deve ser Ingrid e Lloyd — diz Declan. Ele sai da cozinha para atender a porta.

— Contou pra eles o que aconteceu? — pergunto a Ben.

— Claro que sim. Estamos no mesmo time e toda ajuda é bem-vinda. Vai ser como nos velhos tempos.

— Impressão minha ou você está adorando isso tudo?

— Para ser sincero, a aposentadoria não tem sido muito divertida para nenhum de nós. Vai ser uma oportunidade de a gente ver se ainda dá conta. É bom se sentir útil outra vez. Voltar ao jogo, por assim dizer.

— Só que o jogo sou *eu* desta vez.

Declan volta para a cozinha com os recém-chegados. Ingrid trouxe seu laptop e Lloyd está carregando um tubo longo de papelão. Como sempre, Ingrid está usando um de seus lenços amarrados de forma elaborada, este tingido em ricos tons de ocre e vermelho. Cores de outono. Nunca dominei a arte de amarrar lenços e, quando ela se senta à mesa da cozinha, olho para o nó intrincado, com inveja da elegância fácil que ela exala com seu cabelo grisalho e pele de porcelana.

— Esse cheiro que estou sentindo é goulash? — pergunta Lloyd, indo direto para o fogão, como sempre faz.

— Fiz com carne de cabra. Fica à vontade — diz Declan.

Lloyd aceita, é claro, e se serve; nunca foi tímido quando o assunto é comida. Ele coloca o goulash numa tigela todo alegre e se senta à mesa. Não sabia que tinham convocado uma reunião esta noite, mas, pelo visto, Declan acionou o Bat-Sinal e aqui estamos nós, cinco velhos espiões com cinco vidas de experiência. Aposentado não significa inútil. Cada um aqui trouxe seus truques pessoais do ofício.

Lloyd engole uma colherada de goulash e, em seguida, abre uma das extremidades do tubo de papelão. De lá sai um mapa topográfico, que ele desenrola sobre a mesa em meio às nossas tigelas e talheres. Reconheço de cara a geografia desse mapa. Nele tem a Blackberry Farm, a área ao redor dela e a vila litorânea de Purity também.

— Marquei todas as rotas de acesso para a sua propriedade — diz Lloyd, apontando para as estradas que destacou em amarelo. — Sabemos por onde o atirador entrou, estacionando o veículo na estrada de terra que passa entre a sua propriedade e a do vizinho ao sul. — Lloyd olha para mim. Tem uma mancha de goulash vermelho-páprica no canto da sua boca, um lembrete do seu apetite sem culpa. Esse é um dos charmes peculiares de Lloyd, o jeito que ele devora a vida com tanta avidez. — Você conhece bem esse vizinho? Acho que o nome dele é Ronald Farrell, não é?

— Ele é dono das terras, mas não mora lá — digo. — Só o vi uma vez, logo depois que me mudei pra cá. Ele tem oitenta e dois anos e mora em uma casa de repouso em Rockland.

— O que mais?

— Ele tem um filho, que mora em Massachusetts. Duas netas, nenhuma delas mora no Maine. Sua propriedade está protegida e ele já a deixou em testamento para os fundos fundiários. — Olho em volta para meu círculo de colegas. — Pesquisei todos os meus vizinhos próximos antes de comprar a fazenda. Todos eles foram aprovados.

Lloyd acena com a cabeça:

— Então vamos ver qual foi o caminho que o atirador fez para chegar a sua terra.

Ben aponta para a estrada de terra no mapa:

— Encontramos as marcas dos pneus aqui, onde ele estacionou.

— O único acesso pra essa estrada de terra — diz Lloyd — é pela West Fork Road, aqui. Pavimentada, vai para o Norte e para o Sul.

— Nós sabemos disso, Lloyd.

— Acompanhem meu raciocínio. A West Fork Road tem duas rotas de acesso, a Pondside Road, ao norte, e a Village Road, na extremidade sul. A Village Road vai direto para Purity. De lá, ele pode ter pegado qualquer uma das quatro rotas pra fora da cidade e, depois, subido ou descido a costa. É difícil saber pra onde ele foi dali em diante, então... — Lloyd olha para a esposa.

— Então — diz Ingrid —, eu fiz o que tinha que fazer.

O que, vindo de Ingrid, pode significar qualquer coisa.

Ela abre seu laptop:

— O problema de viver em uma cidade pequena como a nossa são as poucas câmeras de vigilância.

— Houve um tempo em que achávamos que isso era uma coisa boa — diz Ben.

— Não quando se está atrás de um assassino. Então, peguei meu carro e fui procurar todas as câmeras de vigilância da área. Na Pondside Road, tem duas casas com câmeras de segurança, mas as duas estão viradas para a entrada da garagem, sem visão da rua. Já na Village Road, chegando perto da cidade, encontramos o que precisávamos. Tem uma câmera de segurança bem aqui. — Com um lápis, ela circula o local no mapa. — É a loja de ração *Simonton Feed and Grain*. Conversei com o proprietário e ele não se importou em me dar a filmagem desta manhã. E aqui estamos. Oito e dezessete da manhã, mais ou menos na hora em que o atirador estaria fugindo. Acho que este é o veículo.

Ela vira o laptop para nos mostrar a tela. Todos nos inclinamos e olhamos para o Toyota suv preto capturado em uma foto. Poderia muito bem ser o mesmo veículo que jogou o corpo de Bianca na minha entrada. Por causa dos vidros escuros, o motorista é pouco mais que uma silhueta escura.

— Não posso ter certeza de que esse *é* o atirador — diz Ingrid. — Ele pode ter fugido para o norte, para longe do vilarejo, e lá não tem câmeras de vigilância. Mas, tendo em vista o período de tempo, o tipo de veículo e o fato de que um veículo parecido deixou o corpo daquela mulher na sua entrada há algumas noites, vou apostar que tem uma probabilidade de noventa e cinco, talvez noventa e seis por cento, de que esse seja o nosso homem.

— É por *isso* que me casei com essa mulher — diz Lloyd, que voltou ao fogão para pegar mais um pouco de goulash.

— Ainda não terminei — diz Ingrid. Ela clica nas imagens no seu laptop até chegar a uma foto aumentada. Lá está um para-choque traseiro do suv, com uma placa de Massachusetts bem visível.

— É um carro de aluguel da locatária de veículos Alamo — diz Ingrid. — Foi retirado quatro dias atrás no Aeroporto Logan, por um homem com carteira de motorista da Flórida, chamado Frank Sardini. — Ela olha para mim.

— Nunca ouvi esse nome antes — digo.

— Foi o que eu pensei. — Ela mostra uma foto da carteira de motorista de Frank Sardini. — De acordo com os dados de identificação em sua carteira, ele é um homem branco de quarenta e dois anos, um metro e oitenta, cabelo e olhos castanhos. Vou chutar que você não reconhece o rosto dele — diz Ingrid.

— Nunca vi esse homem antes.

— O que não é um bom sinal — diz Declan. — Estamos lidando com um completo estranho que veio à cidade só pra matar Maggie?

— E fica pior — diz Ingrid. — A carteira de motorista e o cartão de crédito *desse* Frank Sardini são baseados numa identidade roubada. O verdadeiro Frank Sardini morreu há quarenta e um anos, quando tinha quatro meses de vida.

A cozinha fica em silêncio. Consigo ouvir o sangue pulsando em meus ouvidos, sentir o som sinistro do meu próprio coração.

— Então ele está se passando por alguém morto — diz Declan, baixinho.

Ingrid acena com a cabeça:

— Parece que sim.

Isso é bem pior do que eu pensava. Esse nível de habilidade me diz que estou lidando com pessoas muito mais perigosas do que eu imaginava. Olho em volta da mesa para meus colegas e vejo, por suas expressões, que eles estão tão preocupados quanto eu.

— Precisa nos contar mais detalhes, Maggie — diz Ben. — Que filho da puta quer você morta?

Balanço a cabeça:

— Não sei.

— Você deve saber alguma coisa. Mas não quer contar.

O que ele disse é verdade. Tem coisas que nunca contei para ninguém, porque o que aconteceu é doloroso demais para relembrar. Tão doloroso que há anos venho fugindo disso.

— Então vamos começar com o que sabemos. Tudo isso parece ter a ver com Diana Ward, que está desaparecida — diz Declan. Ele pega o saleiro e o coloca no meio da mesa. — A Facção Número Um quer encontrá-la. Enviaram a misteriosa Bianca para pedir que você ajude a localizar Diana.

Ben move o pimenteiro para o meio da mesa, ao lado do saleiro:

— E aqui temos a Facção Número Dois.

— Sim — diz Declan. — Essas pessoas enviaram o sr. Frank Sardini, ou quem quer que ele seja, para se livrar de Bianca. Toque duplo. — Ele inclina o saleiro, derrubando-o de lado. — Então o sr. Sardini tenta matar *você*. Por quê?

Enquanto todos me observam, fico olhando para o saleiro caído e penso no corpo de Bianca esparramado na entrada da minha casa.

— Querem nos matar. Diana *e* eu.

— Sabe onde ela está? — diz Declan.

— Faz dezesseis anos que eu saí da Agência, e Diana saiu alguns meses depois. Não tive nenhum contato com ela esse tempo todo.

— Então, por que isso está vindo à tona agora? — pergunta Ben.

Olho para ele:

— Deve ser retaliação pelo que aconteceu em Malta. Por causa da Operação Cyrano.

Eles se entreolham. Embora os detalhes da operação ainda sejam confidenciais, assim como os nomes dos agentes envolvidos, meus amigos devem ter ouvido falar de Cyrano, o agente infiltrado russo que, durante anos, segundo rumores, se infiltrou nos círculos de elite da sociedade britânica.

— *Você* fez parte dessa operação? — Ingrid pergunta.

— Sim. A Diana também. — Faço uma pausa. — A operação teve consequências inesperadas. — Consequências tão dolorosas que nunca falei sobre a missão para ninguém. Não suporto reabrir essa ferida, mas agora não tenho escolha. Olho para o saleiro, que deveria representar o corpo de Bianca, mas poderia muito bem representar o meu. Hoje eles tentaram me matar, e é quase certeza de que vão tentar de novo. — Foi por causa disso que saí da Agência. Por causa do que aconteceu em Malta.

— Retaliação, depois de todos esses anos? — Ingrid diz. — Mandar alguém aqui se passando por um morto pra te encontrar demanda dinheiro. Ou seja, precisam querer muito que você morra.

— Acho que é o pessoal do Cyrano. Vingança por termos capturado ele. Os russos não esquecem e nunca perdoam.

— Você *acha*? Quer dizer que pode ter mais gente?

— Que me quer morta? — Dou uma risada cansada. — Não duvido. — Olho em volta da mesa. — E não devo ser a única pessoa aqui que pode dizer isso.

Ninguém responde. Ninguém quer responder.

Uma notificação toca no celular de Declan. Todos nós voltamos nossa atenção para ele.

— Sensor de movimento — ele diz e olha para a tela.

A campainha da porta toca. Se for um assassino, ele decidiu entrar pela porta da frente.

— Está esperando alguém? — pergunta Lloyd.

— Não. — Declan abre a transmissão da câmera em seu telefone e suspira. — Relaxem. É Jo Thibodeau, a policial que não larga do nosso pé. Cada vez mais, ela está virando um pé no saco. — Ele se levanta, tira o avental e o joga na cadeira. — Vou me livrar dela.

Ficamos ouvindo da cozinha enquanto Declan atende a porta da frente. Ela nem o deixa falar.

— Estou aqui para falar com Maggie Bird — exige Thibodeau.

— Por que acha que ela está aqui? — pergunta Declan.

— Porque ela não está na casa de Ben Diamond, e vi que seu Volvo está estacionado na rua, não na garagem. Foi lá que você escondeu a picape dela?

— Não é uma boa hora. Estamos jantando.

— Não vou demorar.

Thibodeau entra na cozinha, pelo visto bem determinada, e franze a testa para nós quatro sentados na mesa de Declan:

— Sério? — ela me diz. — Depois do que aconteceu com você hoje, você está aqui num jantar?

— Esses são meus amigos — digo.

Sua atenção vai direto para o mapa topográfico na mesa. Para as estradas que Lloyd destacou em amarelo:

— O que é isso?

— Estávamos olhando as rotas de acesso — diz Lloyd. — Dentro e fora da propriedade da Maggie. Só estamos tentando ajudar na investigação.

Thibodeau suspira:

— Certo, gente, preciso que todos vocês saiam. Quero falar a sós com a sra. Bird.

— Não — digo. — Quero eles aqui. Como eu disse, são meus amigos e talvez possam te ajudar.

— Disso eu duvido muito.

— Acha que não somos capazes? — diz Ingrid, fixando em Thibodeau aquele olhar congelante que faz tão bem. Não é de admirar que ela tenha sido uma interrogadora lendária.

O rosto de Thibodeau fica vermelho:

— Não foi o que eu disse, senhora.

Declan puxa uma cadeira com a elegância de um cavalheiro:

— Por favor, chefe Thibodeau, por que não se senta com a gente? Não temos segredos entre nós.

Thibodeau olha para a cadeira, como se seu gesto antiquado fosse um insulto, mas acaba se sentando e pegando sua caderneta.

Para mim está claro que ela é uma mulher persistente, e que quanto mais tentarmos afastá-la, mais ela virá para cima de nós. Ben investigou seu histórico e sabemos que ela nasceu em Purity, que passou toda a vida no estado do Maine e que trabalha no departamento de polícia local há mais de uma década. Ela conhece essa cidade e seus moradores melhor do que qualquer um de nós pode nem sequer sonhar, e agora está tentando nos encaixar nesse cenário. Ela pode não ser treinada na fina arte da coleta de informações, mas tem bom senso o suficiente para saber que está sendo passada para trás e deve estar se perguntando como cinco aposentados de cabelos grisalhos conseguem fazer isso.

— Então, o que quer me perguntar? — digo.

Thibodeau abre a caderneta:

— Acreditamos que temos o nome do atirador. Frank Sardini, quarenta e dois anos, de Orlando, Flórida. A senhora conhece esse homem, sra. Bird?

— Não — respondo.

Ela olha para mim, com uma sobrancelha levantada:

— Você nem parou pra pensar.

— Não preciso.

— Ou talvez você prefira *não* admitir que o conhece?

— Por que diabos faria isso?

— Não sei! Me diz você por que um homem de Orlando viria até aqui para atirar numa criadora de galinhas?

— Isso você devia perguntar para Frank Sardini.

— Ainda estamos tentando localizá-lo. Sabemos que ele alugou um Toyota SUV preto da Alamo em Boston. O carro foi devolvido depois do meio-dia, à uma da tarde. A placa do carro foi capturada pelo circuito interno de câmeras de vigilância da loja de ração, bem na hora em que seu agressor estaria fugindo da cena do crime. — Ela olha para Ingrid com o olhar mais acusatório que já vi. — E você não deveria estar bisbilhotando lá, pegando o vídeo do Vern.

— Eu estava lá em nome da diretoria da biblioteca.

— Sei. — Jo bufou. — Claro.

Na verdade, estou bem impressionada porque ela soube desses detalhes muito mais rápido do que eu esperaria de uma policial de cidade pequena. Nós a subestimamos, e nesse quesito a culpa é toda nossa. Que outras surpresas ela nos trará?

— O SUV alugado estava equipado com pneus Goodyear TrailRunner — diz Thibodeau. — É a mesma marca do pneu do veículo que jogou o corpo em sua garagem. — Ela se vira para mim. — Uma coincidência interessante, não acha, sra. Bird?

— Você localizou esse sr. Sardini? — pergunta Ben.

— Estou tentando. Entrei em contato com a polícia de Orlando e, até agora, descobri que ele não tem mandados de prisão pendentes, nem detenções, nem condenações. Mas quando liguei para o seu local de trabalho listado, uma agência de seguros, ninguém lá tinha ouvido falar do homem.

— É porque ele está morto — diz Ingrid.

Thibodeau se vira para ela:

— O quê?

— O verdadeiro Frank Sardini morreu aos quatro meses de idade. O homem que alugou aquela SUV em Boston roubou seu nome, e duvido muito que consiga encontrar ele, quem dirá prender.

— Como sabe de tudo isso?

Ingrid liga seu laptop e gira a tela para ficar de frente para Thibodeau:

— Fiz uma pequena pesquisa por conta própria. Pesquisei registros de nascimento, registros de óbito e fiz algumas ligações para Orlando.

Thibodeau olha para a imagem da carteira de motorista falsa de Frank Sardini na Flórida na tela do laptop. Sem dúvida, ela está se sentindo como a última a saber neste momento, mas não é uma disputa justa. Ingrid passou a vida inteira dominando a arte da coleta de informações. Ela também tem fontes internas, com as quais um policial de uma pequena cidade do Maine não pode contar.

— Quem quer que seja o homem — diz Ben —, ele já saiu da região há muito tempo.

Thibodeau olha para nós ao redor da mesa. Para a elegante Ingrid com seu lenço de seda. Para o alegre e gordo Lloyd. Para Ben, com sua cabeça raspada, e Declan, com seu cabelo escuro e bonitos traços irlandeses. Então ela olha para mim, a mulher que diz ser apenas uma criadora de galinhas. A mulher que acabou com um cadáver jogado em sua garagem e um assassino atirando nela da floresta.

— Quem diabos *são* vocês? — Thibodeau diz.

— Ah, somos só aposentados — diz Lloyd.

— Aposentados do *quê*? — Thibodeau olha para Ingrid.

— Eu era secretária executiva de uma empresa multinacional — diz Ingrid.

— E você? — Thibodeau se vira para Ben.

— Suprimentos para hotelaria internacional. Vendi móveis e equipamentos para restaurantes para alguns dos melhores hotéis do mundo.

— Eu era professor de história — diz Declan.

— E eu trabalhei como despachante aduaneira, como te falei na outra noite — digo. Com que facilidade nós recorremos às nossas identidades de fachada não oficiais. Estamos contando mentiras há tanto tempo que fazemos isso sem nem pensar.

Enfim, Thibodeau olha para Lloyd, o único de nós que não trabalhou sob disfarce não oficial. O único que tem permissão para revelar qual agência de fato o empregou.

— Ah, eu era só um analista — diz Lloyd, seu tom alegre.

— Você quer dizer psicanalista? — diz Thibodeau.

Lloyd ri:

— Meu Deus, não. Eu ficava o dia todo sentado numa mesa. Coletava informações e analisava dados para o governo. Na verdade, não era nada muito emocionante.

— Podemos ser aposentados — diz Ingrid —, mas também somos grandes fãs de mistérios. Quero dizer, quem não gosta de um bom romance policial?

Foi isso que inspirou esse nosso pequeno clube de resolução de crimes. Se ler muito livro de suspense, acaba se inteirando.

— E como — murmura Thibodeau, olhando para o mapa topográfico. — E como chamam esse seu clube?

Silêncio. Penso na noite em que ficamos em volta da lareira de Ingrid, tomando drinques enquanto conversávamos a respeito da misteriosa Bianca.

— Clube do Martíni — digo. Meus amigos acenam com a cabeça e sorriem.

— Gente, não vamos perder o foco — diz Declan. — Precisamos manter nosso foco nesse tal Frank Sardini, seja ele quem for.

Thibodeau suspira:

— Nossa. Isso acabou de ficar muito mais complicado.

— E nós estamos aqui pra ajudar — diz Ingrid. — Podemos estar aposentados, mas aprendemos algumas habilidades investigativas ao longo dos anos.

— Lendo livros de suspense? Tá. — Thibodeau olha para mim. — *Você* deve ter algumas respostas. Alguém acabou de tentar te matar. Faz ideia de quem pode te querer morta?

Olho para o saleiro caído, representando o cadáver de Bianca. Ela é apenas mais uma numa série de mortes, uma série que ainda não está completa.

— Não sei — respondo. *Mas talvez eu saiba o motivo.*

DECLAN E EU CHEGAMOS AO ÚLTIMO CENTÍMETRO DO SEU UÍSQUE SINGLE Grain de dezesseis anos. Já bebi mais do que o suficiente esta noite, mas ele diz:

— Vamos terminar logo. — E esvazia o restante em nossos copos.

Os outros já foram para casa. Estamos só nós dois, sentados em frente à lareira. As chamas se apagaram e agora apenas tremeluzem, mas em breve vamos subir para dormir, então ele não coloca mais lenha na lareira. Em vez disso, deixamos que o fogo aos poucos se transforme em brasas. Uma morte inevitável.

— Lembra do primeiro uísque que servi pra você? — ele pergunta.

— Pensei que estivesse tentando me envenenar.

— Não era uma garrafa *tão* ruim assim. Um barril de só oito anos, mas era um Single Malt, se bem me lembro.

— Foi a primeira vez que tomei uísque. Meu paladar não estava acostumado, então não consegui apreciar como devia. — Dou um gole do que ele acabou de me servir e suspiro, saboreando o final do caramelo em minha língua. — Meu Deus, eu era tão inocente naquela época. Em muitos aspectos.

— "De rosto imaculado" foi como Ben te descreveu. Ao contrário de nós, que já tínhamos tempo de estrada.

Sim, Declan tem mais tempo de estrada que eu. Oito anos a mais, para ser precisa. Quando nos conhecemos como novos recrutas, ele já tinha trinta anos e um doutorado em história europeia. Uma credencial valiosa que foi muito útil enquanto ele trabalhava com um disfarce não oficial no meio acadêmico. A passagem do tempo deixou o cabelo preto grisalho e as rugas de expressão estão gravadas ao redor de seus olhos, mas os anos só aprofundaram a boa aparência desse homem de cabelos escuros. Esse filho de um diplomata ilustre que agora ele mesmo se parece muito com um diplomata.

— Já se perguntou o que poderia ter feito com sua vida? — ele pergunta.

— Quer dizer, em vez de trabalhar na Agência?

— Sim.

— Talvez eu fosse uma analista de importação *de verdade*. Eu até que gostava do meu disfarce. — Olho para ele. — E acho que você teria sido um professor de história.

— Paletós xadrez, faculdades cobertas de hera. Um ano de folga a cada sete anos. Parece ótimo.

— Além de ficar cercado por aquele monte de alunas de vinte e poucos anos.

— Isso eu não considero um benefício. Nunca gostei de mulheres mais novas que eu. — Ele dá um gole de uísque, pensativo. — Se tivéssemos ido por outros caminhos, você e eu nunca teríamos nos conhecido. Não estaríamos sentados juntos agora. Algo triste de se pensar.

— Mas aqui estamos nós. — Sorrio para ele. — Pelo menos por isso, sou grata.

Ficamos em silêncio, ambos olhando para a lareira. Um tronco coberto de cinzas cai, lançando uma chuva de brasas.

— O que aconteceu em Malta? — ele pergunta.

— Você já sabe o básico. Operação Cyrano.

— Sei que foi quando ele foi capturado. E ouvi falar, ao longo dos anos, que um informante russo poderia ter entrado em Downing Street para ficar perto do primeiro-ministro britânico.

— Os primeiros indícios vieram pela SIGINT. Uma comunicação interceptada de um agente russo para um agente em campo. Os britânicos e a Agência não faziam ideia de quem ele era. Um membro do Parlamento? Um funcionário do Partido Conservador? Ou talvez ele trabalhasse na *National Crime Agency*, a divisão de investigação de crimes do Reino Unido, alguém num patamar alto o suficiente para impedir qualquer investigação de lavagem de dinheiro russo. Não tínhamos nem certeza se Cyrano existia mesmo ou se era só um fantasma. Uma invenção da paranoia da comunidade de inteligência.

— Os britânicos não deveriam ter lidado com isso? Por que é que nós é que estávamos na linha de fogo?

— Porque cada movimento da inteligência britânica foi comprometido muitas vezes e vários dos seus informantes foram assassinados. Por oito anos, o homem era um mistério.

— Até a Operação Cyrano?

Aceno com a cabeça:

— Diana Ward comandou essa operação. Com ou sem razão, ela recebeu o crédito por capturar ele.

— E qual foi seu papel?

— Ela me trouxe pra operação. Eu era só uma engrenagem na máquina.

— Você não pode ter sido só isso, Maggie.

— Eu não estava lá quando pegaram ele. Nem na interrogação, depois que levaram ele de avião para o Marrocos. Isso foi tudo trabalho da Diana.

— Então, qual foi sua participação nisso?

Encolho os ombros:

— Só indiquei o caminho. E ela assumiu o controle dali em diante.

— E essa foi a última vez que teve notícias dela?

— Depois de Malta nunca mais nos falamos. Ela nunca me procurou, e eu com certeza nunca a procurei. Não tinha porquê. No dia seguinte da captura de Cyrano, pedi demissão.

— Quer me dizer por quê?

— Não, não quero. — Minha resposta sai mais brusca do que eu pretendia e, por um momento, ele não diz nada. Mantenho meu olhar nas brasas da lareira, mas sei que ele está me observando. Ele é um dos meus amigos mais antigos, talvez o meu amigo mais querido, mas há um muro entre nós, construído devagar ao longo dos anos, com o acúmulo de segredos de uma vida inteira. E cicatrizes.

— Cyrano foi capturado há dezesseis anos — ele diz. — Acha mesmo que isso é uma vingança, depois desse tempo todo?

— Foi um golpe e tanto para os russos no Ocidente. Paralisamos a lavagem de dinheiro de Londres, expusemos a corrupção do Reino Unido nos níveis mais altos do governo. Uma retaliação de Moscou faz sentido.

— Mas por que esperaram até agora pra ir atrás de vocês?

— Talvez porque eles acabaram de saber nossos nomes. Bianca me disse que houve uma falha de segurança recente na Agência e alguém acessou o arquivo Cyrano. Meu nome estava nesse arquivo. Teria levado tempo pra me localizarem, porque mudei meu sobrenome e vivi como mochileira por anos. Estive na Costa Rica, no México. Viajei pela Ásia. Então recebi seu e-mail, dizendo que havia se mudado para o Maine. Você fez parecer que tinha encontrado o nirvana.

— Talvez eu tenha exagerado.

— Não. Não, você não exagerou. Este vilarejo parece *mesmo* um lar. Ou parecia, até tudo isso acontecer. Só lamento ter atraído atenção para nosso cantinho seguro do mundo. Sinto que expus todos vocês.

— Vamos sobreviver. Sempre sobrevivemos.

— Nem sempre. Esta semana destruiu qualquer ilusão que eu pudesse ter de que eu sou invencível. — Engulo o resto do uísque e me levanto. — Já é tarde. Vejo você pela manhã. E obrigada, Declan. Não só por esta noite, mas por... tudo.

— Você faria o mesmo por mim.

Sorrio para ele. *Sim. Sim, faria mesmo.* Saio da sala de estar e já estou no pé da escada quando o ouço me chamar:

— Sabe que pode ficar aqui, Maggie. O tempo que precisar.

— Cuidado com o que está oferecendo.

— Esta casa é grande, talvez grande demais para mim. Seria bom ter sua companhia. — Uma pausa. — *Gosto* da sua companhia.

E eu gosto da sua.

Pela porta da sala de estar, posso vê-lo sentado perto da lareira, olhando para as cinzas. Não está olhando para mim. Nós nos conhecemos há quase quatro décadas, mas ele sempre teve o distanciamento de um intelectual frio. Embora ele tenha aberto sua casa para mim, ainda sinto a distância entre nós, que é inerente a qualquer relacionamento entre duas pessoas para as quais a desconfiança é um instinto de sobrevivência.

— Com certeza vou pensar nisso — digo.

Subo as escadas até meu quarto e fecho a porta. Também a tranco, por hábito, embora me sinta segura nesta casa porque só meus amigos e Jo Thibodeau sabem que estou aqui. Declan tem um sistema de segurança de última geração e, assim como eu, está armado. No começo da noite, eu o vi retirar uma caixa de balas do seu cofre de armas e carregar dois pentes. Sua aparência demonstra calma, mas ele também deve estar nervoso.

Meu telefone vibra com uma nova mensagem. É a resposta ao e-mail criptografado que enviei no início da tarde.

Disponível para encontrar. Bangkok. Detalhes em breve.

Agora sei para onde preciso ir. Tenho que encontrar a mulher que detesto, a mulher que estava comigo em Malta. Diana tem as respostas. Ela saberá quem está tentando nos matar.

Mas naquela noite, quando fecho os olhos, mais uma vez só consigo pensar em Danny. Eu me lembro do jeito que ele me olhou naquela manhã, quando fez suas malas pela última vez. Quando ele se inclinou para me dar um beijo de despedida. Como nossas vidas teriam sido diferentes se tivéssemos fugido como tínhamos planejado, se eu tivesse recusado aquela última missão e nunca tivesse ido para Malta.

Foi lá que tudo desmoronou. Em Malta.

24

Malta, dezesseis anos atrás

Embora Bella Hardwicke tenha herdado o mesmo cabelo ruivo e a pele rosada impecável de sua mãe, infelizmente ela não herdou o pescoço de cisne ou a postura de realeza de Camilla. É impossível não comparar as duas quando me sento à frente delas na mesa de café da manhã da mãe elegante com a filha patinho feio. Nesse dia escaldante, o terraço do jardim da casa alugada de Camilla é um refúgio fresco, sombreado por videiras. Uma fonte de pedra respinga nas proximidades, enviando uma névoa bem-vinda em nossa direção, e pardais cantam na laranjeira. Numa ilha com muita falta de vegetação, onde grande parte da paisagem é dominada por pedra e concreto, esse antigo mosteiro é um santuário frondoso longe do trânsito de Valletta.

— Não entendo por que não posso te levar de volta para Londres no meu jatinho — diz Camilla. — É como se seu pai não confiasse em mim para te levar para casa.

— Papai disse que precisava vir aqui mesmo. — Bella mexe os morangos pelo prato com o garfo. Imagino que ela não goste de morangos, já que nenhum deles foi parar em sua boca. Em vez disso, ela os organizou em uma linha defensiva, como se estivesse sob cerco.

— Ele tinha outro motivo para vir aqui? — diz Camilla.

— Ele disse que vai se encontrar com alguém. Por isso que não vamos embora até amanhã. Não está vindo por minha causa. É coisa de trabalho, de novo. — Bella suspira e abaixa o garfo. — Vou acabar tendo que ouvir outra palestra sobre negócios no caminho pra casa. Ele sempre enche o meu saco falando de dinheiro.

A expressão de Camilla se suaviza quando ela olha para a filha. Ah, sim, ela entende muito bem quais são as prioridades do ex-marido.

— É porque você entende do que ele está falando. Você entende muito mais de números do que eu sonharia entender, querida.

— Bem, eu não *quero* falar de dinheiro. Prefiro falar sobre o que vamos fazer hoje. — Bella olha para mim. — Que bom que veio! Queria que minha mãe te conhecesse.

— Bella não para de falar de você, Maggie — diz Camilla. Sua expressão é bastante amigável, mas sinto que ela está me analisando antes de me dar aprovação total. Afinal de contas, faço parte da comitiva do seu ex-marido e, portanto, não sou muito confiável.

— Maggie trabalha com moda — diz Bella.

— Trabalhava — eu a corrijo. — No meu antigo emprego.

— E agora você trabalha para Phillip? — Camilla pergunta.

— Ah, não. Só estou aqui com meu marido, o dr. Gallagher. O sr. Hardwicke me convidou para vir e fazer companhia à Bella no voo de volta pra casa.

— Porque ele não está interessado em nada que eu tenha a dizer — murmura Bella.

— Bem, seu pai é assim mesmo — diz Camilla. — Ele é assim com todo mundo. Se eu soubesse que tipo de homem ele era quando eu... — Ela faz uma pausa, engolindo as palavras que estavam na ponta da sua língua. Em vez disso, ela olha para o jardim, onde estátuas de mármore cercam uma piscina verde-claro. A casa de campo que ela alugou é muito mais charmosa do que o hotel sem graça em Valletta onde estou hospedada com o grupo de Hardwicke, e com certeza é grande o suficiente para abrigar todos, mas depois do amargo divórcio, os ex-cônjuges continuam a manter uma distância cautelosa um do outro.

— Ele trouxe aquela mulher com ele? — Camilla me pergunta.

— Quer dizer Silvia? — Balanço a cabeça. — Não, ela ficou em Londres.

— Keith e Victor?

— Sim, eles estão aqui.

Camilla faz uma careta:

— Ele nunca vai a lugar nenhum sem eles. A propósito, como estão as coisas? Phillip e aquela mulher?

— Ah, mamãe — Bella resmunga —, não vamos falar dela. Por favor.

— Tem razão. — Camilla suspira. — É claro, tem razão. Só me pergunto quanto tempo *essa* vai durar.

— Mais do que a última — diz Bella. — Pelo menos a Silvia não é escrota comigo.

— Bella.

— Ué, é verdade. A última foi...

— Precisamos deixar isso pra lá. Eu também preciso me lembrar disso. O mais sensato a fazer é seguir em frente.

Bella se inclina para trás na sua cadeira, com os braços cruzados. Por um momento, nós três ficamos sentadas sem palavras enquanto os pardais chilreiam e uma empregada desce com uma bandeja para recolher os pratos do café da manhã. Espero a empregada sair e pergunto a Bella:

— Que negócios seu pai está fazendo na ilha?

— Não perguntei. Só sei que ele tem uma reunião hoje à noite.

— Com quem?

Ela encolhe os ombros:

— Alguém.

Alguém. Olho para Camilla, mas ela está se servindo de outro café e não parece estar prestando atenção.

— Mas isso significa que temos o dia todo hoje — diz Bella, animada. — Então vamos fazer compras!

— Não posso, querida — diz Camilla. — Combinei de encontrar seu pai hoje à tarde. Por que vocês duas não pegam um táxi e vão para a cidade?

Bella se levanta num pulo:

— Vou pegar minha bolsa!

Camilla e eu ficamos em silêncio enquanto Bella sobe os degraus do jardim e entra na casa de campo. Quando tem certeza de que a filha não pode nos ouvir, Camilla pergunta:

— Ele te paga? Para ser amiga dela?

— Nem um centavo. — Eu a olho nos olhos. — Eu *sou* amiga dela.

— Por quê?

— Acontece que eu gosto de Bella.

— E essa é a única razão pela qual Phillip trouxe você aqui? Porque gosta de Bella?

— Meu marido estava vindo pra cá de qualquer maneira, e eu nunca estive em Malta. Então quis vir junto.

Isso, pelo menos, faz sentido para ela. Mais sentido do que eu ser amiga da filha dela. Por mais rica que a família seja, Bella nasceu no infortúnio, com um pai que mal a tolera e uma mãe que tem pena dela. Não é de admirar que ela seja uma garota tão carente.

— Ela não parece ter muitos amigos — digo.

— Ela não vai encontrar nenhum naquela escola horrível.

— Então, por que ela está lá?

— Phillip diz que isso vai fortalecer ela. Ele sofreu no internato, então Bella vai ter de sofrer também.

— Isso não me parece muito paternal.

— Ele não está criando uma filha; está tentando transformá-la num clone de si mesmo, alguém para quem entregar as rédeas. Está preparando Bella para isso desde que ela aprendeu a somar dois mais dois. Para ele, é tudo uma questão de negócios. E eu descobri isso tarde demais.

Observo enquanto ela coloca mais açúcar no café, bate a colher na xícara de porcelana com um tilintar musical. Um pardal na laranjeira chilreia em resposta.

— Quanto tempo ficaram casados, se não se importa de responder? — pergunto.

— Oito anos. Sete anos e meio mais do que deveria ter durado. Quando nos divorciamos, eu queria a custódia de Bella, mas Phillip jamais abre mão de alguma coisa, mesmo quando se trata de algo que na verdade ele não quer. Tive a sorte de conseguir que ele concordasse em deixar que ela me visitasse. — Ela se inclina para mais perto e diz num tom tranquilo: — Se você é mesmo amiga dela, por favor, cuide dela.

— É claro.

— E tenha cuidado.

Franzo a testa:

— Cuidado com o quê?

— As pessoas com quem ele anda. Elas me assustam. Sempre me assustaram.

— Está falando de Keith e Victor?

— Ah, eles! — Ela acena com a mão com desdém. — Não, eles não são nada. São os outros.

— Não sei de quem você está falando.

— As pessoas com quem ele faz negócios. Só mantenha Bella longe delas. Se alguma coisa der errado, se algum negócio explodir na cara de Phillip, não quero que ela esteja por perto.

— Não tem como me dar mais detalhes?

— É melhor eu não contar. Para nós duas. — Ela me olha por um momento. — É verdade? Ele não te paga *mesmo*?

— Ele ofereceu, mas eu não aceitei.

— Então você é a primeira pessoa que já recusou.

— Nem tudo no mundo pode ser comprado.

— Phillip discordaria. — Ela olha para cima quando Bella sai da casa.

— Estou pronta, Maggie! — Bella chama. — Vem, vamos fazer compras!

Eu me levanto da mesa:

— Obrigada pelo café.

— E obrigada por ser amiga da minha filha. — Ela faz uma pausa e acrescenta, baixinho. — Se é isso que você realmente é.

— Estou tão feliz que o papai trouxe você — diz Bella enquanto caminhamos pelas ruelas de Valletta. — Nenhum dos meus amigos da escola quis vir ficar comigo aqui, e mamãe, bem… — Ela encolhe os ombros. — Ela é ela.

— Ela vem pra cá todo verão?

— Não, no ano passado ela foi para Córsega. Ela só vem pra fugir do frio.

— Não faz frio na Argentina.

— Agora é inverno lá.

— Mesmo assim, não faz tanto frio.

— Para a minha mãe faz. Quanto mais quente está o tempo, mais feliz ela fica. Eu odeio o calor, mas é como se ela fosse um tipo estranho de lagarto.

Bella para em um carrinho de vendedor ambulante e fica um tempo examinando as bugigangas. Ela esqueceu o chapéu, seu rosto está tão queimado de sol que chega a ser preocupante e o suor brilha em suas bochechas inchadas. Ela parece uma bola de praia rosa brilhante.

— O que você acha? — ela pergunta, segurando um par de brincos de filigrana de estanho.

— Acho que eles eram mais baratos no outro carrinho da rua.

— Tinha esses brincos lá?

— Idênticos.

— Nossa, você repara em tudo, né?

Sim, reparo. Assim como vi Gavin sentado no saguão do meu hotel esta manhã, fingindo ler um jornal. Vi Diana no restaurante do hotel, sentada a algumas mesas de distância de onde Hardwicke e Keith estavam tomando café da manhã. A equipe de Diana está hospedada no mesmo hotel de Valletta que o grupo de Hardwicke, um lugar luxuoso para uma operação de vigilância, tudo cortesia do governo.

— Ah, deixa pra lá — diz Bella, e coloca os brincos de volta no carrinho. — Acho que não gostei muito deles mesmo. — Ela olha para o sol brilhante. — Nossa, que calor.

— E você está ficando queimada. Precisa usar um chapéu.

— É o que a mamãe vive me dizendo.

— Quer vir para o hotel se refrescar um pouco? Ou quer que eu leve você de volta para a casa da sua mãe para almoçar?

Bella faz uma careta:

— Na casa da mamãe não. Odeio as coisas que a cozinheira dela serve, sempre só saladas sem graça e peixe grelhado. Sabe o que eu queria agora?

— O quê?

— Hambúrguer com batata frita. No seu hotel tem, não tem?

— Achei que fosse vegetariana.

— Eu tentei. Mas sabe como é, né? É superdifícil.

Dou risada:

— Combinado, então. Vamos de hambúrguer.

Nós nos embrenhamos pelas ruas de paralelepípedos, as duas suando e nos abanando devido ao calor. Nossa ida às compras foi um enorme fracasso, e Bella carrega só uma sacola com um lenço de seda. Penso em seu armário, cheio de vestidos que valem uma fortuna, mas que não ficam bem nela. Sem dúvida, isso é um progresso. Ela está aprendendo a ser seletiva.

É aquela hora preguiçosa da tarde, bem depois do almoço, mas cedo demais para o jantar, e quando chegamos ao hotel, a sala de jantar interna está deserta. Em vez disso, a anfitriã nos leva para fora, para uma mesa no terraço à beira-mar. Bella logo pega o cardápio e está tão concentrada em pedir seu precioso hambúrguer, malpassado, com batatas fritas, que não repara em quem mais está no terraço. Vejo Keith sentado em um canto distante, quase fora de vista, o que significa que seu empregador também deve estar por perto. Dou uma olhada no terraço e lá está ele, sentado numa mesa com Camilla, logo depois de uma fileira de palmeiras em vasos. Nenhum dos dois está sorrindo e se encaram do outro lado da mesa como oponentes de xadrez numa partida implacável. Embora os vasos de plantas os escondam parcialmente da vista, a folhagem não abafa suas vozes.

— ... um negócio muito perigoso! Não quero que ela seja arrastada para isso — diz Camilla.

Bella ergue a cabeça ao ouvir a voz da mãe e resmunga:

— Não acredito. Eles estão aqui.

— Finja que não estão.

— É fácil pra você dizer isso. Talvez a gente devesse ir embora.

Mas eu não quero ir embora. Quero ouvir o que eles estão dizendo.

— Você já fez o pedido — digo a ela. — Ignore e coma seu almoço.

Hardwicke está falando agora, sua voz está mais calma. Tudo o que consigo entender é:

— Não foi isso que combinamos.

— Ela não está feliz.

— Ela precisa de estabilidade.

— De um colégio interno? Ela odeia aquele lugar.

— A vida é assim, cada um por si. Ela precisa descobrir como o mundo funciona. Foi assim que eu aprendi.

— A vida não é um campo de treinamento! Quero que ela vá pra casa comigo — diz Camilla.

— Não foi isso que combinamos.

— Não fizemos nenhum acordo. Você exigiu, é diferente.

— Não é problema meu se seus advogados são incompetentes.

Olho para o casal se encarando e penso: *Não é de admirar que Silvia tenha ficado em casa em Londres*. Não consigo imaginar uma situação mais tensa do que uma amante e uma ex-esposa prestes a se encontrarem na mesma ilha.

Bella deixa a cabeça cair em suas mãos, como se estivesse sofrendo de uma dor de cabeça monumental:

— Deus, por favor, me traga meu hambúrguer.

— Finja que não conhece eles. Era isso que eu costumava fazer quando tinha sua idade.

— Com seus pais?

— Meu pai. Sempre que ele ficava bêbado, se eu o visse cambaleando pela cidade, eu continuava andando.

— Você nunca me falou sobre ele.

— Não tenho muito que dizer.

— Não gosta de falar de você, né?

— Não sou muito interessante.

—Viu? Acabou de fazer de novo. Evita falar de você.

Então ela percebeu. Às vezes esqueço como as adolescentes podem ser perspicazes. Hora de mudar de assunto. Olho para os pais dela:

— Eles não se dão bem mesmo, né?

— É por isso que nunca vou me casar.

— Nunca diga nunca.

— A não ser que eu conheça alguém como o dr. Gallagher.

Sorrio:

— Acho que ele já é casado.

— Quero encontrar um homem que olhe pra mim como ele olha pra você.

Esse comentário me faz parar. Às vezes, é preciso uma adolescente perspicaz para ir direto à verdade. Eu me escondi por trás de tantas mentiras, mas Bella reconheceu a única coisa verdadeira em minha vida: que Danny e eu nos amamos. Eu me pergunto o que mais ela vê em mim. Já percebeu o fato de que evito suas perguntas, que não compartilho meus segredos. Ela com certeza ficaria magoada se descobrisse o maior segredo que escondi dela: que nossa amizade não é verdadeira.

A comida chega enfim, e Bella não perde tempo em atacar as batatas fritas. Ela pega o hambúrguer com as duas mãos e está prestes a dar uma mordida nele quando ouve a mãe dizer para Hardwicke:

— ... e ela engordou quatro *quilos*. Como você deixou isso acontecer?

Bella faz uma pausa, com o hambúrguer em seus lábios.

— Ela parece bastante saudável — diz Hardwicke. — Que diferença faz quanto ela pesa?

— *Alguém* na sua casa presta atenção nela? Aquela mulher?

— Silvia não tem nada a ver com isso — diz Hardwicke.

— Não, claro que não. Por que ela se importaria? Ela já conseguiu o que *queria*. — Camilla empurra sua cadeira para trás e se levanta. — Ela também é sua filha. *Tenta* demonstrar um pouco de afeto. Se não conseguir, então ela vai ficar comigo. — Camilla se afasta de Hardwicke e de repente nos vê, sentadas a algumas mesas de distância.

— Oi, mamãe — diz Bella, parecendo acuada.

Camilla franze a testa para a refeição de Bella:

— Um *hambúrguer*? Ah, Bella.

— Eu estava com fome.

— Da próxima vez tente uma salada. — Ela lança um olhar hostil para Hardwicke. — Você vai embora com seu pai pela manhã. Volte comigo agora pra fazer as malas.

— Acabei de começar a comer.

— Eles podem embrulhar pra você. Vamos.

Bella olha para o hambúrguer que não comeu e o coloca no prato com um suspiro.

— Acho que não estou mais com fome. — Derrotada, ela se levanta e me diz: — Obrigada por me levar pra fazer compras.

— A gente se vê no aeroporto amanhã, Bella.

Enquanto Camilla e a filha saem do restaurante, Hardwicke continua sentado, com os ombros tensos. Deve estar furioso com o fato de que, mesmo com todo o dinheiro e todo o poder, não consegue controlar as mulheres de sua vida. Ele se senta de frente para o mar, pouco mais do que uma silhueta escura com a iluminação do horizonte cintilante diante de si. Não consigo ver seu rosto, portanto, não consigo identificar o momento em que começa, quando a faísca é disparada em algum lugar de seu cérebro, desencadeando a tempestade elétrica em seu córtex cerebral.

A primeira pista que tenho de que alguma coisa está errada é o copo de vidro que cai da mesa e se quebra. Minha primeira reação é chamá-lo de *descuidado*. Em seguida, eu o vejo cair de lado na cadeira, arrastando a toalha de mesa com ele, espalhando louças e talheres por toda parte. O estrondo chama a atenção de todos no terraço. Agora todos estão observando, atônitos, Hardwicke caído no chão, tremendo e se contorcendo.

Keith se levanta num pulo de sua cadeira. Quando se ajoelha ao lado de Hardwicke, ele já está falando no telefone:

— Dr. Gallagher, ele está tendo uma convulsão! Terraço do restaurante!

Os dois garçons ficam paralisados enquanto Hardwicke continua a se debater. Vejo um vidro quebrado perto de sua cabeça e me levanto para chutar os cacos, mas ele já se cortou e sangue fresco mancha o chão. Ouço cadeiras raspando para trás e vozes ofegantes enquanto uma multidão se reúne para assistir a esse espetáculo humilhante.

— Se afastem, todos vocês! Deem um pouco de espaço para ele, pelo amor de Deus! — Keith grita.

Empurro as cadeiras para o lado, empacoto a toalha de mesa caída e a coloco sob a cabeça de Hardwicke para amortecê-la. A violência da convulsão me horroriza. Quanto tempo essas convulsões podem durar? Quanto tempo até que os ossos se quebrem ou o coração entre em parada cardíaca?

Então ouço a voz de Danny, ordenando que todos se afastem enquanto ele avança pela multidão. Ele se ajoelha ao meu lado com seu kit médico.

— Ele está sangrando — digo.

— Isso pode esperar. — Ele destampa um cartucho de plástico, expondo o bico de aplicação. — Mantenha a cabeça dele imóvel!

Com as duas mãos, agarro a cabeça de Hardwicke. O sangue cobre seus cabelos e mancha as pontas dos meus dedos. Olho bem em seus olhos. Eles estão entreabertos, com as íris viradas para trás, mostrando apenas a parte branca. Suas pernas se debatem no chão, *tum, tum, tum*. *Como seria fácil acabar com sua vida aqui e agora*, penso. Cortar sua garganta ou sufocá-lo com um travesseiro. Seria uma maneira de fazer justiça, de tornar o mundo um lugar melhor. Em vez disso, aqui estou eu, ajudando meu marido a manter esse monstro vivo.

Danny insere rápido o bocal do cartucho na narina de Hardwicke e pressiona o êmbolo.

— O que está dando a ele?

— Midazolam. Ainda não foi aprovado oficialmente para isso, mas já funcionou com ele antes. — Meu marido imperturbável, apenas com sua voz firme, conseguiu me acalmar. — O que aconteceu aqui fora? O que desencadeou a convulsão?

— Nada. Ele só estava sentado naquela mesa ali, olhando para o mar.

Danny olha de relance para a mesa.

— Luz do sol. Reflexos na água.

— Isso pode desencadear uma convulsão?

— A cintilação pode. — Ele olha para Hardwicke, cuja convulsão já está começando a diminuir. — Acho que ele não vai precisar de uma segunda dose. Vamos deixar ele quieto um pouco, deixá-lo acordar. Agora, vou dar uma olhada nesse couro cabeludo.

Ouço uma sirene se aproximando.

Keith pergunta:

— Quem chamou uma ambulância?

— Eu chamei, senhor — diz um dos garçons.

— Ele não precisa de uma ambulância! Nem quer!

— Eu não sabia…

— Está tudo bem, está tudo bem — diz Danny, dando um sorriso tranquilizador para o garçom. — Ele já teve essas convulsões antes, claro que você não sabia disso. Maggie, pode me passar um pouco de gaze?

Vasculho o kit médico de Danny, procurando a gaze esterilizada, e uma etiqueta chama minha atenção. A caixa em si não tem nada de especial, é só papelão branco com o conteúdo impresso em preto, mas o nome do medicamento que ela contém grita para mim das profundezas da bolsa médica de Danny. Já dei uma olhada em seu kit várias vezes, então sei quais medicamentos ele costuma ter ali, quais instrumentos viajam para todos os lugares com ele. Essa é a primeira vez que vejo arginato de heme na sua bolsa.

— Maggie? — diz Danny.

Entrego o pacote de gaze para ele. Vejo-o abrir e pressionar um quadrado de gaze no couro cabeludo de Hardwicke. O algodão branco fica vermelho de sangue.

Cyrano está em Malta.

A equipe da ambulância chega com uma maca. Quando chegam perto de Hardwicke seus olhos já estão se abrindo e ele olha em volta confuso.

— Vamos levá-lo para a suíte dele — diz Danny.

— Não para o hospital? — pergunta um paramédico.

— Ele não precisa ir para o hospital. É só levar para seu quarto.

Todo o foco está em Hardwicke, então ninguém está me observando. Eles não se importam que eu os siga até o elevador e entre com eles, ou que eu esteja logo atrás deles quando saem no quarto andar.

Não percebem quando os sigo até a suíte particular de Hardwicke.

Nunca estive aqui antes. O quarto onde Danny e eu estamos dormindo fica um andar abaixo, e não há motivo para eu subir até esse andar. Ninguém da equipe da Diana conseguiu acessá-lo, porque a limpeza não foi autorizada a entrar, e Keith ou Victor estão sempre posicionados dentro da suíte. Esta é a nossa única chance de dar uma olhada.

É uma suíte de três quartos, e dois dos quartos — suponho que sejam um de Keith e outro de Victor — estão com as portas fechadas. Na área comum, há um sofá e cadeiras, estofados em seda de um amarelo-esverdeado claro. Uma generosa tigela de frutas está na mesa, um bar bem abastecido com uísques e champanhe e uma TV de tela grande na parede. As portas de correr dão para uma varanda com vista para o oceano.

No canto, há uma escrivaninha com um laptop.

Dou uma olhada pela porta aberta para o quarto de Hardwicke. Estão todos ocupados o colocando na cama, não estão prestando atenção em mim.

Vou até o laptop e toco no teclado para sair do *stand by*. Uma tela de login aparece. Está protegida por senha, é claro, mas atrás do laptop tem um adaptador USB multiportas. Anexado a ele está um pen drive.

Ouço o rangido das rodas da maca. Os paramédicos estão se arrumando para ir embora e não há tempo para pensar no meu próximo passo, nem para pensar nas consequências. Tudo o que vejo é uma oportunidade.

Tiro o pen drive, coloco-o no bolso e saio da suíte.

Uso a escada. Quando chego ao terceiro andar, vejo um carrinho de limpeza parado no final do corredor, mas a faxineira está ocupada num quarto de hóspedes. Ela não me vê quando vou para o quarto 302, onde Diana guarda os equipamentos operacionais. Bato na porta.

Diana abre a porta e me olha com surpresa. Passo por ela e entro no quarto.

— O que está fazendo aqui? Você não deveria estar... — Entrego a ela o pen drive. — Copie isso. Agora.

— O que é isso?

— É do computador do Hardwicke.

Ela vai rápido até o laptop e insere o pen drive numa entrada USB. Embora o laptop de Hardwicke fosse protegido por senha, o pen drive pode não ser. Fico observando, com o coração apertado, enquanto o conteúdo começa a ser transferido. Arquivo por arquivo, eles são transferidos para o laptop da Diana.

— O que são todos esses arquivos? — Diana pergunta, franzindo a testa para a tela.

— Não sei. Acabei de tirar do computador dele. Preciso colocar de volta antes que percebam que não está mais lá.

— Alguma chance de eles terem visto você...

— Cyrano está aqui. Em Malta.

Ela vira para me encarar:

— O quê? Como sabe?

— Tem uma caixa de frascos de arginato de heme na maleta médica do Danny. Ele deve ter trazido de Londres. Eu nunca vi isso antes.

Os arquivos continuam a ser transferidos, todos eles rotulados com nomes enigmáticos. Olho para o relógio enquanto os segundos passam. *Vai logo.* Por que está demorando tanto? Preciso voltar para a suíte do Hardwicke e devolver a unidade ao computador dele. Mesmo que eu consiga fazer isso sem ninguém me ver, ainda tenho mais um problema: como vou apagar a mensagem no laptop dele dizendo que o dispositivo não foi ejetado corretamente? Com todo o caos que se seguiu à convulsão, talvez ignorem isso. E as convulsões não deixam lacunas na memória? É com isso que estou contando... que Hardwicke ache que o erro foi dele.

Transferência concluída. Finalmente.

Diana retira o pen drive e o entrega para mim:

— Danny disse pra quem são esses frascos?

— Não. E não tem motivo para ele estar carregando aquele medicamento. Até onde sei, Hardwicke é o único paciente dele na ilha.

— Então vamos ficar de olho nele. Se Cyrano estiver em Malta...

— Danny vai nos levar direto pra ele.

25

Eu me sinto como se estivesse carregando uma bomba-relógio no bolso enquanto subo a escada de volta ao quarto andar. Se o pessoal do Hardwicke encontrar o pen drive comigo, podia muito bem ser uma bomba mesmo, já que isso vai selar o meu destino. Saberão que fui eu quem tirou o pen drive do computador dele.

O que significa que terei de ser eliminada. Mas, primeiro, farão tudo o que puderem para arrancar a verdade de mim.

Posso sentir essa bomba fazendo um tique-taque cada vez mais alto enquanto caminho pelo corredor até a suíte de Hardwicke. A porta está fechada. Trancada. Meu coração está batendo forte e minha mão treme quando ergo o punho para bater.

Victor abre a porta. Ele nunca foi muito amigável, e agora me olha com o que parece ser suspeita. Ou será que é meu sentimento de culpa que está falando mais alto?

— Eu queria ver como o sr. Hardwicke está — eu digo.

— Ele está dormindo.

— Posso falar com meu marido? Preciso dizer a ele...

— Ele já foi embora.

— Mas ele estava aqui agora.

— Ele e Keith tiveram que se encontrar com alguém. Vão voltar para o jantar.

— Para onde eles foram?

— Escuta, sra. Gallagher — ele responde. — Vá até o bar e tome um drinque, tá bem? Tenho trabalho a fazer. — Ele fecha a porta.

Eles foram se encontrar com alguém.

Desço quatro andares correndo e corro para o saguão. Não vejo Danny.

Saio correndo para a porta de entrada, onde uma Mercedes preta acaba de chegar ao hotel. Nem sinal de Danny por aqui também.

Pego o celular e aviso a Diana:

Ele está em movimento! Preciso que fiquem de olho em...

Então eu os vejo: Danny e Keith, atravessando uma rua parada devido ao trânsito. Danny está carregando sua maleta médica.

Não tem mais ninguém por perto para segui-los. Só pode ser eu.

O pen drive ainda está no meu bolso, mas não tenho tempo para me preocupar em como ou quando posso levá-lo de volta à suíte do Hardwicke; meu único foco são os dois homens que agora estão descendo a rua. Danny parece não perceber que está sendo seguido, já que não para e olha para trás. É Keith quem faz uma pausa na esquina para examinar os arredores. Acabei sendo arrastada para um jogo perigoso. Se ele me vir, saberá que os estou seguindo.

Paro um pouco e deixo que eles se afastem mais de mim enquanto seguem pelo calçadão à beira-mar. Há tão pouca cobertura aqui, nenhuma porta para entrar atrás, nenhuma loja próxima para se esconder. A distância é minha única amiga, e eu fico bem para trás, minha presa ainda está à vista, mas por pouco.

Eles estão indo para a marina.

Uma floresta de mastros de veleiros balança com as ondas deixadas por um barco a motor que passa pelo porto. Quando Danny e Keith começam a descer uma doca, não tenho escolha a não ser parar. Não tem qualquer lugar para me dar cobertura naquela doca e, se eu os seguir, podem acabar me vendo. Frustrada, observo os homens continuarem andando em direção a um barco que os aguarda. Eles entram.

Só quando o barco se afasta é que corro para a doca, sem tirar os olhos do barco. Não tem como ir muito longe e vai direto em direção à frota de megaiates atracados no porto. É uma marinha inteira de embarcações, dedicada exclusivamente aos prazeres dos ricos.

— São eles? — diz uma voz.

Eu me viro e vejo Gavin ao meu lado. Minha atenção estava tão concentrada em Danny e Keith que não notei que meu colega havia se aproximado para me ajudar.

— Ali — digo, apontando para o iate onde o barco deles acabou de ser amarrado.

Gavin leva um par de binóculos aos olhos:

— Estão subindo a bordo agora.

— Qual é o nome do barco?

— Dê uma olhada. — Ele me entrega o binóculo.

Olho para a popa do iate e, pelas lentes, o nome aos poucos entra em foco. *Ravenous*, devorador em inglês.

— Acho que encontramos Cyrano — diz Gavin.

Já fiz o que vim fazer em Malta. Não há nada que me impeça de arrumar minhas malas, entrar em um avião e fugir de tudo isso. É o que eu *deveria* estar fazendo, porque minha parte na Operação Cyrano acabou. Em duas horas, a equipe de Diana entrará por todos os lados a bordo do *Ravenous*, um iate de propriedade do empresário bilionário sir Alan Holloway, cujos pequenos negócios com Hardwicke não tinham levantado suspeitas antes. Só agora a Agência está se concentrando no início obscuro de Holloway e em sua misteriosa e rápida ascensão à estratosfera da sociedade britânica. No instante em que Holloway for levado em um voo de rendição, com destino a um local de detenção no Marrocos para interrogatório, os russos saberão que seu agente foi descoberto. Presumirão que o vazamento veio de alguém do círculo de Hardwicke.

Não vai demorar muito para que Hardwicke perceba que fui eu quem o traiu.

Eu deveria estar num avião agora, indo para algum lugar onde Hardwicke e os russos não possam me encontrar. O mais sensato a fazer é desaparecer, mas isso significaria deixar Danny para trás para lidar com os desdobramentos, e não posso fazer isso.

Então, em vez disso, eu espero.

Já estava quase escuro lá fora quando enfim ouvi seu cartão-chave destrancar a porta. Ele entra no quarto e coloca a maleta médica na cômoda. Só pelo seu silêncio, sei que tem alguma coisa errada. Algo mudou.

— Por onde andou? — perguntei.

— Precisei ir ver um paciente.

— Hardwicke está bem agora?

— Hardwicke não. Outra pessoa.

— Tem outro paciente na ilha?

— Ela está a bordo de um iate aqui e precisava de cuidados médicos. O sr. Hardwicke me pediu para fazer uma visita domiciliar.

— Num iate? Como foi?

— Isso importa mesmo?

— Só estou curiosa. Eu nunca estive num...

— Está com você, Maggie? — ele pergunta, seu tom calmo.

— O quê?

— O pen drive.

Por alguns instantes, não sei como responder a ele:

— Do que você está falando? — digo enfim.

— Sumiu um pen drive do computador do Hardwicke. Contém informações financeiras extremamente confidenciais. Keith e Victor estão destruindo a suíte agora mesmo, procurando ele.

— Por que está me perguntando?

— Porque você estava lá, no quarto. Porque eu vi você no computador dele.

— Como você pôde…

— Tem um espelho no quarto dele. Quando estávamos tirando ele da maca, olhei para o espelho e vi você no outro quarto. Vi você no computador dele, mas na hora não pensei que fosse nada de mais. Depois, ouvi que estavam procurando o pen drive e liguei os pontos. Me dei conta de que poderia ter sido você. — Ele suspira, um som de profunda exaustão. — Se está com você, preciso devolver para eles, antes que comecem a fazer perguntas. Antes que venham te procurar.

Minhas pernas ficam trêmulas e afundo em uma cadeira:

— Disse a eles que me viu? — pergunto baixinho.

— Eu não disse uma palavra a eles. Por favor, me deixa cuidar disso. Antes que seja tarde demais.

Olho nos olhos de meu marido. Acredito que ele me ama, que se casou comigo porque queria ter uma vida comigo. Mas se eu estiver errada, e na verdade ele for leal a Phillip Hardwicke, então o que estou prestes a fazer pode me tornar uma mulher morta.

Pego o pen drive no meu bolso e o coloco em sua mão.

— Obrigado — diz ele, e se vira para sair.

— O que vai fazer?

— Não sei. Colocar no bolso dele ou talvez chutá-lo para debaixo da cama. Suas convulsões sempre o deixam confuso por um tempo, então talvez acreditem que seja apenas amnésia pós-ictal. Vão pensar que ele mesmo o tirou do computador, mas esqueceu.

— Então não vai dizer nada de mim?

— Não. — Ele para na porta. — Mas quando eu voltar, vamos conversar. E você vai me contar tudo.

Depois que ele sai, não me mexo da cadeira. Agora é a hora de correr, antes que ele volte, antes que diga a Hardwicke que fui eu quem o traiu, mas não consigo me mexer. É como se estivesse grudada na cadeira, tão imóvel quanto uma prisioneira amarrada para a execução. Não me importo se alguém enfiar uma bala em minha cabeça, porque isso significaria que Danny me traiu, e isso por si só já seria uma espécie de morte.

Lá fora, a noite cai, mas não acendo a luz. Ouço risadas e música do restaurante lá embaixo e me pergunto se Danny voltará algum dia. Eu me preocupo com o fato de ele também estar em perigo por ser casado comigo. A essa altura, a equipe de Diana já invadiu o *Ravenous* e sir Alan Holloway está sob custódia, junto com a companheira cuja necessidade de uma droga incomum nos levou até ele.

Saia daqui. Faça as malas e saia de Malta agora! É o que todos os meus instintos estão gritando para mim, mas ainda estou sentada em minha cadeira quando a porta se abre e Danny entra na sala escura. Ele fecha a porta e fica na escuridão.

— Maggie? — ele chama.

— Estou aqui — digo.

Ele não acende a luz. Talvez ele não consiga suportar olhar para mim.

— Já está tudo resolvido — diz ele. — Consegui colocar no bolso dele. Vão achar que ele esqueceu que estava lá.

— Então está tudo bem, agora. Está tudo resolvido?

— Pelo menos esse problema está. — Ele é apenas uma silhueta nas sombras, parado do outro lado da sala, como se tivesse medo de se aproximar. Com medo de que eu apareça para ele com as garras à mostra. — Fiz uma longa caminhada — disse ele. — Precisava me preparar para seja lá o que for que você vai me dizer.

— Está pronto para ouvir?

— Na verdade, não. Porque pelo visto não vai ser nada bom.

— Senta — digo. — Por favor, querido.

— É tão ruim assim?

— É, sim.

Com um suspiro, ele se senta na cama:

— Desde que seja a verdade.

NA ESCURIDÃO, CONTO TUDO A ELE. NÃO QUERO QUE ELE VEJA MEU ROSTO enquanto revelo todas as mentiras que contei a ele, mentiras a respeito de quem eu sou e para quem trabalho. A cada novo segredo que revelo, sinto que estou me livrando, pouco a pouco, do peso de enganar Danny que me sobrecarrega há tanto tempo. Conto a ele por que precisávamos de informações de Phillip Hardwicke e todos os motivos pelos quais ele é perigoso. Falo de Stephen Moss, que encontrei estrangulado no estábulo de Hardwicke. Conto a ele das outras pessoas infelizes que trabalharam para Hardwicke e como ele lidou com a deslealdade delas: com tiros, jogando pela janela ou os cremando vivos.

Conto de Cyrano, cujo iate Danny visitou esta tarde.

— Eles são monstros, Danny. Fomentam o ódio e dão armamentos para revoltas. Lucram com o sangue de homens, mulheres e crianças inocentes em todo o mundo, vendendo bombas de dispersão ilegais, fósforo branco, gás tóxico... o que quer que o mercado exija, para quem tiver dinheiro. Você é médico porque acredita em salvar vidas, e eu também. É por isso que faço este trabalho, porque acredito que estou ajudando a manter o mundo seguro. Também acredito que, às vezes, os fins justificam os meios. É por isso que eu precisava me aproximar de Phillip Hardwicke. É por isso que tive de criar um vínculo com Bella e me infiltrar na família. Foi por isso que precisei roubar aquele pen drive. Precisávamos saber de onde vem o dinheiro dele e para onde está indo, porque isso nos ajuda a identificar e derrubar os outros monstros dessa máquina de guerra. Fiz isso por uma boa causa.

— E isso significava me usar.

— Eu precisava entrar nos arquivos dos pacientes da Galen.

— Foi por isso que se casou comigo? Para ter acesso a esses arquivos?

— Eu me casei com você porque te amo.

— Como posso saber se isso é verdade?

— Não tem como. Tudo o que posso fazer é repetir isso, todos os dias, pelo resto de nossas vidas. Eu te amo.

— O resto de nossas vidas. — Ele diz as palavras como se estivesse recitando numa língua estrangeira. — Acha mesmo que é assim que vai ser, você e eu juntos, até que a morte nos separe?

— É o que eu quero, Danny. É por isso que estou te contando tudo isso. São detalhes que não devo revelar a ninguém, mas estou te contando porque te amo. Estou escolhendo confiar em você. Por favor, confie em *mim* também.

Ele respira fundo:

— Eu não sei.

Ficamos sentados na escuridão, sem falar por um momento. Depois de tudo o que aconteceu entre nós, de todas as mentiras, não posso esperar muito mais que um "eu não sei". A incerteza significa que há uma chance de ele me perdoar, uma chance do nosso casamento sobreviver.

Mas, primeiro, ele precisa passar dessa noite.

Embora compartilhemos a mesma cama naquela noite, não nos tocamos. Ficamos deitados lado a lado, nós dois sem conseguir dormir, enquanto as horas se arrastam. Enquanto o céu clareia lá fora.

Ao amanhecer, ele sai da cama e se veste. Quando o ouço fechar o zíper da mala, eu me sento.

— Eu também deveria terminar de fazer as malas — digo.

— Não. — Ele se senta na cama ao meu lado. — Você precisa ficar aqui, Maggie. Vou voltar pra Londres sozinho.

— O quê? Por quê?

— É mais seguro se você ficar longe de Hardwicke. Não quero você nem perto dele.

— O que você vai dizer a ele? O que vai dizer pra Bella?

— Que você queria explorar a ilha sozinha por alguns dias.

— Mas e você?

— Eu preciso voltar com ele. Foi o combinado, não posso desistir agora.

— Não, Danny! Vamos voar para outro lugar, você e eu. Podemos entrar num avião e ir para algum lugar onde ele não possa nos encontrar.

— Preciso fazer isso, Maggie.

— Só porque já estava *combinado*?

— Porque eu preciso de um tempo longe. De você.

Eu o encaro. À luz do sol da manhã, vejo com clareza todas as mudanças em seu rosto desde que nos conhecemos em Bangkok, anos atrás. Vejo mais cabelos grisalhos, mais cansaço em seus olhos. Mesmo agora, quando sinto que ele está se afastando, eu o amo mais do que jamais pensei que poderia amar alguém.

— Por quanto tempo? — pergunto, baixinho.

— Não sei. Preciso de tempo pra pensar. Tempo para decidir como vamos seguir em frente.

Ele disse *vamos*, ou seja, *nós*. Significa alguma coisa, não é, o fato de ele ter escolhido o plural?

Danny se inclina para a frente e me dá um beijo gentil na testa. Não acredito que esse seja um beijo de despedida. Eu me recuso a acreditar nisso.

— Vou ligar pra você. Prometo — ele diz. — Talvez não hoje, mas vou te ligar quando estiver pronto.

Quando ele sai do quarto, fico encolhida na cama, mesmo quando o que eu quero mesmo fazer é arrumar minha mala e ir atrás dele no aeroporto, onde o jato de Hardwicke está esperando por nós. O que Danny poderia dizer se eu simplesmente embarcasse naquele jatinho e voasse de volta para Londres com eles?

Ou eu poderia fazer o que ele me pediu. Dar o tempo e o espaço de que ele precisa para decidir e confiar que nosso amor sobreviverá a isso.

Toco minha testa, onde ele me beijou, saboreando a lembrança de seus lábios na minha pele. Ele já me beijou tantas vezes antes, mas é essa lembrança que guardo. A lembrança que terei de guardar, porque é o último beijo que ele me dá.

Três horas depois, o avião de Phillip Hardwicke explode atravessando o mar.

26

JO

Agora

O escritório da imobiliária Betty Jones ficava no mesmo chalé branco e arrumado de sempre, um dos poucos negócios da Main Street que se mantinha desde a infância de Jo. Ela se lembrava de ter subido os mesmos degraus da varanda, daquele mesmo sino tocando na porta quando se abria, detalhes que nunca mudavam. Ao longo dos anos, Jo e seu pai usaram os serviços de Betty Jones para vender a casa de seu bisavô e a fazenda de sua tia-avó, para comprar a pequena casa de dois quartos de Jo e a casa de férias de seu pai em Hobbs Pond. Se uma propriedade mudou de mãos em qualquer lugar do vilarejo de Purity nos últimos quarenta e cinco anos, é bem possível que os termos tenham sido negociados por Betty Jones, que se recusava a se aposentar e é provável que acabasse morrendo segurando um catálogo de propriedades à venda e para alugar.

Ao ouvir o tilintar da campainha, Betty ergueu os olhos da mesa. Mesmo com setenta e quatro anos de idade, ela ainda pintava o cabelo de preto, usava blazer e camisa social branca e ainda tinha o brilho ansioso de vendedora no olhar.

— Olá, Jo! — ela disse. — O tempo já está esquentando lá fora?

— Ainda não.

— Estão dizendo que a primavera vai chegar mais cedo.

— Sempre estão dizendo um monte de coisas.

— Como está indo a reforma da cozinha do seu pai?

— Ouviu falar disso?

— Na loja de ferragens. Pete disse que seu pai comprou um daqueles fogões de indução novos. Sabe, a reforma de uma cozinha geralmente se paga quando chega a hora de vender, mas nem todo mundo está pronto pra não usar mais gás. Owen devia ter pensado nisso.

— Papai não está planejando vender tão cedo, mas se for vender, tenho certeza de que você vai estar pronta com a papelada. Sabe, Betty, estava pensando em...

— E seu irmão? O Finn ainda está trabalhando no norte?

Jo respirou fundo para se acalmar. *Sempre jogue conversa fora um pouco antes de fazer perguntas importantes*, era o que seu pai sempre lhe dizia, já que Jo tinha a tendência de ir direto ao assunto. Ela nunca foi de ficar na rua, conversando com os vizinhos, e sabia que isso era muitas vezes mal interpretado como falta de simpatia quando, na verdade, ela só não tinha muito a dizer como os outros. Quanto ao seu irmão, Finn, no entanto, ela tinha novidades para contar.

— Foi uma semana difícil pra ele. O gelo está muito mais fino este ano, e um garoto num motoneve caiu em uma das lagoas. O Warden Service teve que fazer uma busca e salvamento, então Finn foi até lá para recolher o corpo.

Betty balançou a cabeça:

— Que coisa horrível.

— É o trabalho dele.

— Bem, diga a ele que Betty mandou um oi. E quando ele estiver pronto para comprar uma casa, tenho algumas opções ótimas pra ele.

Uma pausa. *Isso já é o suficiente de conversa fiada*, pensou Jo.

— Betty, será que você pode me ajudar com uma coisa?

— Ah, está procurando um lugar novo? Sua casa está ficando pequena demais?

— Não, só quero informação de algumas pessoas novas na cidade. Você deve ter vendido a casa deles.

— Devo ter, sim. Quem?

— Maggie Bird, por exemplo.

— Ah, sim. Ela comprou a antiga casa da Lillian, a Blackberry Farm. Foi uma venda muito tranquila.

— E quanto a Declan Rose? Ben Diamond? Ingrid e Lloyd Slocum também.

Betty sorriu:

— Ah, fui a corretora de todos eles.

— O que sabe deles?

— Bem, eu vendi a casa na Maple Street para o sr. e a sra. Diamond tem uns dez anos. Coitada, ela morreu um ano depois. Acho que foi um derrame. Depois vendi a casa da Chestnut Street para os Slocum. Eles são amigos de

Ben Diamond e, quando vieram visitar ele aqui, gostaram tanto da cidade que decidiram se mudar pra cá também. Então, o amigo deles, o sr. Rose, veio pra cá e comprou aquela casa antiga, à beira-mar. Ela estava em péssimo estado, precisava de muitas reformas, mas toda a madeira era original. Ouvi dizer que ele a reformou muito bem.

— Então todos se conheciam antes de se mudarem pra cá?

— Pelo visto, sim. Velhos amigos da Virgínia.

— Posso ver os contratos de venda?

Betty franziu a testa:

— Espera, isso é assunto de polícia, Jo? O que eles fizeram?

— Nada. Só preciso de um pouco de informação. Você sabe, precisamos conhecer nossos novos residentes.

— Bem, são todos aposentados. E o sr. Diamond deve ter uns setenta anos pelo menos. Não parecem ser o tipo de pessoas que se metem em problemas.

— Eles não estão com problemas. Confie em mim.

Betty olhou para ela por um momento, sem dúvida pesando a confidencialidade do cliente em relação ao seu conhecimento de longa data da família de Jo. Em uma cidade pequena, você aprende em quais pessoas pode confiar e em quais não pode, e a família Thibodeau, com suas raízes de várias gerações no condado, nunca lhe dera motivos para duvidar deles.

— Vou fazer algumas cópias para você — disse Betty.

Naquela noite, Jo tirou um pedaço de rocambole de carne do freezer, pegou algumas cenouras moles e uma batata que tinha acabado de começar a brotar. Ainda dava para comer aquela batata, certo? Ela deveria procurar isso na internet ou perguntar ao seu pai. Seu pai era um professor de biologia do ensino médio aposentado e, com certeza, saberia a resposta, mas esta noite ele estava em Greenville visitando Finn e, afinal, quão venenosa poderia ser uma batata com um broto? Ela descascou e cortou a batata e, enquanto a deixou fervendo na água no fogão, sentou-se à mesa da cozinha para ler as cópias dos arquivos do escritório de Betty.

Os contratos de compra de imóvel não continham muitas informações pessoais. A maioria dos detalhes era sobre as propriedades compradas em si: localização, quando foram construídas, tamanho do terreno, quais garantias estavam incluídas. Não havia nenhuma menção ao emprego anterior dos compradores, mas ela ficou sabendo que todos os seus endereços anteriores estavam na mesma área geográfica na Virgínia: McLean (os Slocum), Falls Church

(Ben Diamond) e Reston (Maggie Bird e Declan Rose). É provável que foi assim que se conheceram, já que moravam na mesma região. Todos compraram sua casa no Maine com dinheiro; nenhum deles precisou de hipoteca, o que, embora incomum, não era surpreendente. Em comparação com seus bairros na Virgínia, os imóveis na zona rural do Maine eram baratos, e a venda de uma casa em McLean poderia facilmente gerar uma quantia suficiente para comprar em dinheiro vivo uma casa no vilarejo de Purity.

Até o momento, não tinha descoberto muita coisa desse grupo peculiar de aposentados. Ela também não conseguiu achar nada nas mídias sociais, nenhum deles parecia estar no Facebook, Twitter ou Instagram — pelo menos, não com seus nomes verdadeiros. Uma pesquisa no Google, no entanto, trouxe alguns resultados. Declan Rose tinha mesmo sido professor de história, como ele havia afirmado, seu nome apareceu numa antiga lista de professores de uma faculdade no Leste Europeu. O único lugar em que os outros apareceram on-line foi em um artigo recente no jornal local, onde estavam listados como doadores da biblioteca da cidade de Purity. Antes de se mudarem para o Maine, eram invisíveis.

Jo olhou para baixo novamente, para os contratos de compra da casa. O que um professor de história, um vendedor de suprimentos para hotéis, uma secretária, uma despachante aduaneira e um analista do governo tinham em comum?

Um analista. Ela se lembrou do que Lloyd Slocum havia dito do seu trabalho como analista: *Eu ficava o dia todo sentado numa mesa. Coletava informações e analisava dados para o governo. Na verdade, não era nada muito emocionante.*

Um analista do governo que morava em McLean, na Virgínia.

Jo empurrou sua cadeira para trás de repente, quase pegando a pata da cachorra. Lucy deu um grito de susto.

— Eu sou uma idiota — ela disse para a cachorra. Desligou o fogão e pegou sua jaqueta no gancho. — Vem, Lucy. Vamos dar uma volta de carro.

Lloyd Slocum atendeu a porta usando um avental e uma luva de forno. Da varanda da frente, Jo podia sentir o cheiro de carne assando. Até Lucy, sentada dentro do carro estacionado de Jo, sentiu o aroma saboroso e deu um gemido de fome.

— Olá, chefe Thibodeau — disse Lloyd. — Em que posso te ajudar?

— Posso entrar?

— É claro, é claro. Desculpe, é que estou ocupado com meu risoto. Tem que ficar de olho nele, sabe. — Ele acenou para que ela entrasse e correu para a cozinha. Ela o seguiu e viu quando ele foi direto para o fogão mexer uma panela de arroz fervente. Pena que ela não tinha um homem em casa cozinhando para ela. Jo pensou em seu jantar, aquele pedaço de bolo de carne congelado e uma batata com broto, talvez venenosa, e olhou com inveja para as ervas recém-picadas na tábua de corte e para as alfaces baby na saladeira. Ela sabia que deveria comer mais salada, mas sempre esquecia a alface na geladeira até virar uma meleca.

— Então, onde está sua turma hoje à noite? — ela perguntou.

— Minha turma?

— Sr. Rose, sr. Diamond. Maggie Bird. Como vocês se chamam? O Clube do Martíni?

— Eu não fico monitorando a vida de ninguém. Tentou bater na porta deles?

— Nenhum deles está em casa. Parece que todos saíram da cidade. — Sabe para onde foram?

Lloyd continuou mexendo o risoto, sem se incomodar com as perguntas dela:

— Como eu disse, não fico monitorando a vida de ninguém.

— Sabe onde sua esposa está, pelo menos?

— Ingrid está lá em cima, bisbilhotando no computador.

— Imagino que ela seja boa nesse tipo de coisa.

— Em bisbilhotar? Ah, sim.

— E o senhor também deve ser, sr. analista. Trabalhou na CIA, suponho?

Lloyd continuou mexendo a panela, como se não a tivesse ouvido. Ela odiaria ter que interrogar esse homem por um crime, porque é provável que não chegasse a lugar nenhum.

— E então? — disse Jo. — É verdade, não é?

— Eu neguei?

— Mas também não admitiu. Isso é, tipo, alguma coisa ultrassecreta? Tem permissão para dizer a verdade?

— Tenho permissão, mas prefiro não contar. Como você é uma oficial da lei, sim, admito que fui contratado como analista da Central Intelligence Agency. Isso pode soar como se eu fosse algum tipo de James Bond, mas, na verdade, eu só ficava o dia todo sentado numa mesa. Tomava muito café, ia a muitas reuniões.

— E sua esposa, a "secretária"?

Isso o fez parar por um instante:

— Ela era uma secretária muito boa.

— O que mais ela era?

— Isso você precisa perguntar pra Ingrid.

— Se ela me contar a verdade, vai ter que me matar?

Lloyd deu um suspiro cansado:

— Sempre achei essa piada sem graça.

O timer tocou na cozinha. Lloyd abriu o forno, liberando o aroma celestial de um assado de porco. Ele retirou a assadeira e a colocou no fogão, e Jo olhou para a pele crocante, brilhando de gordura. Senhor, onde ela poderia encontrar um marido que cozinhasse?

— Era só isso que você queria perguntar, chefe Thibodeau?

— Seus amigos. O resto da turma. Também eram da CIA?

— Por que diz isso?

— Acho que é relevante para o ataque a Maggie Bird.

Ele voltou a mexer o risoto, sem olhar para ela. Alguns segundos se passaram enquanto sua colher de pau traçava círculos na panela.

— Vou discutir isso com, hum, a *turma* — disse ele, enfim.

— Onde eles estão agora?

— Isso eu não posso contar.

— Então você sabe.

— Talvez.

— Mas não vai me contar.

Lloyd largou a colher e se virou para encará-la. Ele podia estar usando um avental, estar salpicado de gordura de porco e ter idade para ser seu pai, mas olhando para ela por trás daqueles óculos de coruja estavam os olhos de um homem que ela não queria irritar.

— Eu vou te dizer o que precisa saber quando precisar saber, chefe Thibodeau. Tem informações adicionais que minha *turma* ainda está coletando. Vai levar tempo e um pouco de investigação, mas assim que tivermos um cenário mais completo, vamos pensar em compartilhar com você.

— Pensar?

— Como um favor. Queremos ser prestativos — ele disse. O sorriso voltou a aparecer em seu rosto, mas ele deixou claro que ela não arrancaria mais nada dele.

Um bando de velhinhos me passou a perna, ela pensou enquanto dirigia para casa.

Bem, talvez não fossem *quaisquer* velhinhos. E, pensando bem, eles também não eram tão velhos assim. Ela pensou em seu avô, que aos oitenta e oito anos ainda cortava sua própria lenha, e em seu pai, agora com sessenta e sete anos, que ainda conseguia escalar a montanha Tumbledown sem parar para recuperar o fôlego. Ingrid e Lloyd Slocum estavam ainda na casa dos setenta anos e pareciam ainda não terem perdido o faro de espiões. Dentro daquelas cabeças de cabelos grisalhos deve estar escondido um tesouro de segredos que eles não iriam compartilhar com ela.

Pelo menos, ainda não.

27

MAGGIE

Bangkok, agora

Estou sendo seguida.

Posso sentir o olhar de meus perseguidores em minhas costas enquanto percorro o mercado de rua Wang Lang, parando de vez em quando para ver os produtos dos comerciantes. Numa barraca que vende lenços de seda, examino o caleidoscópio de cores, cada lenço embrulhado em celofane enrugado. A mulher que os vende parece velha, com dois dentes da frente faltando, e sua pele parece couro curtido, mas seus olhos estão brilhantes e atentos enquanto ela me observa analisar sua seleção. Na verdade, não quero comprar um lenço, já tenho uma dúzia deles guardados num armário em casa, prontos para dar de presente nos aniversários que esqueço, mas compro um mesmo assim, escolhendo um em tons suaves de cinza. É do tipo de cor que prefiro usar porque não chama a atenção. Pechinchei o preço para seiscentos baht e fui embora levando a nova compra numa sacola plástica pendurada no pulso. Não estou com pressa, sou apenas mais uma turista de férias, e há muitos de nós passeando pelo mercado hoje com nossos trajes de viajantes, sandálias e bermudas cargo. Eles são mais altos do que eu me lembro, esses jovens turistas. Ou será que encolhi com o passar dos anos, já que meu cabelo ficou grisalho e minhas articulações enrijeceram? Com toda a certeza, não sou nem de longe tão atraente quanto esses jovens de pele macia. Antes, eu precisava me disfarçar para desaparecer; agora, nem preciso me esforçar, já *sou* invisível.

Para todos, exceto dois homens que estão me seguindo.

Não tento despistá-los enquanto ando pelo mercado. É sempre melhor fingir que não percebeu, porque quando eles sabem que foram vistos, o jogo muda. Fica muito mais difícil de jogar.

Chego à seção do mercado onde ficam os carrinhos de comida e começo a andar mais devagar, não por fazer parte do jogo de gato e rato, mas porque foi aqui que conheci Danny. Mesmo depois de todos esses anos, o lugar continua o mesmo, assim como os cheiros flutuando dos carrinhos. Inspiro os aromas de anis-estrelado e canela, manjericão e coentro, e o vejo aqui de novo, com sua mochila esfarrapada e sua camiseta com o tailandês mal traduzido. E seu sorriso; ninguém sorria para mim como Danny, e essa era a minha ruína. Olho para as mesinhas de plástico onde nos sentamos juntos, comendo lámen, e a tristeza me invade de repente, uma onda tão forte que me faz cambalear para trás.

O mercado vira um borrão de cores rodopiantes salpicadas de folhas de ouro. As vozes se transformam em um rugido distante. Não estou mais prestando atenção nas pessoas ao meu redor e não me importo se estou sendo seguida. Não me importo nem mesmo se alguém me arrastar por uma porta e enfiar uma bala na minha cabeça. Se eu morrer agora, será com o rosto de Danny como minha última lembrança.

Não deveria ter vindo a este mercado. Não deveria ter invocado os fantasmas.

O ar está quente e úmido demais, pesado demais, uma nuvem venenosa de vapor, suor e especiarias. Afasto-me das barracas de comida e sigo sem nem ver aonde estou indo por um beco até ficar em frente à vitrine de uma loja. Vejo vestidos lá dentro, confecções de seda exibidas em manequins sem cabeça. Respiro fundo algumas vezes e engulo as lágrimas enquanto olho para a vitrine, como se estivesse admirando os vestidos. Vejo meu próprio reflexo, e é doloroso encarar meu rosto como está agora. Se o mundo não tivesse espelhos, poderíamos nos imaginar congelados no tempo, com o rosto décadas mais jovens do que somos na verdade, mas essa janela estilhaça essa ilusão. Tenho sessenta anos e posso ver cada um desses anos em meu reflexo. Também vejo os dois homens que estão me seguindo desde que saí do hotel. Um deles está ao lado de um carrinho de sorvete, o outro finge olhar uma seleção de animais feitos de corda torcida. Nenhum deles está olhando em minha direção, mas sei que o verdadeiro foco deles está em mim, e fico grata por essa atenção.

Por fim, Ben encontra meu olhar na janela e dá de ombros. Seu rosto está corado e sua cabeça careca brilha com o calor. Em casa, no Maine, a temperatura máxima de hoje é de 22° C, e nenhum de nós — Ben, Declan ou eu — já nos acostumamos com o calor de Bangkok. Quando éramos mais jovens, podíamos pular de fuso horário em fuso horário, sair de um avião, ir direto para um bar e estar prontos para a briga na manhã seguinte. Esses dias ficaram no passado e posso ver a exaustão no rosto de Ben e no de Declan. Não há nada mais triste do que três velhos espiões tentando provar que ainda dão conta.

Balanço a cabeça, indicando que é hora de voltar. O calor e a diferença de fuso horário nos derrotaram por enquanto, mas pelo menos aprendemos algo com esse pequeno passeio pelo mercado: ninguém mais está me seguindo. Com Ben e Declan ainda atrás de mim, saio na frente para voltar para o hotel, para que todos possamos tirar um cochilo.

QUANDO ESCURECE, ENFIM CONSIGO ME LIVRAR DA MINHA PREGUIÇA tropical e saio para a noite colorida e vibrante de Bangkok. Avisto meus amigos na beira do terraço do hotel, ambos de pé junto à grade. Ben está de costas e olha para o rio, com a careca brilhando de leve nas sombras, enquanto Declan está virado para mim, com uma postura relaxada e apaziguadora, mesmo enquanto monitora o terraço. Os anos de aposentadoria não embotaram seus instintos. Eles se posicionaram de forma que têm uma visão de 360°, então sabem que estou chegando, mas nenhum deles diz uma palavra até que eu esteja bem ao lado deles.

Declan levanta seu drinque em sinal de saudação. Ouço o tilintar dos cubos de gelo em seu copo e sinto o aroma cítrico de um gim-tônica.

— Tirou um bom cochilo? — ele pergunta.

— Sim. Meu Deus, tinha me esquecido desse maldito calor. Vocês dois conseguiram dormir?

Declan resmunga:

— Estamos ficando velhos, Mags. Os cochilos agora fazem parte do nosso dia.

— O que significa — diz Ben, virando-se para o nosso círculo — que precisamos ir com calma.

— Basta a gente ir devagar e sempre. — Declan toma um gole de seu gim-tônica, e o barulho dos cubos de gelo e o som do rio batendo na margem são como um portal de viagem no tempo. Os sons me levam de volta às noites em que missões me trouxeram para esta cidade e eu ficava ao lado desse mesmo rio, inalando o ar com um leve aroma de fumaça do escapamento dos barcos que se moviam pelo rio. Se ao menos esse mesmo portal pudesse me transportar de volta para o meu corpo mais jovem, para a Maggie que não precisa de cochilos à tarde, cujo tornozelo não dói quando ela caminha por muito tempo. Cujo cabelo ainda é escuro e brilhante.

Ben se inclina para trás apoiado na grade, e as luzes de um barco de turismo que passa refletem em seu couro cabeludo com um brilho multicolorido.

— Bem, parece que nossa rede de arrasto não deu em nada.

— Foi só o primeiro dia — diz Declan. — Talvez a gente os encontre amanhã.

— Ou isso pode ser uma perda de tempo — digo. — Talvez eu não seja mais um alvo. Ou desistiram de tentar me procurar. Eu posso continuar sozinha daqui, então vocês dois deveriam ir pra casa. Ou tirar umas férias nas praias de Phuket. Podem reviver sua juventude perdida.

Ben bufa:

— Não é a mesma coisa quando as únicas mulheres que olham pra nós são as vovós.

— E qual o problema de ficar com uma vovó?

— Não vamos deixar você sozinha — diz Declan. — Não até entendermos o que está acontecendo.

— Não é problema de vocês, rapazes. O problema é todo meu.

— O que faz dele *nosso* problema.

— Não somos mais os Mosqueteiros. Por favor. Vão pra casa.

— Nossa, Maggie! — diz Declan. — Quando vai aceitar que viemos para ficar por um bom tempo? Sempre apoiamos um ao outro. Mesmo quando estávamos cada um num canto do planeta, sabíamos que podíamos contar um com o outro. — Declan me olha nos olhos. — Isso não vai mudar agora.

— Só não quero que se machuquem.

— Então nos diga com o que estamos lidando — diz Ben.

Ficamos frente a frente na escuridão, três velhos amigos que deveriam confiar um no outro, mas que são experientes o suficiente para saber que o melhor a fazer é não confiar.

— Eu gostaria de ter as respostas — digo.

— Você nos contou de Malta. De Hardwicke. Deixou alguma coisa de fora?

— Já sabem de tudo o que eu sei.

— Sabemos que Diana Ward desapareceu — diz Ben. — Sabemos que alguém quer que você a encontre. E outra pessoa *não* quer que a encontre, por isso mandaram alguém pra te matar.

— Resumiu bem a situação.

— O que tudo isso significa? Quem são essas diferentes facções? Por que eles estão procurando Diana, ou estão atrás de outra coisa?

— Não faço a menor ideia. — Eu me viro para o rio e suspiro. — Igualzinho nos bons e malditos velhos tempos.

Já passa da meia-noite quando saio do hotel e dou a volta no píer de Sathorn. Desta vez, estar sozinha faz eu me sentir vulnerável e livre ao mesmo tempo. A essa hora tardia, há apenas alguns turistas perdidos nas ruas, a maioria deles embriagada. As ruas quase desertas tornam muito mais fácil para mim avistar uma pessoa me seguindo, mas ainda assim faço um percurso em zigue-zague, subindo uma rua e descendo outra. Paro em frente à vitrine de uma loja e analiso o reflexo, para avaliar quem está atrás de mim. Posso estar enferrujada, mas as habilidades ainda estão lá, gravadas de forma tão indelével em meu cérebro que agora são reflexos intrínsecos.

Ninguém está me seguindo.

Desço até o píer de Sathorn, onde sempre é possível encontrar um barco long tail tailandês para alugar. Há apenas meia dúzia de embarcações balançando na água, algumas caindo aos pedaços e outras em melhores condições. Qualquer barqueiro que esteja procurando passageiros a essa hora da noite deve estar realmente faminto, e todos eles olham para mim com esperança quando me aproximo. Escolho o barco com o condutor de aparência mais desesperada, um homem cadavérico que deveria estar num hospital, e não transportando turistas para cima e para baixo no rio. Esta noite ele ganhará o equivalente a duas semanas de trabalho.

Entro no barco e ele se assusta quando o cumprimento em tailandês. Essa é mais uma de minhas habilidades enferrujadas, mas o vocabulário ainda está lá, dependurado em alguma caverna escura de minha memória. Não quero que os outros barqueiros me ouçam, então falo baixinho enquanto lhe dou as instruções. Ele acena com a cabeça e liga o motor de dois tempos. É uma pequena fera empoeirada que emite uma nuvem de fumaça de arder os olhos, mas deve ter servido esse homem por meio século e tenho certeza de que ele conhece cada parafuso e pistão.

Partimos rio acima, com a água se estendendo diante de nós como uma fita preta e escorregadia. Passamos por hotéis, shopping centers e arranha-céus, a fachada moderna de uma cidade antiga cuja corrente sanguínea é esse rio, com seus afluentes e khlongs. Estamos a caminho de um curso de água específico, no lado Thonburi da cidade. O condutor dirige o barco por um canal e entra numa eclusa na qual o único barco é o nosso e, enquanto esperamos o nível da água baixar, observo as duas margens, reparando que as cabanas de ambos os lados estão escuras. Essa é a vantagem de viajar à noite pelo rio. Se alguém estivesse me seguindo, também precisaria pegar um barco e, nesses canais minúsculos, a pessoa não teria onde se esconder.

Os portões da eclusa se abrem e nós passamos.

Aqui nos khlongs é um outro mundo. À medida que avançamos pelas sombras, vejo as silhuetas de bananeiras e palmeiras, parte do exuberante emaranhado de selva que alimenta e abriga aqueles que vivem nas cabanas ao longo das margens. O único motor que ouço é o nosso, com seu ruído suave nos impulsionando pela escuridão. A cada curva, o canal se torna mais estreito e as margens se aproximam cada vez mais. O condutor tem apenas uma vaga ideia do nosso destino, e eu murmuro quais curvas devemos fazer e quando devemos diminuir a velocidade. Faz muitos anos que não navego por esses canais, e as instruções que recebi por e-mail não ajudam muito nesse mundo sombrio. Viramos na curva certa? Será que passamos a abertura?

Então, vejo à frente, à direita: o brilho laranja-claro de uma lanterna em um píer. Aponto para o barqueiro.

Ele guia o barco até o píer iluminado pela lanterna e o amarra. Entrego a ele um maço grosso de dinheiro, depois desço do barco e subo a escada de madeira. Não consigo ver o rosto dele, mas sei que deve estar satisfeito com o que acabei de lhe pagar. Satisfeito o suficiente para ser discreto. Quando ele se afasta, eu o vejo levantar a mão em sinal de despedida.

Continuo no píer mesmo depois de o som do motor desaparecer, observando a escuridão e ouvindo o chilrear dos insetos e o silvo distante do tráfego de Bangkok. Mesmo aqui nos khlongs, esse som é inescapável. Olho por entre o emaranhado de arbustos e vejo outra lanterna laranja. É um sinal que indica o caminho.

O caminho que sigo é vedado por trepadeiras que caem em cascata dos galhos das árvores. Só quando chego à segunda lanterna é que vejo a casa, envolta pelas árvores. É uma bela estrutura de madeira sobre palafitas, com um telhado íngreme tradicional tailandês. As luzes brilham na janela. Ele está me esperando.

Ao final dos degraus, paro mais uma vez para dar uma olhada ao redor. Há tanta selva que é impossível saber se alguém se esconde naquelas sombras, mas não tenho escolha agora; já cheguei até aqui. Subo os degraus até uma porta cheia de entalhes, maciça o suficiente para proteger a casa de gigantes, mas quando ela se abre, a mulher tailandesa que está na porta é do tamanho de uma criança. É pelas mechas grisalhas em seu cabelo que percebo que na verdade ela é uma mulher da minha idade, com uma postura majestosa que não foi afetada pelos anos.

— Sou Maggie — digo.

— Ele está te esperando. Entre.

Entro na casa. Ela tranca a porta e, em silêncio, me guia pelo piso de madeira teca. Olho para seus pés descalços e percebo que cometi o pecado ocidental de usar meus sapatos dentro da casa, mas ela não comenta nada enquanto passamos por um par de elefantes esculpidos em madeira e um vaso repleto de orquídeas olho-de-boneca. Ela abre uma porta de painel e faz um gesto para que eu entre.

Na sala ao lado, paro de repente, atônita com o que vejo. A mulher se retira, fechando a porta para nos dar privacidade, mas, por um momento, fico surpresa demais para dizer uma palavra sequer. O homem sentado na cadeira de rodas está muito diferente do amigo e colega de que me lembro. Ele é uma versão esquelética do antigo Gavin, com os músculos do rosto tão desgastados que veias se destacam como vermes azuis se contorcendo em suas têmporas. Ele vê minha expressão de espanto e dá um suspiro resignado.

— Envelhecer não é para os fracos — ele diz. Sua voz ficou fina e rouca com a idade. Ou foi a doença que lhe tirou a força?

— Os anos têm sido difíceis para nós dois — digo.

— Pelo menos você ainda está de pé. Na verdade, parece estar bem, Maggie.

Não posso responder com a verdade: *E você está acabado*. Pelo visto ele está doente há algum tempo. No canto, há uma cama hospitalar motorizada, e vejo um nebulizador e tanques de oxigênio por perto. No canto mais distante, há um centro de comunicações equipado com um laptop e uma série de telefones celulares. A doença pode tê-lo aprisionado fisicamente naquele corpo, mas não o isolou do restante do mundo.

— Eu não sabia — digo.

— Das minhas circunstâncias infelizes?

— Só sabia que você tinha se aposentado em Bangkok.

— Foi uma boa decisão, tendo em vista a minha condição. Aqui tem excelentes profissionais da saúde, um nível de atendimento médico que eu nunca poderia pagar no meu país. E se eu precisar de algum equipamento ou medicamento especial, posso comprá-los no mercado clandestino. — Ele acena com a cabeça para a porta, que a tailandesa fechou para nos dar privacidade. — Ela cuida muito bem de mim. Ao contrário da minha esposa, Donna, que deu entrada nos papéis do divórcio assim que senti as primeiras contrações na perna. "Fasciculações", é assim que os médicos chamam. O termo clínico para o que estava acontecendo comigo.

— O que você tem, Gavin?

— Esclerose lateral amiotrófica. Uma forma de progressão lenta, sorte a minha. Stephen Hawking conviveu com a doença por décadas, então talvez eu consiga também. O corpo pode estar caindo aos pedaços, mas pelo menos meu cérebro ainda está a todo vapor.

Olho ao redor da sala e penso na ironia de ter o mundo reduzido a essas quatro paredes depois de ter passado a vida vagando por cidades estrangeiras, mas Gavin parece ter se adaptado às suas novas circunstâncias. Mesmo diante de realidades terríveis, os seres humanos são resistentes.

E os remédios sempre ajudam.

— Fiquei surpreso quando recebi sua mensagem — ele diz. — Depois do que aconteceu em Malta, não esperava que você me procurasse.

— Nem eu.

— Como está a aposentadoria?

— Tem sido boa. Tem sido… lúcida. Na verdade, eu gostaria de estar em casa agora, cuidando das minhas galinhas.

— Senhor, onde é que nós fomos parar.

— Não vejo minha vida nova como aquém da anterior. Gosto de galinhas, já não posso dizer o mesmo das pessoas com quem eu costumava trabalhar.

— Inclusive eu?

— Não estou falando de você, Gavin. Quero dizer no geral.

— Você tem todo o direito de dizer isso. Não éramos muito simpáticos, éramos? E, ao contrário das galinhas, não conseguíamos nem mesmo produzir ovos. — De repente, ele começa a tossir, e consigo ouvir o muco em seu peito.

— Quer que eu chame alguém pra te ajudar? — pergunto.

Gavin balança a cabeça. É doloroso observar como ele respira e chia, mas finalmente o ataque diminui e ele se recosta na cadeira de rodas, exausto. — Meu fim deve ser assim, pneumonia. Mas ainda não. — Ele olha para mim. — Sinto muito, Maggie, pelo que aconteceu. Tem anos que quero te dizer isso, mas não sabia como. Quanto mais nos aproximamos da sepultura, mais claro tudo fica, e entendo por que você nos deixou de lado. Fico feliz que você finalmente tenha entrado em contato.

— Não tive escolha. Quando vieram atrás de mim no Maine, precisei fazer isso.

— Quem foi atrás de você?

— Não sei. Só sei é que uma mulher chamada Bianca apareceu na minha casa, perguntando se eu sabia onde Diana estava. Inferi que ela fosse da Agência. Disse que não sabia e a mandei embora. Naquela noite, seu corpo foi jogado na porta da minha garagem. Ela foi torturada e morta com dois tiros.

— Belo cartão de visitas. Quem fez isso?

— Deve ter sido a mesma pessoa que tentou atirar em mim dois dias depois, enquanto alimentava minhas galinhas. Se meu vizinho não tivesse aparecido na hora certa, eu nem estaria aqui. O que deixa tudo mais preocupante ainda é que o homem que mandaram pra me matar estava usando uma identidade falsa de alguém que já está morto, e ele tinha documentos de alta qualidade.

— Meu deus. Ele era um dos nossos?

— Não sei. Foi por isso que entrei em contato com você.

— Por que achou que eu saberia alguma coisa disso?

— Porque pouco antes de desaparecer, Diana foi vista aqui em Bangkok. Supus que ela estivesse aqui por sua causa.

— Só porque eu moro aqui?

— Para com isso, Gavin! — Eu me irrito. — Você estava lá conosco, em Malta.

— Outros também estavam. Foi preciso uma equipe inteira para arrancar Cyrano do iate.

— Mas você foi a única pessoa que esteve conosco desde o começo. Você, eu e Diana. A lavagem de dinheiro em Londres chegou a patamares muito altos, e Diana não confiava nos britânicos. Foi por isso que ela disse que precisava ser só nós três e mais ninguém.

— A culpa disso foi minha.

— Do quê?

— Eu não fiz nada enquanto ela te arrastava pra isso. Quando vi como ela agia, percebi que não era confiável. Mas aí já era tarde demais. A operação era como um trem desgovernado, e ela não se importava com quem seria esmagado por ele.

Por um momento, ele fica em silêncio, sentado com a cabeça baixa e a respiração ofegante. Em seguida, ele vira a cadeira de rodas em direção ao laptop e o tira do *stand by* com uma cutucada no mouse:

— Já que está atrás dela, vai querer ver como ela está agora.

— Você tem fotos recentes?

— Imagens de uma chamada de vídeo na semana passada. Eu me recusei a encontrar ela pessoalmente.

— Por quê?

— Você se ressente dela. Bem, eu também. Deixei a Agência dois meses depois de você, porque Malta estragou tudo. Depois que o avião caiu, foi difícil pra mim continuar.

— Difícil pra você? Eu perdi meu marido naquele avião.

— E isso vai sempre ser um peso pra mim, os inocentes que morreram. Seu marido. A filha de Hardwicke. Quando pegamos Cyrano, sabíamos que os russos iam retaliar. Deveríamos ter feito algo pra proteger as pessoas, assim que soubemos... — Ele para. Desvia o olhar.

— Souberam o quê?

Ele não responde.

— Assim que souberam o *quê*, Gavin?

Ele ergue um olhar relutante para mim:

— Na noite em que capturamos Alan Holloway, quando estávamos entrando em seu iate, ele conseguiu enviar uma última mensagem para seu *kurator*. A resposta de Moscou, minutos depois, foi interceptada pelo SIGINT.

— Qual foi a resposta?

— A Mãe Rússia agradece, camarada. O traidor vai pagar.

— O traidor — digo baixinho. *O traidor era eu.*

— Eles inferiram que Hardwicke, ou alguém de seu círculo, traiu Holloway. A bomba naquele avião foi a vingança deles. Foi também uma mensagem para o resto do mundo de que qualquer ação contra Moscou teria consequências rápidas e brutais.

— E Danny foi só um dano colateral. Assim como Bella. E os pilotos. — Faço uma pausa, processando de repente o que Gavin acabou de dizer da mensagem de Moscou. — Você disse que a SIGINT interceptou a resposta do *kurator* minutos depois.

— Sim.

— Quando *nossa* equipe ficou sabendo dessa mensagem?

— Fiquei sabendo dela alguns dias depois, no interrogatório. Naquela época, você já tinha ido embora, mandada de volta para Washington.

— E Diana? Quando ela ficou sabendo?

Silêncio.

— Gavin?

Ele suspira:

— Diana foi informada da resposta de Moscou à meia-noite. Logo depois de termos capturado Cyrano.

— Meia-noite? Isso deu aos russos horas para colocar a bomba no avião de Hardwicke. Diana sabia que haveria um contra-ataque. Por que ela não me avisou? Por que não fez nada?

— Ela *devia* ter te avisado. Ela *devia* ter encontrado uma maneira de manter você e o dr. Gallagher fora do avião, mas não queria que Hardwicke soubesse que alguma coisa estava errada. Então, ela deixou o avião decolar. Achou que tinha cumprido a missão. Tinha capturado Cyrano e, por isso, recebeu um belo tapinha nas costas. Mas quando descobri sobre a interceptação, fiquei enojado. E logo depois disso, pedi demissão.

— Eu não sabia. Você não me contou.

— Você já estava arrasada o suficiente, Maggie. Isso só teria tornado tudo mais doloroso ainda, sabendo que poderia ter sido diferente. Que *poderíamos* ter tirado o dr. Gallagher daquele avião.

— Mas Diana não estava nem aí — digo baixinho. — Ela *não dava a mínima.*

— É por isso que, quando ela me pediu ajuda na semana passada, eu recusei. Ela não ficou feliz com isso. — Ele toca no laptop e uma imagem aparece na tela. — Veja você mesma.

Fico atrás dele olhando para a foto. Essa não é a loira calma e confiante de que me lembro. Essa Diana Ward parece faminta e com medo, com os olhos tão fundos quanto os de um defunto. Seus cabelos agora estão castanhos e com um corte desleixado que ela mesma deve ter feito.

— Ela está apavorada. Dá pra ver isso estampado no rosto dela — ele diz. — A Diana Ward que conhecíamos não tinha medo de nada.

— Pelo visto as coisas mudaram.

Encaro o rosto da mulher cujas ambições me arrastaram para uma operação que levou à morte de Danny. Não tenho sangue de barata e não consigo deixar de sentir uma satisfação justificada ao ver como ela está abatida. *Quero* que ela sofra, e sou a última pessoa na Terra que virá em seu socorro.

Mesmo assim, aqui estou eu.

— Ela me pediu um lugar para se esconder por um tempo — diz Gavin. — Ela precisava de dinheiro, passaportes.

— Ela pode muito bem conseguir isso sozinha. Ela sabe se virar.

— Não com essas pessoas atrás dela.

Noto o suor brilhando em seu lábio superior:

— Você também está com medo.

— Devia estar também. Há algumas semanas, a sede entrou em contato comigo pra falar da Operação Cyrano. Eles me perguntaram o que eu lembrava de Malta, como Cyrano foi capturado, como a operação foi conduzida.

— Por que agora, depois de todos esses anos?

— Porque a Agência voltou a dar atenção para isso. O arquivo Cyrano foi acessado recentemente por alguém sem autorização, alguém ainda não identificado. Eles querem saber quem fez isso e por quê.

— Os russos, pelo visto.

— Sim, é a *primeira* coisa que passaria pela sua cabeça, que Moscou está investigando como o seu informante foi exposto. Essa violação de segurança fez com que a Agência desse uma nova olhada em como a operação foi montada, e isso os fez dar uma nova olhada no falecido Phillip Hardwicke. Eles descobriram uma surpresa. Suas contas no exterior, pelo menos as que conhecíamos, foram esvaziadas. Centenas de milhões de dólares, drenados num período de cinco anos.

— Eles não sabiam disso antes?

— Com a captura de Cyrano e a morte de Hardwicke, o arquivo foi fechado. Ninguém ficou de olho nas contas um ano depois, quando o dinheiro começou a desaparecer.

— Eu nunca ouvi falar nisso.

— Porque a Agência não confia em você. Seus laços com Hardwicke eram profundos a ponto de eles ficarem com medo de que você pudesse ter mudado de lado. Que ainda seja leal a ele.

— Mas ele está morto.

— Foi o que todo mundo pensou. Que Hardwicke virou picadinho no Mediterrâneo. Ficamos de olho nos desdobramentos, atentos ao que aconteceria depois. Houve publicidade, é claro. Os tabloides do Reino Unido mostraram o acidente de avião em todas as suas primeiras páginas. Fotos de lady Camilla, vestida de preto, chorando no funeral da filha. Parlamentares e aristocratas prestando as últimas homenagens a Hardwicke. Então pararam de fazer alarde, como sempre, e a Agência passou a se preocupar com outras coisas.

— Até que o arquivo de Cyrano foi acessado recentemente, por pessoas desconhecidas.

Essa falha de segurança obrigou a Agência a dar uma nova examinada na morte de Hardwicke. Como o avião caiu em águas profundas, a recuperação foi difícil, e os dois únicos corpos encontrados foram de Victor Martel e de um dos pilotos. Mas ninguém poderia ter sobrevivido àquele acidente.

— Então, quem drenou as contas de Hardwicke?

— Aí é que está, não é? O acesso a esse dinheiro exigia uma senha que só Hardwicke teria. O que levanta a possibilidade de ele nunca ter embarcado no avião. E ainda estar vivo.

De repente, sinto como se tudo estivesse girando. Cambaleio um passo para trás. Me estabilizo.

— Se estivermos errados quanto a ele… se Hardwicke estiver vivo…

Por um momento, não consigo falar, nem mesmo me concentrar em Gavin. Estou perdida em um túnel do tempo, sugada de volta para um momento que bloqueei na minha memória. O momento em que soube que o avião caiu.

— Se *ele* não estava no avião, então Danny… ele poderia estar… — Não me atrevo a dizer a palavra, mas nós dois sabemos qual é: *vivo.*

Gavin balança a cabeça, mas já sinto a esperança desabrochar dentro de mim, uma flor selvagem e perigosa. Não posso deixá-la crescer; não vou suportar que ela seja arrancada outra vez.

— Maggie — diz ele em voz baixa —, meu conselho é esquecer que tivemos essa conversa e voltar pra sua casa. Volte para suas galinhas ou o que quer que esteja criando naquela fazenda. Não se preocupe em tentar encontrar Diana. Deixe ela pra lá.

— E quanto ao Danny? E se ele...

— Já se passaram dezesseis anos. Se ele ainda estivesse vivo, não acha que já teria tido notícias dele?

— Mas eu tenho que saber a verdade!

— Já sabe a verdade, Maggie. No fundo do seu coração você já sabe. Não é mesmo?

Fico olhando para ele, lembrando-me daquele último dia em Malta, quando Danny se despediu. Lembrando-me do momento em que soube que o avião de Hardwicke havia caído e que Danny estava morto. *Senti* sua morte, tão forte quanto um golpe físico no meu peito, e isso me deixou tão atordoada que só tenho lembranças turvas do que aconteceu depois. Sei que fui colocada num jatinho e tirada dali, para minha própria segurança. Lembro que já era noite quando cheguei a Washington e que atravessei uma névoa de tristeza até chegar num carro que me esperava. Gavin está certo. No meu coração, eu sabia que Danny havia partido, porque sentia sua ausência no mundo, como um vazio obscuro que devorava toda a luz, toda a alegria.

Se ele *tivesse* sobrevivido, teria me procurado. *Sei* disso. E ele teria me encontrado.

— Siga com sua vida — disse Gavin, quase sussurrando. — Vá pra casa.

— Não posso ir pra casa. Lá ele vai vir atrás de mim. Depois do que fizemos, ele vai nos querer mortos. Ele iria querer *todos* nós mortos. — Paro, olhando para cima ao ouvir o som de um bip persistente.

— Alguma coisa disparou meu alarme de perímetro — diz Gavin.

A porta se abre e a mulher tailandesa entra na sala. Ela sussurra algo para Gavin, que acena com a cabeça e olha para mim:

— Não é nada de mais. É só o meu entregador que chegou.

— Uma entrega? A essa hora da noite?

— Não é o tipo de permuta que vai querer fazer à luz do dia. Meu fornecedor fica muito nervoso perto de estranhos, então, se não se importar, por favor se esconda. Só até ele sair.

— Fármacos.

— O mercado clandestino tem de tudo, mas aqui as penalidades são bem severas se você for pego. Você não negaria a um moribundo o alívio da dor, negaria? Não vai demorar muito. Vou só pagar e ele já vai embora.

A mulher atravessa a sala e abre um painel na parede, revelando um espaço de armazenamento atrás dele. Entro no armário e a mulher fecha o painel. A luz brilha através da grade do teto, o suficiente para que eu possa ler os rótulos das caixas que estão escondidas perto dos meus pés. Suprimentos médicos. As caixas estão estampadas com o nome de um hospital local, de onde sem dúvida foram tiradas. Para um ocidental com dinheiro, o mercado clandestino oferece mesmo de tudo.

Ouço ao longe a mulher falando com o entregador em tailandês. Sua voz se aproxima enquanto ela o acompanha até o quarto de Gavin, e ela não parece nem um pouco assustada. O visitante lhe responde, também em tailandês.

Passos entram no quarto e ouço Gavin perguntar, em inglês:

— Onde está Somsak?

— Ele não pôde vir esta noite. Ele me pediu pra trazer isso pra você.

— Ele devia me avisar da próxima vez que houver uma mudança de planos. O preço é o mesmo que combinamos?

— Claro.

— Deixa eu ver o que você trouxe.

Ouço o chiado de uma caixa de papelão sendo cortada, depois uma pausa:

— Não estou entendendo — diz Gavin, um instante antes de ouvir o tiro abafado com um silenciador.

A primeira bala perfura a parede do meu esconderijo, por pouco não acerta meu braço direito. A segunda bala atravessa a parede em ângulo descendente e passa raspando pelo meu tornozelo. Dois pontos de luz agora brilham como raios laser pelos dois buracos.

Ouço a mulher gritar. Ela não tem tempo para um grito a plenos pulmões, apenas um guincho de pânico. É o único som que ela consegue emitir antes que a terceira, a quarta e a quinta balas sejam disparadas em seu corpo.

28

Fico ali completamente imóvel, mal ouso respirar, sabendo que um rangido, um farfalhar, revelará minha presença. Será que o assassino sabe da existência desse armário atrás da parede? Sabe que há uma terceira pessoa, ainda viva, na casa? E aqui estou eu, desarmada e incapaz de me defender. Ficar sem a pistola no quadril é como perder um membro, mas vim para Bangkok sem ela, porque viajar com uma arma na bagagem é o melhor jeito de estragar seu disfarce.

Os passos se aproximam e param. Será que ele viu a rachadura da porta do painel? Percebeu que as balas perfuraram um espaço oco? Se eu olhasse por um dos buracos, talvez pudesse vê-lo, mas não me atrevo a me mexer com medo de provocar um rangido. Com o coração batendo forte, ouço o assassino circular pela sala. Ouço o clique das teclas do computador enquanto ele digita no laptop de Gavin. Ele solta um grunhido de frustração. Não consegue acessá-lo sem uma senha.

Ouço o laptop se fechar e o chiado do cabo de alimentação deslizando pelo chão. Seus passos se afastam e então só resta silêncio.

Por um bom tempo, não escuto nada, mas ainda não me atrevi a emitir nenhum som. Continuo imóvel, na escuridão perfurada por esses dois feixes de luz como se fossem raios laser. Um bom caçador é paciente; será que ele está em algum lugar da casa, esperando que sua presa apareça? Minhas costas doem e sinto cãibras nas panturrilhas por ficar tanto tempo sem me mexer. Eu me aproximo do buraco de bala perto do meu braço e olho através dele.

Vejo sangue, um mar de sangue, na verdade, espirrado na parede oposta. Perto dela, deitado no chão, está o corpo da mulher tailandesa, em posição fetal, como se quisesse proteger seus órgãos vitais. Não consigo ver Gavin.

Eu me desvio para o lado, tentando ter uma visão mais ampla da sala, e esbarro em uma das caixas. Alguma coisa cai no chão, um som que parece ensurdecedor. Olho de relance para uma seringa de plástico que caiu ao lado do meu pé. Uma coisa tão pequena. Tão fatal. Fico na expectativa de que os passos do assassino voltem, a porta do painel se abra, revelando meu esconderijo.

235

Mas não escuto nada além do silêncio.

Com as mãos trêmulas, abro apenas uma fresta do painel, revelando uma poça de sangue aos meus pés. Quando o painel se abre mais, vejo a fonte desse sangue: Gavin, caído de lado em sua cadeira de rodas. Sua boca está aberta, com uma expressão de surpresa congelada em seu rosto. Seu laptop desapareceu, mas nada mais na sala parece ter sumido.

— Sinto muito, Gavin — sussurro.

Não tenho como não pisar no sangue para atravessar a sala. Meus sapatos deixam um rastro ensanguentado pelo chão, em direção ao corpo da mulher. Armas e câmeras de vigilância não protegem contra alguém em quem você confia, e esse foi o erro deles. Achavam que sabiam quem tinham deixado entrar em sua casa. Passo por cima da mulher e vou para o corredor. A casa está silenciosa. Morta. Passo pelo vaso de orquídeas olho-de-boneca, pelos elefantes esculpidos e chego à porta da frente.

Saio para a noite e sinto o cheiro de terra úmida e vegetação apodrecida. As lanternas ainda estão acesas, me guiando de volta ao khlong. Desço o caminho pela mata em direção à água e meu sapato esbarra no que, a princípio, acho que é uma raiz de árvore.

Olho para baixo e vejo que não se trata de uma raiz, e sim uma perna esticada no caminho. Na vegetação rasteira e sombria, consigo distinguir o resto do corpo do homem, deitado em um emaranhado de trepadeiras, como se estivesse brotando do chão da mata. Deve ser Somsak, o entregador que Gavin estava esperando. Mais uma alma perdida em uma guerra com a qual ele não tinha nada a ver.

Passo por cima do corpo e continuo andando. É assim que minha vida tem sido. Deixando corpos para trás e seguindo em frente.

No cais, não há barcos amarrados. Se o assassino veio pelo rio, já foi embora. Eu me pergunto quanto tempo levará até que os corpos aqui sejam descobertos e a polícia seja chamada. Será que o barqueiro que me trouxe até aqui vai contar da sua passageira noturna, uma mulher branca generosa que lhe pagou em dinheiro? Penso nas maneiras pelas quais a polícia poderia me localizar, mas não será fácil para eles. Aluguei o barco em um píer longe do meu hotel. Há muitos outros turistas brancos em Bangkok e, exceto pela generosa gorjeta que dei a ele, não tenho nenhuma característica muito memorável. Esse é um dos meus superpoderes agora: sou fácil de esquecer.

Vou precisar desse superpoder hoje à noite, porque é uma caminhada e tanto de volta ao meu hotel.

— Você é uma idiota, Maggie — diz Declan.

Ele está em pé no meu quarto de hotel e se recusa a sair enquanto eu tiro minhas roupas imundas. Sou velha demais para ficar com vergonha dele e estou exausta, então não dou a mínima para o fato de ele estar olhando enquanto tiro os sapatos, as calças e deixo tudo em uma pilha de coisas sujas de lama no chão. Declan e eu nunca tivemos nada além da amizade e ele nunca me viu sem roupa, mas para que se preocupar em esconder um corpo que é um mapa de cicatrizes de batalha e danos causados pelo sol? Estou desabotoando a camisa agora e mesmo assim ele não sai, não se vira, apenas me encara enquanto eu a tiro e a coloco na pilha, que cheira a lama do khlong.

— Ben e eu passamos horas te procurando — ele diz.

— Você devia ter dormido até mais tarde.

— Por que não atendeu o celular?

— Desliguei. Não queria ser rastreada.

— A gente nunca ia encontrar seu corpo se...

— Eu voltei, não voltei?

Declan me olha de cima a baixo e depois se afasta, como se de repente percebesse que há uma mulher seminua na frente dele. Uma mulher que, com certeza, está acabada depois de horas andando por becos e se molhando ao percorrer canais. Não me atrevi a contratar um táxi ou um barqueiro para me levar de volta ao hotel, já que poderiam se lembrar do meu rosto e contar à polícia. Como eu ia saber que meus amigos estavam ligando várias vezes para o meu telefone e me procurando pela vizinhança?

Agora Declan se recusa a sair do meu quarto, porque eu poderia acabar sumindo outra vez. Viemos para Bangkok como uma equipe, mas já me rebelei, deixando ele e Ben de fora da noite passada que poderia ter acabado bem pior para mim. Entro no banheiro, fecho a porta e tiro a roupa de baixo. Mal posso esperar para lavar o cheiro de suor e água parada. Ligo o chuveiro e deixo a água quase quente o suficiente para me queimar.

— Por que não avisou a gente que ia sair? — Declan grita do outro lado da porta fechada.

Eu o ignoro e entro no chuveiro. Fecho os olhos sob a água forte, deixando a sujeira escorrer pelo ralo.

— Mesmo depois de todos esses anos que a gente se conhece, você ainda não confia em nós? — ele pergunta.

Talvez eu não confie. Talvez não saiba como.

Fecho a torneira e me enrolo em uma toalha. Quando saio do banheiro, Declan ainda está lá, ainda querendo discutir.

— Precisava fazer isso sozinha — digo.

— Pra quê? Pra morrer sozinha?

— Foi a condição de Gavin. Ele não se encontraria comigo se eu não fosse sozinha. Fora isso, não queria você e Ben na mira se as coisas dessem errado.

— Mas é por isso que estamos aqui. Pra ficar na mira também.

Tiro roupas limpas da minha mala. Declan enfim se vira para me dar um pouco de privacidade enquanto coloco uma calcinha e uma blusa.

— Essa luta não é sua — digo enquanto abotoo. — Ficou complicado demais, perigoso demais. Volte pra casa, Declan.

— E fazer o quê?

— Sentar perto da lareira. Beber uísque. Aproveitar sua aposentadoria.

Ele ri e se vira para mim. Ainda não vesti uma calça limpa, mas seu olhar permanece fixo em meu rosto.

— Você quer dizer se encolher em uma cadeira de rodas? *Esse* tipo de aposentadoria?

— Você está bem longe de precisar de uma cadeira de rodas.

— Mas esse dia está chegando. Vai chegar pra todo mundo. Agora, ainda estou de pé e com a cabeça no lugar, e não quero passar meus últimos anos de vida assistindo à batalha de longe. Pra gente como nós, que já passaram por poucas e boas, se aposentar dá no mesmo que morrer. Agora tenho um motivo para voltar à ação, e faz anos que não me sinto tão útil, tão vivo.

— Então você está aqui pra fugir do tédio?

— Não! Não é nada disso! Estou aqui porque você está com problemas. Porque você finalmente voltou a fazer parte da minha vida, e se alguma coisa acontecer com você...

— O quê?

Por um momento, ele apenas me encara:

— Ai, merda — ele murmura e se dirige para a porta.

— Declan?

— Termina de se vestir, pelo amor de Deus. E fique fora de vista até voltarmos.

— Aonde vocês vão?

— Ben e eu temos trabalho a fazer. — Ele sai do meu quarto e bate a porta.

Fico encarando a porta fechada, minha pele úmida se arrepia com o sopro do ar-condicionado do quarto. Será que foi só a minha imaginação ou Declan estava tentando dizer que sentia algo por mim? Eu me lembro de nossa longa história juntos, começando como estagiários, quando suportamos tudo de pior que The Farm poderia nos fazer passar. Penso em todas as noites em que bebemos com os outros recrutas, sempre em grupo, nunca só nós dois. Éramos os Quatro Mosqueteiros, Declan, Ben, Ingrid e eu. Nem uma vez ele deu a entender que sentia alguma atração por mim, mas eu também era o bebê do grupo, oito anos mais nova do que ele, era mais uma irmãzinha com quem ele sempre foi um cavalheiro. Fui mandada para a Ásia e ele foi para o Leste Europeu e, durante anos, só trocávamos e-mails, nos encontrando muito de vez em nunca quando nossas missões nos levavam à mesma cidade, mas apenas como amigos e colegas de trabalho. Nada romântico, nunca teve nada romântico.

Então conheci Danny, e Declan ficou em segundo plano, esquecido por um tempo. Não contei a ele do meu casamento, porque não sabia se era de verdade ou se era só parte da operação. E, depois de Malta, era doloroso demais falar de Danny, mesmo com meus amigos. Desesperada para fugir da dor e dos arrependimentos, virei uma andarilha do mundo, pulando de um país para outro, não queria que ninguém me encontrasse.

Até o dia em que Declan entrou em contato comigo por e-mail. Ben e eu encontramos um bom lugar. Ingrid e Lloyd também se mudaram para cá. Esta cidade é tranquila e amigável. Muitas árvores, muito espaço para respirar. Você ia gostar daqui. Talvez a turma devesse se reunir outra vez.

O e-mail dele chegou em um momento em que eu estava desesperada atrás de um porto seguro, um lugar para reconstruir minha vida e me livrar da casca surrada da velha Maggie, a Maggie destroçada. Nunca me passou pela cabeça que sua mensagem fosse algo mais do que um mero convite para uma visita.

Agora me dou conta de todos os sinais que não percebi. Os vários olhares para mim enquanto tomávamos drinques. Os fins de semana que passamos juntos em escaladas de verão ou vasculhando vendas de móveis no quintal. Havia tantas pistas, mas optei por ignorá-las porque não estava pronta para seguir em frente depois de Danny.

Talvez eu nunca esteja.

29

DIANA

Roma

O mundo está desabando ao meu redor, pensou ela enquanto tomava um vinho Chianti em um bar na Via dei Volsci. Ela se sentou em uma mesa de canto, de costas para a parede, com a saída dos fundos a apenas três passos de distância. Era assim que ela vivia sua vida agora, porque a Agência a queria presa e Phillip Hardwicke a queria morta.

Ela nunca tinha pensado nessa possibilidade, que Hardwicke poderia estar vivo, mas era a única explicação para essa recente sucessão de eventos. Era óbvio que ela tinha feito besteira em Malta e agora estava enfrentando as consequências. Ela podia lidar com a ameaça da Agência — só precisava ficar alguns passos à frente deles tempo suficiente para apagar os registros financeiros —, mas Hardwicke eram outros quinhentos. Ele devia ter bens dos quais ela não sabia nada, riqueza suficiente para manter os negócios funcionando. Agora ele tinha todos os motivos para querer matá-la, e o tempo não teria diminuído sua raiva. Ela conhecia seu perfil psicológico e o destino daqueles que o haviam prejudicado. Viu as fotos post-mortem de suas vítimas e leu as descrições da agonia delas em seus momentos finais. Sabia que sociopatas narcisistas como Hardwicke eram movidos pela fome de vingança, e ele continuaria caçando sem parar aqueles que haviam causado o desastre em Malta. O dinheiro podia comprar qualquer coisa, inclusive o acesso a arquivos ultrassecretos da Agência e, se ele tivesse colocado as mãos no arquivo da Operação Cyrano, saberia o nome de todos os envolvidos.

Era só uma questão de tempo até que ele a encontrasse.

Ela levou a taça de vinho aos lábios e congelou quando dois homens entraram no bar. Eles ficaram parados na porta, examinando o ambiente. Será que estavam procurando por ela? Ela colocou a mão embaixo da mesa e pegou a arma que estava em seu colo. Agora estava sempre ao alcance da mão, carregada com uma bala. Se ela tivesse que usá-la no bar, infelizmente seria um espetáculo muito público, ao contrário da morte de Dave, o turista, em Bangkok, cujo corpo ela poderia deixar para trás em um beco escuro. Aqui haveria testemunhas e a polícia logo estaria atrás dela, o que aumentaria o número de pessoas de quem ela precisaria fugir.

Ela observou, com o dedo já no gatilho, enquanto os jovens entravam na sala lotada. Seu coração batia forte, ultrapassando o ritmo da música que tocava nos alto-falantes do bar. O tempo ficou mais lento. Seus nervos estavam à flor da pele, e cada visão, cada som, era amplificado. O barulho da coqueteleira. O brilho da umidade acumulada na mesa. Nunca nos sentimos mais vivos do que pouco antes de morrer. Ela levantou a arma do colo e estava prestes a colocá-la na mesa e apontar.

Então, duas mulheres gritaram:

— *Qui, Enzo! Siamo qui!*[1]

Os homens se viraram para as mulheres e acenaram. Sorrindo, eles se dirigiram à mesa onde estavam sentadas e todos se abraçaram e se beijaram. Diana soltou um suspiro profundo e colocou a arma de volta no colo.

Ao observar os dois casais bebendo vinho juntos, ela invejou o riso descontraído deles, suas vidas normais. Eles beberiam, dançariam e depois voltariam para casa para um sono profundo em suas camas, algo que ela talvez nunca mais pudesse fazer. Ela pensou nos anos que teria pela frente, sempre olhando para trás com suspeita. Anos em que ficaria acordada à noite, na expectativa de ouvir os passos de um intruso. Sua morte seria, sem dúvida, brutal, e ela se perguntava onde e quando aconteceria. Em uma semana, um ano? Em uma década?

Enquanto Hardwicke estivesse vivo, as pessoas que trabalham para ele estariam atrás dela, e ela não via saída para esse pesadelo.

A não ser que eu o mate primeiro.

Ela pagou a bebida e saiu do bar. Hora de começar a caçar.

---

1 "Aqui, Enzo, estamos aqui!" (N. T.)

30

JO

Purity

Estar velho não é a mesma coisa que se tornar inútil, Jo — disse Owen Thibodeau enquanto fritava bacon em seu recém-instalado fogão de indução. — Vocês, jovens, acham que já sabem tudo, mas nós temos uma vida inteira de experiência no currículo. Não nos subestimem.

— Não foi isso que eu disse.

Seu pai se virou e olhou para ela por cima dos óculos caídos:

— Mas subestimou aqueles espiões, não foi?

— Você sabia que eles eram espiões?

Owen riu e voltou a se concentrar em sua frigideira fumegante:

— Não fazia ideia. Se soubesse, eles não seriam espiões muito bons, não é?

— Esse monte de gente nova se mudando para a cidade e eu não sei nada delas. Tudo está mudando muito rápido. — Ela observava o pai fritar suas cinco tiras diárias de bacon. Apesar de toda aquela gordura e colesterol em sua dieta, aos sessenta e sete anos Owen continuava magro e forte, como todos os homens Thibodeau, enquanto as mulheres Thibodeau pareciam fadadas a ter os quadris grandes e as coxas musculosas de meninas criadas na fazenda. Se ao menos Jo tivesse herdado os genes magros de seu pai. Em vez disso, esses genes tinham ido para seu irmão sortudo, Finn, que vivia à base de pizza e hambúrguer sem engordar um grama sequer.

— Betty Jones acha que foi um erro colocar aquele novo fogão de indução — disse Jo. — Ela diz que vai prejudicar o valor de revenda da sua casa.

— Não estou planejando vender a casa.

— Ela acha que as pessoas ainda preferem fogão a gás.

— Não estou nem aí para o que Betty Jones acha. — Ele colocou um prato de ovos mexidos na frente de Jo. — As pessoas odeiam mudanças de qualquer tipo. Por que acha que sua mãe aguentou ficar tanto tempo comigo? — ele disse isso com um sorriso, e foi bom ver mais uma vez um pouco do seu humor de antigamente, que ele tinha perdido depois da morte da mãe, há dois anos. Essa era a outra desvantagem de ser uma mulher Thibodeau: todas pareciam morrer muito jovens, enquanto os homens não.

— Quando eu morrer, vou deixar esta casa para você. Com o fogão de indução e tudo mais.

Ela franziu a testa:

— Mas e Finn?

— Seu irmão vai ficar com a casa de férias em Hobbs Pond. Betty acha que valem quase a mesma coisa, então fica tudo igual.

— Para de falar isso, pai. Você vai viver pra sempre.

— Só quero viver o suficiente pra ver vocês dois casados e com filhos. — Ele se sentou à mesa com os dois ovos fritos e as cinco tiras de bacon. — Quando isso vai acontecer, Jo?

— Quando um Príncipe Encantado se mudar pra cidade.

— Talvez ele já esteja aqui.

Ela bufou:

— Então ele ainda está disfarçado de sapo. — Ela começou a comer os ovos mexidos e as batatas fritas, a mesma refeição que seu pai sempre preparava para ela quando ela o acompanhava no café da manhã, mas, nesta manhã, ele havia acrescentado pimentões às batatas, e ela precisou tirar um a um e deixar de lado no prato.

— Não gosta de pimentão? — ele perguntou.

— É só que, hm, ficou diferente.

Ele riu:

— Você nunca gostou de mudar as coisas. Lembro de quando você tinha quatro anos e gritou muito quando sua mãe comprou uma colcha nova.

— Não tinha nada de errado com a colcha antiga.

O celular dela tocou. Ela o pegou e viu o nome de Mike no identificador de chamadas.

— Está de folga hoje. Precisa mesmo atender? — disse Owen.

— Mike não me ligaria se não fosse alguma coisa grave. — Ela atendeu. — Oi, o que houve?

— Acho que precisamos de você aqui, Jo — disse o policial.

— Por quê? Onde você está?

— Na casa de Luther Yount. A neta dele sumiu.

QUANDO ELA PAROU NA ENTRADA DA GARAGEM, OS DOIS CARROS DE PA-
trulha de Purity já estavam lá. Mike também havia chamado o próximo turno
e quatro policiais estavam no jardim da frente, tentando acalmar Luther Yount.
Quando Jo desceu do carro, Mike lançou um olhar de profundo alívio ao ver
que mais alguém estava ali para lidar com Yount, que chorava de soluçar e
gritava "*façam alguma coisa!*". Mike se afastou dos outros policiais e puxou Jo
para o lado.

— Ele viu sua neta pela última vez por volta das sete da manhã, quando
ela saiu de casa e foi para o celeiro cuidar dos animais. Quando ela não voltou
para casa, ele saiu para ver como ela estava e encontrou...

— Vocês estão perdendo *tempo*! — gritou Yount. Ele voltou sua atenção para
Jo. — Você! Você deveria ser a nova chefe da polícia. Que merda está fazendo
para achar a minha Callie?

Jo se aproximou dele com as mãos estendidas, as palmas apontadas para
baixo, como se estivesse tentando acalmar um animal perigoso:

— Senhor, precisamos descobrir o que aconteceu primeiro. Por acaso ela
pode só ter saído e...

— Não. Não, *não* foi isso que aconteceu. Levaram ela!

— Como sabe que alguém levou ela?

— Jo — disse Mike em voz baixa. — Você precisa ver o celeiro.

— Com licença, sr. Yount — disse ela, e seguiu Mike para fora da casa.

Mesmo antes de chegar ao celeiro, ela viu que tinha alguma coisa errada.
A vaca estava solta no pátio, com a corda arrastando no chão. Mesmo livre
para escapar da propriedade, continuou por perto, cautelosa, os observando.
A noite passada havia sido clara e fria, e o solo havia congelado até ficar polido,
de modo que não havia pegadas na neve, nenhuma maneira de discernir quem
havia percorrido recentemente o caminho entre o celeiro e o chalé. A porta do
celeiro estava escancarada, e ela ouviu os grasnados barulhentos das galinhas
e o balido das cabras. Não eram sons que indicavam sua alegria, e sim que
estavam assustados.

— Está lá dentro — disse Mike.

O tom sinistro em sua voz a fez hesitar na porta do celeiro. Ela entrou e viu
galinhas soltas correndo pela palha, batendo as asas. Em um cercado no canto,
uma dúzia de cabras se aglomerava em um grupo de forma defensiva, com olhos
atordoados e agitados.

Ela olhou para a parede e viu por que estavam com medo.

Uma cabra morta jazia em um monte de pelo cinza e branco, com um único
olho morto a encarando. Sua garganta havia sido cortada e o sangue da artéria

estava espalhado pelas tábuas de pinho. Devagar, ela caminhou em direção ao animal, com as botas farfalhando na palha, a garganta seca, mas sua atenção não estava na cabra. Pregada na parede acima do animal morto, havia uma folha de papel com uma mensagem escrita em letras maiúsculas:

MALTA
UMA VIDA PELA OUTRA

— O que isso significa? — Mike perguntou baixinho.

Ela engoliu em seco:

— Não faço ideia.

— Uma vida pela outra. — Mike olhou para ela. — Estão pedindo alguma coisa em troca?

— Ou quem sabe seja uma vingança — disse Jo. — Vingança por algo que Luther Yount fez? "Você pegou o meu, agora eu vou pegar o seu".

Ouviram um tumulto lá fora. A batida das portas dos carros e um de seus policiais gritando:

— Não podem estar aqui! Esta é a cena de um crime!

Jo saiu do celeiro e viu Lloyd e Ingrid Slocum ao lado da casa, discutindo com os policiais.

— O que está acontecendo aqui? — Jo exigiu, caminhando em direção ao casal.

— Essas pessoas acabaram de aparecer — disse o policial. — Eles insistem em falar com você.

— Ouvimos pelo rádio da polícia — disse Ingrid. — Houve um possível sequestro?

— O que estão fazendo aqui? — perguntou Jo.

— Podemos ajudar. Isso pode estar relacionado.

— Relacionado com o quê? — disse Mike.

— Chefe Thibodeau sabe do que estou falando.

Todos olharam para Jo.

— Eu só quero minha Callie de volta! — disse Luther. — Não estou nem aí como vão fazer isso. Se eles puderem ajudar, que ajudem!

Jo olhou para o outro lado do campo, para a fazenda. Foi lá que tudo começou, com um cadáver na entrada da garagem, seguido pelo atentado contra a vida de Maggie Bird. Agora, uma vizinha de catorze anos estava desaparecida, e Jo não duvidava muito de que o sequestro fazia parte do mesmo quebra-cabeça.

245

Os Slocum, com seus contatos e um conjunto único de habilidades, poderiam ajudá-la a juntar as peças.

— Venham comigo — ela disse.

Ela os levou até o celeiro, onde as cabras sobreviventes ainda estavam amontoadas no canto do curral, traumatizadas. Por um momento, nem Ingrid nem Lloyd disseram uma palavra. Apenas olharam em silêncio para o bilhete pregado na parede cheia de respingos de sangue.

— Com certeza não foi nada sutil — disse Ingrid.

— Acha que o SVR faria isso? — disse Lloyd.

— Não. Não acho que os russos tenham deixado essa mensagem.

— O que é o SVR? — perguntou Jo.

Eles a ignoraram.

— É um chamado à ação — disse Ingrid. — É assim que eu interpretei.

— Eles estão pedindo a vida de quem, em troca? — perguntou Lloyd.

— Tenho um palpite. Mas Maggie saberia.

— Vocês dois podem me dizer o que é que está acontecendo? — Jo soltou.

— Mais tarde — disse Ingrid e tirou o celular do bolso. — Primeiro, preciso fazer uma ligação.

31

MAGGIE

Bangkok

Já era quase pôr do sol quando Declan telefonou para o meu quarto de hotel e me disse para encontrá-los lá embaixo, no terraço. Quando chego, ele e Ben estão sentados em uma mesa na beira do rio, ambos já tomando gim-tônica. A noite está quente demais para qualquer coisa que não seja um gim-tônica, então peço um também. Quando o garçom coloca a minha bebida, bem como as dos homens, nos sentamos sem falar, o silêncio é quebrado apenas pelo tilintar dos cubos de gelo em nossos copos. Declan está mais uma vez usando sua máscara fria e ilegível. Ao contrário de Danny, cujo rosto eu conseguia ler de relance, Declan dominou a arte de esconder seus sentimentos. Esse tempo todo, supus que havia mulheres em sua vida, e por que não haveria? Mas a discrição é um instinto de sobrevivência para ele, e ele nunca revelou essa parte de si mesmo para mim.

Mesmo agora, suas defesas estão levantadas, e sinto que estou olhando para Declan através de camadas de vidro fosco, desviando e distorcendo a imagem. Ben com certeza está ciente da tensão que nos circunda, mas ele finge estar concentrado em acabar com a tigela de nozes na mesa. Só depois que o garçom se afasta é que Ben enfim diz alguma coisa:

— Então os rumores são verdadeiros. Apesar de tudo, você está viva — observa ele.

— Por muito pouco.

— Sabe que passamos horas tentando te encontrar? Não foi muito legal, Mags. Não contar nada pra gente. Não atender o celular.

— Desculpe.

247

— A gente achou que ia precisar tirar seu corpo do rio. Isso deixou Declan aqui em pânico.

Olho para Declan. Ele não parece estar em pânico, em vez disso está olhando para o outro lado.

— O que vocês dois ficaram fazendo o dia todo? — pergunto.

— Alugamos um barco e fizemos um passeio pelos khlongs esta manhã — diz Ben. — Vimos pelo menos uma dúzia de policiais entrando na propriedade de Gavin. A faxineira encontrou os corpos esta manhã. Como Gavin era um agente secreto, a Agência está acompanhando de perto a investigação, caso o assassinato esteja relacionado ao seu trabalho de inteligência. De acordo com os contatos deles na polícia, nenhum alerta oficial foi enviado para qualquer suspeito que se encaixe na sua descrição. Acho que não sabem que você estava lá, na casa.

O que significa que o condutor do barco não falou com a polícia. Ou ele ainda não ouviu falar dos assassinatos, ou o maço grosso de dinheiro que dei para ele ontem à noite comprou seu silêncio.

— O que a polícia *sabe*? — pergunto.

— O assassino levou o computador de Gavin, então as imagens de vigilância sumiram, o que significa que não existem provas em vídeo. A polícia acha que isso está ligado ao mercado clandestino. Encontraram o corpo de um fornecedor conhecido na propriedade, além de um estoque de drogas ilegais na casa.

— As drogas eram para seu uso pessoal. Ele estava doente, morrendo.

— Mas a teoria do mercado clandestino desvia a atenção de você. Assassinos de aluguel são baratos aqui. Se você irritar um chefão do mercado clandestino, um assassino vai ser enviado da província de Chonburi. Bastam dez mil dólares para que seu concorrente desapareça. Se é nisso que a polícia quer acreditar, então você está livre.

Suspiro:

— Bem, seja como for, é uma boa notícia.

— Tem alguma possibilidade de *você* ter levado o assassino até ele?

— Não, fui bem cuidadosa. Tenho certeza de que não fui seguida. E Gavin já estava nervoso, antes de eu chegar lá.

— Por quê? — Declan pergunta.

Olho para ele, mas ainda sinto uma distância entre nós. Ele se retraiu em sua concha protetora, pela qual não posso chegar perto dele. Não posso machucá-lo.

— Recentemente Diana Ward entrou em contato com ele e pediu ajuda. Ela disse que alguém estava tentando matá-la e queria um lugar seguro para se esconder. Ele não quis ajudá-la.

— Que maldade.

— O histórico entre os dois não é dos melhores. Você entenderia se tivesse que trabalhar com ela.

— Quem está tentando matar ela? — pergunta Ben.

— Deve ser a mesma pessoa que quer me matar. Phillip Hardwicke.

Ben e Declan me encaram. Ficamos em silêncio quando um barco turístico passa tocando música alta, com o convés lotado de corpos dançantes. Pego minha bebida, mas os cubos de gelo derreteram e meu gim-tônica ficou aguado e fraco. Eu me sinto como se estivesse derretendo também, meu cérebro entorpecido pelo calor e pelo cansaço.

— Vivo? — Ben diz. — Ele não estava no avião?

— O que significa que isso tudo pode ser por vingança. Se Hardwicke colocou as mãos no arquivo da Operação Cyrano, então ele sabe todos os detalhes de como foi planejada e quem estava envolvido. É por isso que Gavin está morto, que Diana está fugindo. Ela está tão paranoica que não confia nem na Agência.

— Então talvez você também não devesse confiar — disse Declan, em tom calmo. Enfim está olhando para mim, olhando *mesmo* para mim. — Você não pode ir pra casa, Maggie. Não agora.

Talvez nunca mais.

Penso na fazenda e, de repente, sinto tanta saudade de casa que é uma dor física, uma dor tão real quanto a fome. Sinto falta de olhar para os campos da janela da minha cozinha. Sinto falta do encanamento barulhento da minha casa, da geada nas janelas e do som das minhas botas rangendo na neve. Sinto falta das minhas galinhas.

— Preciso pensar no que vou fazer agora — digo.

— O que você tem que fazer é ficar fora de vista, enquanto encontramos uma maneira de localizar e neutralizar a ameaça — diz Declan.

— E se não conseguirmos? — Olho para Ben. — Acham *mesmo* que três velhos espiões são páreos pra alguém com os recursos de Hardwicke? Se ele tiver um informante dentro da Agência...

— Concordo com Declan — diz Ben. — Você precisa sumir do mapa.

— Já entrei em contato com um velho amigo em Singapura — diz Declan. — Alguém em quem eu confiaria minha própria vida. Ele tem um esconderijo, um lugar onde ninguém vai te encontrar.

— Era isso que minha fazenda deveria ser. Meu esconderijo. — Olho para o outro lado do rio, para as esteiras flutuantes de vegetação que passam como um tapete verde exuberante, uma vista tão diferente dos meus amados campos e bosques no Maine. — Levei anos pra encontrar um lugar que eu pudesse chamar de lar. Finalmente criei raízes e não quero ter que arrancar tudo de novo.

— Vai ser temporário, Maggie.

— Será? — Olho para Declan. — Ou nunca mais vou voltar pra casa?

Ele não responde, mas a resposta está em seu silêncio. Estou mais uma vez à deriva e sem teto, como estive nos anos depois de Malta.

Outro barco passa, com o motor tão barulhento que, a princípio, não escuto o celular tocando. O som está vindo da minha mochila. Há poucas pessoas no mundo que sabem o meu número, e duas delas estão sentadas comigo neste momento, nesta mesa. O número é reservado para assuntos urgentes, e tanto Ben quanto Declan estão atentos. Eles observam enquanto eu pego o celular da mochila e vejo o nome de quem está ligando.

É Ingrid.

A VANTAGEM DE NÃO TER LAÇOS FAMILIARES, FILHOS, MARIDO OU AMANTE é que isso me torna invulnerável. Cada pessoa que você ama é um ponto fraco em sua armadura. Quando você não se importa com ninguém, pode ter menos medo porque o mundo não pode te destruir, como quase me destruiu. Essa é a lição que aprendi com Danny e, durante anos, evitei apegos e me acostumei a uma vida livre de afetos.

Mas os relacionamentos aparecem e te pegam de surpresa. Talvez não saiba da pequena descarga de oxitocina liberada em sua corrente sanguínea quando seu vizinho acena para você ou quando a neta dele sorri quando você entra na cozinha. Em incontáveis manhãs passadas juntos tomando o terrível café queimado de Luther ou fervendo xarope de bordo com Callie, em uma nevasca quando eles rebocaram meu caminhão de um banco de neve, em uma tarde de verão quando Callie e eu perseguimos suas cabras rebeldes, os fios de um relacionamento nos uniram pouco a pouco. Agora estou presa e não posso me afastar de Luther ou de sua neta.

Callie só tem catorze anos.

Penso em Bella, morta há muito tempo, com seus restos mortais em algum lugar do Mar Mediterrâneo junto com os de Danny. Poderia ter salvado ela. Poderia ter avisado ela sobre o pai e ajudado a escapar do mundo perigoso em que ele vivia, mas não fiz isso, porque ela era útil demais. Passível de ser explorada demais. Bella está morta porque eu não fiz nada.

Não vou deixar isso acontecer com Callie.

Enquanto coloco as roupas na bolsa de viagem, me lembro de como eu era na idade dela: independente e já trabalhava em turnos na lanchonete para pagar as contas que meu pai deixava acumular no balcão da cozinha. Aos catorze anos, eu já tinha responsabilidades de adulta, mas Callie não. Ela ainda é só uma garota.

Malta. Uma vida pela outra. Esse era o bilhete pregado na parede do celeiro, acima da cabra morta, e a mensagem não poderia ser mais clara. Foi endereçada a mim. O intuito do sequestro é chegar a mim, me forçar a cumprir suas ordens. Eles não são novatos nisso e sabem que só vou cooperar se acreditar que eles cumprirão sua parte do acordo.

— Você não pode ir pra casa — diz Declan.

— Se Callie precisa de mim, então eu vou pra casa. — Enrolo outra camiseta e a coloco na bolsa de viagem.

— Ben e eu vamos voltar e lidar com isso. Precisa ficar longe do Maine.

— E ficar sentada de braços cruzados ao lado do celular?

— Vá para Singapura e fique quieta por lá. Vamos fazer de tudo pra encontrar a garota, mas não tem como você vir com a gente. Não quando o verdadeiro alvo é você.

Meu celular vibra com uma mensagem de Ingrid. É a resposta que eu estava esperando nas últimas nove horas. Eu a leio e, sem dizer uma palavra, me viro e vou até a janela. O sol acabou de nascer aqui em Bangkok, mas em casa, no Maine, são sete horas de uma noite escura de inverno, e Luther Yount deve estar desesperado. Deve estar se perguntando se sua neta está com frio e fome ou, Deus nos livre, se já está morta. Queria mais que tudo estar com ele em Purity, ajudando nas buscas, mas Declan tem razão. Não posso ir para casa. Tenho um trabalho a fazer e preciso estar em outro lugar. É a única maneira de a garota viver.

Eu me viro para encarar Declan:

— Tá bem — digo. — Vou para Singapura.

— Ótimo. — Declan solta um suspiro. Ele acha que ganhou a discussão. — Ben está esperando lá embaixo no táxi. Tem um voo para Singapura que sai às dez e quinze. Vamos te levar pra pegar ele.

É uma viagem silenciosa até o aeroporto. Ben vai na frente e eu me sento atrás com Declan. Não olhamos um para o outro, não dizemos todas as coisas que dois velhos amigos deveriam dizer quando estão prestes a se despedir, talvez pela última vez. Já aceitei a probabilidade de que esses sejam nossos últimos momentos juntos. Ele e Ben voltarão ao Maine para procurar Callie, enquanto eu vou para outro lugar, e é provável que seja o último lugar que eu veja na vida.

Mas faz parte do acordo que aceitei. *Uma vida pela outra.*

Durante todos esses anos, considerei Declan apenas um amigo, um colega bom e leal. Só agora, no inverno de nossas vidas, me dou conta de quantas pistas perdi enquanto os anos escorriam por entre nossos dedos. Mais um item para acrescentar à minha lista de arrependimentos de toda uma vida: *nunca dei uma chance a Declan.*

No aeroporto, Ben e Declan ficam ao meu lado no balcão da Singapore Airlines enquanto compro a passagem, mostro meu passaporte falso e pego meu cartão de embarque.

— Meu amigo está esperando a sua ligação — diz Declan enquanto me acompanha até os portões de segurança. — Vai ficar segura com ele, Mags.

— Encontrem Callie para mim, tá bem?

— Vamos encontrar ela. — Ele sorri. — Parece que a turma está de volta à ativa.

Não nos beijamos, não nos abraçamos. Apenas me afasto e entro na fila da segurança. Só quando estou do outro lado é que dou uma olhada para trás. Os dois homens desapareceram, indo para um terminal diferente para o voo para Boston. Espero alguns minutos para ter certeza de que eles foram embora mesmo. Só então saio do guichê de segurança e volto para os balcões de emissão de passagens, porque não vou para Singapura.

Mais uma vez, pego meu passaporte e minha carteira e compro outra passagem só de ida.

Para Milão.

32

Lago de Como, Itália

Sentada em uma encosta íngreme do lago de Como, as paredes ocres da mansão brilham como ouro à luz do sol da tarde. Jardins bem cuidados a cercam, um reino encantado de topiária, sebes e um gramado que se estende até a margem do rio. Com binóculos, observo pelo portão aberto da mansão a meia dúzia de veículos estacionados na entrada da garagem, dois deles grandes caminhões de entrega. Homens descarregam mesas e cadeiras de um dos caminhões e as levam para os jardins. Agora, outro veículo passa pelos portões. É a van do serviço de bufê, e observo enquanto bandejas de comida e caixas de vinho são levadas para dentro da casa. A julgar pelo número de cadeiras que estão sendo colocadas, pelo menos cem convidados participarão da festa aqui esta noite.

Examino a estrada que leva aos portões da mansão. Não há guardas de segurança à vista, ninguém para impedir que uma mulher que não foi convidada entre na propriedade como quem não quer nada e se misture à multidão, mas a ameaça de assassinato não deve ser uma preocupação para o sr. Giacomo Lazio, proprietário dessa mansão. O sr. Lazio ficou rico fabricando roupas íntimas de luxo para mulheres, um negócio que não costuma requerer guarda-costas, embora uma mansão tão formidável devesse ter um ou dois seguranças.

Sei que é aqui o lugar onde Silvia Moretti mora agora graças à mensagem de texto que recebi de Ingrid quando estava em Bangkok. Ingrid sabe como rastrear qualquer pessoa no mundo, e levou menos de um dia para descobrir que a ex-amante de Phillip Hardwicke agora divide a cama com um homem vinte e dois anos mais velho que ela. Silvia estaria agora com quarenta e poucos anos e, sem dúvida, continua deslumbrante, mas o prazo de validade de uma amante é limitado. Estão sempre tentando correr contra o tempo.

A julgar por essa mansão à beira do lago, ela não está nada mal. Ela se recuperou da tragédia da perda de Phillip Hardwicke e deu a volta por cima com Giacomo Lazio. A perda de um amante rico é facilmente compensada por outro.

As últimas mesas foram descarregadas e os homens fecharam o portão traseiro do caminhão. Outra van de entrega passa pelos portões. Os floristas, que carregam vasos e mais vasos de arranjos florais luxuosos. Coloco meus binóculos no chão e olho para um céu sem nuvens. É um dia quente demais para o final de fevereiro, mas o lago de Como pode ser frio à noite. Mesmo assim, não dá para aparecer em uma festa elegante com uma camisa de flanela, como um lenhador.

Dou partida no carro que aluguei. Preciso comprar um vestido.

ÀS NOVE HORAS DAQUELA NOITE, A ESTRADA ESTREITA QUE LEVA À CASA de Giacomo Lazio está repleta de carros estacionados. Deixo o meu no fim da rua e subo a ladeira, passando pelas Ferraris, Maseratis e Mercedes, até chegar ao portão de ferro forjado da casa. Ele está bem aberto e é vigiado apenas por dois manobristas uniformizados, que sorriem e inclinam a cabeça para mim quando me aproximo. Não vejo guardas armados, nem armas em lugar algum, só esses dois homens encantadores de cabelos escuros que dizem *Buona sera* quando passo pelo portão. O negócio de lingerie feminina é muito mais amigável do que o mundo com o qual estou acostumada.

Dou uma cambaleada de leve nos sapatos de salto alto pelas pedras do pavimento enquanto subo a entrada da garagem. Faz muito tempo que não uso saltos altos e já sinto uma bolha se formando só de subir a colina depois de ter estacionado o carro. Sinto falta de minhas botas de fazenda, jeans e camisa de flanela, mas esta noite o vestido longo é meu uniforme de batalha, e a seda verde esvoaça em minhas pernas enquanto sigo o caminho de pedra em direção aos sons de música ao vivo e risadas. Posso não ser mais uma mulher atraente, mas meus quadris ainda são magros, meus braços são tonificados e ainda sei como usar um vestido.

O caminho me leva ao terraço dos fundos da mansão, que esta noite está iluminado por lanternas de papel penduradas que balançam com a brisa do lago. Pego uma taça de champanhe de um garçom que passa e vou para a beira do terraço, observando os rostos. É uma multidão diferente dos círculos que estava acostumada a vigiar. Essas pessoas são mais jovens, mais modernas e muito mais atraentes. Em vez de diplomatas, banqueiros e políticos de cabelos grisalhos, vejo homens com cabelos pretos esvoaçantes e mulheres deslumbrantes o suficiente para desfilarem em passarelas. Ninguém presta atenção em mim, e por que deveriam? Sou apenas uma figura anônima que passa à deriva, não tenho nada de notável.

Passo pela banda ao vivo, que toca o barulho eletrônico que chamam de música hoje em dia, e me sirvo nas bandejas de canapés, com sua tentadora variedade de peixe defumado e bruschetta, queijos e presunto de Parma. Meu italiano está enferrujado, mas ainda é bom o suficiente para que eu entenda trechos das conversas que escuto.

Em qual hotel está hospedado?

Ficou sabendo que Paolo saiu de casa? Ela está arrasada.

Estou fazendo uma nova dieta horrível. Estou louca pra tomar uma taça de vinho.

Enfim, avisto a pessoa que estava procurando, e ela está rodeada por um círculo de convidados. O cabelo de Silvia está mais curto agora, mas ainda é preto como a meia-noite, e continua com um corpo deslumbrante. Seu vestido de malha vermelho é implacável, uma bainha justa que se agarra a cada curva e não disfarça nenhuma protuberância, nenhum excesso de carne. Ou os anos foram excepcionalmente gentis com ela, ou ela trabalhou duro para manter aquele corpo tonificado.

Eu me afasto antes que ela perceba que estou aqui.

As portas de vidro deslizantes da mansão ficam bem abertas, permitindo que a equipe de bufê circule entre a cozinha e o terraço. Uso essas portas abertas para entrar na casa.

No interior, a decoração é elegante e toda branca, com apenas alguns toques artísticos de cor com o intuito de chamar a atenção para uma escultura de vidro em laranja-queimado e uma pintura em turquesa e dourado. Meus saltos fazem barulho no mármore branco. Tiro os sapatos, aliviada ao andar descalça. Numa questão de segundos, estou no final do corredor e fora da vista dos outros hóspedes. Se alguém me encontrar aqui, serei apenas uma senhora de idade com uma bexiga pequena, desesperada para encontrar o banheiro. Nenhuma das portas que saem do corredor está trancada, e dou uma espiada nelas, vejo um banheiro (de mármore branco, é claro), um quarto de hóspedes e um armário de roupas de cama. Nessa casa, parece que não há espaços secretos.

No final do corredor, enfim chego ao quarto principal. Entro e fecho a porta. O mesmo mármore branco reina aqui também, uma decoração que alguns podem chamar de sofisticada, mas que, a meu ver, parece fria e impassível. Isso é um reflexo do gosto de Silvia ou veio com o novo homem que ela conseguiu?

Um par de óculos de leitura verde-água na mesa de cabeceira me diz que o outro lado da cama é o de Silvia. Dou a volta na cama e abro a gaveta da mesinha de cabeceira. Lá dentro está o passaporte dela, além dos itens que são de esperar de necessidades femininas: creme para as mãos, máscara para dormir, absorventes.

Abro mais a gaveta e, no fundo, encontro um caderno de endereços esfarrapado. As páginas estão dobradas e algumas das entradas estão tão esmaecidas que parecem vultos de algo que um dia fora escrito ali. Embora a maioria de nós agora mantenha suas informações de contato em arquivos digitais, poucos estão prontos para jogar fora suas antigas agendas de endereços escritas à mão. Folheio os Hs e encontro o nome que eu sabia que estaria lá: Hardwicke. Há números de telefone de Phillip e de sua filha, Bella, mas são registros antigos, números que datam de quando Silvia ainda era sua amante. Nenhuma nova informação de contato foi escrita aqui, nenhum número de telefone ou endereço atualizado. É um documento congelado no tempo.

Coloco a agenda de volta na mesinha de cabeceira e estou prestes a fechar a gaveta quando ouço a porta do quarto se abrir de repente.

Não há tempo para correr para o armário, nem mesmo para fechar a gaveta. Eu me jogo no chão e fico deitada, com o rosto pressionado contra o mármore frio, enquanto passos caminham pelo quarto. Olhando por baixo da cama, vejo um par de sapatos masculinos andando de um lado para o outro. Ele está falando rápido em italiano ao telefone e parece agitado. Algo a respeito de um erro. Ele quer saber quem é o responsável.

Agora os sapatos se movem em direção à cama, e o colchão dá um suspiro quando ele se senta. Vejo que seus sapatos são de couro marrom, sem dúvida caros, e uma das solas bate sem parar no chão. Ele está ocupado demais com o telefonema para perceber que tem algo errado em seu quarto. Olho para a mesa de cabeceira de Silvia e vejo a gaveta ainda aberta. O espaço embaixo da cama é estreito demais para que eu possa me enfiar nele. Se ele resolver fechar a gaveta, vai me encontrar aqui.

A porta do quarto se abre outra vez. Dessa vez, vejo um par de sapatos de salto alto entrar. É Silvia.

Não olhe para a mesa de cabeceira. Não olhe para este lado.

Silvia quer saber por que Giacomo foi embora da festa. Mesmo aqui, do outro lado da cama, posso sentir a tensão crepitando entre eles.

Ele rosna para ela em italiano:

— Um minuto!

— A festa é *sua* — ela responde.

— Estou com um problema. Na fábrica.

— Essas pessoas são seus amigos, não meus.

— Tá, tá bem. — O colchão solta um silvo quando ele se levanta. — Já estou indo.

Observo seus sapatos saírem do cômodo e a porta do quarto se fechar com um baque seco.

Meu coração está batendo forte quando me levanto. Fecho a gaveta da mesinha de cabeceira, depois vou descalça até a porta do quarto e pressiono meu ouvido nela. Não ouço vozes, nada além do som distante da banda. Abro a porta e dou uma olhada no corredor.

Não há ninguém à vista.

Quando chego ao terraço, minha pulsação já voltou ao normal. Calço os sapatos, pego outra taça de champanhe e me embrenho na multidão, de volta ao mar de pessoas bonitas com peles perfeitas e ternos sob medida. Mas mesmo aqui, nesse pequeno pedaço de paraíso no lago de Como, a vida não é perfeita para Silvia e seu amante. Foi o que percebi ao ouvir a conversa deles no quarto. Vejo Giacomo, de cabelos grisalhos, fazendo a social com meia dúzia de convidados, mas Silvia não está à vista. Examino a multidão e enfim a vejo. Ela está descendo os degraus do terraço, em direção ao lago, e está sozinha.

Eu a sigo.

Os degraus de pedra descem para um gramado bem cuidado que se estende até a beira da água. É lá que encontro Silvia, de pé junto à água. Está de costas para mim, e sua silhueta é emoldurada pelo reflexo prateado do lago. Ela olha para o lago de Como feito uma mulher que está presa do lado errado, como se quisesse estar na margem oposta.

Ela não me ouve caminhando em sua direção, quando digo:

— Olá, Silvia. — Ela dá um pulo e se vira para me encarar.

— Quem... eu conheço você?

— Não se lembra de mim, não é? — Não é de surpreender que ela não se lembre. Muitos anos se passaram, e eu era uma pessoa insignificante em sua vida, alguém tão sem importância que ela mal teria notado minha existência.

— Desculpe. Não me lembro — ela diz.

— Eu era esposa do dr. Danny Gallagher, o médico de Phillip. Danny estava naquele avião. Nós duas perdemos alguém naquele dia. Pelo menos, foi isso que me fizeram acreditar.

Ela balança a cabeça:

— Não estou entendendo. Por que está aqui? Depois de todos esses anos, por que veio a minha casa e...

— Phillip Hardwicke está vivo, não está?

Ela fica em silêncio. Aqui, na beira da água, estamos na sombra e não consigo ler sua expressão, mas vejo sua silhueta imóvel.

— Não — ela sussurra.

— Sabe onde ele está?

— Não é possível. Ele está morto.

— Isso é o que *querem* que a gente acredite.

— Tinha uma bomba no avião. Todos morreram, todos os sete.

— Mas só encontraram dois corpos no mar. Não sabemos quem mais estava a bordo, quem pode ter conseguido sair do avião no último minuto.

Ela se abraça. Mesmo na escuridão, posso ver que ela está tremendo:

— Se ele estivesse vivo, eu *saberia*. Eu *sentiria* isso. E por que ele não me ligou? Por que me faria pensar que ele está morto?

— É assim que ele se mantém vivo, fazendo com que todos acreditem que ele está morto. Ele ainda está por aí, Silvia. Provavelmente com um nome diferente, com uma identidade diferente.

— Não. Não, isso não é verdade! Ele não me deixaria sofrendo assim!

Ouço uma angústia verdadeira em sua voz e percebo, para minha surpresa, que não se trata de uma encenação. Ela não sabe mesmo que Hardwicke está vivo.

— Você o amava — digo, surpresa.

Ela se volta para a água e diz baixinho:

— Claro que amava.

— Ele amava você?

— Eu achei que… — Sua cabeça se inclina. — Achava que ele amava. Acreditei em tantas coisas.

— Mas ele nunca entrou em contato com você? Depois que o avião caiu, nunca teve notícias dele?

— Não.

— Faz ideia de onde ele pode estar agora?

— No fundo do mar. Foi nisso que acreditei na época. É no que acredito agora. — Ela olha para mim. — Por que está fazendo todas essas perguntas? Quem é você na verdade?

Por um momento, ficamos apenas nos olhando, duas mulheres cujas vidas se cruzaram de uma forma que partiu nosso coração, ambas de luto para sempre.

— Sou a esposa de Danny Gallagher — digo. — É tudo o que você precisa saber.

Eu me viro e volto a subir os degraus de pedra até o terraço, passando pela multidão de pessoas bonitas em suas roupas elegantes. Minha visita aqui revelou o seguinte: Silvia não sabe mesmo onde Hardwicke está. Ela realmente acredita que ele está morto.

Não sei onde mais procurar.

A maioria das pessoas em fuga não consegue deixar de procurar lugares conhecidos, mas Hardwicke é inteligente demais para voltar a lugares em que já esteve. A única maneira de permanecer escondido durante todos esses anos foi *não* fazer o que esperavam que ele fizesse. O que ele não pôde evitar, no entanto, foi tirar dinheiro de suas várias contas no exterior ao longo dos anos. Talvez ele de fato precisasse desses fundos ou tenha voltado a intermediar novos negócios, mas essas transferências de capital não passaram despercebidas pela Agência. Esse foi seu grande erro. Foi a pista de que ele ainda está vivo.

Penso nos próximos passos. Não posso voltar para casa, talvez nunca possa. No momento, estou à deriva, como estava nos anos após a morte de Danny, mudando de um lugar para outro, procurando um local para ficar em que eu pudesse deixar para trás a velha Maggie e me tornar uma nova pessoa, alguém que não fosse assombrada pelos pensamentos do que *poderia* ter sido. Se ao menos eu tivesse recusado aquela última missão em Malta. Se ao menos Danny e eu tivéssemos fugido. Estaríamos juntos agora, com nossos cabelos grisalhos e o rosto ainda mais marcado com linhas de expressão. Eu nos imagino em algum lugar quente, talvez na América do Sul, em um vilarejo onde galinhas, cabras e crianças descalças correm de um lado para outro.

Em vez disso, estou sozinha quando saio pelos portões da mansão. Deixo para trás a música, as risadas, o que poderia ter acontecido e desço a colina em direção ao carro. Os saltos altos machucam meus pés; fico tentada a jogá-los fora e continuar descalça pelo cascalho afiado. Quero a dor. Preciso da dor, como penitência por meus pecados. Faço a curva e chego ao carro alugado, estacionado atrás de uma Ferrari preta. Tiro o chaveiro da bolsa e abro a fechadura com um clique.

É quando ouço o barulho de cascalho na calçada. Alguém está logo atrás de mim.

Eu me viro e vejo Diana. E a arma que ela está apontando para o meu peito.

— Olá, Maggie. Que surpresa você aparecer aqui.

— Abaixe a arma, Diana. Estamos do mesmo lado.

— Estamos? — Ela acena com a cabeça para meu carro estacionado. — Entra. Você dirige.

33

O último lugar do mundo que eu esperava que Diana Ward usasse como esconderijo é uma igreja, mas foi para lá que ela me levou ao seguirmos por uma estrada esburacada até esse prédio de pedra entalhado em uma colina. Pelo brilho dos faróis, vejo janelas fechadas com tábuas e um emaranhado de trepadeiras enérgicas que subiram pelas paredes. Desligo o motor e a noite fica escura. Nessa colina, não há casas próximas, nem luzes. Não há testemunhas.

Em vez de entrar pela porta da frente, Diana me conduz por uma entrada lateral. Fica claro que ela está escondida aqui há tempo suficiente para conhecer a disposição da construção. Quando ela acende um lampião a querosene, vejo que essa igreja não é usada como local de culto há muito tempo. Os bancos estão espalhados e quebrados, alguns dos vitrais coloridos que não estão cobertos por tábuas estão estilhaçados, e teias de aranha pendem como cortinas de seda das vigas. Perto de onde ficava o altar, há uma pequena mesa com uma mochila, os restos de um sanduíche e uma garrafa de vinho pela metade. É um abrigo conveniente, claramente abandonado há muito tempo, o que faz dele um lugar reservado, mas perto o suficiente da vila para monitorar Silvia e seus visitantes. É claro que é por isso que Diana está aqui no lago de Como, ela veio pelo mesmo motivo que eu. Ela sabe que Hardwicke está vivo e acredita que Silvia sabe onde ele está.

Está frio nessa igreja de pedra. Enquanto Diana está usando calça jeans preta e casaco de lã, estou apenas com o vestido de festa de seda e uma capa fina, que abraço em meus ombros enquanto a encaro do outro lado do lampião bruxuleante. Ela não abaixou a arma, e o cano parece um terceiro olho acusador, me encarando.

— Por que está aqui? — ela pergunta.

— Pelo mesmo motivo que você. Achei que Silvia poderia me dizer onde Hardwicke está.

— Quem mandou você?

— Você. De certa forma.

— Não seja ridícula.

— Alguém da Agência apareceu na minha casa no Maine. Ela disse que você tinha desaparecido e que talvez precisasse de ajuda.

— Está aqui para me *ajudar*? — Sua risada ecoa na vasta igreja de pedra, o som se fragmentando nas vozes de uma dúzia de Dianas à beira da loucura. — Maggie para o resgate!

— Tô pouco me lixando pra você. Mas Gavin está morto. Ele foi assassinado em Bangkok algumas noites atrás. Eu estava lá quando aconteceu. Você e eu provavelmente somos as próximas na lista de alvos.

Sua mão continua firme, a arma ainda fixa em meu peito:

— Gavin te disse por que isso está acontecendo?

— Hardwicke está vivo — digo. — Quer se vingar por Malta.

Ela não parece surpresa com essa revelação.

— Tem certeza disso? Ele está vivo?

— A Agência acha que sim.

— Que prova eles têm?

— Dinheiro desapareceu das contas dele. E muito. O acesso a essas contas requer senhas que só ele saberia.

Enfim, ela abaixa a arma. Seu cabelo está despenteado; as bochechas fundas. Em seu rosto, vejo a paranoia ocasionada por dormir pouco e por muito medo. Ela começa a andar de um lado para outro pelo lampião a querosene. Em sua agitação, não parece se importar com o fato de eu estar ali, e estou apenas aliviada por não ter mais uma arma apontada para mim.

— Precisamos neutralizar Hardwicke — ela diz. — Precisamos trabalhar juntas.

— Igual fizemos em Malta? — Dou uma risada amarga. — Como se eu confiasse em você.

— Pegamos Cyrano juntas, não foi?

— E você matou meu marido.

Ela para e olha para mim. Com a mesma rapidez, desvia o olhar:

— Isso foi um infortúnio. Gostaria que pudéssemos ter impedido — ela diz, mas eu vi a verdade em seus olhos. O lampejo de culpa logo antes de ela se afastar.

— Você *poderia* ter impedido.

— Não tinha como saber que uma bomba seria…

— Gavin me contou a verdade. Você sabia, horas antes, que os russos iriam contra-atacar e não pensou em me avisar. Simplesmente deixou o avião decolar, com Danny a bordo.

— A ameaça na mensagem não era específica.

— Era clara o suficiente pra fazer alguma coisa.

— Eu não podia ter certeza.

— Não. Você só não se *importava*! — Minha voz ecoa em um grito de angústia que se repete, um grito preso dentro de mim durante todos esses anos. Os últimos ecos se dissipam e, por um momento, ficamos olhando uma para a outra sem dizer nada.

Um estrondo rompe o silêncio da igreja. É o ronco de um motor se aproximando.

O queixo de Diana se ergue assustado:

— Eles nos seguiram. Merda, seguiram *você*. — Ela apaga o lampião e pega sua mochila. A única luz é a que entra pelas janelas quebradas, o brilho fraco do vilarejo a um quilômetro de distância.

— Me passa uma arma — sussurro enquanto nos agachamos na escuridão.

— Cala a boca.

— Se eles vieram pra nos matar, vai precisar da minha ajuda pra impedir que isso aconteça. Me dá uma arma.

Ela leva apenas alguns segundos para avaliar as opções e perceber que estou certa. Precisa mesmo de mim. Eu a ouço remexer na mochila e ela coloca uma pistola na minha mão. Uma nove milímetros. Não é a minha arma de confiança, mas dá para o gasto.

Alguém chacoalha a porta da frente, mas ela está trancada. Talvez seja apenas o zelador da igreja? Que seja apenas um velho inofensivo que veio ver quem está se escondendo em seu imóvel. Então, ouço o cuspe de um silenciador e o estilhaçar da madeira. Três chutes e a porta se abre. Vislumbro as silhuetas sombrias de dois homens entrando. Não, são três.

Diana não hesita. Em um disparo rápido, ela dá quatro tiros. Ouço um grunhido de dor e, em seguida, uma explosão de fogo de retorno. Uma bala passa assobiando pelo meu rosto e estilhaça a garrafa de vinho na mesa.

Diana dispara mais dois tiros e se retira, adentrando as sombras. Deixando-me para trás para enfrentar os invasores sozinha, é claro. É o que ela sempre faz. Ela conhece os cômodos da igreja, conhece todos os possíveis esconderijos, e só me resta seguir sua liderança e esperar que ela esteja indo em direção a uma posição defensável. Meus saltos altos fazem barulho demais, então eu os tiro. Mal vejo a sombra dela recuando na escuridão.

As balas ricocheteiam contra a parede. Fragmentos de pedra picam minha bochecha. Os homens estão avançando; ouço o baque de alguém batendo num banco e disparo cegamente três tiros contra o som antes de correr atrás de Diana.

Ela tomou a única rota de retirada: subiu uma escada circular que deve levar à torre do sino. Começo a subir os degraus e sinto um prego solto perfurar a sola do meu pé. Com a dor, subo os degraus mancando. A escada é estreita e sinuosa demais para que se possa ter uma visão clara em qualquer direção; minha única esperança é chegar ao topo, onde poderemos conter quem está nos atacando e eliminá-los quando chegarem no cimo da escada. Subo os últimos degraus até o campanário. Lá está Diana, agachada ao lado. O brilho da vila é suficiente apenas para iluminar seu rosto tenso e o brilho da arma em suas mãos.

Não digo uma palavra, apenas me abaixo ao lado dela. Juntas, esperamos para enfrentar nossos inimigos. Não tenho escolha agora; tenho que lutar ao lado dessa mulher por mais que a odeie.

Além do bater do meu coração, ouço passos na escada. Uma sombra se aproxima.

Tanto Diana quanto eu abrimos fogo, nossas balas atingem as pedras. Esta é nossa última posição, mas temos a vantagem. Aqui, podemos detê-los.

E então fico sem munição.

Uma bala passa por mim. Mergulho para o lado e meu ombro bate nas tábuas antigas do chão. Volto a me agachar e examino desesperada a torre em busca de uma rota de fuga alternativa, mas a única outra maneira de sair do campanário é pular pela borda em um mergulho fatal até o estacionamento.

Então, é assim que tudo acaba, descalça e encurralada com a mulher que destruiu minha vida, a mulher cujas decisões, há uma década e meia, nos levaram ao caminho deste momento final.

Deixo cair minha arma vazia. Não acredito em vida após a morte, não acredito que morrer de uma maneira heroica garanta um lugar em Valhala. Sei apenas que uma luta sem sentido prolongará a agonia, e escolho a aceitação em vez do pânico. Mas Diana não está preparada para morrer. Ela se move ao meu lado, e sua voz é baixa e em pânico.

— Que porra é essa? Sua arma...

— Não tenho mais balas. Acabou, Diana.

— Não. Não acabou, não.

Ela ataca com a velocidade de uma naja, colocando o braço em volta da minha garganta. Perco o equilíbrio quando ela me empurra para trás contra seu peito. Sou seu escudo, uma massa sacrificial de carne e osso contra balas. Até o fim, Diana só pensa no próprio umbigo, mesmo que isso não faça diferença agora, porque ela também ficará sem balas logo.

A silhueta de um homem aparece, depois a de um segundo. Diana se afasta, me arrastando com ela, até que ela se encosta na grade do campanário e não podemos mais recuar.

— Um acordo! — ela grita. — *Voglio fare un patto!*[2]

Os homens não dizem nada, mas não abaixam as armas.

— Dinheiro — ela diz. — Posso dar vinte milhões de dólares para vocês! Podem ficar com tudo, mas têm que me deixar ir!

Ela tem vinte milhões de dólares?

Mesmo agora, quando estou à beira da morte, essa revelação faz minha mente girar. Faço malabarismos com as peças do quebra-cabeça e sinto que elas começam a se encaixar. Penso nos milhões de dólares que foram drenados das contas no exterior de Hardwicke por alguém que precisava saber suas senhas. Penso na memória fraca de Hardwicke, na dificuldade em manter o controle de números, nomes e datas. Em um instante, tudo se encaixa. Onde ele armazenava as senhas? Ele precisaria de acesso rápido a elas, em um notebook ou telefone.

Ou em um pen drive. Como o que dei à Diana para copiar em Malta. Outra peça do quebra-cabeça se encaixa.

Diana tinha as senhas, mas não podia usá-las enquanto Hardwicke estivesse vivo. Ele perceberia se o dinheiro desaparecesse de suas contas, então ela precisava tirá-lo de cena. Precisava que ele morresse, e a maneira mais fácil de fazer isso era deixar que os russos se vingassem. Então, ela deixou o avião dele decolar, deixou-o voar para a morte e não se importou com quem morreria com ele.

Mais passos ecoam na escada. Eles sobem num ritmo constante e sem pressa, o ritmo sombrio de nosso carrasco que se aproxima.

— Vinte milhões de dólares! — Diana diz outra vez. Em seu desespero para fazer um acordo, ela perde o controle sobre mim. Eu me solto de suas mãos e me afasto, fora de alcance. Ela agora está exposta, sem meu corpo para protegê-la.

— Isso é mais dinheiro do que sequer verão na vida — ela diz. — Você pode ficar com *ela*. Mate *ela*. Me deixe ir e eu...

O estalo de um silenciador a faz parar no meio da frase. Sua cabeça se inclina para trás e seu corpo balança na borda do campanário. Por alguns instantes, ela parece se equilibrar ali, com a coluna arqueada sobre a grade de ferro. Em seguida, a gravidade se impõe, e ela se inclina para trás sobre a barreira e cai na sombra.

Não a vejo aterrissar, mas ouço o impacto. O baque de carne e ossos batendo no concreto abaixo.

---

2   "Quero fazer um acordo!" (N. T.)

34

Da escuridão da escada do campanário, uma figura surge aos poucos. Eu esperava ver Phillip Hardwicke entrando em cena, mas é uma mulher. Os homens se afastam para deixá-la passar. Ela se move até a borda do campanário e olha para o chão. Embora dezesseis anos tenham se passado desde a última vez que a vi, reconheço seus quadris generosos e a inclinação arredondada de seus ombros. À luz da lua, vejo o brilho dos cabelos ruivos balançando com a brisa.

— O dinheiro que ela ofereceu não era dela — ela diz e se vira para me olhar. Em sua mão está a arma que acabou de usar para matar Diana, e o cano agora está apontado para mim. — Minha pergunta foi finalmente respondida. Foi ela.

— Bella — murmuro. — Como isso é possível?

— Minha mãe — ela diz. — Se não fosse ela, eu não estaria viva.

— Você não estava no avião.

— Ela não me deixou ir para o aeroporto, não depois que soube da invasão ao iate de Alan Holloway. Ah, mamãe sabia dos negócios do meu pai com os russos. Sabia do que eles eram capazes. Quando o avião dele caiu, ela pensou que poderiam vir atrás de mim também. Fazer de mim um exemplo do que acontece com sua família se os trair. Então, ela me levou para casa no jatinho dela. Para a Argentina.

— Eu nem fazia ideia de que você estava viva. Teve um funeral... sua mãe estava lá.

— Precisava ter um funeral. Fazia parte do jogo, e ela sabia como jogar.

— Todo esse tempo. Não fazia ideia de que você estava com ela.

— Até o dia em que ela morreu. — A voz de Bella vacila, e o cano de sua arma mergulha em direção ao chão.

— Meu Deus, sinto muito, Bella — murmuro. — Ela te amava. Ela só queria o melhor para você.

— Ao contrário de *você*. — Sua arma se levanta e está outra vez apontada para o meu peito. — Quando finalmente coloquei minhas mãos naquele arquivo, descobri a verdade sobre você. — Sua voz é cortante como vidro. — E o que você fez.

— Eu era sua amiga de *verdade*.

— Amiga? — Sua risada é alta e amarga. — Você me *usou*. Teria me enviado para morrer.

— Eu também devia estar naquele avião! Teria caído com todos vocês.

— Mas você não estava a bordo, estava?

— Meu *marido* estava! O homem que eu *amava*. Acha que eu teria deixado ele ir se soubesse o que ia acontecer?

Há um longo silêncio:

— Não — ela finalmente murmura. Ela se vira para a grade e olha para o estacionamento. — Meu deus, eu era uma garota tão *idiota*.

— Você só tinha quinze anos. Não sabia o que seu pai realmente era.

— Não estou falando do meu pai. Estou falando de *você*. Do que *você* era. Esse tempo todo, eu não fazia ideia para quem você trabalhava. Depois descobri que alguém invadiu as contas do meu pai, apesar de eu ser a única que sabia as senhas. "As chaves do reino", como ele as chamava. Ele me fez memorizar todas porque estava com problemas de memória. Outra pessoa movimentou o dinheiro, e eu não tinha ideia de quem poderia ter feito isso. Até que fiquei sabendo da Operação Cyrano.

— Como?

Ela encolhe os ombros:

— Tudo pode ser comprado, Maggie. Lealdade. Acesso. Tem sempre alguém disposto a vender segredos, mesmo na sua estimada CIA. — Ela se vira para mim. — Você é a última pessoa viva. Tem alguma palavra final?

— Como chegamos a esse ponto, Bella? Como *você* chegou a isso?

— Necessidade. Sei de nomes. Sei como usá-los. Meu pai me ensinou isso.

— Essa não é quem você realmente é. Eu *conhecia* a Bella e gostava de ser amiga dela. Quer você acredite ou não, eu era mesmo.

— Bem, conheça a nova Bella. Afinal de contas, sou filha do meu pai.

Não acredito nisso. Quando olho para ela, não vejo Phillip Hardwicke, e sim aquela garota inocente de quinze anos. E penso em outra garota, outra inocente, cuja vida agora depende de mim.

— Quando isso acabar, quando você terminar comigo, vai libertar Callie?

— A garota?

— Ela só tem catorze anos.

— Faz mesmo diferença o que vai acontecer com ela?

— *Uma vida pela outra*. Se eu morrer, então a garota vive. Não é isso que estava me pedindo para fazer? Foi por isso que eu vim, para fazer a troca. Minha vida pela dela.

Por um momento, ela apenas me analisa, e eu me lembro da garota que ela já foi. Solitária, desajeitada, sem saber bem qual era seu lugar no mundo. Parece que agora ela encontrou esse lugar. A morte do pai a transformou nessa criatura segura de si, mas amarga, uma Medeia vingadora para quem um assassinato exige outro em troca. Quem sou eu para convencê-la do contrário? Eu era uma das engrenagens da máquina que acabou com seu pai e tirou a vida de seis pessoas, uma delas meu marido. Essa mesma máquina também destruiu a vida de Bella. A garota que eu conhecia se foi, e em parte a culpa também é minha. Por mais que tentasse fugir da culpa, não consigo escapar dela. Vou levá-la para o meu túmulo.

Eu me endireito. Estou pronta:

— Sinto muito por tudo, Bella. Sei que não vai fazer diferença ouvir isso agora, mas eu sinto muito mesmo.

Ela aponta a arma para minha cabeça.

Eu a olho nos olhos e espero pela bala. *Estou indo, Danny. Estou chegando.* Os segundos passam, mas ainda estou de pé, ainda olhando para ela. Quero que ela veja quem eu sou, a amiga que nunca desejou mal a ela. A amiga que sofreu uma perda tão profunda e devastadora quanto a dela.

Ela se volta para seus homens:

— Vão. Nos deixe a sós.

Eles hesitam, mas recuam para a escuridão da escada.

Devagar, Bella abaixa a arma. Ela se aproxima do corrimão e olha para o corpo de Diana caído no chão:

— Ela estava pronta pra te matar.

— *Ela* nunca foi minha amiga.

Um momento se passa. Agora, enquanto ela não está olhando para mim, é o momento de eu atacar e tirar a arma dela, mas acho que não posso fazer isso. Não posso traí-la mais uma vez.

— Uma vida pela outra — ela diz baixinho. Ela se vira para mim. — Você me trouxe Diana Ward. Já é alguma coisa.

— Bella...

— Adeus, Maggie. Que seja a última vez que a gente se encontre. — Ela se vira e desaparece na escada. Ouço o eco de seus passos enquanto ela desce a torre.

Minhas pernas de repente ficam bambas. Caio no chão e me encolho, tremendo, não de frio, mas pelo choque de tudo o que aconteceu esta noite.

A morte chegou tão perto que pude sentir sua respiração em meu ouvido, e estou perplexa por ainda estar aqui. Eu não deveria estar, e cada respiração que tomo a partir deste momento é um presente que vou valorizar para sempre, um presente que não mereço. O frio se infiltra em meu vestido fino e meus ossos doem por causa do piso duro, mas esses desconfortos na verdade são uma bênção, senti-los significa que estou viva.

Eu me levanto e olho para baixo por cima do parapeito. Bem abaixo, vejo Bella e seus homens saindo da igreja. Eles passam pelo corpo de Diana e se dirigem ao carro.

— Mas e Callie? — exclamo.

Bella faz uma pausa e olha para cima, mas não responde.

— Você prometeu. Uma vida pela outra! — grito. — E a garota?

Bella entra no banco de trás do carro e vai embora.

Cambaleando, desço devagar as escadas da torre. Não tenho ideia de onde estão meus sapatos ou minha bolsa com a chave do carro, e temo a longa e desconfortável caminhada descalça até o vilarejo.

Mas já passei por coisas piores.

A porta da frente da igreja está aberta. Eu me arrasto até a entrada iluminada pela lua e lá, na varanda, estão meus sapatos e minha bolsa, colocados em um lugar onde eu com certeza os encontraria. Um último gesto de misericórdia de Bella. Pego minha bolsa e logo percebo a diferença de peso. Bella deixou uma linha de comunicação aberta entre nós. Só me resta esperar que seja para o que estou pensando.

Saio para o estacionamento e me deparo com o corpo de Diana, deitado de barriga para cima no cascalho, que agora está manchado de sangue. O buraco de bala em sua testa dirá à polícia que não foi um salto suicida da torre.

Preciso estar a quilômetros de distância daqui quando a encontrarem.

Entro no carro alugado e vou embora, deixando Diana onde ela está. Mais uma vez, deixo os mortos para trás.

O DIA ESTÁ AMANHECENDO QUANDO CHEGO A MILÃO. EM VEZ DE IR PARA um hotel, vou direto para o Aeroporto de Malpensa, troco de roupa e fico em um café para esperar as quatro horas até o voo para Boston, com conexão em Londres. A adrenalina se esvaiu e meus membros parecem rijos de exaustão. Quando eu era jovem, conseguia trabalhar quarenta e oito horas seguidas sem dormir, mas não sou mais essa mulher. Peço um expresso atrás do outro, tentando me manter acordada, sempre olhando para o celular que ficou na minha bolsa, procurando a mensagem que estou esperando.

Não há nada.

Eu me pergunto se o corpo de Diana já foi encontrado e quais serão as hipóteses da polícia. Um assassinato da máfia? Um roubo? Um amante ciumento? Todos os motivos mais comuns serão mencionados, mas duvido que o verdadeiro sequer passe pela cabeça de alguém. Tenho pena da polícia; não têm imaginação para entender metade do que veem.

Uma vida pela outra. Cumpri minha parte do acordo. Agora Bella tem que cumprir a dela.

Esvazio a xícara do meu café expresso e me levanto. Meu primeiro voo decola em duas horas. Está na hora de ir para casa e salvar Callie.

Do Aeroporto de Logan, são quatro horas de viagem para o Norte até Purity, e são onze da noite quando enfim chego aos seus arredores. Assim que cruzo a fronteira da cidade, o celular toca com a mensagem que estava esperando. De alguma forma, ela sabe que estou perto de casa, e é perturbador perceber que estou sendo rastreada, que Bella acompanhou meu progresso enquanto eu voava de Milão para Londres e para Boston, enquanto dirigia para o Norte, para o Maine. Inquietante, sim, mas não assustador. Se ela quisesse me matar, teria feito isso no lago de Como.

Olho para o celular descartável e minha exaustão evapora na hora. Estou acordada há quase quarenta e oito horas, mas a mensagem que vejo na tela envia um choque de adrenalina pelo meu corpo cansado.

Aperto o pedal do acelerador.

Quinze minutos depois, estou em frente a uma casa abandonada na Connor Road. Já passei por essa propriedade várias vezes, mas ela está tão coberta de ervas daninhas e espinheiros que nunca tinha visto a construção em si. Minha lanterna revela uma pintura descascada e um alpendre apodrecido, e sei que ninguém mora aqui há muito tempo, mas na entrada da garagem vejo marcas de pneus frescos na neve.

Sinto o cheiro de fumaça no ar. Alguém ateou fogo em alguma coisa.

Meu coração está batendo forte quando subo os degraus do alpendre. Não estou com medo de que algo aconteça comigo e sim do que encontrarei lá dentro. A porta está destrancada. Dou um empurrão e ela se abre, com as dobradiças rangendo, revelando apenas a escuridão do lado de dentro.

— Callie? — chamo.

Entro na casa e logo percebo que, embora lá fora esteja –6° C, dentro da casa está quente, quase confortável. Passo a lanterna pela sala de estar, que não tem móveis e é apenas um espaço vazio com piso de pinho e teias de aranha caindo do teto. Meu feixe de luz para na lareira de tijolos, onde vejo apenas cinzas. Atravesso o cômodo e toco os tijolos. Estão frios.

No entanto, a casa está quente. De onde vem o calor?

O piso range quando saio da sala de estar e entro na cozinha. O feixe de luz da minha lanterna passa por bancadas de pinho maltratadas, armários com portas abertas, uma pia de porcelana manchada de marrom. Avisto o fogão a lenha e, ao me aproximar, já consigo sentir o calor que emana dele, e vejo um estoque de lenha no canto. Alguém tem mantido a casa aquecida.

— Callie?

O som é tão fraco que quase não o ouço. Um gemido, vindo de algum lugar próximo. Eu me viro e o feixe da lanterna cai na porta da despensa. Ela está entreaberta.

Mesmo antes de abri-la, sei que ela está lá dentro. Sei que ela está bem. Ilumino o espaço com a lanterna e lá está ela, amarrada a uma cadeira, com uma fita adesiva na boca.

Em segundos eu a liberto e ela está me abraçando feito um polvo, seus braços me apertando em volta do meu pescoço. Ela molhou as calças e cheira a suor, urina e fumaça, mas está viva. Assustada, trêmula, mas viva.

— Você está aqui! — ela grita. — Eu sabia que você viria. Eu sabia!

— É claro que estou aqui. Estou bem aqui, querida. — Eu a puxo com força contra mim e, enquanto ela chora em meus braços, começo a chorar também. Fazia muito, muito tempo que eu não chorava e, agora que comecei, não consigo parar. Choro por Callie e por todos os outros que sofreram por minha causa. Por Doku e sua família, por Gavin, Bella e Danny.

Acima de tudo, por Danny.

— Quero ver meu avô — diz ela. — Quero ir pra casa.

— Você vai. — Envolvo sua cintura com o braço e a levanto. — Mas ainda não.

35

JO

Jo entrou de supetão pela porta da escada, seguiu para a ala hospitalar do segundo andar e foi direto para a recepção da unidade.

— Onde está Callie Yount? — perguntou à enfermeira.

— Ela está no quarto 201, mas vou ligar para o médico primeiro. Ei, não pode entrar lá assim. Espere!

Jo já estava andando pelo corredor, para o quarto 201. Ela deu duas batidas rápidas e entrou no quarto, mas parou logo depois da soleira.

A garota estava dormindo profundamente na cama.

O quarto estava iluminado apenas por uma lâmpada fraca e, na escuridão, Jo viu Luther Yount encolhido em uma cadeira ao lado da cama. Ele estava com uma camisa de pijama de flanela e seus cabelos brancos estavam despenteados. Como Jo, ele deve ter saído direto da cama, mas agora estava bem acordado e encarava Jo.

— Agora não. Ela precisa descansar — ele disse. — Não acorde ela.

— Onde ela foi encontrada? Como ela chegou aqui?

— Mais tarde. Tudo o que você precisa saber é que ela está bem. Eles não a machucaram.

— *Eles* quem?

— Maggie pode te contar o resto. Fale com ela.

— Onde ela está?

— Acabou de sair. Talvez ainda consiga alcançar ela.

Pode apostar que vou mesmo.

Jo desceu apressada as escadas até o saguão e saiu correndo pela entrada do hospital até o estacionamento. Lá, ela avistou quem procurava a algumas fileiras de distância, destravando a picape.

— Maggie! — Jo chamou. — Maggie Bird!

A mulher se virou, e o suspiro que ela soltou lançou uma nuvem de vapor no ar:

— Por favor. Agora não.

— *Agora* sim. Devia ter me ligado assim que ficou sabendo.

— Eu liguei. Não é por isso que você está aqui?

— Era *nosso* trabalho resgatar a garota.

— E você teria aparecido com suas sirenes estridentes. Eu não sabia qual seria a situação. Tinha que ser um resgate silencioso.

— Agora perdemos qualquer chance de prender os envolvidos.

Maggie balançou a cabeça:

— Nunca tiveram chance. Acredite em mim, as pessoas que pegaram ela já estão longe daqui há muito tempo.

— Vai me dizer quem são?

— Se eu soubesse seus nomes, eu diria.

Elas se encararam no silêncio de uma noite de inverno, e a condensação de suas respirações girava e se emaranhava em uma única nuvem entrelaçada. Por mais que morassem na mesma cidade e respirassem o mesmo ar, sempre haveria um abismo entre elas porque Maggie era a forasteira, uma criatura estranha de um mundo muito além dos limites familiares de Purity. Um dia elas poderiam se tornar amigas, poderiam até aprender a confiar uma na outra, mas não naquele dia. Por enquanto, se enfrentavam como oponentes, em um jogo cujas regras Jo ainda estava tentando entender.

— O que motivou esse sequestro? — disse Jo. — Precisa me contar.

— O que eu *preciso* agora é da minha cama. — Maggie abriu a porta de sua picape e subiu no banco do motorista. — Venha me ver amanhã, Jo. Vou te contar o que puder. — Ela ligou o motor e foi embora.

— Como assim, "o que puder"? — Jo gritou.

É claro que não houve resposta. Com Maggie Bird, quase nunca havia resposta.

Jo ficou sozinha no estacionamento, observando os faróis traseiros sumirem na escuridão. Um floco de neve flutuou pelo ar até cair no chão, e depois outro, como borboletas feridas caindo do céu. Eram duas horas da manhã, ela estava com frio e não havia nada que quisesse fazer mais do que ir para casa e se enfiar na cama, mas a neve que caía logo cobriria qualquer marca de pneu na casa onde Callie Yount havia sido mantida. A cada minuto que passava, pistas vitais do sequestro desapareciam sob um manto branco. Ela tinha uma cena de crime para analisar, a equipe de provas para reunir e perguntas — muitas perguntas — para responder. Sua cama, por mais tentadora que fosse, teria de esperar, porque os cidadãos de Purity contavam com ela. Talvez ela não fosse brilhante, mas sabia que o que importava para as pessoas de sua cidade era a certeza de que podiam sempre contar com ela para fazer seu trabalho. Então, com um suspiro, ela entrou no carro e fez o que sempre fazia.

Jo Thibodeau começou a trabalhar.

36

BELLA

Ela estava na janela, olhando para o jardim. Estava chovendo de novo, aquela chuva fina e gelada que era tão comum nesse canto remoto da Escócia, mas ela podia ver os sinais de que a primavera chegaria mais cedo este ano. Ainda era fevereiro, e os narcisos já estavam com brotos verdes; em março, o jardim estaria repleto de flores douradas. A Terra estava mudando rápido. Os grandes rios da Europa e da Ásia estavam secando, as florestas tropicais da América do Sul queimavam e, no Pacífico, os atóis de coral desapareciam sob a elevação do nível do mar. Em toda parte, uma nova turbulência fervilhava, o que significava que havia dinheiro a ser ganho, dinheiro com o qual era possível influenciar eleições no exterior, inflamar ódios antigos e novos e desencadear revoluções.

Quando Bella era menina, não gostava de jardins, mas agora que cuidava de um, percebeu que estava olhando para um microcosmo do mundo, onde a sobrevivência nunca era garantida; os concorrentes espreitavam despercebidos na sombra, esperando a chance de ultrapassá-la e sufocá-la. Esse era um princípio fundamental que ela havia aprendido com o pai: sempre havia alguém esperando para tomar o seu lugar, então era preciso fazer o que fosse necessário para estar sempre um passo à frente.

Mesmo que isso significasse sequestrar uma menina de catorze anos.

Ela sabia que sua mãe não teria aprovado essa tática, mas Camilla não estava mais aqui. Seis anos atrás, ela sucumbiu a um tumor cerebral que nem todo o dinheiro do mundo poderia curar. Agora, Bella estava por conta própria, sem os conselhos benevolentes da mãe, e havia feito o que era necessário para garantir seu lugar à mesa. Quando se tratava de sobreviver, já tivera o melhor professor possível. Ela fez uso da base que seu pai estabeleceu e construiu uma rede própria.

Ela ouviu uma batida na porta e se virou para seu assistente:

— E então? — ela lhe perguntou.

— A garota recebeu alta do hospital. Voltou pra casa com o avô.

— E a nossa equipe?

— Já está no avião voltando.

— Então pode liberar o pagamento deles.

— Pode deixar.

Seu assistente saiu da sala e ela se voltou para a janela, para a vista do jardim. A chuva havia aumentado, as gotas agora se misturavam ao granizo que batia na calçada de tijolos. Ela se perguntou se estava nevando onde Maggie morava. Procurou a cidade de Purity no mapa e viu que o estado do Maine ficava próximo ao Canadá. Era um lugar estranho para se aposentar, lá no Norte gelado. Bella imaginou uma paisagem de nevascas, montes de neve e ventos cortantes, um lugar difícil de se viver no inverno.

Maggie não deveria estar viva. Deveria ter morrido no lago de Como, com uma bala na cabeça, e Bella tinha toda a intenção de fazer essa execução. Mas naquele momento na torre, quando apontou a arma para a cabeça dela e olhou em seus olhos, não conseguiu puxar o gatilho. Percebeu que Maggie também era uma vítima, que sua vida também havia se desintegrado em uma explosão de chamas e cinzas pelo Mediterrâneo. Phillip Hardwicke não teria hesitado em puxar o gatilho, mas Bella escolheu não fazer isso.

Talvez ela fosse mais parecida com a mãe do que imaginava.

Deixei você ir dessa vez, Maggie. Se nos encontrarmos outra vez, não posso garantir que vou ser tão generosa.

Ela não achava que elas se encontrariam de novo, embora com toda a certeza não se esqueceriam da existência uma da outra, mesmo mantendo uma distância cautelosa, Maggie num vilarejo no meio do nada na costa do Maine, e Bella num mundo de sombras e anonimato. O mundo do pai. Aos quinze anos, ela pode ter sido uma adolescente desajeitada, mas nunca foi sem noção. Ela ouviu, aprendeu e absorveu os ensinamentos de Phillip. Sabia o que era preciso para sobreviver, e tudo o que aprendeu lhe serviria muito bem nos anos que viriam, enquanto recuperava o dinheiro que Diana Ward havia roubado, enquanto estendia os tentáculos e consolidava seu poder.

Teria sido um erro deixar Maggie viver? Ela não sabia. Se o pai estivesse vivo, ele a repreenderia por tê-la deixado ir embora e, um dia, ela poderia muito bem se arrepender daquele momento de fraqueza e sentimentalismo. Se foi um erro, ele poderia ser remediado.

Sei onde você mora, Maggie. Posso mudar de ideia quando quiser.

37

MAGGIE

Com nós cinco sentados em volta da minha mesa de jantar, parece que a vida voltou ao normal. Às cinco da tarde, Ingrid e Lloyd foram os primeiros a aparecer sem avisar à minha porta, trazendo uma travessa de moussaka, ainda quente do forno. Dez minutos depois, Ben chegou com sua oferta de arroz persa e cordeiro e, em seguida, Declan entrou com feijão-verde e amêndoas laminadas. Um monte de tigelas e panelas é o que amigos trazem para você em um momento difícil, se tiver acabado de perder o cônjuge ou quebrado a perna, e aqui estão eles, meus quatro amigos mais próximos, uma visita inesperada, mas bem-vinda. Parece que a turma voltou mesmo a se reunir, mais uma vez compartilhando receitas e fofocas, um retorno vertiginoso à normalidade. Bangkok e o lago de Como agora parecem tão distantes, como se não tivessem passado de um pesadelo.

Mas essas coisas aconteceram, e agora Diana está morta. De acordo com as fontes de Declan, a polícia de Como está dizendo que o corpo de uma mulher americana foi encontrado em uma igreja abandonada com uma bala na cabeça, e que provavelmente foi assassinada por gângsteres locais depois de ter entrado sem querer no covil deles. É provável que se deem por satisfeitos com essa teoria, porque procurar a verdade exige esforço demais. Na maior parte das vezes.

— E agora temos um novo problema para resolver — diz Ben.

— Qual deles? — pergunta Ingrid.

— O que fazer com Bella Hardwicke.

Todos olham para mim, porque sou a única que conhece Bella — ou a conheceu em outros tempos, antes de ser transformada pelas perdas e pela tristeza na mulher que apontou uma arma para a minha cabeça. Ela poderia ter me matado ali, no campanário, e tinha todos os motivos para me querer morta. Em vez disso, preferiu ir embora. Preciso acreditar que, no fundo, enterrada em meio a todas as cicatrizes, está a garota de quinze anos que eu conheci e de quem gostava.

— Bella não é problema nosso — digo.

— Ela é a sucessora de Phillip Hardwicke — diz Ingrid.

— Mas ela não é Phillip Hardwicke.

— Então o que ela é?

Não sei a resposta. Só sei que ela poderia ter me matado, mas não o fez. Seu pai não teria sido tão misericordioso.

— Não depende de nós — digo. — Afinal de contas, *estamos* aposentados.

— Maggie tem razão — diz Declan. — Informamos a Agência sobre Bella, então agora é com eles. Eles que lidem com ela.

— Nós poderíamos ajudar — diz Ingrid. — Se ao menos eles pedissem.

E é com isto que precisamos aprender a lidar: nosso lugar em um mundo que nos vê como desgastados e irrelevantes. Essa nova geração olha apenas para o futuro, com pouca consideração pelo passado e pelo que ele poderia lhes ensinar. O que *nós* poderíamos lhes ensinar.

Trago cinco copos e a garrafa recém-aberta de uísque Longmorn trinta anos, um presente de Ingrid, que conseguiu encontrar uma fonte em Leith, na Escócia. Essa garrafa é o sinal de que nossa conversa está prestes a ficar séria. Entrego o Longmorn primeiro a Declan, que falou muito pouco a noite toda. Ele também está evitando meu olhar, ainda está magoado por eu tê-los enganado e ido para a Itália sem avisá-lo, mesmo sabendo o motivo pelo qual fiz isso. Essa batalha era minha, e eu não queria que ele se machucasse no fogo cruzado.

Mas aqui está a consequência: vai levar tempo para que Declan me perdoe, tempo para que possamos reconstruir a confiança entre nós. Mais um item na longa lista de questões que Declan e eu precisaremos resolver.

Lloyd ergue seu copo de uísque em um brinde.

— *Cin cin! Alla vostre salute!*[3]

— *Cin cin!* — repetimos e tomamos o primeiro gole.

O alarme do sensor de aproximação dispara.

— Está esperando alguém? — Ben pergunta.

Eu me levanto da mesa:

— Acho que já sabemos quem é.

Abro a porta da frente e lá está ela, com a mão preparada para bater. Jo Thibodeau parece estar sem dormir há dias. Os olhos estão com olheiras

---

3 "Tim-tim! Saúde!" (N. T.)

profundas, o rabo de cavalo está se desfazendo e alguns fios de cabelo loiro escaparam e estão soltos sobre o rosto. Quase posso sentir o cheiro da exaustão que emana dela.

— Sra. Bird — ela diz. — Tenho perguntas.

— Claro que tem. Entre.

Ela me segue até a sala de jantar e olha em volta da mesa para meus convidados:

— Por que não estou surpresa por encontrar outra reunião do Clube do Martíni?

Declan, sempre um cavalheiro, puxa uma cadeira:

— Por favor, chefe Thibodeau. Sente-se e junte-se a nós.

— Vai um copo de uísque? — oferece Lloyd.

— Ainda estou de serviço — ela diz.

— Você costuma *não* estar de serviço? — pergunto.

— Sra. Bird, podemos ir pra outra sala pra conversarmos?

— Estes são meus amigos. Quero que escutem tudo o que for dito.

Thibodeau suspira. Ela está cansada demais para discutir comigo esta noite e sabe que não tem como ganhar, então se acomoda na cadeira que Declan puxou para ela. Sob as luzes da sala de jantar, seu rosto parece desbotado e mais velho do que seus trinta e dois anos. No pouco tempo em que a conheço, passei a respeitar sua persistência. Ela não é uma velocista, e sim uma corredora de maratona que continua seguindo em frente, com um pé na frente do outro, sempre focada em seu objetivo. Ela não consegue nos passar a perna, mas pode ainda estar aqui quando nós não estivermos mais, e seria um problema se não estivéssemos do mesmo lado. No momento, não é o caso, e acho que nós duas sabemos disso.

— A Polícia Estadual analisou a mensagem de texto que você recebeu, sobre onde encontrar a garota — ela diz. — Não conseguiram rastrear quem a enviou pra você.

— Eu disse que não conseguiriam — digo.

— Mas *você* sabe quem enviou a mensagem?

— Os sequestradores, suponho.

— Por que revelariam de repente a localização de Callie? Alguém pagou um resgate?

— Que eu saiba, não.

Ela olha ao redor da mesa:

— *Alguém* aqui sabe?

— Como poderíamos saber? — Lloyd diz, se fazendo de rogado.

— Será que algum dia vou ouvir uma resposta direta de vocês?

— Acho que você está precisando disso — diz Declan e, num piscar de olhos, ele desliza um copo de uísque na frente dela.

Thibodeau olha para o copo de tentação cor de caramelo, e todos nós observamos, imaginando se ela vai sucumbir.

— Que se dane — ela murmura. Toma um gole e começa a tossir em seguida. Fica claro que ela não está acostumada a beber uísque, mas com um pouco de incentivo, vai se acostumar.

— Como está Callie? — pergunta Declan.

Thibodeau limpa a boca:

— Está bem, apesar de tudo. Não machucaram ela.

— Do que ela se lembra?

— Deixaram ela vendada, então ela não viu o rosto deles. Pelas vozes, era um homem e uma mulher. A alimentaram e a mantiveram aquecida, não chegaram a ameaçá-la. Não temos ideia de por que eles fizeram isso. — Ela olha para mim. — Talvez você saiba?

E eu sei mesmo. Callie nunca esteve em perigo; ela era apenas um meio para atingir um fim, uma maneira de Bella me forçar a parar de me esconder. Mas essa informação não serve de nada para a polícia, porque as pessoas que sequestraram Callie estão agora fora do alcance de Jo Thibodeau. Assim como a mulher que ordenou o sequestro. Como uma policial de uma cidade pequena, trabalhando em um canto tranquilo do Maine, poderia enfrentar os Phillip Hardwickes do mundo? É por isso que escolhi morar aqui e é por isso que meus amigos moram aqui também. Durante a maior parte de nossas vidas, servimos ao nosso país lutando nos campos de batalha secretos do mundo, derrubando monstros como Hardwicke. Agora queremos uma vida tranquila. Merecemos uma vida tranquila.

— Sinto muito — digo. — Não tem mais nada que eu possa te dizer.

— Sim. Foi o que pensei que você diria.

Seu rádio ressoa e ouvimos a voz de alguém da central da polícia: *Todas as unidades, dez e trinta e um, dez e trinta e um. Localização dois, quatro, dois Birch Road...*

Thibodeau não faz uma pausa para se despedir. Em um instante, ela está de pé e sai pela porta. Segundos depois, ouvimos o barulho de seu veículo descendo a minha entrada.

— Dez e trinta e um — diz Ingrid. — Esse é o código de rádio deles para um crime em andamento. Talvez possamos ajudar. Seria nosso dever como bons cidadãos, não acham?

Pensamos a respeito enquanto passamos mais uma vez a garrafa de Longmorn e enchemos os copos de uísque. Crime em andamento. Existe algum vilarejo, alguma cidade, onde essas palavras nunca são ditas? Aprendemos que nem mesmo nossa pequena cidade está protegida dos problemas do mundo. Se uma bomba nuclear cair em Washington, os ventos predominantes trarão a poeira radioativa direto para nosso cantinho seguro. Se países entrarem em colapso na Europa ou se uma guerra irromper no leste da Ásia, as ondas de devastação acabarão chegando a Purity. Não estamos numa bolha isolada do mundo. Ninguém está.

— Seja o que for, tenho certeza de que Jo Thibodeau pode cuidar disso — digo. — E se precisar de nossa ajuda, ela sabe onde nos encontrar.

NOTA DA AUTORA

Este livro foi inspirado em um segredo estranho que descobri anos atrás sobre minha pequena cidade no Maine. Logo depois que nos mudamos para cá, meu marido abriu um consultório médico e, quando ele perguntava aos novos pacientes com o que trabalhavam, às vezes a conversa era assim:

Médico: *O que você fazia para viver?*

Paciente: *Eu trabalhava para o governo.*

Médico: *E o que fazia para o governo?*

Paciente: *Não posso dizer.*

Depois da terceira ou quarta vez que isso aconteceu, meu marido percebeu que havia algo muito estranho a respeito dos aposentados que moravam aqui. Um corretor de imóveis local finalmente revelou o segredo: *Ah, eram todos da* CIA. Descobrimos que, só em nossa pequena rua, tínhamos dois espiões aposentados como vizinhos. Por que tantos deles se reuniram nesta cidade de apenas cinco mil habitantes? Será que é porque se sentem anônimos e em segurança aqui no Norte cheio de florestas, longe de qualquer alvo nuclear? Será que é porque nossa cidade foi destaque (ou pelo menos foi isso que nosso corretor de imóveis disse) em uma revista de aposentadoria para espiões? Ou é pelo fato de o Maine ter sido usado com muita frequência como local para esconderijos no passado? Essas são algumas das teorias que já ouvi, mas nunca consegui chegar a uma conclusão porque as pessoas que sabem a resposta não podem — ou não querem — falar nisso.

Por causa da idade deles e dos cabelos grisalhos, não costumamos prestar muita atenção nesses aposentados. São apenas os vizinhos que encontramos vez ou outra na cafeteria local, que empurram seu carrinho pelos corredores do supermercado como nós e nos desejam um bom-dia na agência dos correios. Eles não se destacam na multidão, e por isso nunca paramos para pensar em quem eles costumavam ser ou em quais segredos guardarão até o túmulo.

Aposentados discretos com vidas passadas secretas são personagens fascinantes a serem explorados, e foi assim que nasceu *A espiã*. Queria escrever sobre espiões que *não* fossem como James Bond, e sim como meus vizinhos, vivendo tranquilos como aposentados comuns... até que o passado volta para assombrá-los e eles não têm escolha senão recorrer a antigas habilidades que acharam que nunca mais precisariam usar.

AGRADECIMENTOS

É sempre assustador dar vida a um novo elenco de personagens, e sou grata a todos que me ajudaram a apresentar Maggie Bird e o Clube do Martíni ao mundo. Meg Ruley, Rebecca Scherer e a incomparável equipe da agência literária Jane Rotrosen me apoiaram desde o início, quando *A espiã* era apenas o lampejo de uma ideia. Durante os altos e baixos da minha carreira de escritora, que já dura décadas, a equipe da Rotrosen me incentivou, oferecendo conselhos, simpatia e um martíni de vez em quando, e nunca me desencorajaram a seguir adiante até mesmo com as minhas ideias mais estranhas de livros. Essa liberdade de abrir minhas asas é o motivo pelo qual, depois de todos esses anos, ainda sigo escrevendo e feliz.

Minha editora nos Estados Unidos, Grace Doyle, me ajudou a aprofundar a história com sua orientação sábia e sensível, e agradeço a ela, a Allyson Cullinan, a Megan Beattie e a toda a equipe da Thomas & Mercer por terem abraçado *A espiã*. Agradeço também à minha excelente editora no Reino Unido, Sarah Adams, e a Alison Barrow, Larry Finlay, Emma Burton, Frankie Gray e à sempre animada equipe da Transworld Books.

Mais perto de casa, devo um grande agradecimento a Dana Strout, que me apresentou aos prazeres de tomar um uísque realmente fino, às sempre prestativas senhoras do meu clube do café da manhã, ao meu filho Adam por compartilhar seus conhecimentos sobre armas de fogo e ao meu filho Josh por sua mágica com a câmera. E, como sempre, agradeço ao meu marido, Jacob, que me apoiou em todos os momentos. Há trinta e três anos, demos um salto juntos rumo ao desconhecido e nos mudamos para o Maine. Como somos sortudos por chamar este lugar de lar.

LEIA TAMBÉM

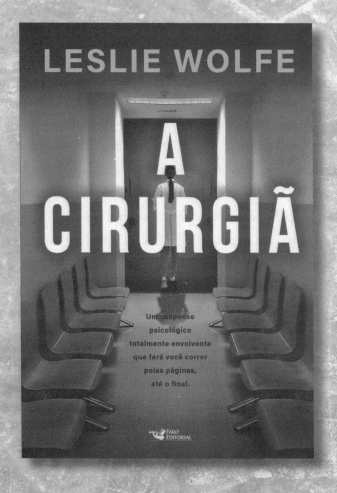

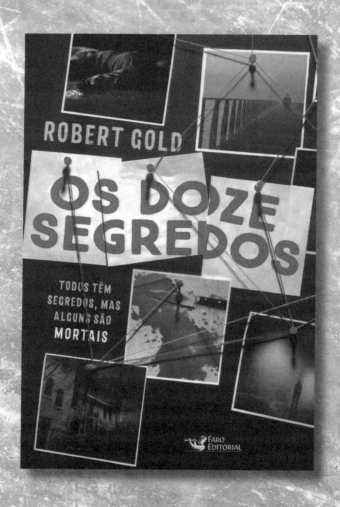

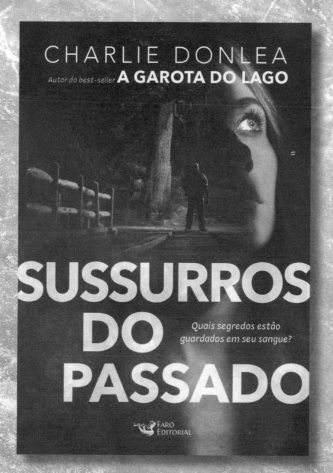

ASSINE NOSSA NEWSLETTER E RECEBA
INFORMAÇÕES DE TODOS OS LANÇAMENTOS

www.faroeditorial.com.br

CAMPANHA

Há um grande número de pessoas vivendo com HIV e hepatites virais que não se trata. Gratuito e sigiloso, fazer o teste de HIV e hepatite é mais rápido do que ler um livro.
FAÇA O TESTE. NÃO FIQUE NA DÚVIDA!

ESTA OBRA FOI IMPRESSA
EM OUTUBRO DE 2024